FÜRCHTE DAS SCHWEIGEN

EIN PACKENDER STANDALONE-KRIMI

ROBERT BRYNDZA

Übersetzt von
MICHAEL KRUG

RAVEN
STREET

WEITERE TITEL VON ROBERT BRYNDZA

IN DEUTSCHER SPRACHE

Detective Kate Marshall-Serie

So blutig die Nacht

So eiskalt der Tod

Seelendunkel

Detective Erika Foster-Serie

Das Mädchen im Eis

Night Stalker

Nachtschwarz

IN ENGLISCHER SPRACHE

Detective Erika Foster series

The Girl in the Ice

The Night Stalker

Dark Water

Last Breath

Cold Blood

Deadly Secrets

Fatal Witness

Lethal Vengeance

Kate Marshall Private Investigator series

Nine Elms

Shadow Sands

Darkness Falls

Devil's Way

The Lost Victim

Coco Pinchard romantic comedy series

The Not So Secret Emails Of Coco Pinchard

Coco Pinchard's Big Fat Tipsy Wedding

Coco Pinchard, The Consequences of Love and Sex

A Very Coco Christmas

Coco Pinchard's Must-Have Toy Story

Stand alone romantic comedy

Miss Wrong and Mr Right

Für Sally

Drei Menschen können ein Geheimnis bewahren, wenn zwei von ihnen tot sind.

- Benjamin Franklin

KAPITEL 1

Wie konnte der schlimmste Tag meines Lebens als einer der besten begonnen haben? An jenem verschlafenen Sonntag geschah nichts Weltbewegendes. Es war einer jener herrlich trägen Tage gewesen – langes Ausschlafen, guter Sex, Kaffee, ein üppiges Frühstück, Zeitungen am Kamin. Tiefe Zufriedenheit und Glück, zusammen mit meinem Ehemann Will. Als es auf 17 Uhr zuging und ich mich auf die Arbeit vorbereiten musste, fiel es mir schwer, mich davon loszureißen.

Kälte empfing mich, als ich durch die Eingangstür hinaus auf den Fußweg des Thames Embankment trat. Die untergehende Sonne schillerte noch über den Wohngebäuden aus roten Backsteinen auf der anderen Seite des Flusses. Das Wasser wirkte im Zwielicht wie Tinte.

Ich drehte mich zum Haus zurück. Will stand am oberen Erkerfenster. Sein zerzaustes kastanienbraunes Haar schimmerte im Licht des Schlafzimmers. Er trug seine Sonntagsjogginghose, dazu einen alten Kapuzenpulli mit Nirvana-Logo. In den Armen hielt er eine kleine weiße Katze.

Luna war eine Streunerin, die er angefüttert hatte. Wir hatten eben erst darüber gesprochen, eine Katzenklappe einzubauen. Aber wie so oft musste ich die Diskussion vorzeitig beenden, um zur Arbeit aufzubrechen.

Er warf mir einen Kuss zu, bevor er Lunas Pfote anhob und damit winkte. Dabei sah er so zufrieden aus. Überglücklich – so würde ich mich immer an seinen letzten Anblick erinnern. Ich winkte zurück, bevor ich zügig den Weg zur U-Bahn antrat. Unterwegs hörte ich das Gurgeln der vorbeirauschenden Strömung. Dann drehte der Wind und bestürmte mich vom Wasser her. Ich zog die Schultern an und zitterte in meiner Fleecejacke. Nächste Woche würden die Uhren zurückgestellt. Das bedeutete, ich würde schon bald in der Dunkelheit zur Arbeit und zurück nach Hause pendeln. Es war an der Zeit, den Wintermantel auszugraben.

Wir lebten in einem Reihenhaus einer ruhigen Ecke am Fluss in Bermondsey, einer unverschämt teuren Wohngegend. Will entstammte einer wohlhabenden Familie. Das Haus war unser Hochzeitsgeschenk gewesen. Von meiner Mutter hatten wir ein Set Steakmesser bekommen, was einen deutlichen Eindruck von unserer unterschiedlichen Herkunft vermittelte. Natürlich war ich dankbar für ein so großzügiges Geschenk. Obwohl Will und ich seit fast vierundzwanzig Jahren verheiratet waren, erinnerte mich seine Mutter Marelle nach wie vor gern an ihre Großzügigkeit.

Zur U-Bahn-Station Bermondsey war es nur ein kurzer Fußmarsch. Im verwaisten Waggon herrschte Stille während der vier Haltestellen nach Westminster. Ich dachte an Luna und die Sache mit der Katzenklappe. Dabei konnte ich mir Marelles Unterhaltung mit Will gut vorstellen.

»William, Maggie hat nie Kinder gewollt – sie kann doch sicher nichts gegen eine Katze haben.«

Oder ...

»William, ich zahle gern für eine Katzenklappe. Gott weiß, ich hätte auch gern für ein Kinderzimmer bezahlt, wenn sie mir je die Chance gegeben hätte.«

Das Thema Kinder warf einen langen Schatten auf unsere Ehe. Ich hatte tatsächlich nie welche gewollt. Will ebenso wenig. Kennengelernt hatte ich ihn vor neunundzwanzig Jahren an der medizinischen Fakultät. Als es zwischen uns ernster geworden war, hatte ich diesen Aspekt unseres gemeinsamen Lebens sehr deutlich klargestellt. Seit ich denken konnte, hatte ich Ärztin werden wollen, und während ich über die Jahre aufgestiegen war, hatte ich die Entscheidung nie bereut. Aber als wir älter geworden waren, hatte Will von Rechtsmedizin zu Immobilienentwicklung gewechselt, und ich spürte, dass sich seine Haltung geändert hatte. Er hatte miterlebt, wie sein älterer Bruder Hugo Kinder bekommen hatte. Seine Schwester hatte lange krampfhaft versucht, schwanger zu werden. Und Wills Familie legte großen Wert darauf, ein Vermächtnis zu hinterlassen. Mittlerweile war ich siebenundvierzig Jahre alt. Die Zeit einer natürlichen Empfängnis ohne künstliche Befruchtung war für mich so gut wie vorbei, was mich erleichterte.

Am nächsten Wochenende sollten wir Marelle zum Mittagessen in ihrem Haus auf dem Land besuchen. Das unvermeidliche Gespräch über die Katze würde zweifellos ins Thema Kinder münden. Wenn ich mich dagegen ausspräche, Luna zu adoptieren, würde es Marelle als weiteren Beweis meiner Abneigung gegen Kinder interpretieren. Wenn ich hingegen zustimmte, würde sie darin den letzten Sargnagel für ihren Wunsch sehen, dass wir noch eine Familie würden? Sie hegte unverändert die Hoffnung, ich würde einlenken und ernsthaft über künstliche Befruchtung nachdenken, das wusste ich. Ein Gespräch mit Marelle glich einer Partie Schach gegen eine Großmeisterin – sie schien stets mehrere Züge voraus zu sein. Ich musste in Erfahrung bringen, wie Will darüber dachte, damit ich nicht in einen Hinterhalt stolperte.

Trotz der Kälte und Dunkelheit herrschte auf der Westminster Bridge reger Betrieb. Ich schien sie als Einzige gegen die Flut der fotografierenden Touristen nach Norden zu überqueren. Die frostige, vom Fluss her wehende Luft brachte meine Augen zum Tränen. Als ich aufschaute, schlug Big Ben zur Viertelstunde. Das leuchtende Zifferblatt und die hoch aufragende Fensterreihe des Parlaments schimmerten gelblich und spiegelten sich im Wasser. Obwohl ich die Strecke jeden Tag zurücklegte, verspürte die Nordländerin in mir immer noch einen Anflug von Aufregung beim Anblick der berühmten Londoner Wahrzeichen.

Ich eilte über die Brücke, um mich nicht zum Beginn meiner Schicht um sechs Uhr zu verspäten, und erklomm die Stufen der weitläufigen Krankenhausanlage von *Guy's and St. Thomas'*. Auf dem Weg hinein nickte ich grüßend den Reihen der Patienten zu, die in Rollstühlen vor dem Haupteingang abwechselnd an Zigaretten pafften und mit Sauerstoffmasken atmeten, dann fuhr ich mit einem der Personalaufzüge hinunter ins Erdgeschoss. Das *St. Thomas' Hospital* hatte unlängst seine Unfall- und Notaufnahme renoviert und glänzte seither mit hellen, modernen Räumlichkeiten. Auf der Hauptstation herrschten reger Betrieb und Lärm. Als ich die Tür zum Pausenraum erreichte, hastete gerade meine Freundin und Kollegin Dr. Diane Kochanowski heraus. Sie war mit Anfang fünfzig ein paar Jahre älter als ich, hatte einen stahlgrauen Kurzhaarschnitt und olivfarbene Haut.

»Hi, Mags. Keine Zeit zum Durchschnaufen. Ein M10 ist unterwegs. Fünf Minuten. Junger Mann, mehrere Stichverletzungen«, verkündete sie, während sie ein frisches Paar Latexhandschuhe überstreifte.

Für Verletzungen und Krankheiten hatten wir eigene Codes. *M10* stand für *penetrierendes Trauma, Schuss- oder Stichverletzung*. Diesen Code benutzten wir mit deprimierender Regelmäßigkeit.

Ich eilte in den Personalbereich, verstaute meine Tasche im Spind, zog mich um und desinfizierte mir die Hände. Wenige Minuten später betrat ich die Station. Zwei Sanitäter hetzten mit einem blutenden jungen Mann auf einer Transportliege an mir vorbei zur nächstgelegenen Reanimationskabine.

Mich beschlich das Gefühl, dass es eine arbeitsreiche Nacht werden würde.

KAPITEL 2

Der junge Mann schien noch keine zwanzig Jahre alt zu sein. Man hatte ihm bereits die Kleidung vom Oberkörper geschnitten. Brust und Bauch bildeten ein Chaos aus blutgetränkten Druckverbänden.

Ich folgte den Sanitätern in die Reanimationskabine. Mit geübten Handgriffen hoben wir den jungen Patienten rasch auf den Untersuchungstisch. Mein Team für die Schicht bestand aus Diane und zwei auf Traumata spezialisierten Pflegekräften, Raj und Kelly. Mit Barry, dem Leiter der Sanitäter, arbeitete ich schon seit Jahren zusammen. Er hatte eine hohe Stimme und einen irischen Akzent wie der Politiker Ian Paisley, was überhaupt nicht zu seinen kantigen, ruppigen Zügen passte.

»Der Junge heißt Kyle Lewis. Fünfzehn Jahre alt. Sieben Stichwunden in Brust und Bauch«, sagte er.

Der junge Mann war halb bewusstlos und hatte mit schmerzverzerrter Miene sichtlich Mühe beim Atmen. Die schmalen Wangen unter dem rasierten Schädel wirkten eingefallen. Tränen hatten Furchen durch den Dreck in seinem Gesicht gezogen.

»Ich ... kriege keine Luft«, presste er heiser hervor.

»Kyle. Mein Name ist Maggie. Ich bin Ärztin. Du bist hier in Sicherheit«, sagte ich und hob behutsam die blutgetränkten Verbände von seiner Brust. Die Stichwunden erwiesen sich als tief. Jemand musste ihn wild attackiert haben. Seine rasselnden Atemzüge deuteten auf einen Pneumothorax hin. Das bedeutete, durch die Wunde in seiner Brust gelangte Luft in die Lunge. Außerdem sprudelte aus einer Stichverletzung in Herznähe eine beträchtliche Menge Blut. »Sechs Einheiten null negativ, fünfundvierzig Milligramm Morphin«, sagte ich. Raj und Kelly schritten zur Tat, verlegten Infusionsleitungen, führten dem Patienten Blut und Flüssigkeiten zu. Die Augen des Jungen wurden groß. Sein Körper begann, heftig zu zittern. Ein durchgehender Ton erklang, als der Herzfrequenzmonitor einen Herzstillstand registrierte, und ich stellte fest, dass der Patient nicht mehr blutete. Mein Blick fiel auf die Stichwunde sehr nah am Herzen.

»Hat das Messer den rechten Ventrikel gestreift?«, fragte Diane.

»Ich glaube ja«, antwortete ich und beugte mich vor. Der dumpfe Signalton fehlender Vitalwerte bohrte sich mir in den Schädel. Ich musste schnell überlegen. Wenn die Kammer gestreift oder aufgeschlitzt wäre, die Blut durch das Organ pumpte, könnte der Anstieg des Blutdrucks beim Versuch, das Herz wieder in Gang zu bringen, den Riss vergrößern und irreparablen Schaden anrichten. Es blieb keine Zeit, den Patienten zu verlagern und auf die Operation vorzubereiten. Ich musste auf der Stelle eine Entscheidung treffen.

»Instrumente für eine Clamshell-Thorakotomie, sofort. Bereitet ihn dafür vor, rechte Seite«, sagte ich. So erfahren ich als Chirurgin sein mochte, eine Notfall-Thorakotomie war ein heikles, riskantes Unterfangen. Im Wesentlichen wurde dabei ein Bereich der Brust geöffnet, um eine improvisierte Herzoperation durchzuführen. Raj und Kelly setzten sich rasch in Bewegung und intubierten Kyle. Für eine Narkose fehlte die Zeit. Sie mussten sich bereithalten, um ihn zu sedieren, falls er das Bewusstsein zurückerlangte. Diane hatte das sterile Set innerhalb weniger Sekunden fertig. Es umfasste eine Gigli-Säge – eine Knochensäge aus dünnem, geflochtenem Stahldraht mit einem T-förmigen Griff an jedem Ende –, Klemmen, eine Zange, ein Skalpell und eine Knochenschere.

Fünf Zentimeter unter Kyles rechter Brustwarze nahm ich einen zehn Zentimeter langen Einschnitt durch die Haut und die Muskelschichten vor. Mit zwei sauberen Schnitten der Gigli-Säge, einmal nach links, einmal nach rechts, durchtrennte ich die Rippen. Diane hatte die Metallklemme parat und platzierte sie in dem Einschnitt. Als sie die Klemme weitete, die Rippen spreizte und den Brustraum öffnete, quoll Blut hervor und ergoss sich über die Brust des Patienten.

Angesichts der Menge hielt ich es für wahrscheinlich, dass die Waffe in sein Herz eingedrungen war. Eine Stichwunde ins Herz endete so gut wie jedes Mal tödlich. Mit geschlossenen Augen lag der Junge regungslos da. Der gesamte Oberkörper glich einem einzigen Chaos, das Gesicht jedoch hatte immer noch halb etwas von einem Teenager, halb etwas von einem Mann – stark und verletzlich zugleich. Es wäre eine himmelschreiende Schande, wenn er so jung sterben müsste. Ich stellte ihn mir vollständig geheilt in einem Anzug vor. Vielleicht zu seiner Hochzeit. Oder bei seinem ersten Tag eines neuen Jobs. Seine Narben könnten sein Geheimnis bleiben. Denn das Gesicht war durch den Angriff auf ihn nicht in Mitleidenschaft gezogen worden.

»Kyle, bleib bei uns. Du wirst nicht sterben«, sagte ich.

Raj schwenkte das Licht unmittelbar über uns so, dass ich deutlich in Kyles Brustraum sehen konnte. Ich musste schnell und zugleich behutsam mit dem Skalpell arbeiten, durch Schichten aus Muskelgewebe und Nerven, durch das Brustbein und schließlich auch durch den Herzbeutel schneiden. Diane schob vorsichtig die Lunge beiseite, und endlich konnte ich das Herz sehen. Ich hatte recht gehabt. Beim Messerangriff war das Organ getroffen worden. Die Klinge hatte den rechten Ventrikel aufgeschlitzt. Raj, Kelly und Diane hatten es bereits erkannt. Wir arbeiteten fließend zusammen, bedurften dabei keiner Worte. Sie führten einen Absaugschlauch ein und leerten rasch die Brusthöhle. Ich vernähte mit vier schnellen, sauberen Stichen die Wunde im Herzmuskel.

Der gesamte Vorgang hatte gerade mal vier Minuten gedauert.

Durch die Maske wurde Sauerstoff in Kyles Lunge gepumpt, damit sein Gehirn versorgt blieb. Ich fasste erneut hinein, um das restliche Herz zu überprüfen. Behutsam tastete ich das Organ mit behandschuhten Fingern ab. Ich spürte, wie ein Schauder durch den Muskel ging. Das Herz zuckte und begann, kräftig zu schlagen.

»Meine Güte. Was für ein zäher Bursche«, entfuhr es mir. Ich hatte in meiner medizinischen Laufbahn schon viel erlebt und über ein Dutzend Notfall-Thorakotomien durchgeführt, aber zum ersten Mal war ein Herz in meiner Hand zu neuem Leben erwacht. Normalerweise bedurfte es dafür eines

Elektroschocks. Die Atmung des Patienten setzte wieder ein, in sein Gesicht kehrte Farbe zurück. Ich gestattete mir einen Augenblick der Erleichterung und Freude.

»Machen wir ihn zu und bereiten ihn für die Intensivstation vor«, sagte ich schließlich. »Gute Arbeit, Leute.«

Der Junge würde durchkommen.

KAPITEL 3

Einige Stunden später befand ich mich mit Diane im Pausenraum. Die Lage hatte sich beruhigt, und wir nutzten die Gelegenheit, vorübergehend die blutverschmierten Kittel auszuziehen. Der junge Mann war mittlerweile stabil und zu einem Scan weggebracht worden. Seine beiden Freunde waren ihren Verletzungen vor dem Eintreffen in der Notaufnahme erlegen. Ich stand am Wasserspender. Diane scrollte durch ihr Smartphone und zeigte mir Fotos von ihrem neuen Hund, einem winzigen, quirligen Labrador.

»Ich muss noch ein ernstes Wort mit Leon darüber reden, dass er sie bei uns im Bett schlafen lässt«, sagte sie. »Letzte Nacht bin ich so weit am Rand der Matratze aufgewacht, dass ich fast rausgekippt wäre, weil sich der verflixte Hund zwischen uns breitgemacht hatte.«

»Ich glaube, wir kriegen eine Katze«, teilte ich ihr mit. Als ich Diane gerade von Luna erzählen wollte, kam einer der leitenden Assistenzärzte in den Pausenraum, Dr. Bryson. Er hatte eine Glatze, war Ende fünfzig und trug einen teuren blauen Anzug mit Fliege.

»Guten Abend, die Damen«, grüßte er, ging zum Anschlagbrett und heftete eine Mitteilung daran.

»Der Gesundheitsminister besucht uns am Freitag um neun.«

»Diesmal zu Fuß über die Brücke aus seinem Büro? Oder versteift er sich wieder darauf, mit einer Entourage herzufahren und die Einfahrt für Krankenwagen zu blockieren?«, fragte Diane spitz und schaute vom Handy auf.

Bryson reagierte darauf mit einem Lächeln erschreckend schlechter Zähne, bevor er sie ignorierte.

»Dr. Kendall. Ich wollte mich kurz über ihre Mitarbeit im Lenkungsausschuss für den neuen Stiftungstreuhandvertrag mit Ihnen unterhalten. Hätten Sie nach Ihrer Schicht Zeit für einen Skinny Latte?«

Will hatte den nächsten Tag frei, und ich freute mich darauf, nach Dienstschluss zu ihm ins Bett zu kriechen. Bryson unterhielt sich nie kurz über etwas. Dafür liebte er den Klang der eigenen Stimme zu sehr. Ich zögerte, allerdings fiel mir keine Ausrede ein.

Bryson runzelte die Stirn. Er war es nicht gewohnt, ein *Nein* zu hören. »Es würde nur zehn Minuten dauern. Und es wäre eine gute Gelegenheit für Sie, den Ausschuss kennenzulernen, Maggie. Sie könnten sich darin einbringen, wie wir die Dinge für die Zukunft gestalten.«

»Natürlich. Wir treffen uns bei Starbucks«, sagte ich.

»Wunderbar. Tja, dann verlasse ich Sie mal wieder, meine Damen.« Ihm fiel eines der Welpenfotos auf Dianes Handy auf. »Ah. Neuer Hund?«

»Ja. Sie heißt Frida«, erwiderte Diane.

»Wie Frida Kahlo, die Künstlerin?«

Diane schaute auf. »Nein, wie Frida von ABBA«, entgegnete sie trotzig.

Bryson schmunzelte. »Wie bezaubernd. Mein José spielt für sein Leben gern mit Welpen. Sie werden ja so schnell groß.« Er nickte uns zu, dann verließ er den Raum.

»Ist José jetzt sein Hund oder sein Lover?«, fragte Diane.

Ich lachte auf. »Hör auf.«

»Du solltest es rausfinden. In das Fettnäpfchen willst du sicher nicht treten, wenn du im *Lenkungsausschuss* bist.«

»Das ist bloß noch mehr Arbeit. Ohne Bezahlung«, sagte ich.

»Schon, aber wenn die nächste Gehaltserhöhung ansteht, wird es Brysons Stift sein, der über deinem Namen schwebt.«

Die Tür zum Pausenraum wurde aufgerissen. Raj steckte den Kopf herein. »Wieder ein M10. Männlich, Mitte vierzig. Schussverletzung am Kopf. Ein Nachbar hat ihn gefunden. Er atmet zwar noch, aber die Lebenszeichen haben sich im Krankenwagen rasant verschlechtert«, sagte er.

Als ich Diane hinaus in den Flur folgte, wurde der Patient gerade in eine Reanimationskabine gerollt. Als Erstes fiel mir auf, dass die Beine des Mannes in einem gestreiften Pyjama steckten. Als mein Blick den Körper hinaufwanderte, sah ich einen Kapuzenpulli mit Nirvana-Logo, der mir bekannt vorkam. Blut glänzte auf dem schwarzen Stoff. Weiteres, bereits gerinnendes Blut bedeckte die rechte Hand. Am Ringfinger der sauberen Linken steckte ein schlichter goldener Ehering.

Ich erstarrte, als die Sauerstoffmaske kurz vom blutigen Gesicht genommen wurde und das Team ihn rasch von der Transportliege auf den Untersuchungstisch verlagerte.

Es war Will.

Die linke Schädelseite bildete ein verfilztes Chaos aus Blut und Haaren. Sein Gesicht war totenblass, aber er war nicht tot. Sein Arm bewegte sich. Raj und Kelly sahen mich an.

Diane bereitete eine Infusion vor und zögerte, als sie mich vor Entsetzen erstarrt dastehen sah. Sie folgte meinem Blick zu Wills Gesicht.

Ich rührte mich nicht, konnte es einfach nicht. Die Schuldgefühle darüber würden mich für den Rest meiner Tage begleiten. Meine Aufgabe bestand darin, Leben zu retten, was mir nach so vielen Jahren in Fleisch und Blut übergegangen war. Trotzdem stand ich nur reglos da. Ich konnte nicht verarbeiten, dass Will blutüberströmt auf dem Bett lag.

Nein. Will war zu Hause. Wo er mit Luna auf dem Sofa fläzte.

Die Geräusche ringsum drangen verzerrt an meine Ohren und wurden gedämpft, als Diane vortrat und für mich übernahm. Infusionsleitungen, Plasmabeutel und Flüssigkeit verschwammen vor meinen Augen. Ich bekam zwar mit, dass sich die Lippen der Leute bewegten, doch ihre Stimmen klangen verstümmelt und weit entfernt. Es war, als befände ich mich unter Wasser. Das einzige Geräusch, das alles deutlich durchdrang, war der anhaltende Ton des Herzfrequenzmonitors. Will hatte keinen Puls mehr. Sein Herz hatte aufgehört zu schlagen.

Diane schrie. Ein anderes Notfallteam tauchte auf und machte sich ruhig an die Arbeit. Raj schnitt Wills Nirvana-Kapuzenpulli auf und legte seine nackte Brust frei.

Ich spürte die Kälte von Latexhandschuhen am Arm. Eine junge Krankenpflegerin, die ich kaum kannte, zog mich sanft zurück, weg von den Ärzten und Pflegern am Behandlungstisch. Die Notfallsanitäterin platzierte die Elektroden des Defibrillators auf Wills Brust.

»BEREIT!«

Das Wort hallte in meinem Kopf wider. Wills Körper

zuckte. Ich schüttelte die Hand auf meinem Arm ab und wollte näher hin, doch ihn umringten zu viele Leute und versperrten mir die Sicht.

»BEREIT!«

...

»BEREIT!«

...

»BEREIT!«

Inständig wünschte ich mir, Wills Herzschlag zu hören, aber es blieb nur der tiefe, durchgehende Ton des Monitors. Das Team schien ihn viel zu bald aufzugeben. Es ging alles so schnell. Erst später fand ich heraus, dass man in Wirklichkeit zweiundzwanzig Minuten lang versucht hatte, ihn wiederzubeleben. Die ganze Zeit starrte ich wie angewurzelt hin.

Schließlich endeten die hastigen Bewegungen des Notfallteams. Die Leute traten zurück und entfernten behutsam die Infusionsleitungen aus Wills Arm.

Ich vernahm eine schrille Stimme. »Nein! Warum hört ihr auf?«

Der Schrei stammte von mir. Ich trat näher zum Tisch. Will rührte sich nicht. Seine Haut hatte bereits das Aussehen von ausgebleichtem Kunststoff angenommen, das mit dem Tod so schnell einsetzte. Innerhalb von Sekunden.

Eine grauenhafte Pause entstand. Eine mir unbekannte Krankenpflegerin bedeckte Will behutsam mit einem Laken.

Dann tauchte Diane an meiner Seite auf und zog mich weg. Ich ließ es geschehen. Während sie mich aus dem Reanimationsbereich führte, hörte ich nichts. Ihre Stimme klang gedämpft, während sich ihre Lippen bewegten. Alles war so schnell gegangen. Das durfte nicht passiert sein! Und doch war es das. Immer noch wollte ich mir einreden, Will wäre zu Hause und würde mit Luna auf dem Schoß fernsehen.

Ich stolperte in den Korridor, prallte gegen die Wand und rutschte daran entlang zu Boden, während die Welt, wie ich sie kannte, verschwamm und sich auflöste.

KAPITEL 4

Die Stunden nach Wills Tod waren verheerend, meine Erinnerungen daran nur bruchstückhaft. Ich wusste bloß, dass ich in einem Bett einer leeren Nebenstation aufwachte, aufstand und zurück zur Notaufnahme wollte, fest überzeugt davon, Will immer noch helfen zu können. Eine Krankenpflegerin, deren Gesicht ich vergessen hatte, hielt mich im Flur auf und half mir zurück auf die Station. Danach klaffte eine Lücke bis zu Dianes Apartment im Süden von London. Nach Hause durfte ich nicht. Mein Eigenheim galt als Tatort. Mir wurde ein Beruhigungsmittel verabreicht, bevor ich mich ins Zimmer von Dianes unlängst ausgezogenem Sohn legte, nicht ganz wach, obwohl ich auch nicht wirklich schlief.

Immer wieder träumte ich, zu Hause zu sein. In dem Traum lag ich im Bett, während sich Will unten aufhielt. Ständig hörte ich ein Knarren und Schritte im Gang vor der Schlafzimmertür. Wenn ich aufstand, um nachzusehen, erhaschte ich einen flüchtigen Blick auf einen Eindringling, der unten an der Treppe um die Ecke verschwand. Ich öffnete den Mund, um zu schreien und Will zu warnen. Dann hörte ich einen Schuss und wusste, es war zu spät. Der Traum suchte mich wieder und wieder heim. Jedes Mal, wenn der Schuss ertönte, wachte ich schwitzend und zitternd auf.

Ein schmaler Streifen Sonnenlicht schien durch die Vorhänge herein. Ich beobachtete, wie er über die Poster an der Wand nach unten kroch und funkelnd eine Footballtrophäe erfasste, bis sich der Strahl golden verfärbte, verblasste und mit der untergehenden Sonne erlosch. Das nächste Mal erwachte ich in Dunkelheit und Stille. Es war kalt, und Diane klopfte an die Tür.

»Mags ... die Polizei ist unten. Die wollen mit dir reden«, sagte sie. Ihre Stimme klang leise und weit entfernt. Das kurze Stück Teppich bis zur Schlafzimmertür kam mir wie eine unüberwindbare Strecke vor. Ich konnte mich nicht dazu aufraffen, mich aufzusetzen, geschweige denn, das Zimmer zu durchqueren, nach unten zu gehen und von der Polizei zu hören, was Will zugestoßen war.

»Bitte, kann ich einfach schlafen?«, fragte ich.

Diane betrat das Zimmer und setzte sich auf die Bettkante. Sie ergriff meine Hand. »Die haben erklärt, dass sie eine Aussage brauchen. Sie warten in der Küche.«

»Eine Aussage? Worüber?«

»Du weißt, was sie dich fragen müssen. Rede mit ihnen, Mags. Bring es hinter dich.«

Im Badezimmer spritzte ich mir kaltes Wasser ins Gesicht, bevor ich mir das Haar glatt strich. Als ich mich im Spiegel betrachtete, erkannte ich mich kaum in der blassen, abgehärmten Gestalt wieder, die mir entgegenstarrte.

In Dianes kleiner, gemütlicher Küche war es sehr warm, trotzdem zitterte ich nach wie vor. Eine Frau in einem grauen, steifen Hosenanzug saß mit einem jungen Mann in einem schwarzen Anzug am Küchentisch. Ihre Haut wirkte spröde und farblos, das weiße Haar trug sie kurz gestutzt, die hellgrauen Augen erinnerten an blassen Feuerstein. Im Gegensatz dazu strotzte der junge Mann vor kräftigen Farben – strahlende blaue Augen, karmesinrote Lippen, pechschwarzes, zurückgegeltes Haar. Ihre Mienen wurden verkniffen, als sie mich erblickten. Den Gesichtsausdruck hatte ich selbst perfektioniert. Er kam beim Umgang mit dem Tod oder beim Überbringen schlechter Nachrichten zum Einsatz, eine Mischung aus Mitgefühl und professionellem Abstand.

»Hallo, Dr. Kendall«, grüßte die Frau, stand auf und streckte mir die Hand entgegen. »Ich bin Detective Chief Inspector Isobel Dixon, das ist Detective Inspector Trevor Finton. Unser Beileid zu Ihrem Verlust.« Finton stand ebenfalls auf, und wir schüttelten uns die Hände. »Können wir mit Ihnen reden?«

Ich nickte und nahm ihnen gegenüber Platz. Diane ging zum Spülbecken, füllte den Wasserkocher und holte Becher aus dem Schrank.

»Wissen Sie, wer Will gefunden hat?«, fragte ich.

Dixon wirkte überrascht, als hätte sie nicht damit gerechnet, dass ich mit einer direkten Frage in das Gespräch starten würde. »Äh ... eine Nachbarin, glaube ich.« Sie holte ein Notizbuch hervor und blätterte darin. »Ja. Eine gewisse Mrs. Rust.«

»Sie war in meinem Haus?«

»Mrs. Rust hat ausgesagt, dass sie gegen 21 Uhr in ihrem Garten war und Minze gepflückt hat, als sie einen ohrenbetäubenden Knall aus Ihrem Haus gehört hat. Einen Schuss. Sie hat sofort einen Krankenwagen gerufen. Die Sanitäter haben sich Zugang durch die Hintertür verschafft.«

»Wissen Sie schon, wer es war? Wer bei uns eingebrochen ist?«

Stille trat ein. Die beiden Beamten wechselten einen Blick, und mir fiel auf, dass sich Diane abwandte und mit dem Tee beschäftigte.

»Wann haben Sie Ihren Ehemann zuletzt gesehen?«, erkundigte sich Finton schließlich. Seine Ausdrucksweise klang sehr gewählt.

Vor meinem geistigen Auge sah ich Will auf der Transportliege. Er hatte so klein und geschrumpft gewirkt. Links hatte sein Haar blutgetränkt am Kopf geklebt. Kurz schloss ich die Lider.

»Am Sonntag. Gestern. Bevor ich zur Arbeit aufgebrochen bin. Wir haben noch Tee zusammen getrunken, dann bin ich gegen halb fünf losgegangen.«

»Haben Sie zum Tee etwas gegessen?«

»Ja. Haben wir«, bestätigte ich.

»Ihr Mann war auch Arzt?«, fragte Finton.

Dass er in der Vergangenheitsform von ihm sprach, traf mich schwer. Und der Gedanke, dass ich das fortan ebenfalls müsste, schnürte mir schmerzhaft die Kehle zu. Diane durchquerte die Küche, stellte sich neben mich und legte mir die Hand auf die Schulter.

»Ja, er war Gerichtsmediziner. Das hat er aber vor sechs Jahren aufgegeben. Jetzt ist er Immobilienentwickler.« Ich weigerte mich vorerst, Will in die Vergangenheit zu verbannen.

»Haben Sie Kinder?«

Ich brauchte einen Moment für die Antwort, weil ich damit zu kämpfen hatte, mich zusammenzureißen.

»Nein.«

»Wie würden Sie die Stimmung und das Verhalten Ihres Ehemanns vor Ihrem Aufbruch zur Arbeit gestern Abend beschreiben?«, fragte Dixon.

»Gut. Prima. Ich weiß, das ist nicht besonders spezifisch. Wir hatten einen wundervollen Tag zusammen. Beruflich war bei ihm alles bestens. Er hatte gerade ein Projekt in Frankreich am Laufen ... Wissen Sie, in unserer Gegend hat es mehrere Einbrüche gegeben.«

Dixon schaute zu mir auf und schloss das Notizbuch. »Dr. Kendall«, sagte sie sanft. »Wir vermuten, dass beim Tod Ihres Ehemanns niemand sonst die Hand im Spiel hatte. Es hat keine Anzeichen für ein gewaltsames Eindringen gegeben. Wir glauben, dass sich Ihr Mann selbst das Leben genommen hat.«

Einen Moment lang konnte ich nicht atmen. Ich starrte die Beamten vor mir an. Dann drehte ich mich Diane zu, die sich Tränen von den Augen wischte.

»Glauben Sie, dass er sich das Leben genommen hat, oder *wissen* Sie es? Die Menschen glauben alles Mögliche. Das bedeutet noch lange nicht, dass es stimmt.«

»Wir sind uns ziemlich sicher, dass ...«, begann Finton.

»Er sich das Leben genommen hat?«, fiel ich ihm ins Wort. »Selbstmord?«

»Es tut mir leid. Ja«, bestätigte Dixon.

Ich musste mich an der Tischkante festklammern. Dann vergrub ich das Gesicht in den Händen und versuchte, Luft zu bekommen. In der stillen Küche tickte die Wanduhr vor sich hin. So verschwommen ich die vergangene Nacht auch in Erinnerung hatte, ich hatte fest angenommen, dass Will von jemandem erschossen worden war. Ich hatte gedacht, jemand wäre bei uns eingebrochen und hätte auf ihn gefeuert. Um alle um mich herum auszusperren, behielt ich die Hände vor dem Gesicht.

»Könnten wir vielleicht Wasser bekommen?«, wandte sich Dixon leise an Diane. Ich hörte, wie der Wasserhahn aufgedreht wurde. Ein Glas füllte sich. Dann spürte ich Finger auf der Schulter. Schließlich löste ich die zitternden Hände vom Gesicht. Diane stellte ein tropfendes Glas auf die Holztischplatte.

»Diane. Hast du das gewusst?«

»Nur, was Barry mir danach erzählt hat. Er war bei dem Einsatz zu deinem Haus im Krankenwagen dabei«, erwiderte sie.

»Aber glaubst du das?«, fragte ich. Es fühlte sich an, als nähme sie einfach hin, was die Polizei behauptete. »Das würde Will nie tun. Und mit einer Schusswaffe? Er besitzt gar keine. Woher sollte er eine haben?«

Diane ergriff meine Hand. Ich zog sie zurück, irritiert darüber, dass sie mich wegen etwas trösten wollte, das schlichtweg nicht stimmte. Dixon sah in ihrem Notizbuch nach, blätterte erneut durch die mit sauberer Handschrift gefüllten Seiten.

»Dr. Kendall. Darf ich Sie Margaret nennen?«, fragte die Polizistin.

»Maggie.«

Dixon nickte, bevor sie abermals jene Miene aufsetzte – diesen professionellen Ausdruck von Mitgefühl und Beileid. Ich verspürte den Drang, sie zu ohrfeigen.

»Maggie. Ist Ihnen bekannt, dass Ihr Mann eine Schusswaffe besessen hat?«

»Hören Sie mir nicht zu? Ich habe Ihnen gerade gesagt,

dass er *keine* besitzt!«, gab ich mit anschwellender Stimme zurück. Dixon sah Finton an. Er öffnete eine Mappe und holte daraus eine großformatige Nahaufnahme einer Waffe auf einer Tischplatte aus Holz hervor. Sie besaß einen sehr langen, dünnen Lauf. Das Blitzlicht der Kamera spiegelte sich in dem dunklen Metall. Auf dem Holz daneben schimmerte rubinrot ein Blutfleck.

»Das ist ein Taurus LBR Revolver. Wir haben ihn im Büro Ihres Ehemanns gefunden«, erklärte Finton. Wieder öffnete er die Mappe. Diesmal holte er einen Zettel heraus, den er über den Tisch schob. »Das ist der auf Ihren Mann ausgestellte Waffenschein dafür. Er hat den Revolver vor sechs Jahren, am 15. September 2012, als Jagdwaffe gekauft. Die Genehmigung wurde am 21. September 2012 ausgestellt.«

Eine längere Pause entstand, während ich das Dokument begutachtete. Mir war schlecht und kalt. Es fühlte sich an, als flösse alles Blut aus meinem Körper ab.

»Sagen Sie immer noch, dass Sie nichts davon gewusst haben?«, fragte Dixon. In ihrer Stimme schwang Skepsis mit.

»Ja. Ich hatte davon keine Ahnung. Ich habe weder den Revolver noch den Waffenschein je zuvor gesehen.« Ich schaute zu Diane auf. Sogar sie bedachte mich mit jener professionellen Mitgefühlsmiene.

»Nein. Sieh mich nicht mit diesem Blick an – nicht du!«, herrschte ich sie an. Diane wirkte gekränkt und schien etwas sagen zu wollen, doch Dixon kam ihr zuvor.

»Maggie. Ist Ihnen bekannt, wie der Erwerb einer Handfeuerwaffe abläuft? Das ist nicht wie der Kauf eines Smartphones. Will musste ein Attest vorlegen. Ein Arzt hat seinen Geisteszustand beurteilt. Die Polizei hat Ihrem Haus wie vorgeschrieben am 18. September 2012 einen Besuch abgestattet und sich vergewissert, dass die Waffe nach der Genehmigung sicher verwahrt werden würde.«

Ich betrachtete erneut das Foto. Der Revolver mit dem Blitzlicht der Kamera ließ mich an Wahnsinn denken. An Gefahr.

»Die Waffe war in meinem Haus verwahrt?«

»Ja«, bestätigte Dixon. »Und es war nicht die Einzige, die Ihr Mann hatte. Er hatte auch eine Jagdlizenz für zwei doppelläufige Schrotflinten, aufbewahrt im Hepworth House in Surrey.«

»Oh. Ja, natürlich«, sagte ich, als es mir plötzlich einfiel. »Ja. Das ist das Haus seiner Familie – seiner Mutter. Hepworth, auf dem Land. Die Schrotflinten dort sind für die Moorhuhnjagd. Will und sein Bruder Hugo haben sie von ihrem Vater geerbt. Sie werden in einem versperrten Schrank im Haus verwahrt.«

»Okay. Jetzt sagen Sie also, Sie haben *doch* gewusst, dass Ihr Mann einen Waffenschein hatte?«, fragte Dixon. Ich konnte fühlen, wie ihre Einstellung mir gegenüber umschlug. Aber ich hatte die Schrotflinten wirklich nie als Bestandteil unseres Lebens in London betrachtet. Will hatte immer nur bei seiner Mutter zu Hause geschossen, aus meiner Sicht in einer völlig anderen Welt.

»Von den Schrotflinten im Haus seiner Mutter habe ich gewusst. Die gehören Will und seinem Bruder seit Jahren«, stellte ich klar. Ich schaute erneut auf das Foto. »Wo war diese Waffe in meinem Haus aufbewahrt?«

»Im Bodentresor eines absperrbaren Aktenschranks aus Metall«, sagte Dixon.

»In Wills Büro?«

»Ja«, bestätigte sie.

»Haben Sie ein Foto von diesem Bodentresor?«

Dixon zögerte, bevor sie die Mappe aufschlug und ihr ein weiteres Bild entnahm, eine Nahaufnahme des Aktenschranks hinter Wills Schreibtischstuhl. Die unterste Schublade stand offen. Mir zog sich innerlich alles zusammen, als ich an der Vorderseite einen dicken Blutspritzer bemerkte. Außerdem erkannte ich, dass aus der Schublade ein falscher Boden entfernt worden war. Unter ihr befand sich ein kleiner, in den Parkettboden eingelassener Safe mit geöffneter Klappe.

»Ist es so … Er hat auf seinem Stuhl gesessen?«, fragte ich.

»Ja«, antwortete Dixon, deren Ton wieder sanfter wurde. »Die Schublade und der Bodentresor waren offen, als die Ersthelfer am Einsatzort eingetroffen sind.«

»Wieso sind Sie so sicher, dass er sich selbst erschossen hat?«, fragte ich. »Was ist mit einem Eindringling? Wie genau sind meine Nachbarin und die Sanitäter ins Haus gekommen?«

»Die Hintertür war nicht verriegelt. Eine Tür zur Waschküche«, sagte Finton. Ich dachte daran zurück, wie ich zur Arbeit aufgebrochen war. Will hatte die Tür zur Waschküche aufgesperrt, um Luna reinzulassen. Dabei hatte er vorgeschlagen, eine Katzenklappe einzubauen.

»Normalerweise ist sie abgesperrt. Will hat sie aufgeschlossen, um die Katze reinzulassen, kurz bevor ich gegangen bin.«

»Haben Sie gesehen, wie Will die Tür wieder verriegelt hat?«, fragte Dixon.

»Ich kann mich nicht erinnern. Haben Sie die Katze im Haus gefunden?«

Dixon sah in ihren Notizen nach. »Nein. Es hat sonst keine Anzeichen für einen Einbruch gegeben. Den Schlüssel zum Safe hatte Will in der Tasche … Ich muss die Frage einfach stellen. Ist Ihnen in letzter Zeit eine Veränderung an Wills Verhalten aufgefallen – war er depressiv?«

Ich dachte an unseren letzten gemeinsamen Tag, meinen letzten Blick auf Will, wie er mit einem warmherzigen Lächeln mit Luna in den Armen am Fenster gestanden hatte.

»Nein. Will war so glücklich, wie ich ihn je erlebt habe.«

Ein Moment des Schweigens folgte.

»Warum hat er seine medizinische Laufbahn aufgegeben? Immerhin war er viele Jahre lang ein überaus erfolgreicher Gerichtsmediziner. Hatte er das Gefühl, dass die Arbeit ihn mental beeinträchtigt hat?«

»Ja, aber nicht mehr als jeder andere Gerichtsmediziner. Die Wahrheit ist, dass er nie wirklich Arzt werden wollte. Sein Vater war ein angesehener Gerichtsmediziner. Will hat unter dem Druck gestanden, in seine Fußstapfen zu treten. Und das hat er über viele, viele Jahre versucht ...

Aber seine wahre Leidenschaft hat Architektur und Design gegolten. Vor etwas mehr als sechs Jahren hat Will den Punkt erreicht, dass er einfach glücklich sein wollte. Und als Mediziner war er das nicht mehr.«

Dixon und Finton nickten verständnisvoll und schrieben Notizen.

»Sind *Sie* denn als Medizinerin glücklich?«, fragte Dixon. Ich dachte über die Worte *glücklich* und *Glück* nach. Würde ich je wieder so empfinden?

»Ja. Ich liebe meine Arbeit«, antwortete ich.

»Ihrer Meinung nach war Will also nicht depressiv?«, hakte Finton nach.

»Nein. Nein! Sein Geschäft ist jedes Jahr besser gelaufen. Er war sein eigener Herr. Das hat ihm einen völlig neuen Blickwinkel auf das Leben eröffnet«, sagte ich.

»Hat er irgendwelche Verhaltensweisen an den Tag gelegt, die Anlass zur Sorge gegeben haben?«

»Sie stellen die falschen Fragen. Ich sage Ihnen doch, Will war nicht selbstmordgefährdet!«

»Aber er hatte eine Schusswaffe, die er Ihnen verheimlicht hat«, erwiderte Dixon. »Welche Erklärung haben Sie dafür?«

»Keine.«

KAPITEL 5

»Glaubst du, Will hat sich selbst das Leben genommen?«

Meine Frage hallte von den weißen Fliesen der kalten, höhlenartigen Leichenhalle des Krankenhauses wider. Ich hatte um das Treffen mit der hauseigenen Pathologin Bettina Folks-Broughton gebeten. Wills Leichnam lag friedlich und surreal unter einem weißen, bis zur Brust hochgezogenen Laken auf einem Stahltisch vor uns. Fünf Tage waren seit seinem Tod vergangen. Meine Trauer lastete schwer wie eine riesige, dunkle, erdrückende Masse auf mir.

Bettina sah mich über ihre Halbmondbrille mit silbrigem Gestell hinweg an. Sie war sehr klein und zierlich, wodurch sie an eine schroffe Elfe erinnerte. Ihre kornblumenblauen Augen hoben sich als einziger Farbtupfer von den kahlen Wänden und den Kühlschränken aus Stahl ab.

»Maggie, ich kann dir inoffiziell und offiziell nur dasselbe sagen. Will ist durch einen Schuss in den Kopf aus nächster Nähe gestorben. Alles weist darauf hin, dass ...« Sie zögerte.

»Sprich es aus. Beschönige nichts. Ich muss es wissen.«

Bettina nickte.

»Alles weist darauf hin, dass der Lauf der Waffe bewusst im Mund platziert worden ist. Und das sage ich nicht leichtfertig. Aber ich konnte an seinem Körper keinerlei Blutergüsse oder sonstige Anzeichen auf einen Kampf oder darauf finden, dass ihm die Mündung mit Gewalt in den Rachen geschoben wurde.« Ihre Stimme klang so sanft und trocken, als bestünde ihr Mund aus hochwertigem Papier.

»Hatte er getrunken? Oder irgendwelche Drogen genommen?«

»Nein. Davon hatte er nichts im Körper. Aber ich habe am rechten Daumen und Zeigefinger Schmauchspuren festgestellt.«

Bettina war Wills Mentorin und Kollegin gewesen. Unter ihrer Anleitung war er zum Gerichtsmediziner ausgebildet worden. Er hatte mehrere Jahre ihrem Team angehört und in dieser Leichenhalle gearbeitet. Man merkte Bettina an, wie sehr sie die Sache mitnahm. Ich hatte darauf bestanden, seinen Leichnam zu sehen. Anfangs hatte sie sich dagegen verwehrt und vorgeschlagen, uns in ihrem Büro zu treffen. Aber sie respektierte mich als Kollegin und hatte schließlich nachgegeben.

»Ich habe keine Ahnung, warum er es getan hat«, sagte ich.

»Weiß denn irgendjemand wirklich, neben wem er schläft?«

»Sag so was nicht.«

»Ich bin nur ehrlich, Maggie. Und ich will dich nicht mit leeren Worthülsen beleidigen. Davon bekommst du in den nächsten Wochen sicher auch so noch genug zu hören.«

Ich musterte Will in seiner friedlichen Pose. Die klinische Atmosphäre der Leichenhalle verhalf mir zu Klarheit. Sein Gesicht sah makellos aus. Der Tod hatte ihn zu einer blassen

Wachsfigur seiner selbst gemacht. Will besaß hohe Wangenknochen, doch nun wirkten die Wangen selbst durch die erschlafften Gesichtszüge eingefallen. Er hatte volle, rote Lippen gehabt. Nun waren sie hellrosa und sehr schmal. Nach der Obduktion hatte man ihm die Haare gewaschen und aus der Stirn gekämmt. Wie im Leben hingen sie weich und leicht zerzaust herab. Und das erleichterte mich. Zumindest ein Teil des alten Will war noch vorhanden. Ich hatte zu viele Opfer gesehen, die eines gewaltsamen Todes gestorben und durch ihre Verletzungen grausam verstümmelt waren.

Immer noch schämte ich mich dafür, dass ich nicht in der Lage gewesen war, ihm zu helfen. Als man ihn in die Notaufnahme gebracht hatte, war ich wie gelähmt gewesen, bewegungsunfähig. Bettina zeigte mir den Obduktionsbericht und erklärte mir den Verlauf des Projektils. Es kam einem Wunder gleich, dass er den Schuss überhaupt überlebt hatte. Über eine Stunde lang hatte er sich ans Leben geklammert. Aber geendet hätte es auf jeden Fall tödlich.

Ich trat näher hin und berührte sein Haar. »Weißt du, ich musste einfach herkommen und ihn sehen. Zu Hause bin ich noch nicht gewesen. Nur irgendwann muss ich dorthin zurück.«

Bettina nickte. »Willst du allein sein, Maggie?«

»Ja.«

»Lass dir so viel Zeit, wie du brauchst«, sagte sie. Kurz legte sie die Hand auf meine, bevor sie ging. Während ich dastand und den verklingenden Geräuschen ihrer Pumps aus dem Korridor draußen lauschte, betrachtete ich Wills Gesicht. Ich rechnete damit, dass er die Augen aufschlagen würde. Obwohl er tot war, lag er so vor mir, als schliefe er nur.

Die riesigen Kühlschränke hinter mir brummten in der Stille. Ich fuhr mit den Fingern über seine Stirn und streichelte sein Gesicht. Es lässt sich schwer beschreiben, wie sich die Haut eines Toten anfühlt. Als Vergleich ziehe ich gern kaltes Plastilin heran – zwar noch nachgiebig, aber mit einer gewissen Steife. Ich trat hinter seinen Kopf, ging in die Hocke und hob ihn ein paar Zentimeter vom Stahltisch. Durch sein Haar am Hinterkopf verlief halbmondförmig eine etwa dreißig Zentimeter lange Naht. Als ich behutsam mit dem Daumen darüber fuhr, fühlte sich die Haut um sie herum weich wie ein billiges Kissen an. Nach der Obduktion einer Schussverletzung am Kopf wird der Schädelinnenraum mit Watte gefüllt und der Hautlappen mit Haaren zugenäht. Dabei hatte man hervorragende Arbeit geleistet. Sachte senkte ich den Kopf zurück und richtete mich auf. Ich trat wieder an seine Seite.

»Warum hast du das getan?«, fragte ich. »Du hattest dafür keinen Grund. Oder? Du hast mich allein gelassen.« Meine Stimme hallte von den Fliesen und dem Stahl im Raum wider. Das Echo schien meine klischeehaften Worte zu verstärken. »Ich habe mit deiner Mutter schon darüber geredet, wie du zur Beerdigung angezogen sein sollst. Anscheinend bekommst du deine Schulkrawatte umgebunden. Sogar als Leiche soll man dir ansehen, dass du eine gute Ausbildung genossen hast.«

Halb hoffte ich, er würde ein Auge öffnen und mich anlächeln wie so oft, wenn ich ihn verspielt gehänselt hatte.

»Deine Mutter ist eine Vollblutfotze.«

Vor Jahren hatte ich bei einem unserer regelmäßigen Wochenendbesuche im Hepworth House nachts einen Streit zwischen Wills Eltern mit angehört. Dabei hatte Wills Vater seiner Frau das Wort an den Kopf geworfen. Ein grauenhafter Ausdruck, doch etwas daran, wie er ihn gebrüllt hatte, ließ mir damals einen Schauder über den Rücken laufen. Es hatte sich gleichzeitig wie ein Kompliment und wie eine Beleidigung angehört.

Wills Augen blieben geschlossen. Wir würden nie wieder miteinander reden.

»Mir ist schon klar, dass auch meine Mutter eine Nervensäge sein konnte. Nur mussten wir uns mit ihr nicht ständig herumschlagen«, sagte ich. In ihren letzten Jahren hatte meine Mutter ein wildes Leben in einem Wohnmobil mit ihrem On-off-Partner George geführt. In meiner Kindheit und Jugend war George wie ein Vater für mich gewesen. Allerdings hatten wir uns vor etlichen Jahren zerstritten und den Kontakt zueinander verloren. Rasch verdrängte ich den Gedanken.

Ich öffnete meine Handtasche. Mein Blick fiel auf das kleine Lederetui mit meinem Nagelset. Bevor ich es mir ausreden konnte, holte ich die Schere daraus hervor und schnitt eine Strähne von Wills Kopf ab. Ich strich das Haar über die Stelle, um sie zu verbergen. Streng genommen gehörte ich zum medizinischen Personal, und er war mein Ehemann. Trotzdem fühlte es sich an, als überschritte ich eine Grenze und nähme mir etwas, das mir nicht zustand. Wie Diebstahl. Das nagende Gefühl, nicht gut genug gewesen zu sein, trieb mir Hitze ins Gesicht.

Ich hob mir die Strähne an die Nase. Sie roch klinisch. Chemisch. Der Geruch von medizinischem Shampoo und etwas anderem hatte den satten, erdigen Duft von Wills Haar verdrängt. Es fühlte sich an, als schnupperte ich am Haar einer Schaufensterpuppe. Da musste ich mich damit abfinden, dass Will tot war.

Ich beugte mich vor und senkte die Stirn auf seine. Stumme Tränen liefen mir über die Wangen. Sie fühlten sich heiß an, er so kalt.

»Es tut mir leid, dass ich nicht ... besser war«, flüsterte ich. »Warum hast du nicht mit mir geredet? Warum hast du es nach dem wunderschönen Tag getan, den wir zusammen hatten? Warum hast du sechs Jahre lang eine Schusswaffe in unserem Haus gehabt?« Schließlich richtete ich mich auf und wischte die Tränen sowohl aus meinem Gesicht als auch aus seinem. »Mir hätte auffallen müssen, dass irgendetwas nicht in Ordnung war ... Es tut mir leid.«

Ich hörte den Korridor entlang zurückkehrende Schritte. Durch meine Tränen verschwamm der kahle Raum um mich herum. Dann spürte ich Bettinas Arm um die Taille.

»Komm mit, Liebes«, sagte sie. »Ich mache uns eine schöne Tasse Tee.«

Sie führte mich zur Tür und hinaus in eine neue Welt, in der ich allein zurechtkommen musste.

KAPITEL 6

Drei Tage später kehrte ich nach Hause zurück. Die Straße lag verwaist da. Der graue Himmel spiegelte sich in den Fenstern der Reihenhäuser, die mich ausdruckslos anzustarren schienen. Ich hörte den vorbeirauschenden Fluss. Ein loses Absperrband der Polizei peitschte im Wind gegen einen Laternenpfahl.

Als ich die Haustür aufsperren wollte, passte der Schlüssel nicht. Gerade wollte ich dazu ansetzen, ihn aus dem Schloss zu ziehen, da öffnete sich die Tür. Überrascht sah ich mich Wills Mutter gegenüber. Marelle war eine sehr große, gertenschlanke Frau. Elegant von Kopf bis Fuß in Schwarz gekleidet stand sie vor mir. Die Frisur saß tadellos. Ihre Größe hatte mich schon immer eingeschüchtert. Zudem hatte sie die Angewohnheit, auf mich herabzublicken. Dazu musste sie nicht mal den Kopf neigen. Mein erster Instinkt bestand darin, sie zu umarmen. Allerdings trat sie zurück und bedeutete mir, einzutreten.

»Die Polizei hat empfohlen, die Schlösser zu tauschen«,

teilte sie mir knapp mit. Im Flur roch es auffallend sauber, eine Mischung aus Möbelpolitur und Reinigungsmitteln. Sie streckte die Hand aus, um die Tür zu schließen. Aber mein Schlüssel steckte noch im Schloss. Teilnahmslos wartete sie, während ich ihn herausnestelte. Dabei bekam ich ihr Gesicht aus nächster Nähe zu sehen. Sie hatte dicke Tränensäcke unter den blutunterlaufenen Augen. »Für dich habe ich auch neue Schlüssel machen lassen«, sagte sie und ging zu dem kleinen Tisch im Flur. Sie ergriff einen von drei und reichte ihn mir.

»Danke. Wann hat dir die Polizei gesagt, dass man wieder ins Haus darf? Mir hat sie erst heute Morgen Bescheid gegeben.«

»Ich habe gerade eine Kanne Tee aufgesetzt. Komm mit«, forderte sie mich auf. Während ich ihr den Flur hinunter in die Küche folgte, überlegte ich, für wen die beiden anderen Schlüssel sein mochten. Obwohl es mir zustand, danach zu fragen, scheute ich mich davor.

An der Tür zu Wills Büro blieb ich stehen. Ein grauenhaftes, dunkles Gefühl von Angst und Abscheu überkam mich. Den Schreibtisch vor dem Aktenschrank hatte man geleert, der Stuhl fehlte. Ich konnte sehen, dass der Perserteppich darunter noch feucht von der Reinigung war. Es herrschte ein penetranter Geruch von Desinfektionsmittel. An der Wand neben dem Schreibtisch hingen Fotos der Projekte, an denen Will gearbeitet hatte. Über dem Aktenschrank zeigte normalerweise ein großes gerahmtes Foto sein erstes Projekt, das Ferienhaus auf einer Insel in Kroatien, das er für uns gebaut hatte. Aus Glas und Holz errichtet stand es auf einer Klippe und bot einen Panoramablick über die blauen Weiten der Adria. Das Foto befand sich auf der anderen Seite des Raums und lehnte dort am Bücherregal. Seinen Platz hatte ein großer Druck des Giant's Causeway eingenommen, der sonst oben im Gästezimmer hing.

Ich hatte Will an der medizinischen Fakultät kennengelernt. Und bis vor sechs Jahren hatte er als Gerichtsmediziner gearbeitet. Seiner Mutter hatte er nur ein einziges Mal getrotzt, indem er als Mediziner aufgehört und seinen Traum verwirklicht hatte, Immobilienentwickler zu werden. Deshalb löste es etwas in mir aus, dass man das Foto entfernt hatte. Als ich mich umdrehte, stand Marelle an der Tür.

»Warum hast du das Foto von der Wand genommen?«, fragte ich und zeigte auf den Rahmen am Bücherregal.

Ihre Miene verfinsterte sich. »Das ... Das Projektil ist knapp darunter in die Wand eingeschlagen. Der Rahmen mit dem Giant's Causeway ist größer. Ich habe es aufgehängt, um das Loch zu überdecken, bis der Verputzer es ausbessert«, erklärte sie mir.

Ich ging um den Schreibtisch herum, hob das große gerahmte Bild des Giant's Causeway von der Wand und lehnte es an den Aktenschrank.

»Maggie. Nicht ...«, begann Marelle.

Verwaschenes Rosa besudelte das Weiß der Wand, wo jemand das Blut weggeschrubbt hatte. Das Einschussloch, kleiner als eine Münze, hatte man mit Gips verfüllt. Ein Geflecht ebenfalls aufgefüllter Risse verästelte sich davon weg. Ich konnte leichte Abdrücke eines stumpfen Werkzeugs erkennen, mit dem man wohl das Projektil entfernt hatte.

Kurzentschlossen ging ich zum Bücherregal und ergriff das gerahmte Foto dort. Im Frühling und Sommer hatten wir stets so viel Zeit wie möglich in unserem Haus in Kroatien verbracht. Wir wollten demnächst hinfliegen und es winterfest abschließen.

»Das ist immer noch mein Zuhause. Solche Entscheidungen treffe ich.« Damit hängte ich das Foto zurück an die Wand.

»Ich dachte, du wärst vielleicht dankbar, das nicht sehen zu müssen.« Marelle deutete auf das nunmehr unter dem Rahmen sichtbare Einschussloch. Sie sprach mit leiser Stimme. Frostig und ruhig.

»Wo ist Wills Stuhl?«

»Das musst du seine Schwester fragen. Sie hat sich darum gekümmert.«

»Also hat die Polizei mit ihrem ›Wir‹ dich und Felicity gemeint? Ihr seid schon vorher hier gewesen? Ich habe heute zum ersten Mal gehört, dass ich zurück in mein eigenes Haus darf. Wo sind die Pläne für Wills laufende Projekte?«, fragte ich und zeigte auf den Aktenschrank, auf dem sie gelegen hatten. Sie fehlten ebenso wie die Pläne für seine anderen Häuser und Vorhaben. Will war dabei gewesen, ein marodes Schloss umzugestalten, das seinem Bruder Hugo gehörte.

»Ich denke, du musst dich beruhigen, Maggie. Komm und trink ein wenig Tee, bevor du etwas sagst, das du später bereust.«

Damit ging sie.

Während ich mich umsah, versuchte ich, mir Wills Verzweiflung vorzustellen, und rätselte darüber, was ihn zu der Tat getrieben haben könnte. Ich zog die untere Schublade des Aktenschranks auf und erblickte den im Boden eingelassenen Safe. Warum hatte ich davon nichts gewusst? Plötzlich wurde mir eiskalt, und ich begann zu zittern. Ich hörte, wie sich Marelle in meiner Küche herumbewegte. Eigentlich wollte ich zurück in mein Zuhause, um zu trauern und zu verarbeiten, was sich ereignet hatte. Aber Marelles bedrückende Anwesenheit warf einen düsteren Schatten. Ich konnte förmlich spüren, wie sie wartete.

Nachdem ich die Fassung zurückerlangt hatte, folgte ich ihr in die Küche. Sie saß mit steifem Rücken auf einem Stuhl, die Knie beisammen, die Fußgelenke überkreuzt.

»Bitte setz dich und trink einen Tee«, sagte sie und deutete auf den Stuhl ihr gegenüber. Sie schenkte mir eine Tasse ein, und ich nippte daran. Mir fiel etwas ein, das meine Mutter einst über Marelle gesagt hatte. *Sie mag ein Miststück sein, aber sie kriegt verdammt guten Tee hin.*

Ich wünschte, meine Mutter wäre noch am Leben. Sie hatte aus ihren Emotionen nie ein Hehl gemacht und andere immer ermutigt, es ihr gleichzutun. An ihrer Schulter hätte ich mich hemmungslos ausweinen können. Sie hätte mir meine Trauer und meine Gefühle nicht vorgehalten. Ich sehnte mich nach ihren Umarmungen und ihrer bedingungslosen Liebe.

»Wir müssen einige Dinge besprechen«, sagte Marelle in zurückhaltendem Ton. »Die Vorkehrungen für die Bestattung werden Wills Wünschen entsprechend getroffen ...«

»Was hat sich Will denn gewünscht?«, fragte ich.

»Das weiß ich aus dem Stegreif nicht mehr genau. Natürlich stimmen wir uns mit dir ab. Und unser Anwalt muss damit anfangen, den Nachlass zu regeln. Du musst wissen, Maggie, dass dieses Haus nicht auf dich übergeht. Aber du hast weiterhin das Wohnrecht, solange du für den Unterhalt aufkommst. Will hinterlässt dir seine Firma und natürlich das Feriendomizil in Kroatien.«

»Das Haus dort hat er für mich, für uns, mit unserem Geld gebaut«, sagte ich.

Bei der Erwähnung von Geld zuckte sie sichtlich

zusammen. »Wills Begräbnis findet in der Southwark Cathedral statt. Ich hoffe, das ist für dich annehmbar.«

Für mich annehmbar?, schoss es mir durch den Kopf.

»Ich brauche von dir eine Liste der Personen, die du dazu einladen möchtest.«

»Hast du gewusst, dass Will hier eine Waffe aufbewahrt hat?«, fragte ich.

»Nein«, erwiderte sie mit tonloser Stimme.

»Glaubst du, dass er sich umgebracht hat?«

»Die Polizei und die Gerichtsmedizin bestätigen, dass sich Will das Leben genommen hat.«

Es fiel mir schwer, mich unter ihrem starren Blick nicht eingeschüchtert zu fühlen. Mir wurde übel. Letztlich jedoch triumphierte mein Zorn. Ich bohrte weiter, wollte sie dazu bringen, Emotionen zu zeigen. »Das beantwortet meine Frage nicht. Glaubst du, dass sich dein Sohn umgebracht hat?«

Marelle zuckte mit keiner Wimper. »Du bist Ärztin, Maggie. Und der Mensch, der ihm eigentlich am nächsten stehen sollte. Hast du nicht erkannt, dass Will verzweifelt war?«

Dass sie sich bemüßigt fühlte, *eigentlich* in den Satz einzubauen, trieb mich zur Weißglut.

»Du warst seine Mutter. Hättest du es nicht wissen müssen?«

Damit war ich zu weit gegangen. Aller Kampfgeist floss aus Marelles Gesicht ab. Dann brach sie zusammen. Sie umklammerte mit beiden Händen die Tischkante, beugte sich vor und ließ ein herzzerreißendes Schluchzen vernehmen. Ich streckte die Hand nach ihr aus, aber sie schüttelte sie ab.

»Nein«, spie sie hervor. Sie stand auf und hob die Hand. »Nein. Das reicht. Ich muss jetzt allein sein.«

Da ich die Frau bisher noch nie weinen gesehen hatte, schockierte mich der Anblick. Sie verließ die Küche. Wenig später hörte ich, wie die Haustür zugeknallt wurde.

Allein und zitternd saß ich da, während ihr wutentbrannter Abgang wie ein Schuss in der Stille widerhallte.

KAPITEL 7

Wills Beerdigung fand an einem kalten, grauen Novembertag statt, zwei Wochen nach seinem Tod und auf den Tag genau vierundzwanzig Jahre, nachdem wir geheiratet hatten. So hatte ich mir unseren Hochzeitstag nicht vorgestellt.

Es war seltsam, wie sich der Kreis geschlossen hatte. Nur fehlte diesmal meine Mutter, die sich betrunken und mich in Verlegenheit gebracht hätte. Meinen Vater hatte ich nie kennengelernt. Und man könnte sagen, auch Ma hatte ihn nur sehr kurz gekannt. Ich hatte versucht, Verbindung mit George aufzunehmen. Immerhin war er eine Zeit lang mein Ersatzvater gewesen. Aber er hatte immer ein Nomadenleben unter dem Radar geführt. Meine Bemühungen, ihn aufzuspüren, waren erfolglos geblieben.

Den Teil in der Kirche hatte ich nur verschwommen in Erinnerung. Ich saß vorn bei Marelle und Wills Geschwistern Hugo und Felicity. Beide wirkten in Gegenwart ihrer Mutter eingeschüchtert. Zudem hatten sie seit Wills Tod Barrieren um sich herum errichtet. Es waren Grenzen gezogen worden.

Ich gehörte nicht mehr wirklich zur Familie. Dadurch fühlte ich mich sehr einsam.

Will bot dem Geistlichen nicht viel, womit er arbeiten konnte. Er war nie Vater geworden. Seine medizinische Laufbahn hatte er beendet. Und er hatte sich umgebracht. Weil ich es nicht ertragen konnte, wie die grauen Gesichter mich anstarrten, ließ ich während der gesamten Zeit das Haupt gesenkt. Ich wusste, was allen durch den Kopf ging. Warum hatte ich nicht bemerkt, dass Will selbstmordgefährdet gewesen war? Vielleicht fragten sie sich sogar, ob ich ihn zu der Tat getrieben hatte.

Hinten in der Limousine bei Marelle, Hugo und Felicity zu sitzen, war eine ausgesprochen unangenehme Erfahrung gewesen. Marelle vergoss keine Träne, hatte sich in einen Eispanzer gehüllt. Wills ältere Schwester Felicity saß mit verkniffener Miene aus stumpfsinniger Solidarität neben ihr. Sie wirkte mehr wie Marelles Zofe als ihre Tochter. Mein Platz befand sich dicht neben Wills älterem Bruder. Ich war mit Hugo – oder Hugio, wie Will ihn genannt hatte – immer gut ausgekommen.

»Will und ich wollten morgen nach Frankreich fliegen ...«, murmelte er unablässig. »Wir wollten zusammen das Schloss umbauen, das ich unlängst dort gekauft habe.« Mit verwirrter Miene schaute er durch die Fenster hinaus, und ich sah, wie er sich die Augen abwischte.

Die Totenwache wurde in einem Privatclub in der Stadt abgehalten, der vor dunklem Holz und Marmorsäulen strotzte. Es herrschte eine seltsame Atmosphäre, während die Gäste an mir vorbeizogen und mir ihr Beileid aussprachen. Niemand wollte über Will reden. Ich freute mich darüber, einige unserer ehemaligen Kommilitonen von der medizinischen Fakultät zu sehen. Auch Bettina war gekommen. Meine anderen Freunde aus dem Krankenhaus – Diane, Leon, Raj, Kelly und Barry – wirkten eingeschüchtert von der Gesellschaft und der Umgebung. Ich hätte mich ihnen gern gewidmet, doch sie zogen sich von den anderen Anwesenden zurück, Freunden von Wills Familie aus Kreisen der Medizin, des Bankwesens und der Politik. Unter ihnen befanden sich einige Adelige, die ich bei unserer Hochzeit kennengelernt hatte. Auch zwei Minister, die mit Will die Schule besucht hatten. In jedem anderen Umfeld hätte ich das als überraschend empfunden. Aber im Verlauf der vergangenen Stunde hatten mir drei britische Botschafter und zwei Schulfreundinnen von Felicity, die beide – getrennt voneinander – mit Prinz William ausgegangen waren, ihr Beileid ausgesprochen.

Als eine vorübergehende Flaute eintrat und ich mir selbst überlassen war, nutzte ich die Gelegenheit, um den Veranstaltungsraum zu verlassen und mich auf die Suche nach den Toiletten zu machen. Eine stämmige Frau mit grimmiger Miene wartete vor jenen für Damen und hob die Hand, um mich aufzuhalten. Offenbar erkannte sie mich, denn sie nickte mir zu und winkte mich weiter. Beim Heben des Arms öffnete sich leicht ihr Jackett. Dadurch konnte ich ein Polizeiabzeichen am Gürtel und den Griff einer Pistole in einem Holster unter ihrem Arm erkennen. Offenbar eine Schutzbeauftragte von der Polizei.

Mit einer Schusswaffe.

Die Toiletten – oder Waschräume, wie diese elitäre Gesellschaft sie nannte – erwiesen sich als verschwenderisch ausgestattet. Jede Menge schwarzer Marmor, gedämpfte Beleuchtung. Einen Moment lang stand ich an der Reihe der Waschbecken und atmete tief durch. Dann hörte ich eine Toilettenspülung, und eine wunderschöne Dunkelhaarige kam aus einer Kabine. Sie trug einen teuren schwarzen Hosenanzug und mörderische High Heels.

»Maggie. Hallo. Erinnern Sie sich an mich? Daisy«, sagte sie und streckte mir die Hand entgegen. Sie war ungefähr in meinem Alter und besaß makellos glatte, olivfarbene Haut. Ich zögerte kurz, bevor ich die Hand ergriff. Sie legte auch die andere um meine. An ihrem dünnen Handgelenk klimperten dabei drei silberne Armbänder. »Ich habe mit Will die Schule besucht. Es tut mir so, so leid.«

Ihre karamellfarbenen Augen wirkten zugleich stechend und sanft.

»Danke. Und natürlich erinnere ich mich an Sie«, sagte ich. Es fühlte sich surreal an, die Frau an diesem Ort zu sehen. Daisy De Costa war mittlerweile Ministerin in der britischen Regierung. Eine unangenehme Pause entstand, während sie mir in die Augen sah. Dann drehte sie sich dem Spiegel zu und begann, sich die Hände zu waschen.

Unsere Hochzeit war groß gefeiert worden. Von dort erinnerte ich mich an eine viel jüngere Version von Daisy De Costa. Damals hatte sie ein auf Luxusurlaube spezialisiertes Unternehmen geleitet. Durch ihre hochkarätige Ausbildung war es jedoch kein Problem gewesen, schnell und unproblematisch in die Politik einzusteigen. Erst in der vergangenen Woche hatte ich sie in den Nachrichten bei einer Rede im Parlament gesehen.

»Ist der Polizeischutz draußen für Sie?«, erkundigte ich mich.

»Ja. Oh. Mist. Die Schusswaffe. Hat Ihnen die Frau auf dem Weg herein irgendwelche Schwierigkeiten gemacht?«, fragte sie, drehte sich mir zu und trocknete sich die Hände ab.

»Nein. Mich hat nur der Anblick der ... Waffe erschreckt.«

»Tut mir leid.«

»Waren Sie auch in der Kirche – der Kathedrale, meine ich? Dort habe ich Sie nicht gesehen.«

»Ich bin in letzter Minute hineingehuscht«, erwiderte sie. »In Kürze muss ich zwar zurück ins Parlament, aber ich *musste* einfach herkommen. Meine Güte. Und ich dachte, es ginge ihm so gut. Nach all den Jahren hatte er endlich berufliche Erfüllung im Leben gefunden.«

»Das stimmt.«

»Auf seiner Website habe ich die Vergleichsfotos dieses verfallenden Gehöfts in der Dordogne von vorher und nachher gesehen. Er hatte wahre Magie daran gewirkt. Ich war am Boden zerstört und entsetzt, als ich erfahren habe, dass sich Will erschossen hat.«

Damit bestätigte sie als Erste, mit der ich gesprochen hatte, die Realität von Wills Tod. Mir gefiel ihre Unverblümtheit. Was ich gerade bei einer Politikerin ironisch fand.

»An der Schule war Will mir ein hervorragender Freund, Maggie. Ich war im ersten Jahr in St. Dunstan, in dem man dort Mädchen aufgenommen hat. Wir waren zu sechst unter dreihundert ziemlich garstigen Jungen. Meine Güte, die Zeit verfliegt nur so, nicht wahr? Mir ist einfach unbegreiflich, dass sich Will umgebracht hat. Die Frage ist jetzt vielleicht krass, aber haben Sie gewusst, dass er selbstmordgefährdet war?«

Das Wort *selbstmordgefährdet* verschlug mir einen Moment lang die Sprache.

»Das war er nicht. Mir schien er glücklicher zu sein als je zuvor«, sagte ich schließlich.

»Schrecklich. Einfach nur schrecklich.«

Die Ministerin drehte sich dem Spiegel zu, betrachtete

sich darin und versuchte, eine kleine Unvollkommenheit zu beheben. Sie holte einen goldenen Lippenstift heraus.

»Wann haben Sie Will zuletzt gesehen?«, fragte ich.

Behutsam trug sie Rot auf ihre Lippen auf und zögerte.

»Gott, lassen Sie mich nachdenken. Ist eine Weile her. Vielleicht 2005? Ja. In einem Pub in Kensington. Ein paar Monate, bevor ich zum ersten Mal für das Parlament kandidiert habe. Er war mit Eric Stone zusammen. Kennen Sie Eric?«

»Wills bester Freund – und auch mit mir befreundet.« Ich wusste nicht recht, warum ich das Bedürfnis verspürt hatte, den letzten Teil hinzuzufügen.

»Gott, was für ein attraktiver Mann. Ist er hier?«

»Nein«, antwortete ich. Tatsächlich war ich bitter enttäuscht gewesen, als Eric mich angerufen und mir mitgeteilt hatte, er könnte nicht kommen. »Er beaufsichtigt gerade in Italien den Bau seines neuen Rennboots.«

Daisy zog eine Augenbraue hoch und schloss mit einem Klicken ihren Lippenstift. »Schöner bester Freund.«

»Nein, er war am Boden zerstört, dass er nicht kommen konnte. Eric ist Profirennfahrer, steuert Boote. Und er ist gerade in Bari. Es hat ihn Jahre gekostet, das Geld für sein neuestes Projekt aufzutreiben. Deshalb konnte er einfach nicht weg«, erklärte ich. Dabei spürte ich selbst, wie ich ins Plappern geriet. Wen wollte ich eigentlich davon überzeugen – sie oder mich? Als ich George nicht hatte aufspüren können, hatte ich mich damit getröstet, dass Eric bei der Beerdigung sein würde. Aber sogar er hatte mich im Stich gelassen.

Daisy lächelte. »Meine Liebe, am Boden zerstört scheinen eher Sie mir zu sein. Ich kenne Eric. Sie müssen ihn nicht verteidigen. Damals hat er versprochen, für mich zu stimmen. Nur weiß ich mit Sicherheit, dass er zu den Wahlen 2005 nicht im Land war.«

»Will hat für Sie gestimmt. Ich auch.«

»Oh. Wenn das nicht süß ist. Was ist mit Ihrer Familie? Sind Ihre Verwandten hier?« Damit traf sie einen Nerv. Ich spürte, wie sich Tränen anbahnten. Daisy ergriff ein Taschentuch aus einer Schachtel am Waschbecken. Ich dachte, sie würde es mir geben. Stattdessen tupfte sie sich damit die Lippen ab.

Ich zog mir selbst eines aus der Schachtel und wischte mir damit die Augen trocken.

»Es hat immer nur meine Mutter und mich gegeben«, sagte ich schließlich. Mir widerstrebte zutiefst, wie kläglich sich meine Stimme dabei anhörte.

Unverhofft streckte sich Daisy mir entgegen und umarmte mich. Nachdem sie sich zurückgezogen hatte, musterte sie mich. Sie war gertenschlank und roch nach teurem Parfum mit einer Moschusnote. »Sie tragen doch wasserfeste Mascara, oder?«

Ich nickte.

»Sehr klug.« Damit wandte sie sich wieder dem Spiegel zu und überprüfte erneut ihr Aussehen. Nach kurzem Zögern holte sie eine Karte aus der Handtasche. »Passen Sie auf. Falls Sie je Lust haben, das Parlament zu besichtigen, rufen Sie mich an. Ich führe Sie herum. Und wir könnten Tee in der Bar für Abgeordnete trinken. Das ist ein echtes Erlebnis.«

Lächelnd nahm ich die Karte an. Ich wusste, sie wollte nett sein – und vielleicht ein wenig angeben. Daraus machte ich ihr keinen Vorwurf.

»Danke. Und auch danke fürs Kommen«, sagte ich.

»Gern. Will war ... Er war in einer schwierigen Zeit

meiner Jugend gut zu mir. Bleiben Sie stark, Maggie. Sie schaffen das.«

»Meinen Sie?«

»Vertrauen Sie mir. Ich bin Politikerin.« Darüber lachte ich, und sie grinste. »Jetzt muss ich der Familie mein Beileid aussprechen. Das mit dem Tee im Parlament ist mein Ernst. Rufen Sie mich an, wenn Sie eine Freundin brauchen.«

Damit ging sie und ließ eine Parfumwolke zurück. Ich blickte auf ihre Karte hinab und fragte mich, ob sie mich gerade trösten oder sich meine Stimme für die nächste Wahl sichern wollte. Immerhin fand Wills Beerdigung in ihrem Wahlkreis statt.

Kurz nach Daisys Abgang betrat Diane die Toiletten. »Da bist du ja«, sagte sie. »Die Frau, die ich gerade auf dem Gang mit einer bewaffneten Polizistin gesehen habe, kommt mir bekannt vor.«

»Daisy De Costa. Politikerin. Hat mit Will die Schule besucht.«

Diane zog eine Augenbraue hoch. »Hauptsache, sie ist nicht der Gesundheitsminister. Wenn der Trottel hier aufgetaucht wäre ...«

»Er ist nicht hier ... soweit ich weiß«, sagte ich.

»Gut. Mags. Diese Beerdigung ist ...«

»Surreal?«, schlug ich vor.

»Ja. Ich war am Buffet gerade mit einem Mann in der Schlange, der sich als Flaggenoffizier der Königin vorgestellt hat. Anscheinend ist er für das Hissen und Einholen der Flaggen in königlichen Palästen zuständig.« Ich nickte und drehte den Kopf, um mich im Spiegel zu betrachten. Diane folgte meinem Blick. Wir sahen uns gegenseitig im Spiegel an. »Raj, Kelly und Barry haben nach dir gesucht. Sie mussten gehen.«

»Wirklich?«, erwiderte ich, aufrichtig enttäuscht, weil ich keine Gelegenheit hatte, mit ihnen zu reden.

»Ich soll dir von ihnen auf Wiedersehen sagen. Sie haben alle die Nachtschicht.«

Ich warf einen Blick auf die Armbanduhr und stellte fest, dass es auf 17 Uhr zuging.

»Ich würde alles dafür geben, zur Nachtschicht anzutreten«, sagte ich.

Diane schenkte mir ein mattes, mitfühlendes Lächeln. »Wie lange bist du beurlaubt?«

»Zwölf Wochen. Und das nur, wenn ich in der Zwischenzeit nicht durchdrehe.« Ich holte meine Puderdose heraus. Die Totenwache würde bald enden, doch ich würde immer eine trauernde Witwe bleiben. So sah meine neue Normalität aus.

»Was hast du jetzt vor?«

»Ich muss zu unserem Haus in Kroatien, dort Wills Sachen aussortieren und alles winterfest machen. Aber das dauert nur eine Woche.«

»Du musst dich beschäftigen, sonst verlierst du den Verstand«, warnte Diane.

Wieder betrachtete ich mich im Spiegel. Und fürchtete, das könnte bereits passiert sein.

KAPITEL 8

Ich verschloss die Augen vor der Sonne und genoss die milde Brise der Adria.

Es war Ende November, etwas mehr als zwei Wochen nach Wills Beerdigung, und die Sonne schien mir herrlich warm ins Gesicht. Ich war sehr früh aufgestanden und hatte London vor Sonnenaufgang bei eisigem, heftigem Schneeregen verlassen. Dem wenige Stunden dauernden Flug nach Kroatien war ein schneller Transfer nach Dubrovnik gefolgt, um dort die Mittagsfähre zu erwischen.

Mein Ziel war unser Ferienhaus auf einer kleinen kroatischen Insel namens Tišina. Allein hatte ich sie noch nie besucht. Wir hatten einen Einheimischen namens Branko, der auf dem Festland lebte, für uns nach dem Rechten sah und Wartungsarbeiten durchführte, wenn wir nicht da waren. Ursprünglich hatte ich überlegt, ihn zu bitten, das Haus winterfest zu machen. Dann jedoch hatte ich mir gedacht, eine Woche dort könnte mir helfen, den Kopf freizubekommen, zu heilen und mich Will nahe zu fühlen. Außerdem musste ich entscheiden, was aus seinen Sachen werden sollte, und ich musste eine klassische Rolex, ein Gemälde und ein Paar Manschettenknöpfe holen. Will hatte sie mit dem Vorbehalt von seinem Vater geerbt, dass sie in den Familienbesitz zurückkehren mussten, sollte er vor mir sterben.

So spät im Jahr befand sich nur eine Handvoll Passagiere auf der Fähre. Während der Sommersaison pendelte sie täglich zwischen dem Festland und der Insel, im Winter jedoch nur einmal pro Woche. Als ich auf die Armbanduhr sah, stellte ich fest, dass wir bald ankommen würden.

Branko saß rittlings auf einer der langen Bänke weiter unten auf dem Deck und rauchte eine Zigarette. Er war ein kleiner, stämmiger Mann mit dunklen Augen und kurzem schwarzem Haar samt grauen Strähnen. Im Augenblick trug er Fußballshorts mit dem Logo von Manchester United, einen dicken weinfarbenen Pullover, weiße Socken und grüne Crocs. Als er den Zigarettenstummel über die Reling schnippte, bemerkte er, dass ich zu ihm schaute. Ich nickte und schenkte ihm ein verlegenes Lächeln.

Er nickte zurück, bevor er die Hände an den Mund legte, um sich eine weitere Zigarette anzuzünden. Bisher hatte ich mit Branko nie viel zu tun gehabt. Will hatte immer den Umgang mit ihm übernommen und mit ihm geredet, wenn er uns vom Flughafen abgeholt hatte. Beim Gedanken, mit ihm allein zu sein, wurde mir etwas mulmig, auch wenn er mich nur beim Haus absetzen würde.

Ich drehte mich wieder dem Wasser zu und spürte einen kleinen Anflug von Freude, als ich die Insel am Horizont erblickte. Dort hatte ich einige der glücklichsten Tage mit Will verbracht. Die Sonne brachte das Wasser des kobaltblauen Meers zum Funkeln, als wäre es von glitzernden Diamanten übersät. Den Duft der Adria hatte ich schon immer als himmlisch empfunden – eine milde Mischung aus Salz und Eukalyptus. Da mir zudem die Sonne das Gesicht sanft wärmte, fühlte ich mich besser als seit Wochen. Die nächsten Minuten lang beobachtete ich, wie wir uns der Insel näherten, die dadurch wirkte, als stiege sie aus dem Wasser auf. Ich fühlte mich Will an diesem Ort tatsächlich näher, was ich als tröstlich empfand.

Vor der Küste Kroatiens liegen mehr als tausend Inseln über den riesigen Archipel in der Adria verteilt. Tišina gehört mit knapp über zehn Quadratkilometern zu den kleinsten Bewohnten. Die Fähre näherte sich aus Osten und drehte dann nach Süden, um in die große hufeisenförmige Bucht einzulaufen. Als wir den Felsvorsprung an der Einfahrt umrundeten, schlug das Wetter um. Dichte Wolken wallten über den blauen Himmel und blockierten die Sonne. Knapp über dem Wasser trieb eine dünne Nebelschicht und wurde von einer steifen Brise landeinwärts geweht. Schaudernd löste ich den dicken Fleecepullover von meiner Taille und zog ihn an.

Hohe Aleppo-Kiefern säumten die Klippe, und in der Mitte der Bucht befand sich an der höchsten Stelle das *Sun-Inn* Hotel. Eine Straße führte die Felsen herab zum kleinen Hafen, in dem die Wellen gegen einen Steg aus Beton klatschten.

Ich dachte zurück an meinen letzten Besuch der Insel mit Will, damals Anfang August. Es war ein heißer, schwüler Tag gewesen. Spiegelglatte See, kein Wölkchen am Himmel. Bei der Anfahrt zur Insel hatten uns ein Stimmengewirr und Gelächter vom Swimmingpool des Hotels auf der Klippe begrüßt. An diesem Tag herrschte Stille in der Bucht, und das Hotel wirkte verlassen.

Ich spürte Finger auf der Schulter und erschrak.

»Entschuldigung«, sagte Branko und hob die Hände. »Komme ich nur sagen, bitte. Müssen wir zu Auto.«

Wir stiegen die Stufen zum dunklen, feuchten Fahrzeugdeck hinunter, wo es nach Diesel roch. Es fühlte sich völlig anders als eine Ankunft in den Sommermonaten an, wenn das Deck vor Touristenautos und Wohnwagen mit hinten festgezurrten Fahrrädern und Surfbrettern strotzte. An diesem Tag war es so gut wie leer. Neben Brankos verbeultem braunen Volvo beherbergte es nur zwei Lieferwagen von Handwerkern, einen mit hellen Steinziegeln beladenen Kleinlaster, einen schlammverkrusteten Traktor und einen Van der kroatischen Post mit der Aufschrift *Hrvatska pošta*.

Wir stiegen ins Auto und schlossen die Türen. Der Klang der dröhnenden Motoren der Fähre veränderte sich, als sie den Schub umkehrten und das Boot langsamer wurde. Dann folgten ein Ruck und ein dumpfer Laut, als die Fährte an den Betonsteg stieß. Wenig später strömte helles Licht herein, als sich die mächtigen Tore am Heck ächzend öffneten. Vom Meer trieb der Nebel heran und kräuselte sich über den Steg.

Die menschenleeren Balkone des riesigen Hotels oben auf der Klippe wirkten beunruhigend. Die Fenster schienen auf uns herabzustarren.

Als Branko den Motor anließ, sah ich mich um. Dabei stellte ich fest, dass außer uns nur das Postfahrzeug losrollte. Die Fähre würde vier weitere Inseln anfahren und um fünf Uhr zurückkehren.

Meine freudigen Empfindungen verflüchtigten sich. Bei der Aussicht darauf, allein auf der Insel zu sein, fühlte sich meine Kehle wie zugeschnürt an.

KAPITEL 9

Als wir von der Rampe der Fähre fuhren, tauchte auf der Straße oben an der Felswand ein roter Fiat auf und brauste in Richtung des Stegs herunter. Nach einer halben Wende kam er mit quietschenden Reifen zum Stehen und versperrte uns den Weg. Branko bremste und hielt ebenfalls an. Aus dem Fiat stieg ein großer, breit gebauter Mann mittleren Alters mit krummer Haltung und eilte an uns vorbei. Der Wind peitschte lange, kohlenschwarze Strähnen um die linke Seite seines Kopfs.

»Das ist Dragan. Inselverwalter«, erklärte Branko.

»Er lebt auf der Insel?«

»Ja. Mit seine Sohn Luka. Dragan immer trifft Priester, wenn er kommt zu Besuch.«

Die Windschutzscheibe beschlug. Branko wischte einen kleinen Kreis frei. Der Priester erwies sich als gedrungener, schrumpeliger Mann mit olivfarbener Haut und schwarzen Augen. Die ziemlich massige Nonne, die ihn begleitete, überragte ihn um mehr als einen Kopf. Die Frau schien Mitte achtzig zu sein und trug eine altmodische

Pinguinaufmachung. Als sie den kleinen Geistlichen am Arm von der Rampe der Fähre führte, wirkte sie mehr wie eine Leibwächterin als eine Dienerin Gottes. Dragan begrüßte den Priester mit überschwänglicher Begeisterung. Im Gegensatz dazu bekam die Nonne nur ein knappes Nicken. Er half dem Mann von der Passagierrampe und führte ihn an uns vorbei zum Fiat.

»Der Pater besucht Kirche alle paar Wochen. Segnet Weihwasser, macht Messe«, teilte Branko mir mit. Dragan und die Nonne halfen dem verwirrten Priester auf den Beifahrersitz. Bei Handgreiflichkeiten würde der Geistliche hoffnungslos untergehen. Die Nonne hingegen sah aus, als wüsste sie sich ihrer Haut zu wehren. Hätte sie auf der Insel gelebt, ich hätte es als beruhigend empfunden.

»In der Kirche bin ich noch nie gewesen«, sagte ich, als mir ein um Brankos Innenspiegel gewickelter Rosenkranz mit einem kleinen silbernen Kreuz auffiel.

»Wunderschönes Gebäude. Alt, sehr alt«, meinte er. Wir beobachteten, wie Dragan auf dem Steg vor uns zurücksetzte, um zu wenden. Die Hinterräder kamen der Kante dabei gefährlich nahe. Als er bemerkte, dass wir warteten, winkte er uns zu, bevor er mit seiner kostbaren Fracht den Hügel hinauf davonfuhr.

»Messe ist in einer Stunde. Sie wollen kommen?«, fragte Branko und richtete einen eindringlichen Blick auf mich. »Denke ich, ist gut für Sie. Ja?«

Etwas daran, wie er es sagte, irritierte mich. So, als *sollte* ich hingehen. Kurz spielte ich mit dem Gedanken an eine Ausrede, entschied mich jedoch am Ende für die Wahrheit.

»Nein. Danke. Ich bin nicht besonders religiös«, erklärte ich.

Branko bedachte mich mit einem Seitenblick, bevor er den

Gang einlegte. Schweigend fuhren auch wir den Hügel hinauf.

Oben am Hang verflachte die Straße und ging in glatten Asphalt über. Rechts führte eine geschwungene Auffahrt zum *Sun-Inn* Hotel hoch. Entlang einer Reihe verzierter Straßenlaternen aus Metall hatte sich Laub angesammelt. Mehr davon übersäte das gepflegte Gelände dahinter. Auf den Balkonen des Hotels befand sich niemand. Die hohen Fenster der Rezeption hatte die Gischt vom Meer mit salzigen Rückständen verschmutzt. Unmittelbar hinter dem Hoteleingang begann eine kurze Promenade mit Lokalen, Souvenirläden und einem kleinen Supermarkt. Im Sommer war es ein belebter Ort. Etliche Touristen saßen dann unter Sonnenschirmen an Bars und auf Terrassen von Restaurants. An diesem Tag lagen die Betriebe geschlossen und teilweise mit Brettern gesichert da, wodurch die Promenade kleiner wirkte.

Das letzte Lokal besaß eine weitläufige Terrasse aus Holz, knöchelhoch von Laub bedeckt. Danach wurde aus der Straße ein Feldweg, der sich fast bis zum Hang erstreckte. Die felsige Küste auf der Westseite der Insel säumten kleine Strände und Buchten. Wir passierten ein großes weißes Haus im Art-déco-Stil, anschließend einen unscheinbaren Bungalow aus Holz, die Fenster mit Brettern zugenagelt.

»Alle gemacht winterdicht letzte Monat«, erklärte mir Branko, als er meinen Blick bemerkte. »Sie kennen sie?«

»Wen? Die anderen Hausbesitzer?«

»Ja.«

»Nein, ich bin ihnen nie begegnet. Dragan habe ich auch nie kennengelernt«, antwortete ich ihm. Ich konnte mich vage erinnern, dass Will einen Inselverwalter erwähnt hatte.

Der Mann hatte ihm bei irgendwelchen Baugenehmigungen geholfen.

Die unbefestigte Straße verlief von der Küste weg und stieg in Richtung mehrerer Hügel an. Auf der Kuppe des Markantesten in der Mitte der Insel stand die winzige Kirche mit ihrem butterfarbenen Turm. Weit entfernt konnte ich sehen, wie sich der rote Fiat den Hang hinaufkämpfte.

»Wie alt ist Dragans Sohn?«

»Einundsechzig.«

»Wie alt?«

»Nein. Sechzehn«, korrigierte sich Branko und setzte ein breites Grinsen auf, bei dem kleine, tabakfleckige Zähne zum Vorschein kamen. »Bin ich nicht gut mit Zahlen.«

Ich erwiderte das Lächeln und bemühte mich, nicht zu zeigen, wie nervös ich mich fühlte. Unser Haus lag an der abgelegensten Stelle der nordwestlichen Spitze der Insel, auf der ich mich als einzige Frau mit zwei Männern aufhalten würde.

Brankos Auto schien keine Federung zu besitzen. Jedenfalls spürte ich jeden Stoß, während wir über den rauen Untergrund holperten. Wir fuhren durch altes Ackerland, über das kreuz und quer Trockenmauern verliefen. In den Sommermonaten waren die Felder trotz der Hitze auf der Insel üppig grün. Mittlerweile jedoch waren die Wildblumen und das Gras verwelkt, was allem eine bräunliche Schattierung verlieh. Ein lichter Nebel schlängelte sich zwischen den Bäumen hindurch landeinwärts und in dünnen Ranken über die Straße vor uns. Wir kamen an zwei Schafskeletten neben den niedrigen Mauern vorbei. Etwas weiter lag ein Schafkadaver vor einem Tor halb auf der Fahrbahn. Branko musste nach links schwenken, um ihm auszuweichen. Der Kadaver sah noch frisch aus. Zwei riesige

Krähen mit glänzendem schwarzem Gefieder hockten darauf und pickten ein Loch in das wollige Fell. Sie stoben in die Luft und kreisten. Kaum waren wir daran vorbei, schaute ich zurück und sah, wie sie prompt wieder herabstießen, um sich weiter an dem Tier gütlich zu tun.

Die Straße stieg steil an. Der Motor des Autos heulte vor Anstrengung auf. Dann passierten wir plötzlich das Tor zu meinem Haus. Branko bremste und setzte zurück. Er sprang hinaus, öffnete das Vorhängeschloss und entfernte die Kette. Das knallgrüne Tor hob sich deutlich von der verwitterten grauen Trockenmauer ab. Es ächzte, als es aufgeschoben wurde. Neben der Mauer bemerkte ich einen weiteren Schafkadaver. Er bestand nur noch aus Wolle und Knochen. Branko stieg wieder ein und fuhr uns durch das Tor.

Die welligen Mauern umgaben unser Grundstück auf drei Seiten. Auf der Vierten bildete das Meer eine natürliche Barriere. Ein holpriger Weg führte vom Tor dreihundert Meter zu unserem Haus oben auf an der Klippe hinauf. Durch den Winkel konnte man es von der Straße aus nicht sehen.

Plötzlich verspürte ich den Drang, allein zu sein.

»Ich schließe das Tor und komme nach«, kündigte ich an und stieg aus dem Auto. Branko nickte und bedeutete mir, zu gehen. Ich schloss die Beifahrertür, und er fuhr los. Wenig später folgte ich ihm zu Fuß den Weg zum Haus hinauf. Die kalte, frische Luft und der kräftige Wind vom Meer brachten meine Augen zum Tränen.

Der Boden fühlte sich feucht an, und an einigen Stellen lugte Gestein durch den Ginster und das Gestrüpp. Nach dem Bau hatten wir diesen Teil des Grundstücks der Natur überlassen. Will wollte eigentlich alles umgestalten, aber mir gefielen im Sommer die Wildblumen und die winzigen

Eidechsen, die sich so gern auf den Felsbrocken sonnten. Abgesehen davon war noch etwas anders. Einige Augenblicke lang konnte ich es nicht einordnen. Die Zikaden. Ihr Zirpen und Schnarren bildete in den Sommermonaten eine allgegenwärtige Geräuschkulisse. An diesem Tag jedoch hörte ich nur den Wind an den Ohren vorbeirauschen.

Wenig später erreichte ich den Carport an der Stirnseite des Hügels. Branko hatte bereits neben dem winzigen Smart eingeparkt, den wir uns für die Insel gekauft hatten. Die Aussicht von oben erstreckte sich über die Felder bis zurück zum Hotel. In die andere Richtung konnte ich über das Meer schauen. Die Fähre bildete nur noch einen Punkt nah am Horizont. Der heftige Wind brachte mich leicht zum Taumeln.

Neben dem Carport befand sich ein dünnes Metallgeländer. Erst wenn man dort hintrat, konnte man das Haus sehen. Das Grundgestein war abgetragen worden, um es zu bauen. Das flache, grasbedeckte Dach verlief daher plan mit dem restlichen Grundstück. Ein Tor und zehn steile, in den Felsen gehauene Stufen aus Stein führten hinunter zu einem kleinen Hof und der Eingangstür.

Aus meinem Gedächtnis tauchte auf, wie ich zum ersten Mal an der Stelle gestanden hatte ...

Damals wurde die Mittagshitze vom Boden zurückgestrahlt. Aus dem Gras und den Bäumen der Umgebung tönte das Zirpen von unzähligen Zikaden. Neben der Stelle, an der ich stand, war ein riesiges Loch aus einer glatten Felsfläche am Rand der Klippe gesprengt worden.

»Wir setzen kontrollierte Explosionen ein«, erklärte Will

aufgeregt und zeigte auf eine Metallbox mit einem Knopf zu meinen Füßen. Er stand mit nacktem Oberkörper da. Eine dünne Schicht Gesteinsstaub bedeckte seine verschwitzte, sonnengebräunte Brust und sein Haar.

»Eine Sprengung so nah am Rand der Klippe? Ist dein Boot auch nicht in der Gefahrenzone?«, fragte ich Eric. Er befand sich neben Will und war genauso verdreckt. Sein dunkler Bart und das ergrauende Haar lugten unter einem Hals- und Kopftuch hervor.

»Es ist um die Ecke an dem kleinen Strand hinter der Bucht vertäut«, antwortete er.

Den Bauarbeitern, die in der Mittagshitze schwitzend um uns herumstanden, merkte ich an, dass sie allmählich ungeduldig wurden. Einer reichte mir einen speckigen Gehörschutz. Als ich ihn aufsetzte, spürte ich den Schweiß des vorherigen Trägers. Ich kniete mich neben den Knopf.

»Drei, zwei, eins«, sagte Will. Als ich darauf drückte, folgte nach einer kurzen Verzögerung ein trotz Gehörschutz ohrenbetäubender Knall, und ein heißer Luftschwall erfasste uns. Ein vorstehendes Quadrat der Felsplattform am Rand des Lochs bröckelte, ehe es zu einem Haufen aus losem Geröll zerfiel.

Die Bauarbeiter stimmten Rufe an und kletterten wieder hinunter in die Grube.

»Gut gemacht, Mags«, lobte Will. Er legte die Arme um mich, ich lehnte mich an ihn. »Jetzt ist es vielleicht nur ein Loch im Boden, aber schon bald entsteht daraus ein wunderschönes Haus. Unser eigenes kleines Stück vom Paradies.«

KAPITEL 10

Ich erinnerte mich gut an das Gefühl von damals. Meine Freude auf die Zukunft, seine heiße, verschwitzte Brust an mir. Und ich erinnerte mich daran, wie perfekt mein kleinerer Körper in die Wölbung seiner großen Gestalt gepasst hatte. Zwei Teile, die zusammen etwas Vollständiges ergaben. Als ich die Augen öffnete, befand ich mich wieder in der Gegenwart, stand neben den Stufen hinunter zur Haustür und wurde vom Wind durchgeschüttelt. Ich ließ den Blick über das Grundstück wandern. Die Reihen der Weintrauben am anderen Ende wurden Anfang September geerntet. Mittlerweile waren die Blätter an den Reben abgestorben.

Es schmerzte, dass Will nie wieder herkommen und diese Schönheit genießen würde. Die Traubenlese hatte ihm solche Freude bereitet. Und er hatte erst begonnen, sich mit den Abläufen der Weinherstellung zu befassen.

Dieser Ort hatte unsere Zuflucht vor den Zwängen des Lebens in London dargestellt, ein Plätzchen, an dem wir einfach unbeschwert Zeit miteinander verbracht hatten. Als ich mich umdrehte, sah ich, wie Branko mein Gepäck aus dem Kofferraum seines Autos hievte und sich unter dem Gewicht krümmte.

»Sie bringen Steine mit?«, fragte er. Ich steuerte auf ihn zu, wollte ihm helfen, doch er winkte mich zurück.

»Sind hauptsächlich Lebensmittelkonserven von zu Hause«, sagte ich. Unwillkürlich dachte ich über das Wort *Zuhause* nach. Wo war das? Ich fragte mich, ob sich dieser Ort danach anfühlte, doch das traf nicht zu. Ich empfand ihn eher als eigenartig und fremd. Als wäre ein Urlaub zu Ende, und ich wäre zurückgelassen worden.

Der Wind fegte durch mein Haar. Ich beobachtete, wie sich eine Öffnung in der silbrigen Wolkenschicht auftat. Ein goldener Sonnenstrahl schien hindurch und erhellte einen Fleck des Meers pastellblau. Die Fähre verschwand hinter dem Horizont. Die Wolken zogen sich wieder zusammen, und der Sonnenschein erlosch. Schaudernd zog ich den Mantel enger um mich. Trotz Brankos Protest half ich ihm mit meinem Koffer die steile Steintreppe hinunter zum Hof und zur Vordertür. Für mich war es von Anfang an die Vordertür gewesen, obwohl sie sich genau genommen an der Rückseite befand. Die Vorderseite wies zum Meer.

In dem Bereich am Fuß der Treppe war es immer feucht und düster. Die Palme, die wir auf dem kleinen Hof gepflanzt hatten, wirkte trostlos. Sie schien Mühe zu haben, vernünftig zu wachsen. Branko hob meinen Koffer über die letzte Stufe und stellte ihn vor der geschnitzten Holztür ab. Dabei handelte es sich um ein wahres Monstrum, über zwei Meter hoch, geborgen aus einer alten spanischen Kirche. Sie bestand aus dickem Eichenholz und bestach auf beiden Seiten mit wunderschönen Schnitzereien.

Am liebsten wäre ich allein gewesen. Das Haus zu

betreten, würde Erinnerungen und Emotionen auslösen, das wusste ich. Und ich wollte nicht vor Branko weinen. Aber er wartete unmittelbar hinter mir, und mir fiel kein Grund ein, ihn zu ersuchen, draußen zu bleiben. Beim Aufschieben der Tür spürte ich ihr Gewicht. Nach einem tiefen Atemzug trat ich ein.

Die Vordertür mündete direkt in einen großen offenen Küchen- und Wohnbereich. Kaum befand ich mich drinnen, bestürmten mich die Erinnerungen. Eine bunte Decke, die meiner Mutter gehört hatte, hing über der Armlehne des langen smaragdgrünen Sofas. Ich ging hin und strich mit den Fingern über die weiche Wolle. Ma hatte die Decke gestrickt, als ich acht oder neun Jahre alt war. Sie sollte mich wärmen, während wir in einem Zelt im Friedensprotestlager von Greenham Common gelebt hatten. Da meine Mutter vor zehn Jahren gestorben war, hatte sie dieses Haus nie zu Gesicht bekommen.

Bei unserem letzten Besuch im August hatten Will und ich überstürzt losgemusst, um die Fähre zu erwischen. Seit jenem chaotischen Aufbruch war alles unberührt geblieben. Am Rand des riesigen Couchtischs stand noch ein Becher mit schimmelnden Teeresten von Will, auf der Kücheninsel eine zu zwei Drittel volle Flasche unseres selbst gekelterten Weins. Ich hatte sie an unserem letzten Abend geköpft. Dass es die Dritte hintereinander gewesen war, hatte zu einer hitzigen Diskussion geführt. Will hatte recht behalten. Wir hatten es nicht geschafft, sie auszutrinken.

Am großen Edelstahlkühlschrank klebte ein Polaroid-Selfie von der letztjährigen Traubenlese. Wir standen vor den Weinstöcken, die vor prallen violetten Früchten nur so strotzten. Ich hatte die Arme um Wills Taille geschlungen, während wir mit strahlenden, sonnengebräunten Gesichtern in die Kamera blickten. An diesem Ort hatten wir uns stets so frei gefühlt. Früher hatte ich mir oft gewünscht, wir könnten immer wie in Kroatien sein – fernab von Wills Familie, ohne den Stress, mit dem seine Mutter unsere Beziehung belastete.

Die Rückkehr in unser Urlaubsdomizil löste heftige Emotionen in mir aus. Es war unser Traumhaus gewesen. Wills Herzensprojekt. Er hatte die Planung durchgeführt, den Bau beaufsichtigt und fast alles ausgewählt, was das Haus enthielt. Jedes Möbelstück, die Böden und die Wände schienen seine Persönlichkeit auszustrahlen, als wäre er nur kurz rausgegangen und würde jeden Moment zurückkommen. Ich hob die Hand vors Gesicht. Branko wartete nach wie vor geduldig an der Vordertür.

»Tut mir leid«, entschuldigte ich mich und wischte mir über die Augen.

»Kann ich Koffer bringen?«, fragte er. Ich nickte. Er hievte ihn über die Schwelle und stellte ihn neben dem Kühlschrank ab. Dann kehrte er um und wollte die Tür schließen.

»Bitte. Lassen Sie sie offen ... Hier muss durchgelüftet werden.«

»Sie brauchen noch Hilfe?«, erkundigte er sich.

»Können Sie mir noch mal zeigen, wie man den Code der Alarmanlage ändert?«

Ich ging zum Touchscreen der Steuerung der Anlage neben der Tür. Branko holte ein Etui mit einer dicken Lesebrille aus der Tasche. Plötzlich musste ich gegen den Drang ankämpfen, zu lachen. Als er die Brille aufsetzte, vergrößerte sie seine Augen geradezu comicartig. Mir kam in den Sinn, wie oft wir seine verrückte Fahrweise hatten erleben müssen, ohne dass er die Brille aufgehabt hatte. Wie schlecht sah er eigentlich?

Er zeigte mir, wie man die Sicherheitseinstellungen aufrief, und wandte sich ab, als ich einen neuen Code eingab.

»Danke«, sagte ich danach. Allerdings war ich mir nicht sicher, ob eine Alarmanlage viel für meinen Schutz bewirken könnte. Will hatte sie eher aus Versicherungsgründen eingebaut. Ein Alarm würde zur Polizei auf dem Festland durchgestellt. Branko steckte die Brille zurück ins Etui. »Kommen Sie lieber nicht zu spät zur Messe«, fügte ich hinzu.

Er nickte, kramte in den Shorts und holte einen Zettel hervor. »Das ist Telefonnummer von Dragan. Wenn Problem, Sie rufen ihn an. Wenn er nicht antwortet, rufen an meine Telefon«, sagte Branko. »Bin ich heute weg und komme ich zurück mit Fähre ...« Er zögerte.

»Nächsten Mittwoch«, erwiderte ich.

»Nächsten Mittwoch«, wiederholte er und nickte mit ernster Miene. »Tut mir so leid. Dass Sie Mann verlieren.« Dann überraschte er mich, indem er sich vorbeugte und mich umarmte. Allerdings nur mit dem Oberkörper, ohne sich an mich zu pressen. Plötzlich verspürte ich Dankbarkeit für das Gefühl von Schutz durch einen Mann. Dann zog ich mich zurück, weil ich ihn nicht auf falsche Gedanken bringen wollte, indem ich die Umarmung erwiderte. Er lächelte und entblößte dabei Zähne wie die Tasten eines alten Klaviers. Sein Lächeln hatte etwas zugleich Albernes und Liebenswertes an sich. Es veränderte sein Gesicht, das sonst immer so ernst aussah.

»Danke, Branko. Für alles.«

Er nickte, bevor er hinausging. Oben am Kopf der Treppe zögerte er und drehte sich zurück. »Werde ich beten und Kerze anzünden für Will«, teilte er mir mit.

»Danke«, sagte ich erneut. Einerseits war ich froh, dass

Branko ging, andererseits fühlte es sich schrecklich an, zu wissen, dass ich auf mich allein gestellt sein würde. Nach einem weiteren Nicken verschwand er.

Ich ging zurück hinein. Nachdem ich die Vordertür geschlossen und verriegelt hatte, stand ich da und sah mich im Haus um. Auf einmal empfand ich es als so leer und viel zu groß für mich allein. Die polierten Marmorböden reflektierten das graue Tageslicht. Von draußen hörte ich, wie der Motor des Autos ansprang.

Ich kehrte zum Touchscreen der Alarmanlage an der Tür zurück. Neben dem Alarm hatte Will auch Überwachungskameras installiert. Ich schaltete auf die Übertragung jener, die zur Zufahrt wies, und beobachtete, wie Branko aus dem Wagen stieg, um das Tor zu schließen. Dann fuhr er aus dem Bild. Eine Weile starrte ich auf die Ansicht des Tors und der verwaisten Straße, bis sich der Bildschirm abschaltete. Als ich mich meinem Koffer zuwenden wollte, klingelte die Gegensprechanlage. Der Bildschirm leuchtete wieder auf. Ich erblickte den auf der Straße parkenden Lieferwagen der kroatischen Post und einen am Tor wartenden Postboten.

Es war frostig, als ich den Hügel hinuntereilte. Am Horizont zogen Gewitterwolken auf.

»Dobar dan«, sagte der Briefträger und reichte mir über das Tor hinweg einen Stapel Kuverts. Nach einer knappen Abschiedsgeste stieg er wieder in seinen Lieferwagen.

Ich hatte mich noch nie um die Rechnungen für das Haus gekümmert. Auch einige offiziell aussehende Briefe befanden sich in dem Stapel. Beim dritten Umschlag stachen mir der Name und die Anschrift auf der Vorderseite ins Auge, geschrieben mit blauer Tinte. Mehrere Herzschläge lang starrte ich darauf.

Der Brief war in Wills Handschrift an mich adressiert.

KAPITEL 11

Keine Ahnung, wie lange ich entgeistert auf die Handschrift gestarrt hatte, bevor ein dicker Regentropfen auf dem Kuvert landete. Gleich darauf öffnete der Himmel seine Schleusen, und es begann, wie aus Eimern zu gießen. Ich steckte mir die Briefe in die Manteltasche, zog den Kopf ein und rannte zurück zum Haus.

Unterwegs sagte ich mir wieder und wieder, dass ich mir etwas einbildete und voreilige Schlüsse zog. Das war nicht Wills Handschrift. Bestimmt ein Beileidsschreiben von einem alten Freund. Oder vielleicht ein Brief von einem Nachbarn. Mehrere andere Briten besaßen Ferienhäuser auf der Insel.

Als ich drinnen ankam, war ich bis auf die Haut durchnässt. Ich streifte den Mantel ab, wischte mir mit dem Ärmel über das Gesicht und strich das triefende Haar zurück. Dann holte ich den handbeschrifteten Umschlag aus der Tasche und legte ihn auf die Arbeitsplatte aus Marmor. Warum sollte Will einen Brief an mich nach Kroatien schicken? Und wie überhaupt? Er war tot. Ich ergriff das Kuvert. Es handelte sich um edles, schweres Papier, cremefarben und weich, beinah wie Baumwolle. Der Gedanke, Will könnte meinen Namen auf den Umschlag geschrieben haben, legte meine Emotionen blank. Als ich genau hinsah, durchlief mich ein Schauder. Der Poststempel stammte aus London, das Datum lag sieben Tage zurück.

Ich griff mir das schmutzige, am Herd hängende Geschirrtuch und trocknete mir damit das Gesicht und die Hände ab. Dann zog ich ein Messer aus dem Block neben dem Herd und schlitzte den Umschlag auf. Er enthielt einen dreifach gefalteten Brief auf demselben hochwertigen Papier wie das Kuvert. Als ich es ausbreitete, sah ich Zeilen in ordentlicher Handschrift aus blauer Tinte.

Liebe Maggie,
wenn du diesen Brief liest, ist mir etwas zugestoßen. Für den Fall
meines Tods habe ich meinen Anwalt Henrich Weiss damit
beauftragt, dir diesen Brief zu schicken.

Bevor ich weiterlas, holte ich tief Luft.

Ich habe dich mehr geliebt, als du ahnen kannst. Unser
gemeinsames Leben war mein größtes Glück. Ich habe dich für
deine Schönheit, deinen Verstand und dein Talent geliebt. Eine
seltene Dreifaltigkeit.
Ich hätte dir ein besserer Ehemann sein sollen. Dass ich es nicht
war, tut mir leid. Als ich Arzt geworden bin, wollte ich Gutes
bewirken. Aber ich habe Fehler gemacht und musste weg von der
Medizin.
Ich hoffe, dass dir dieser Brief nie geschickt werden muss und
wir zusammen glücklich und zufrieden alt werden. Falls sich

jedoch meine Befürchtungen bewahrheiten, ist die Tinte vielleicht noch nicht lange trocken.

Mir ist klar, dass dieser Brief Fragen aufwirft. Geh in unsere Kirche, zünde eine Kerze für mich an. Dort findest du den Schlüssel zu deiner Zukunft.

In ewiger Liebe, Will

Ich las die Zeilen mehrmals. Meine Beine zitterten, als ich mich auf einen Stuhl setzte. Um es zu unterbinden, presste ich die Füße gegen den Boden. Das konnte nur ein Scherz sein. Aber wer würde so etwas tun? Und warum war der Brief nach Kroatien statt zu unserer Adresse in London geschickt worden? Die saubere Handschrift wirkte eindeutig vertraut. Nur hatte Will nie etwas von Hand geschrieben. Es musste sich um eine Fälschung handeln. Um einen kranken Streich.

Ich stand vom Tisch auf und begann, die Schubladen der Kücheninsel und der Schränke zu durchwühlen, suchte zunehmend hektischer nach irgendetwas mit Wills Handschrift darauf.

Als Nächstes eilte ich zum Bücherregal im Wohnzimmer und leerte dessen oberste zwei Schubladen. Ein Haufen Papiere fiel heraus und verteilte sich über den glatten Marmorboden – Stromrechnungen, Kontoauszüge, Bedienungsanleitungen, Garantiehefte. Sonst nichts. In den Tiefen der dritten Schublade fand ich eine alte Jubiläumskarte. Ich klappte sie auf. Ein Triumphgefühl erfüllte mich, als ich sah, dass sie Wills ordentliche Handschrift enthielt.

Ich kehrte in die Küche zurück und legte die Karte und den Brief nebeneinander. Die Buchstaben *r* sowie *f* und *p* sahen identisch aus. Auch die Unterschriften stimmten überein. Der Brief stammte tatsächlich von Will.

Ich trat einen Schritt von der Küchentheke zurück. Der Stuhl hinter mir kippte mit einem lauten Krachen um, das mich erschreckte. Einen Moment lang stand ich unkontrolliert zitternd da, während der Lärm verhallte. Dieser Brief war echt.

Schließlich holte ich tief Luft und betrachtete die Worte vor mir. Meine medizinische Ausbildung setzte sich durch, und ich wischte mir die Augen ab. Ich musste mit Logik an die Sache herangehen und durfte nicht durchdrehen. Also hob ich den Stuhl auf, lehnte mich an die Arbeitsplatte und las den Brief erneut.

Für den Fall meines Tods habe ich meinen Anwalt Henrich Weiss damit beauftragt, dir diesen Brief zu schicken.

Wills Anwalt war Marcus Smoad von Smoad & Fetherington, einer alten Londoner Kanzlei, von der sich Wills Familie seit Jahren betreuen ließ. Marcus Smoad hatte auch Wills Nachlass geregelt und in London die Testamentsverlesung geleitet. Dabei waren weder ein Brief noch ein gewisser Henrich Weiss erwähnt worden. Der eine Woche alte Poststempel auf dem Umschlag stammte aus Charing Cross.

Ich holte mein Handy und googelte den Mann. Seine Kanzlei in Charing Cross tauchte in den Suchergebnissen auf.

Ich wählte die Nummer. Eine Sekretärin meldete sich mit leiernder Stimme. Kurz erstarrte ich und wusste nicht, was ich sagen sollte. Dann ersuchte ich darum, mit Mr. Weiss zu sprechen, und nannte ihr meinen Namen.

»Bitte bleiben Sie in der Leitung«, lautete die Antwort. Eine lange Pause entstand.

»Hallo Margaret, hier Henrich Weiss«, ertönte schließlich eine Männerstimme mit leichtem Akzent in prägnantem, fast zu perfektem Englisch. Ich wusste nicht, wie ich anfangen sollte. Mein Blick senkte sich auf den Brief. Ich vergewisserte mich, dass ich keine Wahnvorstellungen hatte und nicht in Wirklichkeit eine Gasrechnung in der Hand hielt.

»Hallo. Ich bin Margaret Kendall.«

»Ja, mir ist bewusst, wer Sie sind. Hallo. Lassen Sie mich Ihnen zunächst zum Ausdruck bringen, wie sehr ich Ihren Verlust bedaure. Mein Beileid.«

»Danke. Ich habe gerade einen Brief bekommen, den anscheinend Sie verschickt haben.«

»Das ist richtig.«

»Sie haben ihn aufgegeben?«

»Ja.«

»Sie sind nicht der Stammanwalt von Will und seiner Familie. Wissen Sie, warum er sich an Sie gewandt hat?«

»Ich fürchte nein«, antwortete der Mann.

Einen Moment lang wusste ich nicht, wie ich fortfahren sollte.

»Was wissen Sie sonst?«

»Ich weiß nur, dass er mich gebeten hat, den Brief zu verschicken, sollte er vorzeitig versterben. Und ich sollte seine Echtheit bestätigen, falls Sie anrufen.«

»Will hat sich an Sie gewandt, weil er gedacht hat, er könnte sterben? Wann war das?«

»Erstmals vor sechs Jahren, um die genannten Vorkehrungen zu treffen. Im Fall seines plötzlichen Tods sollte ich den Brief an die von ihm gewünschte Adresse schicken.«

»Vor sechs Jahren?«, wiederholte ich ungläubig. Ich konnte nicht fassen, dass Will eine solche Möglichkeit bereits vor so langer Zeit vorhergesehen hatte. Damals hatte es das Haus in Kroatien noch gar nicht gegeben. Dann wurde mir klar, dass Will vor sechs Jahren beschlossen hatte, aus der Welt der Medizin auszusteigen.

»Maggie, sind Sie noch dran?«, fragte Henrich.

»Ja. Ich bin nur verblüfft. Hat Will Ihnen irgendwelche Anweisungen hinterlassen, die ich befolgen soll, wenn ich den Brief erhalte?«

»Nein. Er hat nur gesagt, Sie würden mich anrufen. Ich sollte ihnen bestätigen, dass der Brief echt ist und von ihm verfasst wurde. Außerdem wollte er, dass Sie mir den Inhalt nicht mitteilen.«

»Er hat ihnen den Brief nicht gezeigt?«

»Nein. Er wurde mir versiegelt übergeben, und so ist er Wills Wunsch entsprechend geblieben.« Bei der letzten Äußerung durchzuckte mich Kälte. Nachdem ich den Anruf beendet hatte, lauschte ich dem Prasseln des Regens gegen die Fenster. Das nasse Haar hing mir schlaff und kalt ins Gesicht. Ich schauderte.

Schließlich stand ich auf und goss mir aus der Flasche Chivas im Bücherregal einen Whisky ein. Als ich das Glas zum Mund hob, zitterte ich immer noch. Ich leerte es in einem Zug. Die Flüssigkeit brannte in meiner Kehle. Ich stellte das Glas neben den Brief und starrte darauf. Die Geräusche des Regens schienen lauter zu werden.

Wenn du diesen Brief liest, ist mir etwas zugestoßen.

Was, wenn Will gewusst hatte, dass er sich umbringen würde? Hatte er die Waffe mit dem Wissen gekauft, dass er sich irgendwann das Leben nehmen würde? Nein. Das ergab keinen Sinn. Bestimmt hatte er sich den Revolver zum Schutz zugelegt. Der Brief legte eher nahe, dass sein Leben in Gefahr hätte sein können. Seine Abkehr von der Medizin vor sechs Jahren war ein Wendepunkt für ihn gewesen. Zumindest hatte ich das gedacht. Und doch hatte er ohne mein Wissen einen geheimen Brief geschrieben und sich eine Schusswaffe gekauft.

Das Blut raste durch meinen Körper, als hätte ich gerade einen Wettlauf beendet. Meine Beine zitterten nach wie vor, und erneut drohte Panik, mich zu überwältigen. Ich schenkte mir einen weiteren großzügigen Whisky ein und stürzte ihn hinunter.

Die Minuten vergingen. Während ich wieder auf den Brief starrte, flaute das Adrenalin in meinem Körper allmählich ab. Ein Mensch kann nicht lange in einem Zustand akuter Panik bleiben. Als sich das Zittern legte, brach erdrückende Erschöpfung über mich herein. Ich hatte seit Wochen nicht mehr richtig geschlafen. Und durch den frühen Aufbruch zum Flughafen hatte ich in der vergangenen Nacht kaum eine Stunde die Augen zugemacht.

Ich beugte mich vor, senkte die Arme auf die Kücheninsel, bettete den Kopf darauf und drückte die Wange gegen den kühlen Marmor. Als der Schlaf plötzlich heftig an mir zerrte, schloss ich die Augen.

Es fühlte sich an, als hätte ich sie nur für eine Minute zugemacht. Doch als ich aufwachte, schwand draußen bereits das Tageslicht. Ich setzte mich auf. Mein Hals und Rücken waren steif von der unnatürlichen Haltung und eine Gesichtshälfte taub vom kalten Marmor. Ich fühlte mich desorientiert. Der Regen hatte aufgehört. In der Küche herrschte drückende Stille. Ich rieb mir die Augen. Als ich auf die Armbanduhr blickte, zeigte sie 16:40 Uhr an. Ich hatte fast vier Stunden geschlafen.

Mein Mund fühlte sich trocken an. Ich stand auf, ging zum Spülbecken und trank ausgiebig kühles Wasser direkt aus dem Hahn. Danach atmete ich mehrmals tief durch. In der mittlerweile herrschenden Düsternis sah ich Wills Brief auf der Arbeitsplatte liegen.

Ich las ihn erneut durch, diesmal mit klarerem Kopf. Er hatte gewusst, dass sein Leben in Gefahr geschwebt hatte, und er hatte vorausgeplant. Will hatte sich nicht umgebracht.

Mir ist klar, dass dieser Brief Fragen aufwirft. Geh in unsere Kirche, zünde eine Kerze für mich an. Dort findest du den Schlüssel zu deiner Zukunft.

Damit wollte er mir etwas mitteilen. Ich sollte zu unserer Kirche in Southwark gehen, wo wir geheiratet hatten. Und wo seine Beerdigung stattgefunden hatte.

Er hatte sich nicht aus Verzweiflung oder Depressionen das Leben genommen. Dadurch wurde mir etwas leichter ums Herz. Aber welche alternative Erklärung konnte es geben? Ich sah abermals nach, wie spät es war. Die Fähre würde in fünfzehn Minuten anlegen. Wenn ich mich beeilte, könnte ich es noch an diesem Abend zum Flughafen auf dem Festland schaffen und einen Flug zurück nach London ergattern.

KAPITEL 12

Ich schleppte meinen Koffer zur Vordertür, schlüpfte in Mantel und Schuhe und wollte gerade den Alarm aktivieren, als mir die Uhr, die Manschettenknöpfe und das Gemälde einfielen, die ich zu Wills Familie zurückbringen sollte.

Mit schnellen Schritten eilte ich durch den Flur. Am Eingang zum Schlafzimmer zögerte ich. Unser wunderschönes, extragroßes Bett mit Messinggestell war ordentlich gemacht. Die Kissen reihten sich noch genau so aneinander, wie ich sie zuletzt zurückgelassen hatte. Wegen der heruntergelassenen Jalousien beherrschten tiefe Schatten den Raum. Die Luft roch ein wenig abgestanden. Ich ging zu der Kommode mit dem Fernseher darauf, die gegenüber dem Bett stand. Als ich die dritte Schublade von oben aufzog, stieg mir der Phantomgeruch von Wills Aftershave in die Nase. Die Uhr fand ich ganz hinten in ihrer Schatulle. Die silbernen Manschettenknöpfe befanden sich gleich daneben. Ich schnappte mir beides und schloss die Schublade. Beim Gemälde an der Wand vor dem Schlafzimmer überlegte ich, ob ich es einfach herunternehmen und tragen sollte. Aber es war schlichtweg zu groß. Ich brauchte mehr Zeit, um es ordentlich zu verpacken.

Und mittlerweile war es fast 16:50 Uhr. Ich rief Branko an, landete jedoch auf der Mailbox. Zu Fuß dauerte es zwanzig Minuten zu dem Steg, an dem die Fähre anlegte. Mit unserem Auto könnte ich es rechtzeitig schaffen, nur müsste ich es dann auf dem Hotelparkplatz lassen. Das *Sun-Inn* hatte zwar bis zum Frühjahr geschlossen, aber Branko kam jeden Monat auf die Insel. Ich könnte ihn bitten, den Wagen bei seinem nächsten Besuch zurück zum Haus zu fahren.

Es regnete wieder, als ich die Vordertür abschloss. Durch die dichten Wolken herrschte solche Düsternis, dass ich im Durchgang kaum etwas erkennen konnte. Stolpernd kämpfte ich mich die Stufen hinauf, zog den schweren Koffer hinter mir her und wünschte, ich hätte die Lebensmittelkonserven ausgepackt. Der Untergrund oben war mittlerweile vom Regen aufgeweicht und schlammig, wodurch der Koffer auf seinen Rollen prompt umkippte.

Ich verlor kostbare Zeit damit, die Plane vom Auto zu lösen und abzuziehen, bevor ich den Koffer auf dem Beifahrersitz verstauen konnte. Als der Smart weder beim ersten noch zweiten Versuch ansprang, geriet ich in Panik. Beim dritten Anlauf jedoch erwachte der Motor zum Leben. Ich setzte aus dem Carport zurück, legte den Vorwärtsgang ein und gab Gas. Allerdings drehten die Hinterräder im Schlamm nutzlos durch.

»Komm schon! Komm schon!«, brüllte ich und trat wieder und wieder das Gaspedal durch. Mittlerweile war es 16:53 Uhr. Ich wollte die Fähre unbedingt erwischen. Mit einem plötzlichen Ruck fanden die Hinterräder im Matsch irgendwie Halt. Das Auto schoss vorwärts und holperte den Weg hinunter. Am Tor trat ich auf die Bremse, sprang hinaus und riss es auf. Nachdem ich es passiert hatte, brachte ich das Vorhängeschloss daran an und warf erneut einen Blick auf die Armbanduhr.

16:56 Uhr.

Ich könnte es immer noch schaffen, dachte ich. Immerhin befand ich mich in Südeuropa. Mit dem Auto brauchte ich vom Haus zum Steg – bei gemächlicher Fahrt – nur drei bis vier Minuten. Und die Fähre verspätete sich oft.

Der Regen prasselte aufs Dach, während ich die Fahrbahn hinunterraste. Die Räder ließen Erde und Schotter aufspritzen. Ich dachte schon, ich würde es wirklich schaffen, bis ich nach einer scharfen Kurve um ein Haar in eine Schafherde gerast wäre. Mit einer Notbremsung kam ich wenige Zentimeter von der blökenden Wollmasse zum Stehen, die durch ein offenes Tor auf der linken Straßenseite herausströmte. Ein Teenager in speckiger Kleidung mit langem, dunklem Haar saß auf einem Quad daneben und schwenkte einen Holzstab, um die Schafe zu lenken. Ich hupte und ließ das Fenster runter.

»Bitte, ich muss da durch. Ich muss die Fähre erreichen!«, rief ich und hörte, wie kläglich und schrill meine Stimme klang. Der Junge sah mich mit zusammengekniffenen Augen durch den Regen an, bevor er sich umdrehte und einen Pfiff in Richtung der Schafe ausstieß, die sich zögerlich über die Straße bewegten.

»*Ići, ići, ići!*«, rief er und schlug mit dem Stab gegen das Metall seines Quads.

Mittlerweile war es 16:57 Uhr. Ich hupte erneut. Der Junge schaute zu mir auf, eher verlegen als verärgert. Er schlug abermals mit dem Stock, und endlich überquerten die letzten beiden Schafe langsam die Straße. Als sie das Tor auf der anderen Seite durchquert hatten, nickte mir der Junge zu und bedeutete mir mit dem Stock, weiterzufahren. Im Schneckentempo rollte ich los und zwängte mich an ihm vorbei. Der Abstand zwischen der Trockenmauer und seinem Quad war so schmal, dass nicht viel dazu fehlte, die Seitenspiegel zu verlieren. Der Junge starrte mich von seinem Fahrzeug aus an, als ich ihn passierte. Vermutlich handelte es sich um Dragans Sohn – ich konnte eine gewisse Ähnlichkeit erkennen. Er besaß dieselbe breite, etwas platte Nase und eine hohe, knochige Stirn, aber zu den Zügen seines Vaters gesellte sich eine subtile Schönheit. Erhabene Wangenknochen, volle, sinnliche Lippen, das lange braune Haar, das sein Gesicht umrahmte. Er steckte sich eine Zigarette in den Mund und zündete sie an, bevor er den Kopf darüber schüttelte, wie dicht ich an seinem Quad vorbeirollte.

Ich rief ihm einen Dank zu, und sobald ich ihn passiert hatte, trat ich das Gaspedal durch. Den Rest der Strecke legte ich gefährlich schnell zurück. Als ich die Kuppe des Hügels erreichte, konnte ich das Hotel und die Straße hinunter vorbei an den dichtgemachten Geschäften und Restaurants zum Steg sehen. Von der Fähre ging ein tiefer Hornstoß aus, und ich erkannte, dass sie gerade ablegte. Es war 17:03 Uhr.

»Nein!«, brüllte ich. »Warte!«

Ich brauste den Hügel hinunter auf den Steg. Wenige Meter vor dem Ende kam ich mit quietschenden Reifen zum Stehen. Die beschleunigende Fähre hatte sich bereits mehrere Hundert Meter aufs Meer hinaus entfernt und steuerte überraschend flott auf den Horizont zu. Hinter ihr breiteten sich Heckwellen durch das kabbelige Wasser aus. Ich fühlte mich völlig hilflos, während ich im Auto saß und dem entschwindenden Boot hinterherschaute. Nach wenigen Minuten verlor ich es aus den Augen.

KAPITEL 13

Eine lange Weile verharrte ich und starrte auf das leere Meer. Irgendwann erhaschte ich im Innenspiegel einen Blick auf mich – wirres Haar, die Augen verquollen. Meine Unterlippe begann zu beben.

»Nein. Reiß dich zusammen«, ermahnte ich in strengem Ton mein Spiegelbild. Ich putzte mir die Nase und wischte mir die Augen ab. Was war schon so fürchterlich daran, dass ich die Fähre verpasst hatte? Immerhin hatte ich vorgehabt, eine Woche auf der Insel zu verbringen. Jenen Brief von Will zu erhalten, war für mich wie eine Bombenexplosion gewesen. Mein erster Instinkt hatte darin bestanden, sofort nach London zurückzukehren ... Aber er hatte ihn auf die Insel geschickt, wo nur ich ihn öffnen würde. Und er hatte nicht den Familienanwalt damit beauftragt, ihn zu schicken. Das konnte nur bedeuten, dass seine Mutter, Hugo und Felicity nichts davon wissen sollten. Oder hatte er vielleicht auch ihnen geschrieben? Nein. Das ergab keinen Sinn. Jener Brief war für mich bestimmt, und zwar an diesem Ort. Auf der Insel hatte ich Freiraum zum Nachdenken und war nicht von der Außenwelt abgeschnitten. Immerhin hatte ich Telefon und Internet.

Mein Handy klingelte. Das Display zeigte mir, dass Branko anrief. Ich wischte mir erneut die Augen ab, räusperte mich und ging ran. Seine Stimme musste gegen das Geräusch von heftigem Wind an seinem Ende der Leitung ankämpfen.

»Maggie. Schwester Mary sagt, sie sieht, wie Sie verpassen Boot«, begann er. »Haben nicht Sie gesagt, wollen bleiben?«

»Ich hab's mir anders überlegt, bin allerdings zu spät gekommen.«

»Aber geht Ihnen gut?«, erkundigte er sich. Ich hörte die Besorgnis in seiner Stimme.

»Ja, alles in Ordnung.« Kurz dachte ich darüber nach. Es stimmte. Ich hielt mir erneut vor Augen, dass ich von Anfang geplant hatte, eine Woche zu bleiben. Dafür hatte ich eigens genug zu essen mitgebracht.

»Dragan, der Verwalter. Ich ihm gebe Ihre Telefonnummer. Weiß er, dass Sie sind auf Tišina.«

»Ich glaube, ich bin gerade seinem Sohn beim Schafehüten begegnet«, erwiderte ich.

»Ja. Luka. Ist gute Junge ... Dragan mag, dass Sie schauen vorbei.«

»Wie meinen Sie das?«

»Vorbeischauen. Ihn besuchen ... auf Kaffee.«

Darauf folgten knisternde Interferenzen, und die Verbindung brach ab. Ich wollte Dragan nicht zu Hause besuchen. Obendrein hatte Branko ihm ohne Rückfrage bei mir meine Telefonnummer gegeben. Ich war im Begriff, ihn zurückzurufen, als eine Nachricht von Diane eintraf. Sie wollte wissen, ob es mir gut ging.

Ich rief sie über FaceTime an. Sofort nahm sie an. Sie befand sich in ihrer Küche und trug eine Schürze. Der Song »Hounds of Love« von Kate Bush dröhnte laut durch den Raum.

»Moment, Mags! Ich kann dich nicht hören«, sagte sie. Das von ihr durch die Telefonkamera übertragene Bild holperte und verwackelte, als sie zu ihrem alten Plattenspieler auf einer walisischen Kommode ging. Sie regelte ihn leiser. »Wie läuft es?«, erkundigte sie sich, als sie die Kamera wieder auf ihr Gesicht richtete.

»Oh Gott. Fürchterlich. Schräg«, antwortete ich.

Rasch fasste ich den Inhalt von Wills Brief, mein Gespräch mit Henrich und meinen gescheiterten Versuch zusammen, die Fähre für eine vorzeitige Rückkehr nach Hause zu erreichen. Der entsetzte Ausdruck in ihrem Gesicht, während ich redete, bescherte mir einen neuen Anflug von Anspannung.

»Lieber Himmel, Mags. Also war es kein Selbstmord? Er hat gewusst, dass er sterben würde?«

»Will hat den Brief vor sechs Jahren geschrieben.«

Diane schwieg. Der Song endete. In der Stille hörte ich das Klicken des Plattentellers. Draußen zerrte der Wind am Auto.

»Glaubst du, jemand ...«

»Hat ihn umgebracht?«, sprach ich den Satz zu Ende.

»Ja.«

Der Gedanke jagte mir eine Heidenangst ein. Wills Tod hatte die Grundfesten meines Lebens erschüttert. Aber die Vorstellung, jemand könnte in jener Nacht in mein Haus eingebrochen ... oder schlimmer noch, von ihm eingeladen worden sein und ihn kaltblütig erschossen haben ... Allmählich fingen Wills Geheimnisse an, sich zu türmen.

Hatte es in seinem Leben Menschen gegeben, von denen ich nichts wusste? Dianes Miene schien meine Gedanken zu widerspiegeln.

»Kannst du mir den Brief vorlesen?«, bat sie.

Ich holte ihn aus der Tasche und kam der Aufforderung nach. Dabei musste ich mehrmals Pausen einlegen, um mich zu sammeln. Laut ausgesprochen, fühlten sich die Worte noch kraftvoller an.

Diane zögerte. Sie wirkte nach wie vor schockiert. »Mags. Das willst du jetzt wahrscheinlich nicht hören, nur weist darin nichts darauf hin, dass Will *nicht* selbstmordgefährdet war. Er hat das vor sechs Jahren geschrieben, weil er dachte, ihm könnte etwas zustoßen. Der Brief ist zwar unheimlich und beunruhigend, aber kein unwiderlegbarer Beweis dafür, dass ihn jemand ermordet hat.«

»Er war nicht selbstmordgefährdet. Okay?«

Wieder zögerte Diane.

»Aber, Mags ... Will liefert in dem Brief keine konkreten Hinweise darauf, dass er glaubt, jemand könnte ihn umbringen wollen. Und sein psychischer Zustand könnte sich in den letzten sechs Jahren verschlechtert haben.«

Eine lange Pause entstand. Diane starrte mich an.

»Er war nicht selbstmordgefährdet«, beharrte ich. »Ganz sicher nicht.«

Ich fragte mich, ob ich Diane oder mich selbst überzeugen wollte.

»Okay«, sagte sie. »Ich glaube dir ja. Was bedeutet das, du sollst eine Kerze in ›eurer‹ Kirche anzünden? Und was hat es mit dem Schlüssel zur Zukunft auf sich? Hast du überhaupt so eine Kirche?«

»Wir gehören offiziell der Kirchengemeinde der Southwark Cathedral an. Dort haben wir geheiratet und zu

Weihnachten und Ostern die Messe besucht. Wills Vater ist dort bestattet worden. Und natürlich auch Will selbst.«

»Kennst du den Pastor?«

»Vage. Aber was erwartet Will von mir? Soll ich mit dem Brief dort auftauchen? Kerzen anzünden? Und dann? Muss ich nach Geheimtüren suchen? Oder nach irgendwas, das unter einer Kirchenbank versteckt ist? Das klingt wie etwas aus einem der albernen Spionageromane, die er so gern gelesen hat.«

»Glaubst du, seine Familie könnte etwas damit zu tun haben?«, fragte Diane mit großen Augen. Ich zögerte. Was hielt ich von der Frage?

»Nein. Glaube ich nicht.« In Wirklichkeit konnte ich den Gedanken gerade nicht begreifen. Außerdem überlegte ich, ob ich die Polizei über den Brief informieren sollte. Man hatte seinen Tod auf Empfehlung von Bettina Folks-Broughton als Selbstmord eingestuft. Wie viel Gewicht würde man wohl einem Brief aus dem Grab beimessen, verfasst vor *sechs Jahren?*

Im Hintergrund klapperte ein Pfannendeckel. Das Bild von Dianes Küche verschwamm und ruckelte, als sie zum Herd eilte. Hastig hob sie den Deckel von einem dampfenden Topf und rührte um. Plötzlich wünschte ich mir, keine Sorgen zu haben, zu Hause zu sein und etwas so Alltägliches zu machen, wie das Abendessen zu kochen.

»Entschuldige, Mags. Höre schon wieder zu«, sagte Diane.

»Ich habe mich gerade gefragt, ob ich mich an die Polizei wenden soll.«

»Und was willst du sagen?«

»Dass ich denke, sein Tod sollte noch einmal untersucht werden.«

»Basierend worauf, Mags? Der Brief ist für dich bedeutsam, weil du Will gekannt hast. Aber reicht er allein auch aus, die Behörden einen offiziell als Selbstmord eingestuften Fall neu aufrollen zu lassen?«

»Wahrscheinlich nicht.«

»Soll ich zur Southwark Cathedral gehen? Ich könnte eine Kerze anzünden. Und mich umsehen. Vielleicht hat Will einen weiteren Brief bei irgendjemandem hinterlassen. Vielleicht beim Pastor.«

Auf einmal fand ich die Idee ansprechend, so verrückt sie auch klang. Wills Familie ließ der Kathedrale beträchtliche Spenden zukommen. Der Pastor hatte es sich bei unseren wenigen Besuchen der Kirche nie nehmen lassen, ein paar Worte mit uns persönlich zu reden.

»Das würdest du wirklich tun?« Plötzlich vermisste ich Diane und wünschte, ich wäre für dieses Gespräch bei ihr zu Hause statt allein in einem vom heftigen Wind durchgeschüttelten Auto.

»Sicher. Ich muss zwar gleich zur Nachtschicht los, aber die Kathedrale liegt nur drei U-Bahnstationen von der Arbeit entfernt. Kannst du mir ein Foto vom Brief schicken? Nur damit mich der Pastor nicht für verrückt hält, falls ich ihn finde.«

»Natürlich. Ich fotografiere ihn und sende dir das Bild, sobald ich wieder oben im Haus bin.«

»Bist du dort auch sicher?«, fragte Diane.

»Ich hab ja die Alarmanlage. Und gute Schlösser. Dreifach verglaste Fenster. Außerdem bin ich allein auf der Insel – abgesehen von dem gruseligen Verwalter und seinem Teenagersohn«, sagte ich und versuchte, dabei scherzhaft zu klingen.

»Ich behalte das Handy während der Arbeit bei mir. Ruf

mich an, falls irgendwas ist. Oder Leon – er hat heute auch Nachtdienst«, sagte Diane. »Wir kommen der Sache schon auf den Grund, keine Sorge.«

»Danke«, erwiderte ich.

Den Anblick ihrer gemütlichen Küche fand ich so beruhigend. Als sie auflegte und sich das Display meines Handys leerte, verfiel ich in bedrückte Stimmung. Während unseres Gesprächs war die Sonne untergegangen. Den Rest der Insel konnte ich nur noch als pechschwarze Masse ausmachen. Das einzige Licht weit und breit ging von der Reihe der Straßenlaternen vor den winterfest versiegelten Geschäften und Restaurants aus.

Schaudernd startete ich den Motor.

KAPITEL 14

Ich fuhr mit eingeschaltetem Fernlicht den Hügel zurück hinauf. Es erhellte nur die Schotterpiste und eine scheinbar endlose Reihe identischer Trockenmauern. Hatte ich die Orientierung verloren? Vielleicht war ich irgendwo falsch abgebogen und hatte mich verfahren. Als endlich das Tor in Sicht geriet, überkam mich Erleichterung.

Ich parkte das Auto neben dem Haus ein. Als ich die Scheinwerfer ausschaltete, senkte sich fast pechschwarze Finsternis über mich. Der Mond zeichnete sich nicht am Himmel ab. Und außerhalb der Saison brannten auch keine Lichter im Hotel und den umliegenden Häusern. Nachdem ich ausgestiegen war, brachte mich das unebene Gelände zum Stolpern, als ich den Koffer vom Beifahrersitz hievte. Ich fuchtelte mit den Armen, bis der Bewegungsmelder die Sicherheitsleuchte am Kopf der Treppe aktivierte, die den Korridor erhellte. Mühsam schleppte ich den Koffer herunter. Rasch trat ich durch die Vordertür ein, schlug sie hinter mir zu und verriegelte sie.

Der Countdown der Alarmanlage begann, und ich konnte

den Lichtschalter nicht rechtzeitig finden. Prompt ging der Alarm los und dröhnte ohrenbetäubend schrill durch das gesamte Haus. Es kostete mich eine Minute, den Schalter zu ertasten und den Code einzugeben.

Als das Licht brannte und der Alarm noch in meinen Ohren klingelte, wusste ich, dass ich meine Angst in den Griff bekommen musste. Während der Fahrt zurück hatte ich darüber nachgedacht, was Will widerfahren war. Hatte sich ein Eindringling in unserem Haus aufgehalten? Ich stellte mir eine große Gestalt mit einer schwarzen Sturmhaube vor, durch die ein Paar dunkler Augen schimmerte und ihn beobachtete. Die ihm leise atmend von einem Raum zum anderen folgte, bis sie ihn in die Enge getrieben hatte. Und die Angst in Wills Gesicht, als der Lauf der Waffe zwischen seine Lippen gezwängt wurde.

Ich erlebte erneut den Traum aus der Nacht, in der Will gestorben war, und erhaschte den flüchtigen Eindruck einer Gestalt am Fuß der Treppe.

»Nein«, schalt ich meine Fantasie dafür, dass sie ein derart verstörendes Bild heraufbeschwor. Obwohl ich tapfer sein wollte, holte ich mir ein Messer aus dem Holzblock in der Küche, bevor ich mich durchs Haus bewegte, nacheinander die Türen öffnete und sämtliche Zimmer überprüfte. Der Gang von der Küche und dem Wohnbereich in der Mitte endete am Schlafzimmer und führte vorbei an zwei Gästezimmern mit Blick auf das Meer, den Swimmingpool und die Terrasse. Letztere hatten dazwischen ein gemeinsames Badezimmer. Alle Räume standen leer. Auf der gegenüberliegenden Seite des Korridors befanden sich Türen zu einem Lagerraum und einer kleinen Sauna. Der Lagerraum enthielt derzeit nichts. Seine Fenster wiesen zu dem Hof mit der Palme und den Stufen hinauf zum Carport.

Vor der Tür zur Sauna zögerte ich mit rasendem Herzen. In ihr befand sich an der hinteren Wand ein Ausgang zum Hof, wo wir vorgehabt hatten, ein kleines Kaltwasserbecken einzubauen. Dazu waren wir jedoch nie gekommen. Mich hatte schon immer die Angst geplagt, dass durch jene Tür jemand ins Haus einbrechen könnte. In der Sauna war es kalt und dunkel. Die Holzbänke zeichneten sich verwaist in den Schatten ab. Ich überprüfte die Tür an der hinteren Wand, die sich als verriegelt erwies. Als eine der Bänke knarrte, zuckte ich erschrocken zusammen. Hastig verließ ich die Sauna und schloss die Tür.

Zuletzt sah ich in unserem Schlafzimmer und dessen angrenzendem Bad nach. Ich zog die Schiebetür des Einbauschranks auf, in dem unsere Sommerkleidung ordentlich hing und lag: Wills Jeans, Shorts und T-Shirts neben meinen. Der Geruch seines Aftershaves trieb in der Luft. Als ich die verspiegelte Tür wieder schloss, sah ich darin mein blasses, gehetzt wirkendes Gesicht, in der Faust das Brotmesser, hinter mir das leere Doppelbett. Auf Wills aufgeräumten Nachttisch stand nur ein digitaler Wecker. Die Bücher, die ich bei unserem letzten Aufenthalt gelesen hatte, bildeten einen sauberen Stapel neben einem Foto in einem kleinen Holzrahmen. Ich ging hin und hob es auf. Das Bild zeigte mich mit meiner Mutter und George vor einem der vielen Wohnmobile, in denen sie über die Jahre gelebt hatten. Darauf war ich zehn Jahre alt, barfuß, trug ein gelbes Kleid und blickte durch meine zerzauste Mähne mit zusammengekniffenen Augen in die Sonne. Meine Mutter hatte ein Kleid mit Blumenmuster an. Ihr langes schwarzes Haar glänzte im hellen Tageslicht. George hatte die Arme um uns beide geschlungen, barfuß, bekleidet mit einem ausgebleichten Black-Sabbath-T-Shirt und einer zerrissenen

Jeans. Es war eines der wenigen Fotos von uns dreien. Ich hätte mir mehr Mühe geben sollen, George aufzuspüren. Das könnte ich immer noch – aber was, wenn auch er inzwischen tot wäre?

Ein Summen durchbrach die Stille. Ich brauchte einen Moment, um zu erkennen, dass es sich um die Gegensprechanlage handelte. Wie erstarrt spürte ich mein Herz gegen den Brustkorb hämmern. Gleich darauf ertönte das Summen erneut, diesmal länger.

Ich stellte das Foto zurück auf den Nachttisch, ging zur Vordertür und schaltete den Monitor der Überwachungskameras ein. Ein Raster aus sechs schwarzen Anzeigen erschien, die sich nacheinander mit Bildern füllten, als die Nachtsichtfunktion der Außenkameras aktiviert wurde. Eine Infrarotkamera war unten am Hang über dem Tor montiert. Sie zeigte mir in Schwarz-Weiß einen Mann, der zu ihr hochschaute. Dragan. Sein linkes Auge schimmerte schwarz, das rechte hingegen leuchtete im Infrarotlicht weiß. Als er näher ans Eingangstor trat und darüber spähte, geriet sein Kopf aus dem Bild. Er wich einen Schritt zurück und drückte die Klingeltaste. Wieder summte es laut, noch länger als zuvor.

Wenn ich es ignorierte, würde er vielleicht herauf zum Haus kommen. Mit trockenem Mund ergriff ich den Hörer der Gegensprechanlage.

»Hallo«, sagte ich und bemühte mich, unbekümmert zu klingen. Dabei beobachtete ich ihn weiter über die Kamera.

»Sind Sie das, Mrs. Kendall?«, fragte er. Der Mann sprach gutes Englisch mit leichtem Akzent.

»Ja.«

»Hallo. Ich bin Dragan. Der Inselverwalter. Ich wollte nur nachsehen, ob es Ihnen gut geht.«

»Ja, alles in Ordnung«, beteuerte ich ein wenig zu schnell.

»Ich bin gerade mit dem Quad vorbeigefahren und habe gehört, dass Ihr Alarm losgegangen ist«, erklärte er. Sein Tonfall deutete an, dass ich log und er mich dabei erwischt hatte.

»Stimmt, der Alarm ist losgegangen, aber es war ein Fehlalarm. Es ist alles in Ordnung.«

Mit schiefgelegtem Kopf schaute er zur Kamera, starrte eindringlich ins Objektiv. Einen Moment lang hatte ich das Gefühl, er könnte mich sehen.

»Wenn Sie mich reinlassen, kann ich zum Haus kommen und nach dem Rechten sehen.« In seiner Stimme schwang etwas Übereifriges mit, als wollte er unbedingt herein.

»Nicht nötig. Danke. Ich habe alles im Griff – aber danke, dass Sie nachgefragt haben.«

Er starrte weiter in die Kamera.

»Wissen Sie, eine Alarmanlage mit regelmäßigen Fehlalarmen ist ziemlich nutzlos«, meinte Dragan. Er wandte sich ab, bewegte sich wieder näher zum Tor und spähte erneut darüber. *Will er etwa herüberklettern?*, schoss es mir voll echter Angst durch den Kopf.

»Die Anlage ist nicht defekt. Ich habe bloß den Code nicht schnell genug eingegeben«, erklärte ich. Dragan kehrte zur Gegensprechanlage zurück. »Sie sind heute noch mal rausgegangen, nachdem Branko die Insel verlassen hatte?«

Herrgott, ging es mir durch den Kopf. *Was ist das, ein Verhör?* Ich musste mich ihm gegenüber nicht rechtfertigen.

»Danke, dass Sie nach mir gesehen haben, aber es geht mir gut«, sagte ich und versuchte, meiner Stimme einen lockeren, unbeschwerten Klang zu verleihen.

Er schüttelte den Kopf, als gebärdete ich mich schwierig.

»Na dann«, sagte er. »Branko hat mir erzählt, dass er

Ihnen meine Telefonnummer gegeben hat. Sie haben sie also. Rufen Sie mich an, falls sich irgendwelche Probleme auftun. In kann in wenigen Minuten hier sein.«

»Mache ich. Danke. Gute Nacht«, erwiderte ich.

Damit legte ich den Hörer zurück. Dann hielt ich den Atem an, als er noch einmal über das Tor und die Mauer schaute.

Schließlich trat er nach hinten, holte sein Handy heraus und tätigte einen kurzen Anruf. Ich beobachtete ihn und geriet in Versuchung, noch einmal zum Hörer zu greifen, um ihn zu belauschen. Allerdings wusste ich, dass dabei draußen ein Klicken ertönen würde, das er vielleicht bemerken würde. Nach wenigen Augenblicken beendete er das Telefonat und ging aus dem Bild. Es folgte ein leises Motorgeräusch, bevor ich flüchtig die Seite seines Quads sah, als er davonfuhr. Erleichterung setzte ein, als der Motorlärm in der Ferne verklang.

Wenn ich mit Will auf der Insel gewesen war, hatte ich mich nie gefürchtet. Mit ihm zusammen hatte sich dieses Haus immer wie eine Zuflucht angefühlt, ein Rückzugsort von der Welt. Diesmal, mutterseelenallein in dem großen Gebäude, kam ich mir wie auf dem Präsentierteller vor.

Ich schaltete durch die Ansichten der Überwachungskameras. Das erste Quadrat im Raster zeigte den Hof und die Stufen durch eine Kamera über der Vordertür. Das Zweite erfasste den Swimmingpool sowie die gesamte Holzterrasse von oben. Das Meer zeichnete sich als schattige schwarze Masse dahinter ab. Die dritte Kamera im Raster hatte die Stufen von der Terrasse hinunter zum Strand im Visier, obwohl man nur wenige sah, bevor der Rest der Treppe in der Dunkelheit unten verschwand. Das vierte Bild umfasste den Hof über der Saunatür, die Treppe und den mit

Laub übersäten Gang. Außerdem deckte die vierte Kamera zusammen mit der fünften die schmalen, von Steinen gesäumten Wege an den Seiten von beiden Enden der Terrasse aus ab. Und schließlich gelangte ich zum letzten Bild vom Zufahrtstor.

Was brachten all die Kameras und die Alarmanlage eigentlich? Falls etwas passierte, wäre die Polizei eine Stunde entfernt auf dem Festland.

Als ich Wills Brief auf dem Küchentisch sah, fiel mir mein Gespräch mit Diane wieder ein.

Ich fotografierte das Schreiben ab und schickte ihr die Aufnahme. Kurz wartete ich, ob eine Antwort von ihr kommen würde, aber das Telefon schwieg. Mittlerweile würde sie bei der Arbeit sein. Als ich mich im Haus umsah, geriet mir zu Bewusstsein, dass ich darin übernachten würde. Andere Möglichkeiten gab es nicht. Und trotz allem, was sich ereignet hatte, drängten sich vorübergehend praktische Überlegungen in den Vordergrund.

Ich hatte Hunger. Zwar verspürte ich keinen besonderen Appetit, doch ich wusste, dass ich etwas in den Magen bekommen musste.

Will war ein so guter Koch gewesen. Mein Blick wanderte über das Gewürzregal und die ordentliche Reihe der Gläser mit Nudeln, Zucker, Mehl und Reis auf der Arbeitsplatte. Mir würde es nie wieder vergönnt sein, etwas von ihm Gezaubertes zu probieren oder mit ihm auf den Stühlen am Ende der Küchentheke zu essen.

Ich legte den Koffer um und zog den Reißverschluss auf. In eine Plastiktüte hatte ich verschiedene Konserven eingepackt – Bohnen, Siruppudding, Fleischpasteten. Will hatte die besten Kuchen mit den köstlichsten Füllungen gebacken. Mich überkam ein weiterer Anflug von Trauer, und ich vergrub das Gesicht in den Händen. Sogar bei Lebensmittelkonserven musste ich an ihn denken. Ich stellte die Tüte voller Dosen auf die Kücheninsel, entschied mich für Bohnen und kramte eine Gabel aus der Schublade. Nach ein paar Bissen fühlte ich mich besser. Den Rest aß ich stehend am Spülbecken.

Die Überlegung, wo ich mich hinlegen sollte, entpuppte sich als weiterer Trigger. Im Schlafzimmer wollte ich nicht allein übernachten. Ich rollte den Koffer durch den Flur in eines der Gästezimmer. Es war klein und mit einem Einzelbett möbliert. Allerdings fühlte ich mich darin ungeschützt. Die Tür zum Flur besaß kein Schloss, die raumhohen Fenster wiesen hinaus auf die Terrasse und zum Swimmingpool.

Ich ging ins Badezimmer. In der Ecke befand sich eine Dusche. Die Mitte beherrschte eine antike freistehende Badewanne aus weißem Porzellan mit Standfüßen aus Eisen. Wir hatten sie in einem Auktionshaus in Frankreich entdeckt. Mir fiel ein, dass ich mit Will an genau dieser Stelle beobachtet hatte, wie die schwere Eisenwanne hereingehoben wurde, bevor das Dach gebaut worden war. Will war ganz in seinem Element gewesen. Nur in Shorts und mit nacktem Oberkörper hatte er die Arbeiten beaufsichtigt. Rasch bemühte ich mich, die Erinnerung abzuschütteln.

Ich setzte mich auf die Kante der Wanne, hob die Beine darüber und rutschte hinab. Liegend konnte ich mich vollständig darin ausstrecken. Hoch oben an der Wand befand sich ein kleines Milchglasfenster, das sich nicht öffnen ließ. Das Badezimmer besaß drei Türen. Den Eingang aus dem Flur hinter der Badewanne, und auf jeder Seite einen zu einem der beiden Gästezimmer. Alle drei Türen waren solide und abschließbar.

Während ich in der glatten, kalten Porzellanwanne lag, ging mir durch den Kopf: *Wäre es verrückt, hier drin zu schlafen?* Die Vorstellung fühlte sich rebellisch und andersartig an. Es wäre so, als würde ich eine neue Erinnerung erschaffen. Ich hatte nie zuvor in dieser Wanne geschlafen. Und wichtiger noch, ich empfand den Raum als sicher.

Ich schloss mich im Badezimmer ein, zog die nassen Sachen aus, duschte heiß und schlüpfte danach in meinen dicken Pyjama. Aus einem der Gästezimmer holte ich die Bettwäsche und baute mir daraus ein Nest in der Wanne. Nachdem ich die Vordertür, die Fenster und die Alarmanlage noch einmal überprüft hatte, verriegelte ich alle drei Türen des Badezimmers.

Anschließend kletterte ich in mein Wannenbett. Auf der doppelt gefalteten Bettdecke lag es sich gemütlich, und mir gefielen die hohen Ränder der Wanne. Ich stellte mir vor, sie hätte einen schweren Porzellandeckel, den ich über mich ziehen könnte. Dann wäre ich vollkommen in Sicherheit. Darin eingeschlossen. Wie in einem Sarg.

KAPITEL 15

Abrupt und orientierungslos erwachte ich in der Dunkelheit. Ich setzte mich auf. Während sich meine Augen an die Düsternis anpassten, fiel mir ein, warum ich in der Badewanne lag.

Ich tastete umher. Meine Hand berührte das Messer und den Rand des Umschlags mit dem Brief von Will. Als ich auf dem Smartphone die Uhrzeit nachsah, tünchte das Display die Umgebung in einen schwachen Schein. Drei Uhr morgens. Ich hatte fast sieben Stunden geschlafen.

Plötzlich hörte ich ein Rascheln aus dem Flur, gefolgt von einem Schrammen. Ich erstarrte. Es klang, als würde einer der Hocker in der Küche bewegt. Ich öffnete auf dem Handy die App der Überwachungsanlage. Allerdings war das WLAN ausgeschaltet, deshalb konnte ich nicht auf die Kameras zugreifen. Mehrere Minuten lang lag ich still, bemühte mich, langsam zu atmen, und überlegte, was ich tun sollte.

Vor dem Rückzug ins Badezimmer hatte ich die Alarmanlage eingeschaltet. Eine Bewegung in der Küche oder im Wohnzimmer sollte sie auslösen. Im Haus herrschte wieder Stille.

Habe ich die Badezimmertür verriegelt?

Abermals raschelte etwas, gefolgt von einem leisen Klopfen. Diesmal trieben mich die Geräusche aus der Badewanne. Auf tauben Beinen humpelte ich mit dem Messer in der Hand zu den Türen. Alle waren verriegelt.

Ein wenig erleichtert ging ich in die Hocke und versuchte, mich zu beruhigen, da meine schnellen Atemgeräusche von all dem Marmor im Raum widerzuhallen schienen. Durch die Milchglasscheibe drang schwach der Schimmer des Nachthimmels herein. Mein immer noch wild pochendes Herz gab den Takt der verstreichenden Minuten vor. Während ich auf dem kalten Boden kauerte, erlebte ich Augenblicke außer Kontrolle geratenen Grauens. Die Angst drohte, mir die Kehle hochzusteigen und sich als Schrei zu entladen.

Von der anderen Seite der Tür ertönten ein Klicken und ein Piepen. Das kleine Lämpchen am beheizten Handtuchhalter ging an und tauchte das Badezimmer in einen schwachen grünlichen Schimmer. Mein Handy kündigte laut eine Textnachricht an. Hastig legte ich die Hand darüber, um den Ton zu dämpfen, bevor ich das Gerät stumm schaltete.

Die Nachricht stammte von der Überwachungs-App, die mir mitteilte, dass im Haus seit fünfundzwanzig Minuten der Strom ausgefallen war. Gleich darauf nahm ich leise das Geräusch eines draußen vorbeifahrenden Motors wahr. Auf den sechs zuvor leeren Rahmen der Überwachungskameras erschienen auf dem Display meines Handys wieder Bilder.

Durch den Winkel der Kamera über dem Haupteingang konnte man nicht erkennen, ob die Vordertür offen oder geschlossen war. Ich drückte das Ohr ans Holz der Badezimmertür. Stille. Als ich die Hand bereits am im Schloss steckenden Schlüssel hatte, meldete sich in meinem Kopf eine warnende Stimme zu Wort. *Spinnst du? Bleib im Badezimmer eingesperrt! Warte, bis es hell wird!*

Kurz spielte ich mit dem Gedanken, Diane anzurufen, zögerte jedoch. In London war es zwei Uhr morgens, und sie befand sich noch bei der Arbeit. Man sollte Freundschaften nicht überstrapazieren, und Diane war bereits so gut zu mir gewesen. Morgen früh wollte sie zudem die Southwark Cathedral für mich besuchen. Abgesehen davon, was könnte sie schon tun, wenn ich sie anriefe? Sollte ich ihr die kostbare Pausenzeit nur dafür rauben, dass sie beruhigend auf mich einredete und ich mich besser fühlte? Sie hatte in den vergangenen Wochen so viel für mich getan.

Plötzlich kam mir die Enthüllung aus Wills Brief in den Sinn. Und damit der Gedanke, dass er bei mir sein und diese Situation zusammen mit mir erleben sollte. Seine Abwesenheit fühlte sich wie eine gähnende Leere an. Ich dachte an Will in einem Sarg zwei Meter unter der Erde in Kälte und Dunkelheit, und in meine Angst mischte sich Wut. Weil er mich verlassen hatte, musste ich mich dieser Lage allein stellen.

Was auch immer diese Lage eigentlich bedeutete.

Wer hielt sich in meinem Haus auf? Es musste sich um Dragan oder Luka handeln. Außer den beiden befand sich derzeit niemand auf der Insel. Dragan hatte meine Angst gespürt und wusste, dass ich allein war. Bestimmt gehörte er zu den Männern, die sich an der Angst einer Frau aufgeilten. Er hatte den Strom gekappt, war eingebrochen und wollte ... was?

Wenn er eingebrochen war, warum versuchte er dann

nicht, die Türen zu öffnen? Ich dachte an die seltsamen, gestörten Menschen, die ich in meiner Laufbahn als Ärztin schon gesehen hatte. Daran, wie oft wir den Sicherheitsdienst hatten rufen müssen, wenn ein gewalttätiger Patient durchgedreht war. Daran, wie wir uns in einem Büro verbarrikadiert und den dumpfen Aufprall gehört hatten, wie sich jemand gegen die Tür warf.

Nein.

Ich musste aufhören, so zu denken.

Meine Beine zitterten, während ich auf dem kalten Boden kauerte. Obwohl ich bibberte, schwitzte ich, und ich konnte meine Füße nicht mehr spüren. Schließlich richtete ich mich mit dem Smartphone in der einen und dem Messer in der anderen Hand auf, kehrte zur Badewanne zurück und stieg so hinein, dass sich die drei Türen nicht hinter meinem Kopf befanden. Falls jemand eingebrochen war, würde derjenige jeden Moment versuchen, die Türen aufzubekommen. Sie mochten robust und verriegelt sein, dennoch könnte sie ein großer Kerl wie Dragan mühelos mit der Schulter aufbrechen. Unwillkürlich kamen mir Kraftakte in den Sinn, die ich von geistig gestörten Patienten erlebt hatte.

Hör gefälligst auf, so zu denken.

Hellwach lag ich da, während mein Herz hämmerte, als hätte ich gerade ein Workout absolviert. Aus dem Augenwinkel sah ich, wie sich in der grünstichigen Düsternis einer der Türgriffe bewegte. Glaubte ich zumindest. Ich richtete den Blick darauf und versuchte, langsam zu atmen und meinen Puls zu verlangsamen. Allerdings ließ sich meine Panik nicht besänftigen.

Während die Zeit dahinkroch, bildete ich mir ein, weitere Geräusche zu hören – ein Knarren, ein Rascheln. Im schwachen Licht gestaltete es sich unmöglich, alle drei

Türgriffe gleichzeitig aufmerksam zu überwachen. Einen hatte ich immer im Augenwinkel, und genau der schien sich stets zu bewegen. Dragan lauerte auf mich. Oder sein Sohn. Oder beide. Oder was, wenn sich auf der Insel jemand aufhielt, von dem niemand wusste?

Ich dachte an Wills Brief, den ich mittlerweile in der verschwitzten linken Hand hielt.

Falls sich jedoch meine Befürchtungen bewahrheiten ...

Welche Befürchtungen hatte Will gehabt? Was konnte er gewusst haben? Was hatte er getan, das ihn dazu veranlasst hatte, sich ... oder das jemand anders dazu veranlasst hatte, ihn umzubringen? Ihn zu ermorden? Meine Gedanken kehrten zu seinen sterblichen Überresten in der Leichenhalle zurück. An dem gleichen Ort hatte er einen Großteil seines Arbeitslebens verbracht.

Als Gerichtsmediziner war Will mit mehreren hochkarätigen Mordfällen betraut gewesen. Hatte ihn einer davon in Gefahr gebracht? Aber ein Gerichtsmediziner berichtete, was er auf dem Obduktionstisch sah. Nur Fakten. Mir ging durch den Kopf, warum Will aus der Medizin ausgestiegen war. Mich hatte damals verblüfft, dass er die Entscheidung getroffen und durchgezogen hatte. Obwohl ich gewusst hatte, dass er schon lange unglücklich gewesen war. Er hatte mir erklärt, er wäre mit seiner Arbeit unzufrieden, und ich hatte ihm geglaubt ... Warum hatte ich jene Entscheidung nicht ausführlicher hinterfragt? Will hatte den Weg in die Medizin auf Druck seiner Eltern eingeschlagen. Hatte ich wegen meiner Abneigung gegen seine aufdringliche Mutter einfach angenommen, er hätte den Beruf aus jugendlicher Rebellion gewechselt? Bei Marelle hatte er damit für schwere Verstimmung gesorgt. Und wenn ich ehrlich sein wollte, hatte mir gefallen, dass er ihr die Stirn geboten hatte. Wills Vater war bereits mehrere Jahre tot gewesen, als Will seinen Entschluss vor sechs Jahren gefasst hatte. Um dieselbe Zeit hatte er angeblich jenen Brief geschrieben.

Und was war mit Wills neuer Karriere als Immobilienentwickler? Ich hatte einfach akzeptiert, dass er das wollte. Er war schnell erfolgreich geworden und hatte Kunden gewonnen. Da er aus einer Welt stammte, in der man nicht über Geld sprach, weil man es eben hatte, war es für ihn nicht schwierig gewesen, Verbindungen mit reichen Menschen zu knüpfen.

Aber Will war ein so talentierter Gerichtsmediziner gewesen. Angesehen. Lange Zeit hatte ihm die Arbeit sehr wohl Freude bereitet. Warum also hatte er wirklich gekündigt?

Das Grauen, das mich bestürmte, ging nicht nur auf Wills gefühlten Verrat zurück. Auch auf mein eigenes unzulängliches Interesse. In den vergangenen Jahren war ich völlig in meiner Karriere aufgegangen, hatte viel darin investiert. Ich hatte jede Schicht gearbeitet, die ich bekommen konnte, und war oft lang im Krankenhaus geblieben. Im Urlaub hatte ich ehrenamtlich im Ausland bei *Ärzte ohne Grenzen* mitgeholfen ... Dabei hatte ich auf vieles in meinem Umfeld nicht richtig geachtet. Über dieses Haus oder die Insel beispielsweise wusste ich eigentlich nur, dass ich früher hergekommen war, um Sonne zu tanken und im Meer zu schwimmen.

Wie hatte ich nur so wenig Interesse an dem Mann zeigen

können, den ich geliebt hatte? Und an unserem Leben? Obwohl es »unser« Leben nicht wirklich gegeben hatte. Nur mein Leben und seines. Und nun war das von Will in meines gekracht.

Mein Verstand ließ nicht locker. Ich lag da und verteufelte mich, bis ich wohl irgendwann einschlief.

Um sieben Uhr morgens erwachte ich wieder. Durch das Milchglas des Fensters zeichnete sich ein hellblauer Himmel ab. Mit dem Anbruch des neuen Tags legte sich meine Angst ein wenig.

Ich rief die Überwachungskameras auf. Die Sonne war aufgegangen, die Palme im Hof schwankte im Wind. Eine lange Weile stand ich mit dem Messer in der Hand an der Tür, bevor ich sie langsam aufschloss. Der Flur erwies sich als verwaist. In der Küche brummte leise der Kühlschrank.

Mit schnellen Schritten und dem Messer im Anschlag überprüfte ich das gesamte Haus. Es gab so viele mögliche Verstecke. Ich arbeitete mich durch einen Raum nach dem anderen, sah unter Betten nach, in Schränken, hinter Türen. Nichts. Und die Vordertür war unverändert verriegelt. Die Sonne schien durch die Oberlichter herein. Die Strahlen tanzten regelrecht in der Luft und betonten die goldene und silberne Maserung der kalten Marmorböden.

Nachdem ich ein Paar dicke Socken ausgegraben hatte, kehrte ich in die Küche zurück und machte mir eine Tasse Tee. Dann zog ich die Socken an und war dankbar für die Wärme. Dabei bemerkte ich, dass vom Stuhl die Plastiktüte mit Lebensmittelkonserven hing, die ich auf der Kücheninsel gelassen hatte. Eine der Dosen lag darunter, zwei mit Siruppudding waren zum Kühlschrank gerollt. Anscheinend war die Tragetasche von der Arbeitsplatte gerutscht, und einer der Griffe hatte sich an der Rückenlehne des Stuhls verfangen. Die restlichen Konserven befanden sich noch in der wenige Zentimeter über dem Boden hängenden Tüte.

Während ich sie betrachtete, spielte ich es in Gedanken durch. Der Absturz der Tüte würde laut genug gewesen sein, um mich zu wecken. Ihr Gewicht würde den Stuhl verschoben haben, und ein paar weitere Dosen könnten herausgerutscht, auf den Boden gefallen und zum Kühlschrank gekullert sein. Beim Auspacken aus dem Koffer hatte ich die Tragetasche an den Rand der Arbeitsplatte gelegt. Durchaus denkbar, dass sie in Bewegung geraten war. Das mussten die Geräusche gewesen sein, die ich in der Nacht gehört hatte ...

Ich legte das Messer weg, sackte gegen die Küchentheke und kam mir dumm vor. Wegen einer Tüte mit Konservendosen hatte ich eine verängstigte Nacht verbracht und kaum ein Auge zugemacht. Aber wenigstens hatte ich dafür eine vollkommen rationale Erklärung gefunden.

KAPITEL 16

Das durch die raumhohen Fenster mit Meerblick hereinströmende Sonnenlicht linderte meine Ängste. Durch den bewölkten Himmel schimmerte nur am Horizont etwas Blau. Ich öffnete die riesige Glasschiebetüre zur Terrasse und nahm meinen Tee mit hinaus. Eine leichte Brise kräuselte die Dampfschwaden, die von der Abdeckplane des beheizten Swimmingpools aufstiegen.

Ich stellte den Tee auf dem Holztisch an der Wand ab und sah mich um. Zum Strand ging es steil hinunter, hundert Meter oder mehr. Die Ebbe hatte gerade einen Sandstreifen an den Felsen am Fuß der Klippe freigelegt. Ich sah, dass Laub die Steinstufen hinunter zum Strand bedeckte. Auf halber Höhe befand sich die Betonplattform mit meinem kleinen Boot, ebenfalls von einer mit Blättern übersäten Plane verhüllt.

Das Meer präsentierte sich als träge wogende, dunkelblaue Masse. In der Ferne krächzte ein Grüppchen Möwen. Ich kniff die Augen zusammen und schaute auf, als ich einen schwebenden Kormoran bemerkte, der die schwarz-braun gesprenkelten Flügel gerade für einen Sturzflug anlegte. Wie ein Stein fiel er ins Wasser und versank platschend darin. Gleich darauf tauchten der elegant gekrümmte Hals und der Kopf wieder auf. Im Schnabel zappelte ein silbriger Fisch.

Die Normalität und Ruhe des Tages zogen mich in ihren Bann. Im Farn, der direkt unter der Mauer aus Ritzen im Gestein wuchs, raschelte es, und ich erspähte eine Eidechse, die durch das raue Grün flitzte. Warum nur hatte ich am Vortag so dringend weggewollt?

Als ich mich an die Wand lehnte, spürte ich Wills Brief in der Tasche meines Morgenmantels. Ich holte ihn heraus. Auf dem Holztisch neben meinem Tee stand ein Aschenbecher mit einem blauen Feuerzeug.

Ich betrachtete das gefaltete, cremefarbene Papier. Was, wenn ich den Brief einfach verbrannte? Ich könnte so tun, als hätte er mich nie erreicht.

Mist. Nein. Ich hatte Diane ja eine Kopie geschickt. Plötzlich bereute ich es. Ich wünschte, ich hätte das verdammte Ding schon davor verbrannt. Es war Wills Problem. Warum wollte er mich in etwas verwickeln, worüber zu reden er zu Lebzeiten nicht den Mumm gehabt hatte?

Ich versuchte, Diane anzurufen. Mittlerweile war es in London fast sieben Uhr morgens. Wenn sie die Schicht um sechs beendet hatte, könnte sie bereits die Southwark Cathedral besucht haben und inzwischen zu Hause sein. Ich landete auf der Mailbox. Aber ich hinterließ ihr keine Nachricht, mich anzurufen.

Die Sonne kam hinter den Wolken hervor und tünchte die Terrasse in einen warmen Schein. Ich hörte das rhythmische Klicken der Wasserpumpe des Swimmingpools.

Bei unseren früheren Aufenthalten im Ferienhaus war ich immer morgens geschwommen. Das erfrischte mich für den Tag.

Ich ging ins Schlafzimmer und kramte einen Badeanzug aus einer Schublade. Als ich ihn anhatte, stellte ich entsetzt fest, wie viel Gewicht ich im vergangenen Monat verloren hatte. Zwar war ich auch davor nicht dick gewesen, doch der Badeanzug hing lose an meiner dünnen, teigigen Gestalt. Um ein Haar hätte ich ihn wieder ausgezogen. Aber ich musste irgendetwas Normales tun, und durch Sport fühlte ich mich immer besser.

Ich kehrte zurück in den Sonnenschein, blieb auf der Holzterrasse stehen, die den Swimmingpool umgab, und drückte den Knopf zum Öffnen der Abdeckung. Dabei handelte es sich um eine solide, leicht poröse Plane aus dunkelblauem Neopren knapp über dem Wasser. Surrend wurde sie zurückgezogen. Ich ließ mich am Rand des Pools nieder und tauchte die Füße in das seichte Ende. Das kühle Nass erfrischte und belebte mich, als ich Stück für Stück hineinglitt. Mittlerweile hatte sich die Abdeckung vollständig geöffnet. Das Wasser war sauber, abgesehen von geringfügigen Ablagerungen. Langsam ging ich auf das tiefe Ende zu, beugte und streckte die Finger und Zehen, während das Wasser über meine Taille nach oben kroch und ich mich für den Moment wappnete, in dem ich mit dem Kopf untertauchen würde.

Die Sonne verschwand hinter den Wolken, und vom Meer wehte eine frostige Brise herbei, die meinen nackten Rücken wie mit Nadeln bestürmte. Nach einem tiefen Atemzug tauchte ich vollständig unter. Im Vergleich zur Luft fühlte sich das Wasser warm an. Ich brach mit dem Kopf wieder durch die Oberfläche und begann mit gemächlichem

Brustschwimmen. Es tat gut, den Körper zu bewegen, und ich gewöhnte mich schnell an das Wasser.

Der Pool hatte mit etwas mehr als fünfzehn Metern eine angenehme Länge. Ich wechselte zum Kraulen, schnappte alle paar Züge nach Luft.

Dass etwas nicht stimmte, bemerkte ich nah am Rand des tiefen Endes. Beim vierten Zug wollte ich zum Luftholen auftauchen, doch mein Kopf stieß auf Widerstand. Als ich die Augen öffnete, stellte ich fest, wie dunkel es unter Wasser war. Und irgendetwas hinderte mich daran, durch die Oberfläche aufzutauchen. Gleich darauf erkannte ich, dass ich mich unter der ausfahrbaren Poolabdeckung befand und sie sich gerade schloss. Ein Stück Himmel, das sich am seichten Ende abzeichnete, schrumpfte schnell, während sich die Abdeckung auf diese Seite des Beckens zubewegte.

Ich geriet in Panik und versuchte, dorthin zu schwimmen, hatte jedoch zu viel Auftrieb. Das dunkelblaue Neopren verlief so knapp über dem Wasser, dass es mich nach unten drückte und Reibung verursachte. Das steife Material gab kaum nach und ließ praktisch keinen Atemraum über der Oberfläche. Ich bemühte mich, ruhig zu bleiben, tauchte ein bisschen ab und schwamm angestrengt in Richtung des seichten Endes. Mittlerweile war die Lücke zwischen der Abdeckung und dem Beckenrand auf weniger als einen halben Meter geschrumpft. Ich strampelte aus Leibeskräften und dachte, ich würde es schaffen. Aber als ich zum Luftholen auftauchen wollte, traf mich die Metallkante der Abdeckung mit überraschender Wucht an der rechten Schläfe. Ich wurde zur Seite geschleudert. Meine Beine stiegen hinter mir auf.

Einige Sekunden lang verlor ich die Orientierung, wusste nicht, wo oben und wo unten war. Luftblasen strömten aus meinem Mund, während ich im düsteren Blau des Swimmingpools zappelte.

Ich hatte mich noch nie vor Wasser oder vor dem Ertrinken gefürchtet, doch als mir ins Bewusstsein sickerte, was vor sich ging, überwältigte mich das Grauen meiner Lage. Die getroffene Seite meines Kopfs fühlte sich wie taub an. Ich stemmte die Füße gegen den Boden des Beckens. Dann drückte ich mich mit dem Rücken flach gegen die Abdeckung. Sie wölbte sich zwar, aber durchbrechen konnte ich sie nicht. Ich ging in die Hocke und versuchte, die Abdeckung zu durchschlagen, doch das Wasser bremste meine Bewegungen. Meine zurückprallenden Hiebe schienen kaum etwas zu bewirken.

Mir wurde schwindelig. In meiner Brust brannte der Drang zu atmen. Ich bewegte mich dorthin, wo der Metallrahmen der Plane auf den Beckenrand traf, und wollte die Finger in die Lücke dazwischen zwängen. Allerdings verlief entlang der Edelstahlleiste des Beckens eine Nut, in die der Rand der Abdeckung eingerastet war. Es gab keine Lücke.

Da wurde mir klar, dass ich ertrinken würde. Nach allem, was ich durchgemacht hatte, würde es ein geradezu lächerlicher Tod sein. Wieder presste ich den Rücken gegen die Abdeckung und stemmte mich gegen den Boden des Pools, so fest ich konnte, aber die Plane weigerte sich, klein beizugeben. Als ich die Hand hob, um die Stelle zu betasten, an der mich der Rahmen getroffen hatte, streiften meine Finger die Spitze an der Rückseite eines meiner Ohrstecker.

Meine Sicht verfinsterte sich zusehends. Ich war kurz davor, das Bewusstsein zu verlieren. Rasch entfernte ich den Verschluss von dem kleinen Ohrstecker und zog ihn heraus. Ich klemmte ihn mir zwischen Daumen und Zeigefinger, bevor ich die Spitze über die straffe Plane der Abdeckung zog. Durch den Widerstand des dicken, nassen Materials verlor ich den Halt. Der Ohrstecker sank durch das Wasser und landete auf dem Boden des Beckens. Vor lauter Panik dachte ich nicht logisch an den Stecker in meinem anderen Ohr. Stattdessen vergeudete ich kostbaren Sauerstoff in meiner Lunge damit, nach unten zu tauchen und in der Düsternis umherzutasten, bis sich meine Finger um den Ohrstecker schlossen. Es schien eine Ewigkeit zu dauern, bis ich ihn richtig zu fassen bekam. Allmählich verlor ich das Gefühl in den Händen.

Ich stieß mich von unten ab, prallte gegen die Poolabdeckung und zog die Beine an. Mir lief die Zeit davon. Ich stützte mich mit den Füßen ab und versuchte, die scharfe Spitze des Ohrsteckers wie eine Reißnadel durch die Plane zu pressen. Allerdings verloren meine endgültig taub gewordenen Finger erneut den Halt daran, und der Ohrstecker sank zurück in die Düsternis.

Mir ging die Luft aus. Es war vorbei. Ich würde ertrinken. Meine Brust und meine Lunge drohten, vor Atemnot zu explodieren.

Als ich kurz davorstand, ohnmächtig zu werden, spürte ich, wie etwas von oben auf die Poolabdeckung prallte. Abrupt drückte die Plane gegen mein Gesicht. Die Klinge eines Messers stieß wenige Zentimeter von meinem Kopf entfernt hindurch und schnitt in einem Bogen um mich herum.

Das Material teilte sich. Dann fassten zwei starke Arme ins Wasser und zogen mich nach oben. Gierig saugte ich frische Luft ein, als mein Retter und ich auf die Holzterrasse kippten, und ich stellte fest, dass ich auf Dragan lag, dem Inselverwalter.

KAPITEL 17

Ich hustete und keuchte, um die Lunge mit frischem Sauerstoff zu füllen. Dragan war ein großer, breit gebauter Mann. Einen Moment lang verharrte ich benommen auf ihm. Hustend, röchelnd, um Luft ringend.

Dragan rollte mich mit vor Anstrengung gerötetem Gesicht behutsam von sich auf die Terrasse. Als ich endlich zu Atem gelangte, starrte ich ihn an, immer noch unter Schock. Ich brachte kein Wort heraus.

Aus der Nähe strahlte sein Gesicht eine tiefe Verwundbarkeit aus. Er war sehr blass. Aknenarben überzogen seine Wangen. Eine lange Narbe, die über der linken Augenbraue begann und über ein Lid und die Wange hinab bis zum Kiefer verlief, hatte ich zuvor nicht bemerkt. Was auch immer ihm widerfahren sein mochte, die Ärzte hatten sein Auge nicht retten können. Ich erkannte, dass man ihm ein sehr gut gemachtes, hellblaues Glasauge eingesetzt hatte. Farblich passte es zur rechten Iris, allerdings war das Weiß darin im Vergleich zum anderen, blutunterlaufenen Auge völlig klar. Als er mich zittern sah, zog er die Jacke aus und legte sie mir um die Schultern. Es handelte sich um ein langes, schmuddeliges Teil mit Tarnmuster.

Sein Blick streifte meine Brust, er sah jedoch rasch wieder weg. Mein Badeanzug war verrutscht. Mit zittrigen Händen zupfte ich ihn hastig zurecht. Abgesehen von meinem Keuchen herrschte Stille. Als sich mein Herzschlag allmählich beruhigte, roch ich abgestandenen Alkohol und Zwiebeln an ihm.

»Atmen Sie langsam«, ergriff er zum ersten Mal das Wort. »Sie haben einen ziemlichen Schock hinter sich.« Er sah mich wieder an und stellte fest, dass ich meinen Badeanzug zurechtgerückt hatte. Als er sich zu mir beugte, zuckte ich zusammen. »Nicht. Vorsicht!«, warnte er und hob sein Bowie-Messer auf, das neben meinem rechten Oberschenkel lag. Die glänzende Klinge sah ziemlich scharf aus. Er wischte sie am Hosenbein ab, richtete sich auf und steckte das Messer zurück in die Scheide an seinem Gürtel.

»Sie haben eine Platzwunde am Kopf«, teilte mir Dragan mit. Ich hob die Hand an die Stirn über der rechten Augenbraue. Meine Finger lösten sich blutverschmiert von der Stelle. Außerdem lief mir Blut den Hals herab und vermischte sich mit Wasser. Erst da wurden mir die pochenden Schmerzen im Schädel bewusst. »Können Sie aufstehen?« Ich nickte. Er streckte mir die Hand entgegen. Ich ergriff sie, und er half mir hoch, doch meine Beine fühlten sich wacklig an. Dragan führte mich durch die Tür hinein zum Sofa. »Darf ich?«, fragte er sanft, bevor er mir die Jacke von den Schultern nahm. Sie roch nach Schweiß und Motoröl. Ich verschränkte die Arme vor der Brust. Er ergriff die gestrickte Wolldecke von der Armlehne des Sofas und breitete sie über mich aus.

Schaudernd zog ich sie um den Körper und steckte sie

unter meine Zehen. Ich beobachtete, wie Dragan zum Kühlschrank ging und daraus eine Dose Cola holte. Außerdem brachte er die Rolle mit Papiertüchern und ein Geschirrtuch mit. Er reichte mir die Rolle. Ich riss einige Blätter davon ab und drückte sie auf die Platzwunde an meinem Kopf.

»Scheint tief zu sein«, meinte ich, als ich sah, wie viel Blut die Papiertücher aufgesaugt hatten.

Dragan öffnete die Coladose. »Hier. Sie brauchen Zucker gegen den Schock.« Er reichte mir das Getränk. Dabei bemerkte ich Spritzer meines Bluts am Kragen und an der Vorderseite seines Hemds. Ich nahm einen Schluck. Durch die süße Cola fühlte ich mich besser und konnte klarer denken. Dragan ließ sich auf dem anderen Ende des Sofas nieder, tupfte mit dem Geschirrtuch sein Hemd ab und starrte mich lange an. »Branko hat mich gestern Abend angerufen. Er hat gesagt, Sie wollten die Insel verlassen, haben aber die Fähre verpasst.«

»Ja.«

»Ich dachte, Sie wollten eine Woche bleiben.«

»Wollte ich auch, aber ich habe spontan entschieden, nach Hause zurückzureisen.«

Er überlegte kurz.

»Was ist passiert?«, fragte er und deutete mit dem Kopf zum Swimmingpool.

»Ich bin geschwommen, und die Abdeckung hat begonnen, sich zu schließen. Bemerkt habe ich es erst, als es schon zu spät war.«

»Sie sollten nicht alleine schwimmen«, sagte er. Sein Tonfall bei den Worten klang etwas väterlich und einschüchternd.

»Ich bin eine gute Schwimmerin.« Als ich einen weiteren

Schluck aus der Dose trank, stellte ich fest, dass meine Hände unverändert zitterten. Ich schaute zur Vordertür. Er folgte meinem Blick.

»Sie haben gestern Abend verängstigt geklungen, als ich mit Ihnen geredet habe. Deshalb bin ich noch mal hergekommen, um nach Ihnen zu sehen. Auf mein Klingeln haben Sie nicht reagiert, also bin ich hinten herum über die Mauer geklettert. Dabei habe ich Sie unter der Abdeckung kämpfen gesehen.«

Ich schaute aus dem Fenster. Die Poolabdeckung wies einen großen halbkreisförmigen Riss auf, durch den langsam Wasser hervorsprudelte.

»Danke«, flüsterte ich mit bebender Stimme.

»Trinken Sie weiter.« Er deutete auf die Coladose.

Ich nippte erneut daran. »Sie müssen mich für entsetzlich dumm halten. Ich habe nicht gesehen, wie sich die Abdeckung geschlossen hat, weil ich mit dem Gesicht im Wasser geschwommen bin. Sie hat sich einfach eingeschaltet. Der Motor ist von selbst angegangen.«

»Wird Ihr Haus von Robotern gesteuert?«, fragte Dragan und sah sich um.

»Von einer Smart-Home-App.« Das Blut von der Platzwunde hatte mittlerweile ein zweites Bündel Papiertücher durchtränkt. Ich legte es auf den Boden, zog mehr von der Rolle und drückte es auf die Verletzung. Das Brennen dabei ließ mich zusammenzucken.

»Zuerst hat Ihre Alarmanlage eine Fehlfunktion, jetzt Ihr Swimmingpool.«

»Das System ist sehr gut.«

»Meinen Sie?«

In Wirklichkeit wusste ich nicht recht, was ich denken sollte.

»Ist gestern Nacht der Strom auf der Insel ausgefallen?«, fragte ich.

»Wann?«

»Gegen drei Uhr morgens.«

»Ist Ihr Haus ans Stromnetz angeschlossen, oder haben Sie Solarkollektoren?«

»Ans Stromnetz, glaube ich.«

»Ob es einen Ausfall gegeben hat, weiß ich nicht. Ich schlafe zum Glück tief. Aber Stromausfälle sind keine Seltenheit.«

Ich dachte an seinen Besuch am vergangenen Abend zurück. Dabei hatte ich den Eindruck gehabt, er wollte über das Tor klettern und zum Haus kommen. Doch bei meiner Rettung aus dem Swimmingpool hatte er den Blick abgewandt, als mein Badeanzug verrutscht war.

»Ich bin Ihrem Mann ein paar Mal begegnet«, sagte Dragan. »Er war ein anständiger Mensch. Ich habe ihm bei den Genehmigungen von der kroatischen Gemeinde für den Kauf des Grundstücks hier und für den Hausbau geholfen. Er war immer respektvoll. Fair.«

Während ich mir nach wie vor die Papiertücher an den Kopf drückte, nickte ich. Eigentlich wollte ich nur noch, dass er ging, doch er redete munter weiter. »Ich lebe seit neun Jahren hier. Ursprünglich bin ich vom Festland. Meine Familie stammt aus Zagreb. Viele Jahre lang hatten wir eine Buchhandlung, ein Familienunternehmen. Ist aber 2010 in Konkurs gegangen.«

»Tut mir leid, das zu ...«

»Wir haben alles verloren«, fiel er mir ins Wort. »Unser Haus, unser Geld, die Lebensgrundlage ... Um dieselbe Zeit herum ist meine Frau an Krebs gestorben. Danach habe ich den Job als Inselverwalter auf Tišina angenommen. Ich arbeite für den Konzern, dem die *Sun-Inn* Hotelanlage gehört. Außerdem bin ich Lukas Lehrer. Er spricht gut Englisch.« Bei der Erwähnung seines Sohns hellten sich seine Züge auf.

»Ich habe ihn gestern mit den Schafen auf seinem Quad gesehen. Scheint ein netter Junge zu sein«, sagte ich.

»Das können Sie unmöglich wissen, wenn Sie ihn nur gesehen haben.«

»Er war höflich.«

»Selbstverständlich war er das. Glauben Sie etwa, ich wüsste nicht, wie ich meinen Sohn zu erziehen habe?«, erwiderte er defensiv.

»Nein, natürlich wissen Sie das.«

»In den Wintermonaten wird es hier einsam. Still wie ein Friedhof«, sagte er und beugte sich vor. »Allein zu sein, ist nicht gut für Sie. Wenn niemand hier ist, drehe ich an den meisten Tagen eine Runde über die Insel und vergewissere mich, dass die Häuser gesichert sind.« Er sah mir in die Augen. »Mögen Sie Branko?« In seinem Tonfall schwang etwas mit. Wollte er etwa wissen, ob ich mich zu Branko *hingezogen* fühlte?

»Er ist in Ordnung. Mein Mann hat ihn gekannt. Er hat ihn eingestellt. Ich selbst kenne ihn nicht wirklich«, antwortete ich. Für meine Ohren schwang zu viel Protest in meiner Stimme mit.

»Wir haben Anfang der 1990er Jahre zusammen beim Militär gedient und im kroatischen Unabhängigkeitskrieg gekämpft. Ich war sein Vorgesetzter.«

»Kaum zu glauben, dass vor so kurzer Zeit noch Krieg in Kroatien geherrscht hat«, versuchte ich, das Gespräch von dieser merkwürdigen Wendung wegzulenken. »Das Land ist so wunderschön und friedlich.«

Er schnaubte.

»Sie sehen es nur durch die Augen einer Urlauberin. Strände, Wein, Olivenöl. Auf dem Festland sind immer noch etliche zerstörte Gebäude. So viele von uns hat das Grauen des Kriegs dauerhaft gezeichnet. Wir haben für unsere Unabhängigkeit gekämpft. Branko, ich ... und so viele andere mutige Männer. Darauf bin ich stolz«, fügte er hinzu. Emotionen hatten sein Gesicht gerötet. Wieder überlegte ich, wie er das Auge verloren und sich die Narbe zugezogen hatte.

»Wegen der Schafe – bewirtschaften Sie hier auch Land?«, fragte ich. Allmählich schlich sich Panik bei mir ein. Ich vermochte nicht zu sagen, ob er wirklich ein anständiger Mann oder ein als solcher getarnter Vergewaltiger war. Instinktiv zog ich die Decke enger um mich, als mir unangenehm bewusst wurde, dass ich darunter nur einen Badeanzug anhatte.

»Wir sind keine echten Bauern. Luka hat ein paar Schafe. Mit dem Fleisch und der Wolle verdienen wir ein bisschen dazu, aber bloß Kleingeld. Der Boden auf Tišina ist schlecht.«

»Schlecht? Die Erde, meinen Sie?«

Er nickte mit ernster Miene. »Verseucht. Kennen Sie die Geschichte der Insel?«

»Nein«, antwortete ich und bereute es sofort. Zweifellos würde Dragan sie mir in allen Einzelheiten erzählen.

»Im 15. Jahrhundert haben in einem Kloster auf der Insel Mönche eines Schweigeordens gelebt. Das kroatische Wort für Stille ist ›tišina‹. Die Insel heißt also wörtlich ›Stille‹. Einer der Mönche, ein Mann namens Slaven, hatte mehrere kraftvolle Visionen der Jungfrau Maria. Religiöse Pilger sind von nah und fern hergekommen, um sich von ihm segnen zu lassen. Natürlich haben sie ihm Geld dafür gegeben.

Dadurch sind die Mönche eine Zeit lang reich geworden. Aber gegen Ende des 15. Jahrhunderts haben die Pilger den Schwarzen Tod eingeschleppt, der den gesamten Orden ausgelöscht hat. Rund 600 Mönche. Sie sind so schnell gestorben, dass man sie in Massengräbern bestatten musste. Deshalb ist der Boden hier so schlecht. Die Mitte der Insel ist eine Pestgrube. Bis zum Zerfall Jugoslawiens war Tišina verlassen. Dann hat der Tourismus Einzug gehalten. Vor ein paar Jahren hat die *Sun-Inn* Hotelanlage eröffnet. Danach sind Leute wie Sie hergekommen und haben Ferienhäuser gebaut.«

Ich wollte nur noch, dass er ging. So dankbar ich ihm dafür war, dass er mir das Leben gerettet hatte, ich war nach wie vor klatschnass und zitterte. Auf dem Boden neben mir türmte sich mittlerweile ein Haufen blutiger Papiertücher. Vorsichtig berührte ich die Wunde. Als ich die Hand zurückzog, stelle ich fest, dass ich nach wie vor erheblich blutete.

»Danke für alles ...«, begann ich, doch er fiel mir erneut ins Wort.

»Hat Ihr Mann viel für das Grundstück bezahlt?«

»Wir haben beide viel dafür bezahlt«, antwortete ich.

Er wollte etwas erwidern, aber zum Glück klingelte in dem Moment sein Handy. Er kramte in der Tasche, bevor er ein schmuddeliges altes Smartphone mit Sprüngen im Display hervorzog. Nachdem er rangegangen war, sprach er einige schnelle kroatische Worte, die ich nicht ansatzweise verstand. Dann beendete er das Gespräch und erhob sich.

»Das war Luka. Wir wollen zum Fischen, solange das Wetter gut ist. Tut mir leid, ich muss los.«

»Schon gut«, sagte ich und verspürte einen gewaltigen

Anflug von Erleichterung. Wieder zog ich die Decke enger um mich.

Dragan heftete einen eindringlichen Blick auf mich und fuhr mit dem linken Zeigefinger im Kreis um seinen Kopf.

»Dieses Haus mit den Robotern ist nicht gut. Nicht sicher. Nicht natürlich. Bitte schwimmen Sie nicht mehr, bis Branko vom Festland zurückkommt und das Problem behebt.«

»Werde ich nicht. Und noch mal danke.«

Abwiegelnd hob er die Hände. »Wir sind zwei Menschen, die auf dieser Insel fernab von allem sind. Ich werde Ihnen immer helfen, in Ordnung?«

»Okay, danke«, sagte ich. Blut lief mir in ein Auge. Ich erhob mich vom Sofa, um mir mehr Papiertücher zu greifen.

»Sie brauchen das Tor nicht für mich zu öffnen. Ich kann auf dem Weg gehen, den ich gekommen bin. Schönen Vormittag noch«, sagte er.

Damit ergriff er seine Jacke vom Sofa und ging durch die Schiebetür auf die Terrasse. Ich beobachtete, wie er um die Seite des Hauses herum verschwand, um über die Mauer zu klettern. Dann schloss ich die Schiebetür und verriegelte sie. Erst danach fühlte ich mich sicher genug, um ins Schlafzimmer zu eilen und meine blutende Wunde zu verarzten.

KAPITEL 18

Das medizinische Material für das Haus verwahrte ich in einer Kassette für Angelzubehör unter dem Waschbecken im Badezimmer. Die oberste Ablage füllten Mull, Klebeband, Pflaster und Verbände aus. Die Zweite enthielt eine Schere, ein Infrarot-Thermometer und Wasserstoffperoxid. In der Dritten ganz unten befanden sich starke Medikamente – hochdosierte Antibiotika und mehrere Ampullen Morphin mit sterilen Spritzen aus Kunststoff.

Die Wunde brannte, als ich sie säuberte. Ich schaltete den Vergrößerungsspiegel ein und begutachtete die Verletzung. Die Metallkante der Poolabdeckung hatte einen vier Zentimeter langen Schnitt knapp über meiner Braue verursacht. Etwas tiefer, und sie wäre mitten durch mein Auge gefahren.

Unwillkürlich dachte ich an Dragan und sein Glasauge. Wäre er nicht rechtzeitig aufgetaucht, wäre ich ertrunken. Obwohl ich mich in Sicherheit befand und es vorbei war, hallte die unter Wasser erlebte Panik noch in mir nach.

Ich hatte medizinischen Wundkleber, den ich benutzen

konnte, statt mich zu nähen. Allerdings hätte ich wohl besser gewartet, bis meine Hände nicht mehr zitterten, denn als ich den Kleber auf die Ränder der Haut auftrug, verschloss ich die Wunde ungleichmäßig.

»Scheiße«, fluchte ich und versuchte, sie wieder zu öffnen, was erheblich schmerzte. Ich trat einen Schritt zurück und betrachtete mich im Spiegel. Die Haut hatte sich an der Verbindungsstelle der beiden Ränder leicht gerunzelt. Der Kleber haftete stark. Wenn ich die Wunde aufzubekommen versuchte, würde ich vielleicht noch mehr Schaden anrichten. Ich hatte schon Tausende Patienten genäht und geklebt. So mies hatte ich mich bisher nie dabei angestellt, nicht mal während der Ausbildung. Mir würde eine kleine Narbe bleiben.

Die Haut hatte sich zu einem ungesunden Grau verfärbt, die Schwellung um die Wunde an der Stirn herum bildete allmählich einen Bluterguss. Ich drückte mir ein paar Schmerztabletten aus einer Folienpackung und nahm sie mit einem Mundvoll Wasser aus dem Hahn ein.

Als ich den Blick senkte, stellte ich fest, dass ich immer noch zitterte. Ich brauchte frische Luft. Kurzentschlossen ging ich ins Gästezimmer. Mit der Steuerung an der Wand öffnete ich die Schiebetür. Die beiden riesigen Glasscheiben teilten sich und glitten in entgegengesetzte Richtungen auf. Kalte Luft strömte herein.

Ich trat hinaus auf die Terrasse. Das Wasser unter dem halbmondförmigen Schnitt in der Poolabdeckung hatte sich rosa verfärbt. Als ich um den Bereich herumging, schauderte ich beim Anblick meines vergossenen Bluts. Am tiefen Ende des Swimmingpools bildete eine vier Meter breite Verlängerung der Wand des Schlafzimmers eine L-förmige Abgrenzung zwischen unserem Grundstück und den offenen

Feldern. Ich spähte über die Mauer. Auf dieser Seite befand sich die Oberkante auf Schulterhöhe, dahinter jedoch lag das Gelände deutlich tiefer.

Ich dachte an Dragan, der auf mich außer Form gewirkt hatte. Es musste ihn erhebliche Mühe gekostet haben, von der anderen Seite über die Mauer zu klettern. Und wenn er zuerst unten am Tor die Glocke geläutet hatte, würde er mehrere Minuten für den Fußmarsch zu dieser Stelle gebraucht haben. Wie lange war ich geschwommen, bevor sich die Abdeckung geschlossen hatte? Warum hatte ich die Klingel nicht gehört? Jedenfalls war Dragan rechtzeitig am Swimmingpool aufgetaucht, um mich herauszuziehen.

Mein Blick wanderte über die Terrasse. Mittlerweile brandeten die Wellen gegen die Felsen am Fuß der Steilwand. Der Himmel präsentierte sich als brodelnde Masse aus schwarzen und silbrigen Wolken. Durch einen schmalen Spalt erstreckte sich eine Lichtsäule der Sonne auf den kabbeligen Ozean hinab. Wäre der Meeresgott Poseidon mit seinem leuchtenden Dreizack aus der Tiefe aufgestiegen, hätte er nicht fehl am Platz gewirkt. Ich schauderte. Meine Hände fühlten sich immer noch taub vom Wasser an. Als ich die Finger beugte, stellte ich fest, dass sie angeschwollen waren. Ich trug einen keltischen, bernsteinbesetzten Goldring, der meiner Mutter gehört hatte. Im Bernstein eingeschlossen befanden sich eine prähistorische Fliege, Fragmente eines Blatts und einige Körner. Der Ring selbst bestand aus walisischem Gold und hatte für mich eine besondere Bedeutung.

Als ich durch die offene Schiebetür zurück ins Haus ging, gelang es mir, das Schmuckstück vom Finger zu streifen. Allerdings zitterten meine Hände unverändert vor aufgewühlten Emotionen. Der Ring entglitt mir, landete auf dem Boden und rollte zu den Lüftungsschlitzen unter der Schiebetür. Er fiel hindurch. Ich hörte, wie er leise klirrend auf den Grund des Lüftungskanals prallte.

Jeder Abschnitt des Abdeckgitters maß einen Meter und ließ sich herausheben. Ich kniete mich an die Stelle, an der mein Ring verschwunden war, und hebelte die Abdeckung mit den Fingernägeln heraus, bis ich sie zu fassen bekam. Dann hob ich sie weg und lehnte sie an die Wand.

Der Lüftungskanal erwies sich als etwa zwanzig Zentimeter breit und ziemlich tief. Ich konnte den Ring unten zwischen Staubflusen sehen. Nachdem ich mich hingekauert hatte, steckte ich den Arm hinein, konnte ihn jedoch nicht erreichen. Ich musste mich bäuchlings vollständig auf den Boden legen. Dann streiften meine Fingerspitzen den Staub, doch der Ring selbst blieb außer Reichweite. Ich brauchte irgendein Werkzeug, um an ihn zu gelangen. *Eine Gabel aus der Küche sollte reichen*, dachte ich mir.

Als ich mich aufrichten wollte, zerrte die Halskette an mir. Mein rechter Arm steckte im Lüftungskanal, mein Kopf lag nach links gedreht. Ich hob die linke Hand und tastete herum. Die Silberkette hatte sich an der Kante der Abdeckung neben dem offenen Abschnitt verfangen.

Ich hörte ein leises Klicken und ein Surren. Die Glastüren erwachten zum Leben und begannen, sich zu schließen. Sie verliefen auf einer schmalen, bündig in den Boden eingelassenen Metallschiene – die sich unter meinem Hals erstreckte. Panisch versuchte ich, den Kopf zu bewegen, bewirkte damit jedoch nur, dass sich die Glieder der Kette in meine Haut gruben. Ich tastete weiter herum, wollte die Kette von der Abdeckung lösen, aber meine tauben Finger erwiesen sich als nutzlos. Wieder versuchte ich, den Kopf zu heben, doch die Kette verankerte mich unnachgiebig am

Boden. Die Glasscheibe schimmerte im Licht, während sie sich zugleich anmutig und bedrohlich auf mich zubewegte. Von der Schiene spürte ich die Vibrationen des Gegenstücks, das sich von hinten meinem Nacken näherte.

Aus dem Augenwinkel sah ich die Steuerung für die Schiebetüren – hoch oben an der Wand, hoffnungslos außer Reichweite. Mein Handy mit der App lag auf der Arbeitsplatte in der Küche.

Warum hatten sich sowohl die Türen als auch die Poolabdeckung von selbst aktiviert? Ein Zufall?

Ich legte die linke Handfläche auf den Rand des Lüftungskanals und wollte mich hochstemmen. Allerdings verrenkte mir die Bewegung schmerzhaft die Schulter, überdehnte das Gelenk, und ich fand keinen Halt.

Meine Gedanken schwenkten zu Will und seinen letzten Augenblicken, bevor er erschossen worden war. Hatte er Zeit gehabt, Angst zu empfinden? War ihm eine Falle gestellt worden? Hatte er sich jemandem gegenübergesehen, den er für einen Freund gehalten hatte? Hatte er gebettelt? Oder versucht, mit seinem Mörder zu verhandeln? In welchem Moment war ihm klar geworden, dass er sterben würde?

Mittlerweile befand sich die nahende Glasscheibe nur noch einen halben Meter von meinem Kopf entfernt. Wieder versuchte ich, mich mit dem linken Arm hochzustemmen. Mein Schultergelenk brannte vor Anstrengung. Die Zeit schien sich zu verlangsamen. Plötzlich sah ich mich von oben an den Boden gefesselt. Mir fiel ein, was Will mir über die Schiebetüren erzählt hatte.

»Beste deutsche Qualität ... Der Motor muss echt leistungsstark sein, um diese riesigen dreifach verglasten Scheiben zu bewegen.«

Dann hörte ich eine Stimme im Kopf. *Wenn du nicht in die*

Gänge kommst, Maggie, zerquetscht dir diese lächerlich teure Schiebetür gleich die Kehle. Nach allem, was du durchgemacht hast, wirst du so sterben.

Blinzelnd stieß ich den Atem aus. Inzwischen trennten nur noch Zentimeter die Glasscheibe von meinem Gesicht. Mit einem Energieschub stemmte ich mich mit den Knien hoch, verrenkte mich zur Seite und versetzte der Kette mit dem Hals erst einen, dann einen zweiten Ruck. Beim Dritten gab sie nach und zerriss.

Hastig wich ich beiseite. Kaum hatte ich den Kopf von der Schiene entfernt, rasteten die Türen mit einem leisen Surren und einem Klicken dort ineinander ein, wo sich eben noch mein Hals befunden hatte.

Schwer atmend lehnte ich mich zurück und starrte auf die geschlossene Schiebetür. Blankes Entsetzen überkam mich bei der Erkenntnis, wie knapp ich den Scheiben entkommen war. Ich hob die Hand an den Hals. Ein Teil der zerrissenen Kette rutschte vorn an mir hinab und landete klimpernd auf dem Marmorboden.

Mein Blick fiel durch das Glas auf die Terrasse und zu der an der Wand über dem Swimmingpool montierten Überwachungskamera.

Zufall?, wiederholte die Stimme in meinem Kopf.

KAPITEL 19

Ich holte mein Handy aus der Küche, startete die App der Überwachungsanlage und rief die Videoübertragungen auf. Eine der Kameras deckte den Swimmingpool und den Teil der Terrasse vor dem Gästezimmer ab, in dem sich meine Halskette an der Abdeckung des Lüftungskanals verfangen hatte.

In der vergangenen Nacht war der Strom ausgefallen, und seither verhielt sich die Haussteuerung merkwürdig. Wurde ich beobachtet? An sich hatte nur ich Zugriff auf die Smart-Home-App – aber könnte sie jemand gehackt haben? Falls ja, könnte derjenige die Poolabdeckung und die offene Schiebetür mit der Absicht aktiviert haben, mich zu verletzen

...

Ich schnappte mir meine Schlüssel und öffnete die Vordertür. Regenpfützen übersäten den Durchgang, und von der Terrasse fegte ein heftiger Wind um das Haus, der mir das Haar aus dem Nacken wehte. Gegenüber der Palme war eine cremefarbene Tür aus Metall in das Gestein eingelassen. Sie führte zum Technikraum des Bungalows. Dort hätte ich nach dem Stromausfall gleich als Erstes am Morgen nach dem Rechten sehen sollen.

Von den Wänden des Durchgangs hallte leise ein gurgelndes Geräusch wider. Prompt beschwor mein Verstand unheimliche Bilder von seltsamen Tieren und halbmenschlichen Kreaturen herauf. Ich wirbelte herum, schaute zu den Stufen und dem Durchgang dahinter. Nichts. Das gurgelnde Geräusch ertönte erneut. Es stammte vom Boden, und mir wurde klar, dass ich auf einem Abfluss stand.

»Reiß dich gefälligst zusammen«, ermahnte ich mich. Ich schaltete die Taschenlampe meines Handys ein und schloss die Tür zum Technikraum auf. Das schwere Metall ächzte beim Öffnen. Ich streckte das Telefon vor mich und leuchtete hinein. Der große Raum war aus dem Grundgestein der Felswand gearbeitet worden. In einer Ecke befand sich ein hoher, schmaler Propangastank. Die rechte Seite beherrschte ein Regenwasserspeicher, gespeist durch Rohrleitungen von der Decke. Er maß drei Meter in der Breite, drei in der Höhe und bestand aus dickem grünem Kunststoff.

Mein Lichtstrahl wanderte über die felsige Decke und die grob behauenen, von Feuchtigkeit überzogenen Wände. Wasser sickerte mit widerhallenden Tropfgeräuschen durch die Rohre in der Decke. In dieser düsteren Höhle gefiel es mir nicht.

Links neben der Tür stand ein Server der Größe eines kompakten Kühlschranks. Reihen winziger, bunter LEDs blinkten im Zwielicht daran. Darüber befand sich der Sicherungskasten. Ich klappte ihn auf und betrachtete die lange Abfolge kleiner weißer Schalter sowie den großen roten Hauptschalter für die Stromversorgung. Kurz davor, Letzteren zu betätigen, zögerte ich. Leider hatte ich keine

Ahnung von der Technik im Haus. Würde sich die Stromversorgung zurücksetzen, wenn ich alles aus- und wieder einschaltete? Hatte das Haus eine Gasheizung? War alles andere elektrisch? Und woher stammte unsere Internetverbindung? Über ein Kabel? Ich wusste es nicht.

Wie konnte ich nur so dumm sein?, ging es mir durch den Kopf. Ich hatte mir von Will nie zeigen lassen, wie alles funktionierte. Mein Blick fiel auf den Server mit der Vielzahl kleiner Lämpchen. Ich fragte mich, ob er leicht gehackt werden könnte.

Als ich Brankos Nummer wählen wollte, klingelte das Smartphone in meiner Hand. Ein FaceTime-Anruf von Diane. Aber als ich ranging, bekam ich ihren Ehemann Leon zu sehen. Seine Augen waren blutunterlaufen. Ich konnte erkennen, dass er im Flur einer Krankenstation stand.

»Hi, Maggie«, begrüßte er mich leise.

»Hi. Ist alles in Ordnung?«, fragte ich überrascht, weil Leon ihr Handy benutzte.

»Nein ... Es geht um Diane. Ein Auto hat sie überfahren.«

Einen Moment lang starrte ich ihn verständnislos an.

»Was?«, brachte ich schließlich hervor und dachte, ich hätte mich verhört.

Leon nickte, bevor er den Kopf hängen ließ und sich eine Träne aus dem Gesicht wischte. »Sie ist beim Überqueren der Straße von einem Auto erfasst worden«, sagte er.

Ich hatte in den vergangenen Wochen so viel Angst und Entsetzen erlebt, dass alle Emotionen aus mir abzufließen schienen. Plötzlich fühlte ich mich nur noch leer. Ich sank zu Boden und spürte die Wärme des Servers am Arm.

»Wo? Wie?«

»Es war früh, kurz nach dem Ende ihrer Nachtschicht. Sie war an der Kreuzung London Bridge Station und Southwark

Bridge Road ... Dort ist sie vom Bürgersteig getreten, und ein Auto hat sie mit voller Wucht erwischt. Sie ist unter den Wagen geraten und nicht darüber hinweggeschleudert worden ... Ihre Verfassung ist ziemlich schlecht. Vor wenigen Stunden ist sie aus dem OP gekommen.«

»Wie schlimm ist es?«

»Sie liegt im künstlichen Koma. Das Becken, drei Rippen und der rechte Arm sind gebrochen. Den Kiefer hat es auch erwischt«, sagte er tonlos. »Man will versuchen, ihr linkes Bein zu retten, aber dafür muss sie in ein paar Tagen noch mal operiert werden. Die rechte Niere war gequetscht und musste entfernt werden.«

Ich schloss die Augen und dachte daran, wie oft ich schon mit den schrecklichen, von Verkehrsunfällen verursachten Verletzungen zu tun gehabt hatte. Manchmal fand ich das Überleben mit den Folgen schlimmer als den Tod. Aber nein. In diesem Fall ging es um Diane. So durfte ich nicht denken. Ich schlug die Augen auf und versuchte, mich auf Leon zu konzentrieren.

»Hat der Fahrer angehalten?«, fragte ich. Er schüttelte den Kopf. »Was sagt die Polizei?« Meine Stimme klang heiser von der Anstrengung, mich zusammenzureißen.

»Die hat noch kaum mit mir gesprochen, aber es weist alles auf einen Fall von Fahrerflucht hin. Ich will im Augenblick vor allem für Diane da sein.«

»Natürlich. Leon, es tut mir so leid.«

Plötzlich wurde mir klar, was er gesagt hatte. Die Southwark Bridge Road verlief neben der Kathedrale. Wusste er, dass ich sie gebeten hatte, dorthin zu gehen? Mit glasigen Augen starrte er mich an. Schließlich schaute er über die Schulter in den verwaisten Korridor hinter ihm.

»Maggie. Mir bleiben nur noch wenige Minuten, bis die

Visite vorbei ist. Ich muss zurück zu Diane. Man hat sie in einem Privatzimmer auf der Intensivstation untergebracht.«

»Ja, natürlich ... Es tut mir so leid. Sag ihr alles, alles Liebe von mir.«

Den letzten Teil bekam er nicht mehr mit. Er hatte den Anruf bereits beendet.

KAPITEL 20

Die Bande, die mein gesamtes Dasein zusammenhielten, schienen sich rasant aufzulösen. Erst Will, nun Diane. Sie war zumindest vorerst noch am Leben, dennoch verspürte ich einen Anflug entsetzlicher Schuldgefühle. Plötzlich wünschte ich inständig, ich hätte die Fähre zum Festland nicht verpasst. Ich hätte spätabends zurück in London sein können. Dann hätte Diane nie zur Southwark Cathedral gemusst. Leon gab mir die Schuld – oder würde es mit der Zeit. Im Augenblick dachte er nur an Diane.

Ich betete, dass sie es überstehen und durchkommen würde, doch ich fühlte mich so weit weg und hilflos, konnte nichts unternehmen.

Zudem beunruhigte mich etwas an dem Unfall. Ich kannte diese Kreuzung, und ich kannte Diane. Sie war nicht dumm. An der Stelle ging man nicht das Risiko ein, aufs Geratewohl über die Straße zu rennen. Es handelte sich um einen der Unfallhotspots der Stadt. Wie oft hatten wir Menschen gesehen, die mit schrecklichen Verletzungen von dort eingeliefert worden waren? Ich rief Wills Brief auf dem Handy auf.

Geh in unsere Kirche, zünde eine Kerze für mich an. Dort findest du den Schlüssel zu deiner Zukunft.

Hatte Diane die Kathedrale überhaupt aufgesucht? Oder war sie auf dem Weg dorthin gewesen? Jedenfalls hatte sie sich an jener Kreuzung aufgehalten, weil ich sie darum gebeten hatte. In Wills Brief stand *Kirche*, Southwark jedoch war eine Kathedrale. Schluchzend brach ich beim Gedanken an Dianes schwere Verletzungen zusammen.

Dann hörte ich auf. Es war sinnlos, weil ich in den letzten Wochen schon so viel geweint hatte. Damit änderte ich nichts. Ich richtete mich auf und begann, das gesamte Haus zu durchsuchen, sah in Schubladen und Schränken nach, verschob Möbel, wollte irgendetwas finden, einen Hinweis oder vielleicht einen weiteren Brief von Will. Sogar die Taschen jedes seiner Kleidungsstücke überprüfte ich. Das Haus besaß keinen Dachboden, und der Abstellraum enthielt nur unsere Neoprenanzüge, Tauchausrüstung und Konservendosen. Eine davon, mit gebackenen Bohnen von Heinz, sah etwas anders aus als der Rest. Als ich sie ergriff, fühlte sie sich leichter an als jene, die ich mitgebracht hatte.

Außerdem entdeckte ich hinter den Konserven eine angebrochene Schachtel Zigaretten – Wills geheimes Versteck? Er hatte das Rauchen vor Jahren aufgegeben. Ich ging mit den Zigaretten und der Dose auf die Terrasse. Der Wind erfasste mich und peitschte mir das Haar um den Kopf. Am Fuß der Klippe brandeten die Wellen gegen die Felsen.

Am Horizont verdichteten sich schwarze Gewitterwolken. Sechzig Kilometer trennten mich vom Festland. Bei dem Gedanken durchlief mich ein Schauder.

Ich zog eine der Zigaretten aus der Schachtel. Sie roch gut. Ich klemmte sie mir zwischen die Lippen und zündete sie an. Beim ersten Zug musste ich husten, danach jedoch wärmte mich das Nikotin und bescherte mir einen angenehmen Kick. Ich hatte seit meiner Zeit als Medizinstudentin nicht mehr geraucht. Sogar damals hatte ich es mir schnell wieder abgewöhnt, nachdem ich bei einem einprägsamen Sezierkurs die Lunge eines betagten starken Rauchers gesehen hatte. Nach einem weiteren Zug atmete ich in die kalte Luft aus und beobachtete, wie der Qualm von meinem Mund wegtrieb.

Nachdem ich die Dose mit gebackenen Bohnen eine Weile untersucht hatte, gelang es mir, den Deckel aufzubekommen. Sie enthielt ein sauber zusammengerolltes, von einem dicken Gummiband umschlossenes Bündel Banknoten.

Ich rauchte die Zigarette zu Ende, kehrte ins Haus zurück und zählte das Geld. Es handelte sich um zweiundzwanzig Scheine zu je fünfhundert Euro. Insgesamt elftausend Euro. Typisch Will. Er hatte immer gern einen Bargeldvorrat für Notfälle versteckt. Hatte er die Dose vergessen? Das sähe Wills Familie ähnlich. Darüber dachte ich kurz nach – über den Luxus, beträchtliche Bargeldbeträge einfach herumliegen zu haben ... Schließlich rollte ich die Banknoten wieder zusammen und befestigte sie mit dem Gummiband. Marelle wusste nichts von dem Geld. Sonst hätte sie es erwähnt. Immerhin wollte sie auch unbedingt, dass ich die Uhr, das Gemälde und die Manschettenknöpfe zurückbrachte.

Ich versuchte, mir einen Plan zurechtzulegen. Die Fähre würde erst in sechs Tagen zurückkommen. Dragan hatte erwähnt, dass er ein Fischerboot hatte. Wäre es groß genug, um damit das offene Meer zum Festland zu überqueren? Könnte ich ihn für die Überfahrt bezahlen? Ich hatte 600 Euro und 200 Pfund in bar aus Großbritannien mitgebracht. Außerdem verfügte ich plötzlich über elf zusätzliche Riesen. Ich steckte die eingerollten Scheine zurück in die leere Dose und brachte sie wieder in den Abstellraum.

Ich wusste nicht, was ich tun sollte.

Die Schlechtwetterfront verdichtete sich gegen Ende des Tags, der Himmel über dem Meer verdunkelte sich zusehends. Ich fühlte mich verängstigter und einsamer als je zuvor. Schließlich öffnete ich mir eine Konserve, brachte jedoch kaum einen Bissen hinunter. Als die Dunkelheit Einzug hielt und der Sturm draußen heftiger zu werden schien, überprüfte ich die Türen und Fenster. Dann holte ich das schärfste Messer aus der Küche und gelobte mir, damit an meiner Seite zu schlafen. Ich schaltete den Fernseher ein, stieß auf eine alte Komödie und versuchte, mich darauf zu konzentrieren, um mich vor der bedrohlichen Atmosphäre abzulenken, die sich über das Haus ausgebreitet hatte.

Irgendwie schlief ich dabei ein. Später erwachte ich, weil heftiger Regen gegen die Fenster prasselte. Ich lag ausgestreckt unter einer Decke. Im Wohnzimmer herrschte Finsternis, aber ich spürte einen Luftzug um mich herum. Dann nahm ich Bewegung hinter mir wahr. Und hörte, wie sich ein Mann leise räusperte.

KAPITEL 21

Ich erstarrte. Dann bemerkte ich ein sehr schwaches Licht, das über die Decke wanderte. Es schwenkte weiter. Vom Bücherregal hinter dem Sofa drangen die Geräusche leiser Schritte zu mir. Ich war noch so benommen, dass ich mich einen Moment lang in einem Traum wähnte. Wie konnte jemand im Haus sein?

Durch die hohe Rückenlehne des Sofas konnte ich aus meiner liegenden Position nichts sehen. Ich tastete unter der Decke herum. Der Brief von Will befand sich in seinem Umschlag neben meinem Bein. Auf ihm lag das lange, scharfe Messer aus der Küche.

Ich umklammerte den Griff. Dann hörte ich, wie ein Buch aus dem Regal gezogen wurde. Darauf folgte das Flattern umgeblätterter Seiten. Das schimmernde Licht bewegte sich leicht und warf einen Schatten, der über die Decke wanderte.

Ein greller Blitz erhellte das Wohnzimmer, und ich erstarrte. Hatte man mich gesehen? Nach einer angespannten Pause hörte ich, wie ein weiteres Buch aus dem Regal gezogen wurde.

Der Eindringling suchte etwas. Das Geld, das ich im Abstellraum gefunden hatte? Oder den Brief? Aber Grundgütiger, dass der Unbekannte die Unverfrorenheit besaß, bei mir einzubrechen, fand ich furchterregend. Und was würde er tun, wenn er mich entdeckte? Am Bein fühlte ich den Brief in seinem Umschlag. Ich musste ihn in meine Tasche stecken.

Unter der Decke hielt ich das Küchenmesser in der verschwitzten Hand. Da der Eindringling offenbar die Bücher im Regal durchsah, musste er mit dem Rücken zu mir stehen. Wenn ich das Messer benutzen wollte, würde ich nur eine Chance dafür bekommen. Ein Stich in den Nacken von hinten würde das Rückenmark durchtrennen und hätte den sofortigen Tod zur Folge. Allerdings würde ich gezielt, kräftig und schnell zustoßen müssen – und hoffen, dass die Klinge scharf genug wäre, um es durch die Wirbel zu schaffen, die das Rückenmark schützten. Ein Stich ins Herz oder die Lunge würde weniger Kraft erfordern, dafür mehr Präzision. Und ich würde trotzdem beide Hände am Messer brauchen, um genug Wucht zu erzeugen. Ein Windstoß fegte Regen gegen das Fenster. Was, wenn der Eindringling einen dicken Wintermantel trug? Ich hatte ein Küchenmesser, kein Skalpell. In meiner Laufbahn hatte ich schon etliche Opfer mit Stichwunden gesehen, die eine dicke Jacke vor schweren Verletzungen bewahrt hatte.

Großer Gott, zog ich das wirklich in Erwägung? Ich presste mich auf das Sofa, als sich das Licht an der Decke plötzlich bewegte. Dann nahm ich einen leichten Luftzug wahr, und die Schritte entfernten sich. Der Überwurf, unter dem ich lag, hatte die gleiche Farbe wie das Sofa. Tarnung. Aber würde das reichen, um mich zu verbergen? Die Umrisse einer Person gerieten in Sicht. Klein und mit fließender Anmut bewegte sich die Gestalt den Korridor entlang zu den Zimmern, bevor sie im Abstellraum verschwand. Mehr konnte ich nicht erkennen. Der Unbekannte trug dunkle Kleidung, hatte mir den Rücken zugewandt und war so schnell gewesen.

Konnte es Dragan sein? Nein. Er war ein großer, breit gebauter Mann mit leicht schiefem Gang. Luka? Auch er war groß. Und schlaksig. Wieder erhellte ein Blitz das Wohnzimmer kurzzeitig mit grellem Weiß. Ich war vor Angst wie erstarrt, aber ich musste mich in Bewegung setzen. Wenn die Person durch den Korridor zurückkäme, würde sie mich auf dem Sofa sehen.

Die Gestalt kehrte aus dem Abstellraum zurück, umgeben vom schwachen, blaustichigen Schimmer einer kleinen Stablampe. Der Eindringling durchquerte den Flur zum Gästebadezimmer. Die Tür knarrte, als sie aufgezogen wurde.

LAUF!, brüllte eine Stimme in meinem Kopf. *VERSCHWINDE NACH DRAUSSEN!* Könnte ich es schnell genug zur Vordertür schaffen? Nein, der Unbekannte würde es hören, wenn ich sie öffnete. Vor meinem geistigen Auge liefen erschreckende Bilder davon ab, wie ich über die dunklen Felder gejagt wurde.

Du musst dich in Bewegung setzen! SOFORT!, drängte die Stimme in meinem Kopf.

Ich löste eine Hand vom Messer, ergriff Wills Brief und schob mich unter der Decke hervor. Das Herz hämmerte mir wild gegen die Rippen, als ich den Korridor hinunterrannte. Meine nackten Füße verursachten klatschende Laute auf dem Marmorboden. Ein Donnergrollen bewahrte mich davor, gehört zu werden. Um ein Haar hätte ich aufgeschrien, als ich an der Tür zum

Gästebadezimmer vorbeistürmte und in den Abstellraum huschte.

Als der Donner verhallte, hörte ich mich vor Anstrengung keuchen. Mit dem Rücken an der Wand neben der halb geöffneten Tür versuchte ich, zu Atem zu gelangen, ohne dabei ein Geräusch zu verursachen. Eine Glaswand wies hinaus zum Hof und dem Durchgang zur Vordertür. Ein gleißender Blitz bescherte mir einen flüchtigen Anblick des Abstellraums – die leere Bodenfläche, die mir gegenüber hängenden Neoprenanzüge.

Mit dem Rücken flach an der Wand bewegte ich den Kopf zentimeterweise auf die Tür zu. Ich konnte nur einen schmalen Spalt des verwaisten Korridors sehen. Weiteres Rascheln und Schrammen ertönten leise. Dann durchquerte die Silhouette des Unbekannten den Flur zum Schlafzimmer.

Eine Stimme in meinem Kopf forderte mich brüllend auf, zu dem Eindringling zu stürmen und auf ihn einzustechen, einzuhacken, ihn zu verstümmeln. Allerdings fürchtete ich mich davor, zu zögern, wenn ich einen Angriff versuchte. Und ich wusste nicht, ob er bewaffnet war. Am abschreckendsten fand ich die Selbstsicherheit, mit der er sich durch mein Haus bewegte. Ich musste bleiben, wo ich war. Im Abstellraum hatte er bereits nachgesehen. Wenn ich mich nur ruhig verhielte und versteckte, würde es bald überstanden sein.

Die Minuten vergingen. Ich harrte in den Schatten aus, schwitzte und zitterte gleichzeitig. Plötzlich erschien das schimmernde Licht im Flur und hielt vor der Tür inne. Ein Blitz zuckte über den Himmel, gefolgt von einem Donnerschlag. Dann hörte ich den Unbekannten in der Dunkelheit und Stille unmittelbar vor der Tür schwer atmen, beinah keuchen. Das Geräusch klang so nah. Ich hielt den

Atem an und schloss die Augen. Instinktiv wollte ich, dass mein dröhnendes Herz zu schlagen aufhörte. Ich fürchtete, er würde es hören. Er würde mich jeden Moment entdecken.

Dann wurden die Atemgeräusche plötzlich leiser. Ich öffnete die Lider einen Spalt und sah, wie das blaustichige Licht im Korridor verblasste und aus meinem Sichtfeld verschwand.

Eine Minute später hörte ich das Knarren der sich öffnenden Vordertür. Ich presste mich flach an die Wand und spähte durch die Dunkelheit zum Durchgang draußen. Die Figur ging zum Technikraum und öffnete die Tür. Dabei wurde der Unbekannte einige Augenblicke lang erhellt, und ich bekam sein Profil zu sehen – ein kleiner Mann mit kurzem, dunklem Haar und auffälliger Nase. Allerdings reichte der flüchtige Eindruck nicht, um mehr von seinen Zügen zu erkennen, und das Licht erlosch, als er die Tür wieder schloss.

Wie eine Welle in einem pechschwarzen Tümpel durchquerte er den Hof, stieg die Stufen hinauf und war verschwunden.

Ich erschrak, als plötzlich sämtliche Lichter angingen und der Fernseher zum Leben erwachte.

Wer auch immer gerade bei mir eingebrochen war, hatte die Schlüssel zu meinem Haus und zum Technikraum und Zugriff auf die Haussteuerung.

KAPITEL 22

An der Wand neben dem Haupteingang stand ein kleines Bücherregal aus Holz. Ich schleifte es vor die Tür, nahm einige Bücher heraus und keilte sie unter den Griff.

Im Schlafzimmer war der Inhalt des großen Schranks auf den Boden geworfen worden. Die Kleidung bildete unordentliche Haufen. Auch die Schubladen waren geleert. Der Zugang zur Steuerung der Fußbodenheizung befand sich hinten im Kleiderschrank. Die Abdeckung war entfernt worden. Ich leuchtete in die Öffnung, die eine Reihe von Rohren und Ventilen beherbergte. Alles sah unberührt aus. Auf dem Teppich lag ein kleines gerahmtes Foto. Ich ging ins Gästezimmer und stellte fest, dass auch der Inhalt meines Koffers auf den Boden geleert worden war.

Wie lange hatte sich der Mann schon im Haus aufgehalten, bevor ich aufgewacht war? Was hätte er getan, wenn er mich entdeckt hätte? Ich musste weg, die Insel verlassen. An diesem Ort war es nicht mehr sicher für mich.

Ich wählte mit der 112 die Notrufnummer der Polizei auf

dem Festland und erreichte in der Zentrale in Zagreb zum Glück jemanden, der Englisch beherrschte.

Nachdem ich der Frau mitgeteilt hatte, dass ich Britin war, schilderte ich ihr, was sich ereignet hatte. Den Brief von meinem verstorbenen Ehemann erwähnte ich dabei nicht. Eigentlich hegte ich keine große Hoffnung, dass die eine Bootsstunde entfernte Polizei überhaupt etwas unternehmen könnte, aber mir wurde gesagt, dass gegen sieben Uhr morgens ein Boot der Küstenwache an der Insel vorbeikommen und anlegen würde.

»Bitte schließen Sie sich im Haus ein, bis die Beamten eintreffen«, sagte die Frau in der Zentrale. Wenige Minuten nach dem Anruf erhielt ich eine Textnachricht.

TREFFEN UM 07:00 UHR MEZ EIN –
HOTELANLAGE SUN-INN –
WACHTMEISTER MAREK TOMKO POLIZEI
KROATIEN

Mittlerweile war es 4:40 Uhr, es blieben also knapp über zwei Stunden abzuwarten.

Nach kurzer Überlegung beschloss ich, Branko anzurufen. Es war zwar noch mitten in der Nacht, aber immerhin handelte es sich um einen Notfall. Ich brauchte Antworten von ihm. Er klang verschlafen, als er ranging.

»Ist sehr schlimm das«, meinte er.

»Ja. Mit der Polizei habe ich schon geredet. In wenigen Stunden treffen Beamte auf der Insel ein.«

»Sind Sie verletzt?«

»Nein. Der Eindringling ist weg, aber ich glaube, er könnte schon früher versucht haben, einzubrechen. Sie müssen mir sagen, wer alles einen Schlüssel für das Haus hat.«

Eine Pause entstand.

»Ich habe Schlüssel. Sie haben Schlüssel. Sonst kein Schlüssel«, sagte Branko und klang dabei irritierend ruhig. »Hat Ihr Mann Schlüssel gehabt?«

»Den habe ich. Hat Dragan Sie je um eine Kopie unserer Schlüssel gebeten?« Diesmal trat eine längere Pause ein. Ich hörte ein Rascheln und das Geräusch einer sich schließenden Tür. »Branko?«

»Entschuldigung. Gehe ich aus Schlafzimmer. Frau schläft.«

»Hat Dragan Sie je um eine Kopie unserer Schlüssel gebeten?«, wiederholte ich und bemühte mich, dabei nicht die Stimme zu erheben.

»Dragan ist guter Mann. Luka auch. Gute Männer.«

»Das habe ich nicht gefragt. Haben sie einen Schlüssel zu meinem Haus?«

»Nein. Kein Schlüssel. Soll ich kommen nach Tišina? Mein Neffe hat Boot. Wetter ist nicht gut, aber kann ich versuchen, machen besondere Fahrt.«

»Nein. Ich will, dass sich die Polizei darum kümmert.«

»Bitte, ist nicht Problem für mich, auf Insel kommen.«

»Nein, Branko! Das ist eine ernste Sache. Ich will die Polizei hier haben. Sie rufe ich später wieder an und sage Ihnen dann, was Sie machen sollen.«

Damit legte ich auf und ging zur Vordertür, wo ich die unter den Griff gekeilten Bücher überprüfte. Sämtliche Fenster und Schiebetüren waren dreifach verglast. Nur wie lange würden sie standhalten, wenn jemand versuchte, sie einzuschlagen?

Könnte ich die Polizei bitten, mich zum Festland zu bringen? Ich wusste, dass sich die britische Polizei strikt dagegen verwehrte, als Taxidienst missbraucht zu werden, aber aus meiner Sicht handelte es sich in diesem Fall um eine Ausnahme. Immerhin hatte sich ein Eindringling in meinem Haus aufgehalten. Ich schwebte in Gefahr.

Als ich meinen Koffer packte, bemühte ich mich, nicht daran zu denken, wer meine Sachen durchgesehen haben könnte. Ich versuchte, mich zu erinnern, wann Branko von Will eingestellt worden war. Was hatte er noch mal über den Mann gesagt? Wie war er auf ihn gekommen? Hätte ich damals nur mehr darauf geachtet. Aber ich hatte praktisch alles im Zusammenhang mit dem Haus ausschließlich Will überlassen. Mit dem Koffer, meiner Jacke und den Schuhen kehrte ich ins Wohnzimmer zurück. Dort setzte ich mich mit dem Messer hin und beobachtete die Vordertür.

Das Wetter verschlechterte sich weiter. Der Regen prasselte heftig gegen die Fenster, der Wind pfiff laut um das Haus. Als die Morgendämmerung anbrach, beschloss ich, das Grundstück zu verlassen und dem Polizeiboot entgegenzufahren. Als ich den Smart erreichte, tobten dermaßen heftige Böen über die Felder, dass es beinah horizontal regnete. Beim Einsteigen ins Auto bemühte ich mich, optimistisch zu bleiben. Allerdings sah die See ausgesprochen rau aus, und als ich hinunter zum Tor fuhr, sah ich, dass auf dem Grundstück nebenan mehrere kleine Bäume entwurzelt worden waren. Es war 6:45 Uhr.

Das Auto fühlte sich instabil an, als ich durch das Tor rollte und auf die Schotterpiste in Richtung des Hotels bog. Die Straße hatte sich in einen seichten Fluss verwandelt. Das von den Feldern strömende Wasser hatte Furchen in den unbefestigten Untergrund gegraben und trug die oberste Schicht nach und nach ab. An einer Stelle auf halbem Weg den Hang hinunter verflachte die Fahrbahn. Dort sammelte sich das Regenwasser zu einer tiefen Lache. Ich fuhr hindurch, so schnell ich mich traute, und war froh, dass der Motor bei meinem kleinen Smart im Heck saß.

Müll und Pflanzenteile wirbelten durch die Luft. Auf den Feldern hinter den Trockenmauern bemerkte ich weitere umgekippte Bäume. Ich war erleichtert, als ich endlich die Kuppe des Hügels hinunter zum Hotel erreichte und hörte, wie die Räder von losem Untergrund auf Asphalt gelangten. Im Vergleich zum Feldweg wirkte die Fahrbahn sauber und glatt. An manchen Stellen sammelte sich das Wasser darauf wie kleine Quecksilberseen.

Ich verlangsamte die Fahrt und hielt neben dem Hotelparkplatz an. Unten am Strand brandeten sehr hohe Wellen. Zu meinem Entsetzen stellte ich fest, dass sie den Steg und die Autorampe vollständig unter Wasser gesetzt hatten. Als ich sah, dass auch auf dem Hotelgelände zwei große Bäume umgestürzt waren, wusste ich, dass die Lage allmählich ernst wurde.

Am Horizont konnte ich mit Müh und Not ein Boot ausmachen, das sich über den wogenden Seegang den Weg in Richtung der Insel bahnte. Vom Strand kam Dragans kleiner roter Fiat mit einem Boot auf einem Anhänger auf mich zu. Er fuhr den Wagen, Luka saß auf dem Beifahrersitz.

Als er auf meine Höhe gelangte, hielt er an und ließ das Fenster runter. Ich empfand es als beunruhigend, ihn und Luka wiederzusehen. Beide waren klatschnass und hatten Sand im Haar. Luka wirkte erschöpft. In Dragans Gesicht hingegen las ich eine wilde Freude. Sein echtes Auge sah blutunterlaufen von Meerwasser aus. Ähnelte einer der beiden in irgendeiner Weise der schemenhaften Gestalt, die bei mir eingebrochen war?

»Fahren Sie nach Hause. Draußen ist es nicht sicher, und das Unwetter wird noch schlimmer«, sagte Dragan und musste dabei die Stimme über den Wind erheben. »Wir kommen gerade vom Fischen zurück! Wir waren stundenlang in dem Sturm gefangen, und er ist uns zur Insel gefolgt!« Er grinste. In seinem echten Auge funkelte eindeutig freudige Erregung, als hätte er den Kampf gegen die Natur genossen. Luka wirkte im Vergleich dazu eher erschüttert. »Wollen Sie einen Fisch? Wir haben einen guten Fang gemacht, bevor uns das Unwetter erwischt hat.«

»Waren Sie die ganze Nacht auf See?«, fragte ich brüllend. Ich reckte den Kopf höher und beugte mich vor, um in das Boot zu spähen. Es enthielt eine Styroporkiste voller Fische, hauptsächlich Seebrassen.

»Ja! Ich habe Ihnen ja gestern gesagt, dass wir zum Fischen rausfahren!«, rief er zurück.

Ein Knirschen und ein Rauschen ertönten, als sich die umliegenden Bäume im Wind neigten. Donner grollte. »Kehren Sie um, fahren Sie nach Hause und rufen Sie uns an, falls Sie irgendwas brauchen!«, brüllte er, um einen weiteren nachhallenden Donnerschlag zu übertönen.

Luka nickte. »Geben Sie Bescheid, wenn Sie Hilfe brauchen«, meldete er sich erstmals zu Wort.

Damit ließ Dragan das Fenster hoch. Beide winkten mir zu, dann fuhren sie davon. Das Boot holperte auf dem Anhänger hinterher. Oben auf der Kuppe bogen sie an der Abzweigung nach rechts ab und verschwanden außer Sicht.

Mittlerweile schaukelte mein Auto im starken Wind. Ich musste die Scheibenwischer einschalten, als ein besonders heftiger Regenschwall auf die Scheibe niederging. Im Handschuhfach befand sich ein Fernglas. Ich beugte mich hinüber und holte es heraus.

Das Polizeiboot hatte noch einen ziemlich weiten Weg vor sich. Es war weiß, blau und rot. Durch das Fernglas sah ich auf einer Seite die Aufschrift *Obalna straža Republike Hrvatske* auf einer gelben Scheibe mit der kroatischen Flagge in der Mitte zweier gelber Anker. Ich konnte einige Gestalten in roten Schwimmwesten ausmachen, die sich an der Reling festklammerten, während das Boot durch die Wellen stampfte. In der verglasten Kabine der Brücke hielt sich ein weiterer Beamter auf.

Mein Telefon klingelte.

»Mrs. Kendall?«, brüllte eine Stimme, um das Tosen des Winds und der Wellen im Hintergrund zu übertönen. »Hier spricht Marek Tomko, kroatische Polizei.«

»Ich kann Sie sehen«, gab ich zurück. »Ich warte hier auf dem Hügel beim Hotel. Aber der Steg steht vollständig unter Wasser.«

»Es tut mir leid!«, rief er. »Wir können nicht anlegen. Es ist zu gefährlich!« Wie auf ein Stichwort rollte eine gewaltige Welle über den Steg. Kurz konnte man ihn erkennen, bevor er wieder geflutet wurde. Die Woge brach sich an den Felsen und schwappte als schäumende Masse über das untere Ende der Straße. Der Polizist sagte noch etwas, aber die Verbindung versagte.

»Ich kann Sie nicht hören«, teilte ich ihm brüllend mit. Ich beobachtete, wie das Boot den Kurs zu ändern schien, weg von den Klippen und Felsen.

»Sind Sie verletzt? Haben Sie Lebensmittel und Strom?«

»Ja, aber ich habe Angst, dass dieser Eindringling zurückkommen könnte.«

Im Hintergrund ertönte ein Schrei, als eine Welle über das Heck des Polizeiboots schwappte. Ich hörte eine unverständliche Stimme, gefolgt von knisternden Interferenzen. Dann war die Leitung tot. Das Boot drehte bei, steuerte weiter aufs offene Meer. Eine Woge türmte sich auf und erfasste es von der Seite, verhüllte es fast vollständig in einem Wasserschwall. Zum Glück gelang es dem kleinen Schiff, das Wendemanöver im nächsten Wellental abzuschließen, bis der Bug von der Insel wegwies. Es fuhr zurück aufs Meer hinaus, wurde von einer gewaltigen Woge angehoben und verschwand auf der anderen Seite. Als die Welle ans Ufer rollte und brach, sah ich, dass der Rumpf noch aufrecht durch die Dünung kreuzte. Zwar wurde das Boot unverändert heftig durchgeschüttelt, aber mittlerweile befand es sich in tieferen Gewässern abseits der Brecher und außerhalb der Gefahrenzone.

Noch nie zuvor hatte ich mich so allein gefühlt wie in jenem Moment im Auto, bestürmt von den Elementen, während ich dabei zusehen musste, wie das Polizeiboot langsam verschwand – und mit ihm meine Chance, die Insel zu verlassen.

Der Wind schien zuzulegen. Das Schild über der Markise des *Sun-Inn* Hotels wurde abgerissen. Weiße Kunststoffbrocken kullerten über den Rasen und zerfurchten ihn. Einer der Abfalleimer vor dem winterfest versiegelten Mini-Mart hob ab, flog davon und verschwand über die Klippe. Mittlerweile wirkte der Himmel beinah schwarz, als wäre es tiefste Nacht. Gezackte Blitze zuckten durch die Wolken und erhellten sie flüchtig.

Ich wusste nicht, was sicherer wäre – zum Haus zurückzukehren oder zu riskieren, im Auto zu bleiben.

Letztlich startete ich den Motor, legte den Gang ein und trat den Rückweg den Hang hinauf an. Als ich die Reihe der Bars und Restaurants hinter mir ließ, ertönte ein lautes, halb knackendes, halb reißendes Geräusch. Ein hoher Baum auf dem Feld neben mir kippte über die Straße und zertrümmerte einen Teil der Trockenmauer. Ein Haufen flacher Steine spritzten von ihr weg auf die Fahrbahn. Ich trat auf die Bremse. Schlitternd kam das Auto wenige Meter vor dem mächtigen Baumstamm zum Stehen, der mir den Weg versperrte.

Ich legte den Rückwärtsgang ein und fuhr mit heulendem Motor den Hang hinunter zurück zur Gabelung. Steine von der zertrümmerten Mauer kullerten mir hinterher. Ich bremste, schlingerte über die nasse Fahrbahn, wechselte in den Vorwärtsgang und nahm die rechte Straße, die entlang der Klippe zur anderen Seite der Insel führte. Mir blieb nur übrig, gegen den Uhrzeigersinn außen herum so nah wie möglich zu meinem Haus zu fahren.

KAPITEL 23

Die Straße verlief entlang des Klippenrands. Ich fuhr so schnell, wie ich es im Sturmwind vom Meer wagte. An mehreren Stellen führte die Trasse näher zu den kleinen Stränden und Buchten hinunter. In den Sommermonaten war es eine wunderschöne Fahrt. An diesem Tag jedoch empfand ich die hohen Wellen als erschreckend nah. In einigen Bereichen brachen sie sich an den Felsen und schwappten auf die Straße.

Als ich durch einen Tunnel aus knarrenden, im Wind schwankenden Bäumen fuhr, fiel mir ein, dass die Fahrbahn weiter vorn auf Meereshöhe sank. Dort lag ein kleiner, im Sommer bei Touristen beliebter Strand.

Als ich aus dem Vegetationstunnel kam, erfasste der Wind das Auto heftig von der Seite, und ich sah, dass die Flut den Strand überspült hatte. Eine gigantische Welle türmte sich auf und stand kurz davor, nur wenige Meter vom Straßenrand entfernt zu brechen. Ich trat das Gaspedal durch und spürte, wie das Auto schlingerte. Der Motor heulte auf. Als ich den Strand hinter mir ließ, stieg die Straße steil an.

Ich warf einen Blick in den Rückspiegel und sah, wie die Welle auf den Asphalt stürzte und die Fahrbahn flutete.

Als ich durch eine aufwärts verlaufende Linkskurve fuhr, versuchte ich, mich zu erinnern, ob mir unterwegs ein weiterer Strand auf Höhe des Meeresspiegels bevorstand. Dann blieben die Klippe und das aufgewühlte Meer rasch hinter mir zurück. Erleichtert steuerte ich das Auto den steilen Hang hinauf landeinwärts. Ich kam an mehreren großen Gebäuden vorbei, die eine Barriere zwischen der Straße und der Klippe bildeten. Die Fenster waren dunkel, durch die Gärten und Einfahrten wirbelten Blätter. Da ich nicht wusste, wo Dragan und Luka wohnten, achtete ich bei den Häusern auf Anzeichen von Leben. Konnte sich auf der Insel noch jemanden aufhalten, der nicht mit der Fähre angekommen oder abgereist war?

Kurz nach dem geschlossenen Tor einer großen weißen Villa im Art-déco-Stil fiel die Straße leicht ab und führte durch einen weiteren Tunnel windgepeitschter Bäume. Ich gab Gas, um ihn so schnell wie möglich zu durchqueren. Die Straße neigte sich wieder stärker abwärts, und ich fürchtete, sie würde mich an einem weiteren der kleinen Strände vorbeiführen. Als ich den Abschnitt hinter mir ließ, befand ich mich zwischen weitläufigen offenen Feldern. Vor mir verzweigte sich die Straße mit einem verblassten Wegweiser, den ich nicht lesen konnte. Ich wurde langsamer und fuhr im vierten Gang nach links, schrammte nur haarscharf an einer Trockenmauer vorbei. Auf der Ostseite der Insel kannte ich mich nicht aus. Mittlerweile befand ich mich einen knappen Kilometer von der Küste entfernt. Die Straße verlief nach wie vor auf offenem Gelände ohne Bäume bergauf.

Alles war so schnell gegangen – die Begegnung mit Dragan, die von der Natur erzwungene Umkehr der Polizei, der über die Straße gefallene Baum. Ich war zügig gefahren, um dem Sturm zu entkommen. Nun wurde ich etwas langsamer, als ich spürte, wie fest ich das Lenkrad umklammerte. Mein gesamter Körper war angespannt. Trotz der Kälte war ich schweißgebadet.

Nach einer Kurve tauchte die Kirche vor mir auf. Ihr grüner und ihr weißer Turm ragten hinter einer felsigen Kuppe hervor. In den Sommermonaten brach der weiße Stein der Kirche die untergehende Sonne so, dass sie an lauen Abenden in Schattierungen von Rosa und Gold schimmerte. Und sogar an diesem grauen, stürmischen Tag hob sich das Weiß geradezu strahlend von der braunen Landschaft ab. Als ich mich der Kirche nach einigen weiteren Minuten auf der gewundenen Straße näherte, stellte ich fest, dass sie deutlich größer war, als ich gedacht hatte. Sie beherrschte die Kuppe des Hügels.

Die Räder des Autos vibrierten, als ich über einen Viehrost rollte, danach ging die Fahrbahn von Asphalt zu hellem Steinpflaster über.

Nachdenklich wurde ich langsamer. Ich könnte in der Kirche Zuflucht suchen und mir dort überlegen, wie ich weiter vorgehen sollte. Neben dem Gotteshaus sah ich einen Parkplatz und einen kleinen Hof, umgeben von hohen Mauern aus demselben hellen Stein. Kaum war ich in den umfriedeten Bereich des Hofs gerollt, wurde das Auto nicht mehr vom Wind durchgeschüttelt. Ich parkte neben der Kirche, schaltete den Motor aus und holte in der Stille tief Luft. Ein Schauder durchlief mich. Der Schweiß zwischen meinen Schulterblättern fühlte sich kalt und klamm an. Der Regen prasselte unvermindert aufs Dach, und die Fenster begannen, sich zu beschlagen.

Ich aktivierte den Scheibenwischer. Durch die Schlieren

des Regenwassers sah ich eine kleine Veranda aus Stein am Haupteingang der Kirche. Dort brannte eine Reihe von Kerzen.

»Oh mein Gott«, entfuhr es mir, als mir die Worte aus Wills Brief in den Sinn kamen. »Geh in unsere Kirche, zünde eine Kerze für mich an. Dort findest du den Schlüssel zu deiner Zukunft.«

Hatte Will etwa *diese* Kirche gemeint?

Schlagartig vergaß ich den Regen und alles, was sich in den vergangenen vierundzwanzig Stunden ereignet hatte. Ich stieg aus und überquerte den Hof zu der Veranda aus Stein. Auf einem Sims im hinteren Bereich standen mehrere Kerzen in bunten Gläsern. Die Schnitzereien an der Kirchentür schienen in ihrem flackernden Licht zu tänzeln. In die Wand neben der Tür war eine Glasvitrine eingelassen. Sie enthielt eine leicht schielende Statue der Jungfrau Maria mit ausgestreckten Armen. Als ich ohne große Hoffnung die Tür zu öffnen versuchte, erwies sie sich zu meiner Überraschung als unversperrt und ließ sich mühelos aufschieben.

Im langen, schmalen Innenraum der Kirche herrschte Düsternis. Die vertrauten Gerüche von Staub, Holzpolitur und Kerzenwachs stiegen mir in die Nase. Sechs kurze Bankreihen erstreckten sich zu einem behauenen Altar aus Onyx. Das hohe Kuppelgewölbe verlieh dem Raum eine gewisse Tiefe. Jede der vier Wände wies über Kopfhöhe ein riesiges gewölbtes Buntglasfenster auf. Das Spektakulärste davon befand sich hinter dem Altar, wo ein goldenes Kreuz neben einer Ansammlung künstlicher Blumen funkelte. Die Glasmalerei zeigte die Geburt Jesu. Maria saß mit dem Baby in den Armen da, besucht von den drei Weisen. Durch das wunderschöne, detailreiche Fenster fiel Licht ein, das sowohl mich als auch den Steinboden in ein Mosaik aus sanften Farben tünchte.

Neben dem Altar stand ein breiter Handwagen aus Metall. Er enthielt Fächer mit neuen Votivkerzen. Obenauf befand sich eine Metallablage mit Halterungen zum Aufstellen angezündeter Kerzen. In der Mitte des Handwagens verwies ein roter Pfeil auf einen mit »1 EURO« beschrifteten Schlitz.

Auf der Ablage standen drei ausgebrannte Teelichter. Über dem Wagen hing ein Bild in einem Holzrahmen an der Wand. Es zeigte das Wunder, wie Jesus Wasser in Wein verwandelte. Der Heiland trug rot-blaue Gewänder und hielt die Arme hochgestreckt. Von seinem Kopf strahlte Licht aus. Zu seinen Füßen standen Tonkrüge, um ihn herum scharten sich seine Jünger in wallenden bunten Roben. Einige beobachteten ihn gebannt, andere hatten betend das Haupt gesenkt.

Ich stellte mich vor das Bild und zog Wills Brief aus der Tasche.

Als ich ihn erneut durchlas und seine Handschrift sah, malte ich mir aus, wie er die Worte zu Papier gebracht hatte.

Geh in unsere Kirche, zünde eine Kerze für mich an. Dort findest du den Schlüssel zu deiner Zukunft.

Obwohl ich kein Geld bei mir hatte, wählte ich eine Kerze aus den Fächern unten in dem Handwagen aus. Mit einem an dem Metallgestell hängenden Feuerzeug zündete ich sie an und stellte sie auf die Ablage.

»Dort findest du den Schlüssel zu deiner Zukunft«, sagte

ich. Dann sah ich mich um, schaute nach hinten. Ich richtete den Blick an die Decke und schließlich auf das Bild an der Wand vor mir. Nachdenklich wich ich einen Schritt zurück. Meinte Will wörtlich, dass ich einen Schlüssel finden würde? Eigentlich hatte ich eher an einen abstrakten Schlüssel gedacht, eine Information, die mir mehr verraten würde. Ich trat wieder näher zu dem Bild. Der Rahmen maß etwa einen Meter in der Breite und einen halben in der Höhe. Was ich für Glas gehalten hatte, entpuppte sich als verschmutztes Plexiglas.

Als ich die Arme hob und das Bild von der Wand zu heben versuchte, rührte es sich nicht. Festgeschraubt.

»Falls du mich hörst, Will, das ist absurd«, sagte ich laut. Ich dachte daran, wie begeistert er Spionage- und Actionromane verschlungen hatte, und musste lächeln. Genau so etwas hatte ihm an solchen Büchern gefallen. Hinweise in Briefen. Verborgene Türen und Fächer.

Abermals trat ich einen Schritt zurück und überlegte, bevor ich hinaus zum Auto ging. Ich holte die Werkzeugtasche aus dem Kofferraum, ehe ich wieder in die Kirche eilte.

Der schwere Handwagen aus Metall mit den Kerzen ließ ein entsetzlich lautes Quietschen durch das Gotteshaus hallen, als ich ihn zur Seite zog.

Ich wusste nicht recht, ob ich enttäuscht oder erleichtert sein würde, wenn ich hinter dem Bild nichts vorfände. Die vier Schrauben, die es an der Wand befestigten, saßen ziemlich fest. Ich musste alle Kraft aufwenden, um sie aus den Dübeln zu drehen.

Nachdem ich die letzte Schraube herausbekommen hatte, ergriff ich die Ränder des Holzrahmens. Als ich das Bild von der Wand hob, stöhnte ich unter dem Gewicht. Behutsam senkte ich es zu Boden und lehnte es an eine der Kirchbänke.

Enttäuscht starrte ich auf die Mauer. Wo der Rahmen gehangen hatte, befand sich nur nackter Stein.

Was ist mit dem Bild selbst?, meldete sich eine Stimme in meinem Kopf. Ich richtete die Aufmerksamkeit darauf. Vorn bestand der Rahmen aus schwerem, dunklem Holz, hinten hingegen aus einer dünnen Spanplatte, die bündig daran anlag.

Ich versuchte, die rückseitige Abdeckung mit dem Schraubenzieher zu lösen. Es bedurfte mehrerer Anläufe, bis ich die Spitze unter das Holz bekam. Die vergangenen Tage waren eine Tortur aus Angst, Schrecken und Schlafentzug gewesen. Ein großer Teil von mir hielt die Vorstellung für verrückt, dass der Rahmen etwas enthalten könnte.

Dann löste sich die Rückseite abrupt davon. Ein kleiner Umschlag fiel heraus und landete mit einem leisen Klirren auf dem Steinboden.

Verblüfft trat ich einen Schritt zurück. Ein Kuvert aus braunem Papier. In Ähnlichen hatte ich früher meinen Lohn beim Zeitungsaustragen bekommen.

Unbeschriftet auf beiden Seiten und versiegelt. Ich spürte etwas darin.

»Nein, Will. Unmöglich«, murmelte ich bei mir. Ich benutzte den Schraubenzieher wie einen Brieföffner und schlitzte den Rand des Umschlags behutsam auf. »Zünde eine Kerze für mich an. Dort findest du den Schlüssel zu deiner Zukunft«, wiederholte ich und hörte, wie meine Stimme in der verwaisten Kirche widerhallte.

Als ich das Kuvert umdrehte, fiel mir ein kleiner silbriger Schlüssel in die Handfläche.

Wills Geheimnis war soeben noch größer geworden.

KAPITEL 24

Ich ließ mich auf eine der Kirchenbänke sinken. Meine Beine zitterten und schmerzten vor Erschöpfung. In meinem Nacken und zwischen den Schulterblättern trocknete allmählich der klebrige Schweiß. Mir fehlte die Energie, um noch mehr zu verarbeiten. Am liebsten hätte ich mich in irgendeiner Ecke eingerollt und geschlafen. Sogar der glatte harte Steinboden der Kirche wäre mir dafür recht gewesen.

Ich starrte auf den Schlüssel. Das Metall fühlte sich eisig in meiner Hand an und jagte mir eine Heidenangst ein. Der Schlüssel war für mich an diesem Ort versteckt worden. Einen Moment lang ließ ich die Erkenntnis auf mich wirken. Die vergangenen Tage hatte ich an mir gezweifelt und gedacht, ich würde den Verstand verlieren. Dieser Schlüssel hatte zu Wills Tod geführt. Oder führte er von seinem Tod weg? Und ich hatte nicht als Einzige danach gesucht. War auch der Einbrecher in meinem Haus dahinter her gewesen? Aber wie konnte das sein? Außer Will wussten von dem Brief nur Henrich, Diane und ich. Und was öffnete der Schlüssel?

Ein Sicherheitsschloss? Ein Vorhängeschloss? Ein Schließfach?

Als ich darüber nachdachte, stockte mir plötzlich der Atem. Marelle hatte ein Schließfach in einem Tresorraum einer Londoner Bank in der Oxford Street. Das gehörte zu den Dingen, die sie gern beiläufig fallen ließ, um Interesse zu schüren.

»Wertgegenstände. *Familienwertgegenstände*«, lautete auf Nachfrage stets ihre Antwort, bevor sie abrupt das Thema wechselte, als wäre ich so unverschämt gewesen, davon anzufangen. Und mit der Betonung von *Familie* meinte sie *Blutsverwandtschaft*. Was auch immer jenes Schließfach enthielt, würde nur innerhalb der Blutlinie weitergegeben werden.

Ich hatte Will einmal danach gefragt, und sogar er hatte es nicht genau gewusst. Vielleicht Diamanten, vielleicht Gold, hatte er gemeint. Bei Marelle konnte man sich nie sicher sein. Möglich, dass es sich um Schmuck im Wert von ein paar Tausend Pfund handelte, aber mich würde auch ein Haufen Nazi-Gold nicht überraschen. In meinen Augen hatte sie schon immer ein leichtes Flair vom Dritten Reich versprüht.

Ich schloss die Hand um den Schlüssel. Meine Nägel hatten sich vor Kälte und Nässe bläulich verfärbt, und die Finger selbst fühlten sich taub an. Schließlich öffnete ich sie wieder. Der Schlüssel wies ein kleines eingeprägtes Logo mit der Aufschrift *FORTITUDO* auf. Warum hätte Will ihn in dieser Kirche hinterlegen sollen, wenn er zum Schließfach seiner Familie in London gehörte? Und warum hatte er einen neuen Anwalt statt der Stammkanzlei seiner Leute beauftragt? Hatte Will selbst ein Schließfach in London unterhalten? Und falls ja, weshalb dann die

Geheimniskrämerei? Er hätte einfach mir als Einziger den Zugriff darauf einräumen können. Wo könnte er etwas noch sicherer als in einem Banktresor hinterlegt haben?

Als ich mich an die Bank zurücklehnte, knarrte sie. Das Geräusch hallte in der Kirche wider.

... zünde eine Kerze für mich an. Dort findest du den Schlüssel zu deiner Zukunft.

Was, wenn es sich um etwas Einfacheres handelte? Öffnete der Schlüssel vielleicht sogar direkt in der Kirche irgendetwas? Das durch die Buntglasfenster einfallende Licht schwand. Offenbar verschlimmerte sich das Unwetter. So staubig es in der Kirche sein mochte, ich war darin vor dem Zorn der Natur draußen geschützt. Am Wagen mit den Votivkerzen wies die Sammelkassette ein Schlüsselloch an der Vorderseite auf. Ich versuchte den Schlüssel daran. Er passte nicht. Das hätte auch keinen Sinn ergeben. Der Priester und die Nonne, die ich auf der Fähre gesehen hatte, würden bei ihrem Besuch das Geld darin abgeholt haben. Ich sah mich in der Kirche nach irgendetwas anderem mit einem Schloss um.

In einem abgelegenen Winkel gegenüber dem Altar stand ein schwerer Beichtstuhl aus Holz. Ich ging hin und zögerte, bevor ich erst die linke Tür öffnete, dann die rechte. Beide ächzten dabei, doch die Kabinen waren leer. Natürlich. Die kunstvoll geschnitzte Trennwand dazwischen wies Sprünge auf, und es roch grauenhaft darin. Eine Mischung aus Desinfektionsmittel, Fäulnis und dem durchdringenden, übelkeitserregenden Gestank von Erbrochenem. Aus meinem Gedächtnis tauchte eine willkürliche Erinnerung aus der Grundschule auf. Damals hatte sich ein Mädchen namens Becky Wayland, geschlagen mit flaschenbodendicken Brillengläsern, auf den Korkboden der Leseecke übergeben.

Ich schloss die Türen des Beichtstuhls wieder, entfernte mich davon und suchte weiter. In einer Nische hinter dem Taufbecken stand ein robuster Holzschrank voller modriger Bibeln, die denselben widerlichen Geruch verströmten. Die Kirche enthielt sonst nichts, was sich mit einem Schlüssel öffnen ließ.

Auf einem Tisch am Eingang befanden sich eine Sammelbox, ein Stapel Flugblätter und ein abgegriffenes Gästebuch. Das Buch lag aufgeschlagen da. Ein großer glatter Stein beschwerte die vergilbten, an den Rändern gekräuselten Seiten. Ich ergriff den Stein. Er hatte die Farbe von Kaffee, weiße Einschlüsse, war etwas größer als meine Handfläche und sehr schwer. Während ich ihn hielt, überlegte ich, was ich als Nächstes tun sollte. Ich musste zurück zum Haus. Bei dem Gedanken setzte meine Angst wieder ein, und ich schämte mich dafür. Ich fixierte mit der Spitze des rechten Schuhs die Ferse des linken und zog den Fuß heraus. Nachdem ich die feuchte Socke abgestreift hatte, schob ich den Fuß zurück in den Schuh, wackelte mit den Zehen und drückte, um vollständig hineinzuschlüpfen. Dann ließ ich den Stein in die schmutzige rosa Socke fallen. Er dehnte den Stoff beträchtlich, und ich wickelte mir den oberen Teil um die Hand. Ich hatte es satt, terrorisiert und verfolgt zu werden. Eigentlich brauchte ich zwar ein Messer oder eine Schusswaffe, doch vorerst würde ein improvisierter Totschläger reichen müssen.

Als ich acht oder neun Jahre alt war, hatte meine Mutter

etwas mit einem Kerl namens Len – im Verlauf der Jahre hatte sie in den Phasen zwischen George etliche kurzzeitige Beziehungen. Len stach in meiner Erinnerung hervor, weil er immer einen glatten, lederbezogenen Totschläger bei sich getragen hatte. Wenn er abends nach Hause gekommen war, hatte er seine Brieftasche, seine Schlüssel und diesen wie einen Biberschwanz aussehenden Lederknüppel ausgepackt und auf dem Küchentisch liegen gelassen. Mich hatte fasziniert, was für eine vernichtende Schwere der verdichtete Sand darin dem Totschläger verliehen hatte. Ich erinnerte mich noch daran, wie ich die Krümmung entlang der ausgefransten weißen Naht am Rand betastet hatte. Aber ich hatte ihn die Waffe nie benutzen gesehen. Und ich hatte es immer gemieden, mir auszumalen, in welchen Kreisen sich Len bewegt haben musste, dass er eine so primitive und doch brutale Waffe bei sich gebraucht hatte. Nun hatte ich mir selbst einen provisorischen Totschläger gebastelt.

Als plötzlich ein lautes Schrillen ertönte, erschrak ich heftig. Mein Handy klingelte in meiner Tasche. Ich holte es heraus und erkannte die Nummer auf dem Display nicht. Als ich ranging, hoffte ich, es würde die Küstenwache sein, um mir mitzuteilen, dass sie doch mit einem Rettungsboot anlegen könnte.

»Mags. Bist du das?«, brüllte eine vertraute Stimme, um starke Interferenzen und das Klirren von Metall auf Metall zu übertönen.

»Eric?«, fragte ich.

»Mags, wie geht's dir?«, rief er noch lauter. Beim Klang einer vertrauten Stimme flutete unverhoffte Wärme meinen Körper. Wills bester Freund Eric war über die Jahre auch mir ans Herz gewachsen.

»Oh Eric«, stieß ich hervor und bemühte mich, nicht in

Tränen auszubrechen. »Es …« Ich zögerte. Wo sollte ich nur anfangen? »Es geht alles den Bach runter. Du wirst nicht glauben, was passiert ist.«

»Du bist auf Tish, oder?« Eric hatte für alles einen Spitznamen. Tišina war für ihn »Tish«.

»Ja.«

»Gut. Ich bin unterwegs zu dir«, teilte er mir mit. Seine Stimme kämpfte dabei gegen das Geräusch von tosendem Wind an. Ich hörte einen Donnerschlag.

»Du kommst hierher?«

»Ja. Bin in ein paar Stunden da, aber ich überquere die Adria von Bari aus. Heftiger Seegang. Hoffen wir mal, dass ich heil eintreffe. Ist doch in Ordnung für dich, oder?«

Beim Gedanken daran, dass Eric herkam, schwoll mein Herz vor Freude an. Es hatte mich getroffen, dass es ihm nicht möglich gewesen war, an der Beerdigung teilzunehmen. Ich musste dringend ein freundliches Gesicht sehen. Bei der Vorstellung, ins Haus zurückzukehren und dort Eric bei mir zu haben, fühlte ich mich plötzlich sicher. Ich sah auf die Armbanduhr – kurz nach halb neun.

»Ja!«, stieß ich hervor. »Ja, natürlich ist das in Ordnung!« Mittlerweile brüllte ich mit derselben Lautstärke wie er ins Telefon. Wieder traten Interferenzen auf. Er setzte dazu an, etwas zu sagen, aber seine Stimme brach ab, und die Leitung war tot. Wenig später traf eine Textnachricht ein.

> SORRY, BIN AM SATELLITENTELEFON.
> VERB. SEHR SCHLECHT. GESCHÄTZTE
> ANKUNFT 11:30 UHR X

Schon komisch, wie sich das Blatt von einem Moment zum nächsten so völlig wenden konnte. All die Angst, Einsamkeit und Erschöpfung fielen von mir ab. Für den Bruchteil einer

Sekunde fühlte ich mich beinah normal. Eric kam her. Groß und stark. Witzig und loyal. Er würde mich beschützen. Eric war als Letzter in meinem Leben verblieben, mit dem ich über alles reden konnte.

Und er hatte ein Boot.

KAPITEL 25

Drei Stunden später hatte es zwar aufgehört zu regnen, aber der Himmel blieb dunkel. Auch das Meer wogte noch wild, als legte der anhaltende Sturm lediglich eine Verschnaufpause ein. Ich kauerte auf halbem Weg die Steintreppe hinunter zum Strand am Rand der kleinen, in das Gestein gehauenen Plattform mit unserem winterfest verhüllten Fischerboot. Dort wartete ich an das Boot gelehnt angespannt auf Eric, die Arme gegen die Kälte vor der Brust verschränkt.

Plötzlich tauchte am Horizont ein prächtiges blaues Doppelrumpfboot mit einem hoch aufragenden schneeweißen Segel auf und kreuzte über den Kamm einer mächtigen Welle. Die *Dionysius*. Eric hatte den Katamaran gebaut, als er beschlossen hatte, festen Boden dauerhaft zu verlassen. Den Großteil der vergangenen fünf Jahre hatte er auf dem Boot gelebt und die Welt bereist. Früher hatte ich seinen nomadischen Lebensstil nie als ansprechend empfunden. Plötzlich jedoch verspürte ich den Drang, die

Fesseln meines Lebens abzuschütteln und einfach davonzusegeln.

Kurz erfasste mich Panik, als das Boot hinter dem beträchtlichen Wellengang verschwand, wo der graue Himmel mit dem Wasser zu verschmelzen schien. Gleich darauf jedoch stieg die *Dionysius* schillernd über dem Kamm einer Welle auf und kreuzte auf die Insel zu.

Ich fragte mich, wie rau die Überfahrt aus Bari gewesen sein mochte. Tišina lag außerhalb der Ansammlung kroatischer Inseln. Er würde beinah in gerader Linie von der Küste Italiens quer durch die Adria gesegelt sein.

Als sich die *Dionysius* näherte, konnte ich erkennen, wie sich der große, drahtige Eric geschickt über das schmale Deck bewegte, sich unter dem Baum hindurchduckte und eine Kurbel drehte, um das Segel zu senken. Bei seinem Anblick erfüllte mich Freude über das Wissen, dass ich gleich nicht mehr allein sein würde.

Ich konnte leise ein hohes Surren hören, als das Segel eingeholt wurde. Hundert Meter vor dem Ufer wogte eine orangefarbene Markerboje in der Dünung, und die *Dionysius* glitt darauf zu wie eine anmutige Galeone. Als das Boot sie erreichte, ließ Eric den Anker zu Wasser. Dann legte er sich am Bug hin und befestigte ein Tau an der Boje.

»Mags!«, rief er und winkte.

»Hallo! Ich freu mich so, dich zu sehen!«, rief ich zurück. Meine Stimme klang brüchig vor Emotionen. Eric hievte sich einen Rucksack über die Schulter und sprang in das kleine, am Heck des Katamarans angebrachte Schlauchboot. Dessen Außenbordmotor erwachte mit Gebrüll zum Leben, und wenig später näherte sich Eric den nach wie vor hohen Wellen, die über die Stufen am Fuß der Treppe spülten. Er schaltete den Motor ab und stieß einen Pfiff aus. Ein Seil kam auf mich zugeflogen. Ich fing das Ende auf und beobachtete, wie er mit einem langen, glatten Holzruder arbeitete, das Schlauchboot verlangsamte und die Fahrt so taktete, dass es die Betonstufen auf dem Kamm einer Welle erreichte. Bevor sie sich zurückziehen konnte, sprang er ab und landete ein Stück unter mir.

»Mags! Wie schön, dich zu sehen!«, begrüßte er mich, als er mit einem breiten Grinsen zu mir heraufstieg. Als eine weitere Woge das Schlauchboot erfasste, benutzte er das Seil, um es zu uns zu ziehen. Ich half ihm, es auf das Fischerboot zu heben, und er sicherte es mit der Leine. Danach drehte er sich um und musterte mich einige Herzschläge lang. Eric war groß und mit sehnigen Muskeln bepackt. Grau durchzog sein langes schwarzes Haar, das er zu einem Pferdeschwanz zusammengebunden hatte. Sein Gesicht mit der hohen Stirn hatte einen gesunden, frischen Teint. Er trug abgeschnittene Jeans, ein ausgebleichtes *Led Zeppelin*-T-Shirt und keine Schuhe. Nachdem er mich betrachtet hatte, zog er mich in eine Umarmung. Er war tropfnass und roch angenehm nach Meer und Mann.

»Du hast mir gefehlt, Eric. Gott sei Dank bist du hier«, sagte ich und schmiegte den Kopf an seine Brust, während wir einander festhielten. Ich konnte seinen Herzschlag spüren. Schließlich zog er sich zurück und blickte prüfend auf mich herab.

»Ist alles in Ordnung? Was ist mit deinem Kopf passiert?« Zart berührte er die steife, mit Wundkleber verschlossene Haut an meiner Stirn, und ich kämpfte gegen ein tiefes Schluchzen an.

»Ich kann dir gar nicht sagen, wie froh und erleichtert ich bin, dich zu sehen.«

»Was ist los?«, fragte er und verengte die Augen. Unverhofft überkam mich das Bedürfnis, einfach normal zu reden – ich sehnte mich nach Normalität.

»Hast du Hunger? Willst du Kaffee?«

»Ja und ja.« Fragend sah er mir in die Augen. »Du kommst mir ... verängstigt vor.«

»Gehen wir rein«, schlug ich vor. Wie auf ein Stichwort prasselten dicke Regentropfen auf uns herab, und wir eilten die Stufen hinauf.

»Was ist mit deinem Swimmingpool passiert?«, fragte Eric, als wir mit eingezogenen Köpfen über die Terrasse und vorbei an dem Riss in der Abdeckung liefen. Kaum hatten wir die Glastüren erreicht, öffnete der Himmel vollständig seine Schleusen, und die Luft verschwamm mit einem durchgehenden Regenschleier.

»Was mit dem Swimmingpool passiert ist, kommt in der Mitte meiner Geschichte«, erwiderte ich, sobald wir das Haus betreten hatten und sich die Schiebetüren mit einem leisen Surren schlossen.

Er stellte seinen Rucksack auf der Arbeitsfläche in der Küche ab.

»Mein Gott, ich vergesse immer, wie groß das Haus ist.«

»Und allein fühlt es sich noch größer an.« Ich füllte den Wasserkocher. Eric öffnete den Rucksack und kramte darin herum. Er holte einen Stapel gefalteter Kleidung, ein Satellitentelefon, sein wie ein überdimensioniertes Walkie-Talkie aussehendes Seefunkgerät und eine leicht verbeulte Kuchenform heraus.

»Ich habe Gebäck dabei.« Er nahm den Deckel ab, und ich spähte hinein. Umhüllt von einer Schicht Backpapier erblickte ich einen herrlich goldbraunen Panettone. Er duftete göttlich nach Butter, Vanille und Obst.

»Selbst gebacken?«

»Sei nicht albern. Die Vermieterin meiner Unterkunft in Bari.«

»Eine junge Vermieterin?«, fragte ich lächelnd.

»Nein. Steinalt. Und eine unglaubliche Köchin. Ich war ununterbrochen am Essen«, erwiderte er mit einem Lächeln, hob sein T-Shirt an und tätschelte sein Sixpack.

Jenes Lächeln – und der Waschbrettbauch – brachten reihenweise Frauen und sogar einige Männer zum Schwärmen. Und offensichtlich betagte italienische Vermieterinnen dazu, köstliche Backwaren für ihn zu zaubern. Als Will mir Eric vor all den Jahren vorgestellt hatte, war ich einen beängstigenden Moment lang gefährlich hingerissen von ihm gewesen. Und ich musste zugeben, dass ich sogar danach das eine oder andere Mal gedacht hatte, es könnte etwas passieren. Aber Eric war loyal geblieben, deshalb war ich es auch. Und im Verlauf der Jahre hatte ich gelernt, Eric mehr wie den Bruder zu betrachten, den ich nie hatte.

Nun jedoch befanden wir uns allein in meiner Küche. Und ich war nicht mehr verheiratet. Rasch verdrängte ich den Gedanken.

»Das hier ist auch für dich«, sagte er und holte ein zusammengeknülltes T-Shirt aus dem Rucksack.

»Was ist das? Hast du mir deine Schmutzwäsche zum Waschen mitgebracht?«

»Mach's auf.«

Ich faltete das T-Shirt auf der Marmorarbeitsplatte auseinander. Es enthielt ein Foto von mir mit Eric und Will in einem Holzrahmen. Die Aufnahme stammte vom vergangenen August. Damals hatten wir am Strand unter dem Haus ein Feuer entfacht und frisch von uns gefangenen Fisch gegrillt. Wir saßen auf einem der großen, glatten Felsbrocken. Es herrschte Ebbe, der rötlich-goldene Sonnenuntergang spiegelte sich im Wasser, und wir alle lächelten sonnengebräunt und glücklich.

Ich spürte einen Kloß im Hals.

»Nicht zu fassen, dass das erst drei Monate her ist ... Mir kommt es eher wie eine Ewigkeit vor«, sagte ich. Ich betrachtete Will, der lächelnd zwischen uns saß, die Arme um unsere Schultern geschlungen.

Wenn ich an die letzten Jahre zurückdachte – und vor allem an den letzten Sommer –, hatte sich Will stets so verhalten, als hätte er nicht die geringsten Sorgen. Und dabei hatte die ganze Zeit ein Brief in einer Anwaltskanzlei in Charing Cross auf mich gewartet. Bei der Erinnerung an jenen unbeschwerten Tag verspürte ich zuerst einen stechenden Anflug von Trauer, dann Zorn.

»Den Rahmen hab ich aus einem Stück Treibholz geschnitzt, das ich an dem Abend am Strand gefunden habe«, sagte Eric.

»Wunderschön«, erwiderte ich, überwältigt von diesem durchdachten Geschenk. »Danke.« Ich umarmte ihn, und wir schwiegen eine Weile, während er mich vor dem Hintergrund des an die Scheiben prasselnden Regens an seinen warmen Körper gedrückt hielt.

Schließlich zog er sich leicht zurück und blickte auf mich herab, unsere Gesichter so nah beisammen. Es folgte ein Moment ... Dann traten wir beide einen Schritt zurück. Ich drehte mich um und beschäftigte mich, indem ich Tee zubereitete.

»Ich habe dich bei der Beerdigung vermisst«, sagte ich.

Die Worte drangen viel zu barsch aus mir. Donner grollte, gleichzeitig piepte und klickte der Wasserkocher, um anzuzeigen, dass er seinen Inhalt erhitzt hatte. Ich goss das heiße Wasser in die Teekanne.

»Tut mir leid. *Aufrichtig.* Aber ich konnte vom Bau des neuen Rennboots nicht weg. Meine Sponsoren investieren ein Vermögen darin ... Ich hätte dabei sein sollen, Mags. Du weißt, dass ich immer für dich da bin, wenn auch manchmal nur in Gedanken«, sagte er. Ich ließ ihm den Rücken zugedreht, weil ich nicht seinem Charme erliegen wollte. Insgeheim war ich noch etwas wütend darüber, dass er nicht zur Bestattung gekommen war. Aber immerhin war er nun hier.

»War ein Desaster«, offenbarte ich und drehte mich letztlich doch um. »Eigentlich sollte bei einer Beerdigung das Andenken des Verstorbenen geehrt werden. Will hat im Sarg wie der Moderator einer scheiß Gameshow ausgesehen.«

Eric schüttelte den Kopf. »Hat Marelle darauf bestanden, dass er seine alte Schulkrawatte getragen hat?«

Ich nickte, während ich den Panettone aus der Kuchenform hob und zwei Scheiben davon abschnitt. Eine Weile konzentrierten wir uns aufs Essen. Als wir fertig waren, schnitt ich uns sofort eine zweite Portion auf. Es schmeckte köstlich. Außerdem lösten der Zucker und die Gewürze eine wohlige Wärme in meinem Magen aus.

Ich schenkte uns Tee ein, und wir tranken gesellig schweigend, während wir dem Regen auf den Scheiben lauschten.

»Stimmt es, dass Will eine Schusswaffe hatte?«, fragte Eric.

»Sie war in seinem Büro versteckt. Du hast nichts davon gewusst?«

»Nein. Nur von den Gewehren, die er von seinem Vater geerbt hatte, aber sie waren ja immer in Hepworth.«

»Er hatte die Waffe seit September 2012 in unserem Haus. Zu dem Zeitpunkt hat er die Genehmigung dafür beantragt.« Ich sah Eric an. »Ich glaube, dass sich die Polizei irrt. Will hat sich nicht selbst umgebracht.«

Eric zog die Augenbrauen hoch. »Wie kommst du darauf?« Ich zögerte beim Gedanken daran, was Diane passiert war. Würde ich Eric ihn in Gefahr bringen, indem ich ihn mit hineinzog? »Maggie. Bitte sag's mir. Ich war Wills bester Freund. Und ich hoffe, auch du siehst mich als engen Freund.«

Schließlich holte ich den mittlerweile ziemlich zerknitterten Umschlag aus der Tasche und reichte ihn Eric.

»Als ich hier angekommen bin, ist mir das hier zugestellt worden«, sagte ich. Eric runzelte skeptisch die Stirn, als er den Brief auseinanderfaltete. Ich schenkte Tee nach und beobachtete seine Miene, während er las.

»Lieber Himmel, Mags. Bist du sicher, dass der Brief echt ist?«

»Ja. Will hat ihn eigens bei einem neuen Anwalt hinterlegt, nicht bei der Stammkanzlei seiner Familie.«

»Kommt mir ein bisschen gekünstelt und melodramatisch vor. ›Falls sich jedoch meine Befürchtungen bewahrheiten, ist die Tinte vielleicht noch nicht lange trocken.‹« Er schaute zu mir auf.

»Ich weiß, aber er hatte ja einen leichten Hang zu Übertreibungen. Erinnerst du dich an die überzogenen Ansprachen, die er oft bei den Geburtstagsfeiern seiner Eltern gehalten hat?«

Eric nickte. »Trotzdem. Scheint mir überdramatisch zu sein, so was zu schreiben.«

In den nächsten Stunden erzählte ich Eric alles, was sich in den vergangenen Tagen zugetragen hatte – der Einbruch, dass ich um ein Haar ertrunken und von den Schiebetüren zerquetscht worden wäre, Dianes Unfall. Als ich zum Fund des Schlüssels in der Kirche kam, holte ich ihn aus der Tasche und legte ihn auf die Marmorplatte.

»Du warst Wills bester Freund. Weißt du wirklich gar nichts darüber?«

Eric war mittlerweile ziemlich blass geworden. Er schüttelte den Kopf.

»Nein.« Er griff mit zittriger Hand nach dem Schlüssel.

»Irgendjemand will diesen Schlüssel«, sagte ich.

»Wer?«

Ich musterte ihn. Er wirkte verblüfft und erschüttert. Andererseits war er unverhofft aufgetaucht, ohne Vorwarnung. Das sah ihm nicht ähnlich. Er plante gern lange voraus.

»Eric. Warum bist du hier?«

»Weil ich dich sehen und dir persönlich mein Beileid aussprechen wollte«, antwortete er und wirkte gekränkt von der Frage.

»Das hättest du auch in London tun können.«

Er beugte sich vor und ergriff meine Hand, doch ich zog sie zurück. Seine klaren blauen Augen sahen mich eindringlich an. Offen. Ehrlich.

»Mags. Wenn ich irgendwas wüsste, würde ich es dir sagen. Versprochen. Das ist total chaotisch … Du kennst mich. Ich will nur auf meinen Booten sein, meine Ruhe haben und gelegentlich Besuche im Leben meiner Freunde unternehmen. Will hat mir nie davon erzählt, so was geplant zu haben. Was auch immer *es* überhaupt ist. Bitte glaub mir.«

Ich wollte Eric vertrauen. Für mich war er stets ein guter

Freund gewesen und für Will der beste. Aber genau das schürte mein Misstrauen. In all den Jahren enger Freundschaft sollte es nie einen beschwipsten Moment gegeben haben, in dem Will etwas darüber herausgerutscht war? Andererseits hatte ich jahrelang mit Will zusammengelebt und nicht das Geringste davon geahnt. Ich musste daran glauben, dass ich Eric vertrauen konnte. Sonst wäre für mich alles vorbei. Ich hatte sonst niemanden. Er verkörperte meinen letzten verfügbaren Freund. Unangenehmes Schweigen stellte sich ein. Eric wandte sich wieder dem Brief zu und studierte ihn.

»Wann hast du zuletzt mit Will geredet?«, fragte ich.

»Lass mich überlegen ... Vier oder fünf Tage davor. Er hat mich angerufen. War ein sehr nettes Gespräch. Er hat mir von dem Haus erzählt, das Hugo in Frankreich gekauft hat und das sie renovieren wollten. Will war richtig aufgeregt darüber. Hugo wollte alles aus Marmor. Außerdem hat Will gemeint, er würde nach Italien kommen, und gefragt, ob wir uns zum Abendessen treffen können.«

»Mir gegenüber hat er nichts von Italien erwähnt. Hattest du den Eindruck, dass er dir irgendwas persönlich anvertrauen wollte?«

»Nein. Es war ein gewöhnliches Telefonat ... Hast du schon irgendjemandem von diesem Brief erzählt?«

»Dir. Und Diane. Die jetzt im Koma liegt.«

Bei den Worten wurde Eric eine Schattierung blasser. Er wollte einen Schluck Tee trinken und stellte dabei fest, dass er die Tasse bereits geleert hatte.

»Hast du auch irgendwas Stärkeres? Vielleicht diesen köstlichen Wein, den Will aus den Trauben auf der Insel gemacht hat ...«

Er verstummte. Ich ging zum Weinregal neben dem

Kühlschrank und betrachtete die Flaschen darin. Dann schaute ich zurück zu Eric und dem Schlüssel auf der Arbeitsplatte.

»Entschuldige, Mags. Ich hab nicht mitgedacht.«

»Nein, schon gut. Das geht mir nicht durch den Kopf. Aber ich weiß jetzt, was der Schlüssel öffnet.«

KAPITEL 26

»Und was öffnet der Schlüssel?«, fragte Eric. Ich wandte mich mit einer Flasche unseres hausgekelterten Weins vom Regal ab. Vertrocknete Seepocken aus dem Meer klebten daran.

Ich stellte die Flasche auf die Arbeitsplatte. »Du weißt, dass Will – dass wir unseren Wein teilweise auf dem Meeresboden hergestellt haben?«

»Ja«, erwiderte Eric. Ich ergriff den Schlüssel und öffnete die Türen zur Terrasse. Eric folgte mir und legte mir eine wasserabweisende Jacke um die Schultern.

Von dort blickten wir zu den tosenden Wellen. Unten setzte gerade die Ebbe ein. Die glatten Felsbrocken und der Rand des Sandstrands kamen zum Vorschein.

Vor einigen Jahren hatte Will von einem Weingut in Pelješac gehört, einer Halbinsel in Süddalmatien. Dort legte man Weinflaschen zum Gären in Käfigen auf den Meeresboden. Etwas an den Bedingungen zwanzig Meter unter dem Meer, der Temperatur und die Stille, verliehen dem Wein dem Vernehmen nach ein unverwechselbares

Aroma. Aus heiterem Himmel hatte Will vorgeschlagen, wir sollten es auch versuchen. Wir hatten damals einige wenige, noch junge Trauben im Haus, gerade genug für zwanzig bis dreißig Flaschen, aber ich machte mit. Eines Morgens beim Schwimmen hatten wir den Eingang zu der Höhle unter dem Haus entdeckt. Bei Ebbe konnte man unter einer Felskante hindurch in einen tiefen, breiten Tunnel schwimmen. Er verschmälerte sich, bis man an einer Stelle untertauchen und dem Kanal in eine große, wunderschöne Unterwasserhöhle folgen konnte. In den Sommermonaten war es ein herrlicher Ort, um sich in der Dunkelheit der Felsen abzukühlen. Mit dem Tauchen hatte ich es nie so gehabt. Ich war zwar mehrmals in der Höhle gewesen, hatte es jedoch immer als etwas beängstigend empfunden. Will hingegen war völlig aus dem Häuschen darüber gewesen. Er hatte mich gebeten, mit niemandem darüber zu reden, dass wir unsere Weinflaschen in der Unterwasserhöhle einlagerten, damit sie nicht gestohlen würden. Nun jedoch überlegte ich, ob das der einzige Grund war, warum er es geheim halten wollte.

»Wo ist der Eingang zu der Höhle mit den Flaschen?«, fragte Eric, der meinem Blick folgte.

Er musste die Stimme über den Wind erheben.

»Versteckt zwischen den Felsen rechts«, antwortete ich und zeigte dorthin, wo die Klippe wie ein riesiges, halb geschlossenes Augenlid ins Meer ragte.

»Glaubst du, Will hat dort neben den Weinflaschen noch etwas hinterlegt?«

Ich biss mir auf die Unterlippe, während ich beobachtete, wie eine Welle auf das Ufer zuraste und sich dort brach. Das zurückweichende Meer hatte die Steinstufen bereits bis hinunter zum Strand freigelegt. Wenn vollständig Ebbe herrschte, könnten wir unter dem einem Augenlid ähnelnden Felsen hindurch in die Höhle schwimmen.

»*Fortitudo* ist ein lateinisches Wort und bedeutet Stärke«, sagte ich und hielt den Schlüssel hoch. Dabei dachte ich daran zurück, wie Will das Vorhängeschloss an dem mit Flaschen gefüllten Käfig befestigt hatte. Das Wort stand auf dem Schloss. Ich schaute zurück zum Meer und den niedrigen silbergrauen Wolken. »Wir haben fast Ebbe. Der Sturm scheint eine Verschnaufpause einzulegen. Könnte die einzige Gelegenheit in absehbarer Zeit sein, um gefahrlos in die Höhle zu tauchen ... Was denkst du?«

»Meinst du, ob ich es für sicher halte? Oder willst du generell wissen, was ich darüber denke, an einem stürmischen Tag Ende November in eine Grotte zu tauchen?«, gab Eric mit gequälter Miene zurück, als würde ich damit eine Menge von ihm verlangen.

»*Fortitudo* könnte auch bloß der Markenname des Schlüsselherstellers sein. Und glaubst du wirklich, der Schlüssel öffnet ... Was eigentlich?«

»Die Weinflaschen lagern in einem Käfig in schützenden Ampullen aus Ton. Sehen wie Zylinder aus.«

»Ich weiß, was Ampullen sind, Mags.«

»Sie sind in einem Metallkäfig mit einem Vorhängeschloss gestapelt.«

»Hat Will geglaubt, jemand könnte sie stehlen?«, fragte Eric und fuhr sich mit den Händen durchs mittlerweile regennasse Haar.

Ich zuckte mit den Schultern.

»Er wollte wohl einfach auf Nummer sicher gehen. Aber das ist unser Privatstrand, und niemand kennt ihn. Höchstens vereinzelte Ausflügler stolpern im Sommer darüber.«

»Was ist mit dem Inselverwalter? Weiß er von den Weinflaschen?«

»Keine Ahnung«, sagte ich. Wieder musste ich daran denken, wie wenig Interesse ich bisher an dem Ort gezeigt hatte. Ich hatte ihn immer nur als Domizil für erholsame Urlaube gesehen. Eric schwieg. Mit verkniffener Miene betrachtete er die kabbelige See.

»Bitte, Eric. Der Schlüssel ist echt. Der Brief von Will ist echt. Ich muss wissen, was er mir damit sagen wollte.«

»Willst du das wirklich machen?«

Ich folgte seinem Blick über das aufgewühlte Wasser der Bucht zur *Dionysius,* die an der orangefarbenen Boje vertäut wild schaukelte.

»Eigentlich nicht. Ich will abends nicht tauchen. In der Dunkelheit macht mir das Wasser Angst«, gestand ich.

Eric schaute zur Klippe und betrachtete im schwindenden spätnachmittäglichen Licht den Felsen über der Höhle. »Hast du Tauchausrüstung?«

»Ja. Unsere Sachen sind in der Abstellkammer.«

»Wie tief liegt die Höhle?«

Darüber musste ich erst nachdenken. Die wenigen Male, die ich dort gewesen war, hatte immer Will die Führung übernommen.

»Ich schätze mal, der Tunnel dorthin ist ungefähr zehn Meter lang«, sagte ich schließlich.

Zuletzt waren wir an einem heißen Sommertag hinuntergetaucht, doch selbst da war mir in der Dunkelheit die Kälte in die Knochen gesickert.

Ich musterte Erics Gesicht. Er schaute immer noch grimmig und skeptisch drein.

»Jemand sucht nach diesem Schlüssel, nicht wahr?«, sagte

er, nahm ihn mir ab und drehte ihn in der Hand. »Dieser Jemand ist in dein Haus eingebrochen. Und hat versucht, dich zu verletzen. Könnte sicherer sein, erst zu tauchen, wenn es dunkel ist. Ich habe Lampen und Führungsseile dabei.«

Wie er diesen unbekannten *Jemand* betonte, jagte mir Angst ein.

»Nein. Wenn wir es tun, dann sofort«, entgegnete ich. Meine Gedanken wanderten über die Jahre zurück. Hatte Will irgendwelche Hinweise über die Höhle und darüber fallen gelassen, was er darin zurückgelassen haben könnte? Nein. Wann war ihm die Idee gekommen, dort unten Weinflaschen einzulagern? Bei einer unserer Reisen in den Süden hatten wir eine Flasche Prosecco probiert, die unter dem Meer entstanden war. Das war sechs oder sieben Jahre, bevor wir das Haus gebaut hatten. Ich hatte so glückliche Erinnerungen an jenes Essen in einem Restaurant am Strand bei Sonnenuntergang. Handelte es sich überhaupt um ungetrübt glückliche Erinnerungen? Oder hatte Will seinen Plan schon damals gefasst gehabt?

Mir wurde klar, dass Eric mir eine Frage gestellt hatte.

»Glaubst du, dass du dich sicherer fühlst, wenn du dieses Schloss öffnest und herausfindest, was dahinter versteckt ist?«, wiederholte er.

»Ich hoffe, dass ich mich dann sicherer fühle und ein paar Antworten bekomme. Warum sonst hätte Will das alles machen sollen?«

Eric musterte mich eindringlich. »Was, wenn dabei etwas herauskommt, das du nicht wissen willst? Was, wenn Will in irgendwas Übles verstrickt war?«

»Ich muss die Wahrheit wissen. Egal, wie schlimm sie ist«, gab ich zurück.

Es war vier Uhr nachmittags, und das Tageslicht schwand bereits, als wir in Neoprenanzügen und mit Sauerstoffflaschen auf dem Rücken die Stufen zum Strand hinunterstiegen. Ich hatte völlig vergessen, wie schwer die Ausrüstung war, aber sie nahm mir teilweise die Angst vor dem Wasser. Ein wenig so, als schlüpfte man in eine Körperpanzerung, bevor man in eine Schlacht zog.

Bei Ebbe lag ein schmaler, vielleicht fünf oder sechs Metern breiter Streifen des Strands aus Sand und Kies frei. Die letzten, bei Flut überschwemmten Stufen bedeckte eine Schicht aus grünem Schleim und Seetang. Vorsichtig bahnten wir uns den Weg über sie hinunter auf den Sand. Den Fuß der Klippe säumten schulterhohe Felsen, die eine ähnliche Hufeisenform wie unsere kleine Bucht bildeten. Ich hörte ein Klappern, als Kiesel die Felswand herabkullerten. Als ich hinaufspähte, sah ich mehrere Tauben zwischen den aus Ritzen im Gestein wachsenden Pflanzen und verkümmerten Palmen.

»Ich kann Tauben nicht ausstehen«, sagte Eric, der meinem Blick gefolgt war. Mir fiel auf, dass er sichtlich schauderte. »Und ich dachte, die Viecher hätte ich mit den englischen Städten hinter mir gelassen.«

Wir bahnten uns einen Weg den Sandstreifen entlang. Vom Sturm angespülter Müll hatte sich darauf angesammelt – alte Plastikflaschen, ausgebleichte Limonadendosen, ausgefranste Seilstücke.

Der Strand endete mit einem Gewirr von Steinen und Felsbrocken, die zur Felswand führten. Ich kletterte zuerst über die Algenschicht hoch. Man fand in regelmäßigen Abständen genug Halt, um den Aufstieg zu bewältigen. Ein Stück höher verlief ein grober Pfad zwischen Steinen und Pflanzen den Hang hinauf.

Der Weg endete an einer kleinen, rechteckigen Plattform in dem Felsvorsprung über der Höhle. Ich spähte über den Rand. In den Sommermonaten hatten wir öfter Kinder von der winzigen Plattform springen gesehen. Es ging ungefähr zehn Meter in die Tiefe, doch aus diesem Winkel und durch den kabbeligen Seegang wirkte der Anblick vergleichsweise schlimmer.

»Wie tief ist das Wasser?«, fragte Eric, als er die Plattform betrat. Durch die Sauerstoffflaschen auf unseren Rücken reichte der Platz kaum für uns beide. Er geriet ins Wanken und musste sich an mir festhalten.

»Tief. Mindestens sechzig Meter, glaube ich«, gab ich zurück.

»Glaubst du oder weißt du?«

»Es *ist* tief. Sogar im Sommer bei hellstem Sonnenschein hat das Wasser eine dunkelblaue Schattierung ...«

»Also tief genug, um von hier gefahrlos reinzuspringen?«

»Wenn wir nur mit deinem Boot nah genug hinkönnten, um davon abzutauchen.«

»Da sind weit und breit keine Markerbojen zum Festmachen«, bemerkte Eric.

Die Nerven gingen mit mir durch. Ich packte Erics Arm und klammerte mich an ihm fest, als uns ein Windstoß erfasste. Vor uns erstreckten sich kilometerweit das Meer und der Horizont. Im Vergleich dazu wirkten wir so winzig und unbedeutend auf der schmalen Plattform, auf der uns der Wind beutelte.

»Ich zuerst«, sagte ich schließlich. Den Schlüssel trug ich an einer Schnur um den Hals. Ich konnte ihn kalt unter dem Neoprenanzug auf der Haut spüren. Wir hatten beide Stirnlampen um. Meine drückte unangenehm.

»Lass lieber mich«, schlug Eric vor.

»Nein«, beharrte ich. Langsam rückte ich vor, bis meine Zehen über den Rand der Plattform lugten. Ich wartete, bis eine Welle heranrollte und unter der Felskante zur Höhle verschwand. Dann hob ich die Hand an den Kopf, um die Stirnlampe festzuhalten, und sprang.

KAPITEL 27

Ich schlug im Wasser ein und wurde von Dunkelheit umhüllt. Durch das Gewicht der Sauerstoffflasche auf meinem Rücken sank ich wie ein Stein. Ich strampelte mit den Beinen. Als ich auftauchte, befand ich mich zehn bis zwölf Meter unter dem Felsvorsprung. Gleich darauf brach auch Erics Kopf durch die Wasseroberfläche.

»Alles in Ordnung?«, brüllte ich über das Geräusch des Winds in meinen Ohren.

»Ja, die ...« Eine Welle klatschte ihm ins Gesicht. »Die Flut kommt zurück«, beendete er den Satz, nachdem er Wasser ausgespuckt hatte.

Die Wellen wogten herbei und hoben uns dem glatten Stein des Vorsprungs entgegen. Schließlich befand ich mich hoch genug, um ihn zu berühren.

Ich hörte das Geräusch der Fluten, die gegen die Felswände brandeten. Sehen konnte ich nur ein kurzes Stück in den Höhleneingang, doch ich wusste, dass die Decke darin wesentlich höher reichte.

Das Licht des späten Nachmittags wies einen silbrigen

Glanz auf. Wir warteten ein Abschwellen der Dünung ab, dann schwammen wir unter dem Felsvorsprung hindurch in die Höhle. Sofort wurden wir von den Schatten verschluckt.

Das Klatschen der Wellen gegen die Höhlenwände hallte laut wider. Der penetrante Geruch von Algen und Seetang lag in der Luft. Ich hob die Hand und schaltete die Stirnlampe ein. Als ich nach oben schaute, sah ich, wie riesig der Innenraum war. Die Wände glitzerten. Zwanzig Meter über uns befand sich eine natürlich entstandene Kuppeldecke aus hartem blaugrauem Schiefergestein mit Kristalleinschlüssen. Näher der Wasserlinie marmorierten Schattierungen von Rostrot, Grün und Gelb die Wände. Der Strahl der Stirnlampe reichte nicht bis zum Ende des langen Kanals, der sich tief in die Dunkelheit erstreckte.

Unmittelbar über den plätschernden Wellen säumte Seetang das Gestein. Der Lichtstrahl meiner Lampe wanderte über die glänzenden, nassen Stränge. Hinter mir hörte ich Eric. Sein Licht ergänzte meines und glitt ebenfalls über die Konturen der Wände und der Decke. Beim ursprünglichen Eintauchen ins Wasser war dessen Kälte durch den Neoprenanzug gesickert, mittlerweile jedoch glich er die Temperatur aus.

»Alles gut, Mags?«, erkundigte sich Eric. Trotz meiner Angst nickte ich. Eine mächtige Welle schwappte in die Höhle, klatschte gegen den Felsvorsprung, und wir stiegen höher in Richtung der Decke, bevor wir zurücksanken.

»Das müssen gerade drei bis vier Meter gewesen sein«, merkte ich an. »Weiter vorn, wo die Decke niedriger wird, müssen wir uns vorsehen.«

Ich spürte die schwere Sauerstoffflasche auf dem Rücken, als wir tiefer in die Höhle schwammen. Krabben bewegten sich über die glänzenden Felswände. Ich hörte ihre klickenden Laute, während die Strahlen unserer Lampen über zig winzige Augenpaare hinwegstrichen.

Eric fiel zurück. Als ich nach hinten schaute, sah ich, dass er angehalten hatte. Er starrte auf etwas vor uns. Ich drehte den Kopf. Der Strahl meiner Stirnlampe erfasste einen langen Felsvorsprung, auf dem unzählige Tauben kauerten und uns mit glänzenden Knopfaugen anglotzten. Eine weitere Welle wogte in die Höhle und hob uns näher zu dem Vorsprung. Die gurrenden Vögel reagierten darauf, indem sie wild mit den Flügeln flatterten.

»Nein, nein, nein, nein, nein«, flüsterte Eric und hob die Hand. Mehrere Tauben hoben von dem Vorsprung ab und kreisten über unseren Köpfen.

»Schon gut. Wir tauchen unter, ja?«

Erics Pupillen zogen sich im Licht meiner Stirnlampe zusammen.

»Ja«, erwiderte er. Er packte mich am Arm, als uns ein weiterer Wellengang abermals näher zu den Vögeln beförderte, die sich wieder auf dem Felsvorsprung niedergelassen hatten.

Ich setzte die Tauchmaske auf und sank unter Wasser. Unter uns befand sich ein kleiner Schwarm Seebrassen. Die Fische schwammen in den Lichtkegel meiner Stirnlampe und ließen mich zusammenzucken. Kurz glotzten sie mich mit strengen Augen an, dann blitzten sie silbrig auf, als sie wendeten und in die tiefere Schwärze davonhuschten. *Wir sind nicht allein in dieser Höhle*, ging es mir durch den Kopf, wusste jedoch nicht recht, ob ich den Gedanken tröstlich fand.

Ich schwenkte die Stirnlampe nach unten. Es ließ sich kaum abschätzen, wie tief das Wasser sein mochte. Durch aufgewirbelte Sedimente und Algen hatte es sich in eine milchig-trübe, düstere Brühe verwandelt.

Ich versuchte, mich zu erinnern, wann Will und ich die Weinflaschen in die Höhle eingelagert hatten. Es war ein klarer Tag mit perfekten Sichtverhältnissen gewesen. Wir waren mit dem Fischerboot zu der Markerboje gefahren, an der Eric die *Dionysius* festgemacht hatte. Von dort hatten wir den Tauchgang begonnen. Als wir uns der Höhle damals genähert hatten, waren die Sonnenstrahlen in klares blaues Wasser eingetaucht und hatten bis zu den gewaltigen Felsbrocken auf dem Meeresboden gereicht. Alles war hell, vergnüglich und fantastisch gewesen. Ich hatte mich wie ein mitgenommenes Kind gefühlt. *Halte dies, Maggie, reich mir jenes, Maggie.* Es war aufregend gewesen, in die Tiefe zu tauchen, die vorbeischwimmenden Fische zu beobachten und die Freiheit unter Wasser zu spüren. Hatte Will dabei die ganze Zeit genau gewusst, was er vorhatte?

»Die Sicht ist nicht besonders«, meldete ich, nachdem ich an die Oberfläche zurückgekehrt war und die Maske abgenommen hatte. »Aber ich denke, die hereinkommenden Wellen werden immer größer.«

Mit einem lauten Gurren erhoben sich drei Tauben in die Luft und flogen über unsere Köpfe hinweg durch die Höhle in Richtung des Eingangs.

»Ja, lass uns tauchen«, sagte Eric schaudernd. »Wie groß ist der Eingang zu dieser Kammer?«

»Groß genug für zwei Personen nebeneinander.«

Wir setzten die Masken auf und schalteten die Sauerstoffversorgung ein. Bei den ersten Atemzügen merkte ich deutlich den Unterschied zur feuchten Meeresluft. Was meine Klaustrophobie nur verstärkte. In einem Strudel aus Blasen tauchten wir unter den Wellengang in ruhigeres

Wasser, und ich verspürte eine seltsame Erleichterung. Wir schalteten beide eine Taschenlampe zusätzlich zu den Stirnlampen ein. Nachdem wir uns vergewissert hatten, dass die Sauerstoffversorgung einwandfrei funktionierte, schwammen wir zusammen los. Durch die doppelten Lichter fühlte sich der Raum um uns herum größer an, die Dunkelheit weniger drückend. Ich behielt die Höhlenwand im Auge, an der Seetang unter Wasser wogte.

Ein paar Meter tiefer lichteten sich die Sedimente, und das Wasser wurde kristallklar. Die großen Felsbrocken unter uns und der grobe Sand auf dem Meeresboden sahen wie Steinsalz aus. Ich spürte Erics Arm an meinem und drehte den Kopf. Die Blasen stiegen in gerader Linie von seinem Mundstück auf. Das Wasser war völlig ruhig. Er deutete nach vorn, und ich erblickte die Öffnung zu der Unterwasserkammer. Ich zeigte Eric den Daumen hoch, und wir schwammen darauf zu.

Das Wasser wurde eiskalt. Ich erinnerte mich daran, dass Will mir erklärt hatte, die perfekten Temperaturen zum Reifen von Wein wären zwischen zwanzig und dreißig Grad Celsius für Rotwein und fünfzehn für Weißwein. Die Temperaturanzeige an der Seite meines Sauerstofftanks zeigte neun Grad an. Will hatte aus dem Einlagern der Weinflaschen in der Kammer eine so große Sache gemacht. Wollte er mir so die Erinnerung in den Hinterkopf pflanzen, damit ich beim Finden des Schlüssels wissen würde, was er öffnete?

Als wir den Tunnel im hinteren Teil der Höhle erreichten, ergriff ich Erics Hand. Wir schwammen Seite an Seite, als sich die Wände verengten. Das Wasser wurde kälter. Ich warf einen Blick auf die Anzeige. Sieben Grad. Es wurde so dunkel, dass unsere Lampen nur wenige Meter vor uns erhellten. Ich schaute zurück. Da der Tunnel gekrümmt verlief, sah man hinter uns nur noch eine Felswand, als wir weiter vordrangen. Der Luftdruck in meinen Ohren stieg.

Dann weiteten sich die Felswände, und wir erreichten die Kammer. Der Eindruck erinnerte mich an die Lobby eines verwaisten Hotels. Das Wasser war so klar und ruhig, dass wir über einem weitflächigen Boden aus unberührtem weißem, von leichten Erhebungen gekräuseltem Sand zu schweben schienen. An einigen Stellen ragten hellblau-weiße Felsbrocken wie verstreute Sitze daraus auf. Hinten in der Kammer türmten sich größere Gesteinsblöcke bis hinauf zur Decke.

Eric deutete durch die Kammer. Auf mich wirkte alles fremd. Einen schrecklichen Moment lang konnte ich mich nicht erinnern, wo sich der Käfig mit den Flaschen befand. Mehrere Minuten suchte ich die Felsblöcke mit den zahlreichen Ritzen und Spalten ab ... dann jedoch fand ich ihn. Zwischen zwei der Gesteinsbrocken verlief ein Durchgang zu einer kleineren Kammer mit dem Käfig. Er war einen Meter breit und einen halben Meter hoch, fixiert mit zwei in das Gestein gebohrten Schrauben. Auf einer Gitterablage darin reihten sich geordnet vierundzwanzig Ampullen. Jedes der Tongefäße enthielt eine Flasche Wein.

Als ich den Strahl der Lampe auf die Ampullen richtete, spürte ich, wie Eric meinen Arm packte. Mit der anderen Hand zeigte er in den Käfig. Hinter den Gefäßen stand aufrecht wie ein Soldat eine große silbrige Thermoskanne. Sie schien uns im Licht unserer Lampen zuzuzwinkern. Träge kräuselten sich im Wasser treibende Sedimente um sie herum.

Vorn am Käfig prangte ein silbriges Vorhängeschloss mit dem eingeprägten Wort *FORTITUDO*. Es funkelte und schimmerte im Licht unserer Leuchten. Plötzlich überkam mich das Gefühl, mich übergeben zu müssen. Mit einer Willensanstrengung atmete ich tief und langsam durch das Mundstück. Eric hatte ein blaues Tuch aus seinem Werkzeuggürtel geholt. Es wallte in seiner Hand, als er die Algen und Seepocken entfernte, die sich um das Schlüsselloch herum gebildet hatten. Dann tippte er sich auf die Brust und ahmte das Stecken eines Schlüssels in ein Schloss nach.

Ich öffnete den Reißverschluss meines Neoprenanzugs und zog die lange Schnur mit dem Schlüssel heraus. Kaum hatte ich sie mir über den Kopf gezogen, griff Eric danach.

Plötzlich kam er mir ziemlich begierig vor ... Ein flüchtiger Gedanke schoss mir durch den Kopf. *Warum bist du hier?* Er setzte dazu an, mir die Schnur mit dem Schlüssel abzunehmen. Ich hob die Hand, um ihn abzuwehren. Er zog unter der Tauchmaske die Brauen zusammen, bevor er zurückwich. Unsere Sauerstofftanks klirrten in den beengten Verhältnissen. Ich verdrängte den Gedanken über Eric und ergriff das Vorhängeschloss. Die Geräusche aus meinem Mundstück verrieten mir, dass ich zu schnell atmete und eine Menge Sauerstoff verbrauchte. Meine Hände spürte ich schon länger nicht mehr – wir trugen keine Handschuhe, und das kalte Wasser hatte eine betäubende Wirkung. Linkisch fingerte ich herum und versuchte zweimal vergeblich, den Schlüssel ins Schloss zu bekommen. Mit tauben Händen war es ungefähr so, als wollte ich es mit Boxhandschuhen aufschließen. Beim dritten Anlauf glitt der Schlüssel endlich hinein. Ich drehte ihn, und das Vorhängeschloss sprang auf.

Einen Moment lang starrte ich wie unter Schock hin. Eric rückte näher und machte sich an die Arbeit. Durch die Abdeckung des Käfigs und die Griffe der Ampullen schlängelte sich ein Kabel aus Metall. Es zu entwirren, dauerte mehrere Minuten. Erst dann ließ es sich herausziehen. Ich hob die Abdeckung vom Käfig und zog die Flasche heraus. Sie fühlte sich schwer an. Was mochte sie enthalten? Sie musste beschwert sein. Eine leere Thermosflasche wäre geschwommen. Und warum überhaupt eine Thermosflasche? Ich spürte Erics Finger am Arm. Er tippte auf seine Uhr.

An seinem Gürtel befand sich ein Netzbeutel. Ich streckte ihm die Flasche hin. Er schwenkte die Hand, löste den Beutel und reichte ihn mir.

Die Flasche wollte Eric nicht anrühren.

KAPITEL 28

Sobald wir die Kammer verlassen hatten und den Tunnel zurückschwammen, flackerte meine Lampe, wurde schwächer und erlosch. Meine Glieder fühlten sich bleiern an, und ich zitterte. Wieder überkam mich ein Anflug von Übelkeit. Ich musste mich zusammenreißen. Wenn ich mich unter Wasser übergäbe, könnte ich ersticken.

Eric befand sich knapp vor mir. Als ich mich nach ihm streckte und seine Hand ergriff, fühlte sie sich kalt an. Er schaute zu mir zurück, und ich sah, dass auch seine Stirnlampe schwächer wurde und schließlich ausging. Mit zwei Lichtern weniger schrumpfte unsere Sicht im Tunnel, und die Felswände schienen näher zu rücken.

Ich zapfte meine letzten Energiereserven an und strampelte mit den Beinen. Meine Kehle fühlte sich trocken an, Kiefer und Zähne schmerzten vom Beißen auf das Mundstück. Plötzlich weiteten sich die Tunnelwände, und wir befanden uns wieder im Unterwasserbereich der Höhle. Ich sah auf die Armbanduhr. Kurz vor fünf – wir waren seit knapp fünfzig Minuten im Wasser.

Als wir durch die Oberfläche brachen, herrschte bereits Dunkelheit. Das Rauschen des Meers und das Tosen des Sturms drangen laut an meine Ohren. Ich hatte zu kämpfen, als wir unter dem Felsvorsprung am Eingang der Höhle hindurchschwammen. Draußen erfasste uns der über das offene Wasser fegende Wind.

Mir fehlte die Energie, um Angst zu empfinden. Zum Glück hatte inzwischen die Flut eingesetzt. Ich fühlte mich losgelöst von allem. Mein Bewusstsein schien zu schwinden. Ich spürte, dass Eric mich am Arm festhielt, während die Wellen uns zurück zum Strand trugen. Sie brachen sich an den Felsbrocken am Fuß der Felswand. Ich klammerte mich an Eric und hielt die Flasche fest, als das weiß schäumende Wasser uns in seichtere Gefilde spülte.

Eric fand zuerst Halt auf dem Sand. Er schleifte mich an den Strand, bevor er ausgestreckt und erschöpft neben mich sank. Wir befanden uns direkt an der langen Reihe der Felsbrocken am Fuß der Klippe. Ich hatte das Licht im Haus angelassen. Der sanfte Schein reichte gedämpft herunter bis zum Strand.

»Alles in Ordnung, Mags?«, rief Eric. Seine Stimme klang heiser und zittrig. Das Wasser zog sich rauschend vom Strand zurück. Ich nahm wahr, wie es mich umspülte und meine Ohren bedeckte.

»Ja«, hörte ich mich antworten. Der Tauchgang hatte mir alle Energie abverlangt. Eine neue Welle schwappte über mich hinweg. Trotzdem wäre ich gern einfach liegen geblieben. Ich spürte meinen Körper nicht mehr. Alles fühlte sich taub an. Dennoch breiteten sich eine seltsame Wärme und Ruhe in mir aus.

Mühsam rappelte sich Eric auf die Beine und zog mich hoch.

»Was machst du denn? Hier ist es nicht sicher!«, brüllte er. Dann schlang er einen Arm um mich und schleifte mich zu den Betonstufen. Eine tosende Welle brach sich an meiner Brust.

»Maggie!«, schrie Eric in der Dunkelheit. »Maggie, hörst du mich?«

Hinter mir spürte ich einen harten Stein. Als ich die Augen aufschlug, befanden wir uns in der riesigen Dusche im Haus, wo ich auf der Bank saß. Erics tropfnasses Gesicht schwebte nah vor meinem. Dichter Dampf kräuselte sich um uns herum, auf meine kalte Haut prasselte heißes Wasser herab. Ich hatte das Gefühl, gleichzeitig zu verbrennen und zu erfrieren, während meine Arme und Beine langsam auftauten.

»Maggie!« Ich streckte die Hand aus, um mich abzustützen. Meine Finger berührten Erics nackte Brust. Er trug nur eine Unterhose. Mein Blick wanderte an mir hinab. Ich hatte nur meinen BH und einen Slip an. Sofort hob ich die Arme, um mich zu bedecken.

Eric drehte das Wasser ab und schaltete die Dampffunktion der Dusche ein. Ich spürte, wie mich Hitze umhüllte, und er verschwand in den weißen Schwaden.

»Tut mir leid. Ich musste dich aus dem Neoprenanzug holen«, entschuldigte er sich. »Deine Lippen sind blau angelaufen.« Er drückte mir eines der großen Strandtücher in die Hände, dann ging er.

Ich wickelte mich darin ein. Mit der zunehmenden Wärme kam ich allmählich wieder zu klarem Verstand.

Die Edelstahlflasche stand neben mir auf der Bank. Ich schälte mich aus der nassen Unterwäsche und trocknete mich ab. Danach ging ich ins Schlafzimmer, schlüpfte in einen alten Jogginganzug, zog dicke Socken an und band mir das feuchte Haar zu einem Pferdeschwanz zusammen.

Eric trug einen von Wills Trainingsanzügen, als ich die Küche betrat.

»Hoffentlich macht's dir nichts aus. Ich hab was Warmes zum Anziehen gebraucht«, sagte er.

»Ist schon gut.«

»Willst du Kaffee? Etwas zu essen?«

»Ich bin nicht hungrig«, antwortete ich. »Aber ich nehme einen Kaffee mit reichlich Milch und Zucker.«

Ich stellte die Thermosflasche auf die Kücheninsel und ging zu den Fenstern. Mittlerweile war es vollständig dunkel geworden. Der Wind fegte heulend um das Haus, und ich hörte das Tosen der Wellen.

»Das war beängstigend. Die Rückkehr aus der Höhle. Hast du die Dünung gesehen?«, sagte Eric. Ich wandte mich vom Fenster ab und nickte. Beim Verlassen der Höhle hatte ich mich so ruhig gefühlt. Als hätten sich meine Emotionen abgeschaltet. Dieselbe professionelle Distanz wie bei der Arbeit hatte mich erfüllt. Ich kehrte zur Kücheninsel zurück. Eric zog sich einen Stuhl heran, und wir setzten uns, tranken Kaffee und starrten dabei auf die Flasche aus Metall.

»Du solltest sie einfach öffnen«, schlug er vor. »Zu warten, ändert nichts daran, was drin ist.«

Er hatte recht. Ich stellte den Kaffee ab und zog die Flasche zu mir. Eric reichte mir ein Geschirrtuch. Ich wischte Feuchtigkeit und Sand von der Thermosflasche ab, bevor ich am Verschluss drehte. Mit einem Ploppen und einem leisen Zischen löste er sich.

In der Flasche befand sich eine dicke, transparente Plastiktüte. Ich fasste hinein und zog sie heraus. Sie enthielt zwei weitere Plastiktüten. In einer der Kleineren sah ich gefaltetes Papier, in der anderen einen winzigen, in Frischhaltefolie eingewickelten USB-Stick. Ich riss die größere Tüte auf. Wieder verspürte ich nur distanzierte, professionelle Neugier, wie wenn ich Testergebnisse eines Patienten öffnete.

Erics Miene ließ sich schwer deuten.

»Was hast du gedacht, dass in der Flasche sein würde?«, fragte ich, während wir die beiden relativ unscheinbaren Gegenstände anstarrten.

»Keine Ahnung. Hab wohl auf einen Schatz gehofft. Diamanten und Gold«, erwiderte er. Sein sonst so gesunder Teint wirkte blutleer. Lag das noch an unserem eiskalten Tauchgang? Oder hatte er Angst?

Ich holte eine Schere aus der Schublade und schlitzte behutsam das dicke Plastik der Tüte mit dem gefalteten Papier auf. Es war so dick wie jenes, auf das Will seinen Brief geschrieben hatte. Wie sich herausstellte, handelte es sich um zwei Blätter. Als ich sie auseinanderfaltete, entpuppten sie sich als britische Sterbeurkunden, beide von Will unterzeichnet. Emotionen setzten ein, als ich erkannte, was ich vor mir hatte. Eine tiefe Beklommenheit kehrte zurück. Eric schwieg, während ich las. Nur der um das Haus heulende Wind sorgte für eine Geräuschkulisse.

»Diese Sterbeurkunden sind ... für dieselbe Person«, murmelte ich schließlich. »Für einen 53-jährigen Mann namens Jeffery Patrick.«

»Jeffery Patrick ...«, wiederholte Eric. Mir sagte der Name nichts. Und Eric schaute so verwirrt drein, wie ich mich fühlte.

Ich las die Einzelheiten erneut durch. »Als Registrierungsbezirk für beide Urkunden ist Westminster angegeben, als Verwaltungskreis der Großraum London ... Will hat sie vor sieben Jahren unterzeichnet, eine am 11. Juli 2012, die andere am 14. Juli 2012.«

»Wie kann es für eine Person zwei Sterbeurkunden geben?«, fragte Eric.

Ich stellte die beiden Dokumente nebeneinander auf die Arbeitsplatte.

»Eigentlich gar nicht. Name, Anschrift, Geburtsdatum und Sterbedatum sind identisch. Bei der ersten Urkunde ist als Todesursache ›Herzinfarkt – Lungenembolie‹. Die Zweite nennt dafür ›Ertrinken‹ mit Code PM2.«

»Was bedeutet Code PM2?«

»Dass eine Obduktion durchgeführt wurde, auf die verwiesen werden muss. Code PM2 kommt dann zum Tragen, wenn ein Todesfall verdächtig ist.«

»Und Will hat die Obduktion durchgeführt?«, hakte Eric nach. Er bombardierte mich mit Fragen, und ich brauchte Zeit, sie zu verarbeiten.

»Moment ... Das Dokument mit der Todesursache Ertrinken ist ein Original«, sagte ich und fühlte den Unterschied zwischen dem Papier mit Wasserzeichen und der Kopie. Ich rieb es zwischen den Fingern, verglich die beiden miteinander. »Die Sterbeurkunde mit Todesursache ›Herzinfarkt – Lungenembolie‹ ist eine Fotokopie.«

»Glaubst du das, oder weißt du es?«

»Eric. Ich sehe gerade genauso viel wie du. Hab ein bisschen Geduld.«

»Haben Will und du je über Patienten gesprochen?«

»Nein. Außerdem war er Gerichtsmediziner. Die haben keine Patienten ... Als solche gelten lebende Personen, die medizinisch behandelt werden.«

»Na schön, hat Will je über seine Toten gesprochen?«

»Der offizielle Begriff ist ›Leichnam‹.«

Eric verdrehte die Augen. »Okay. Hat Will je ...«

»Wenn Will einen bedeutenden oder ungewöhnlichen Fall hatte, dann hat er schon mal etwas davon erwähnt.«

Ich legte die beiden Sterbeurkunden auf den Tisch, bevor ich die andere kleine Plastiktüte ergriff. Ich schlitzte sie auf und stellte fest, dass sie neben dem winzigen USB-Stick einen gefalteten Zettel enthielt. Will hatte in sauberen Großbuchstaben darauf geschrieben:

MAGGIE – SCHLIESS DIESEN USB-STICK NICHT AN EINEN COMPUTER MIT INTERNETVERBINDUNG AN. LADE DEN INHALT OFFLINE HERUNTER!

KAPITEL 29

Ich holte meinen Laptop aus dem Koffer. Eric beobachtete, wie ich ihn in die Küche brachte, einschaltete und das WLAN deaktivierte. Meine Emotionen hatte ich wieder abgekapselt. Ich fühlte mich wie eine neutrale, unbeteiligte Zuschauerin.

Auf dem Desktop meines Computers befanden sich keine Dateien, er zeigte nur ein Foto der Terrasse. Ein Bild wie aus einem Paradies – die Sonne funkelnd auf blauem Meer, ein einsames Boot auf dem Wasser. *Was für eine Lüge,* dachte ich. Alles war eine Lüge. Mein Leben. Dieses Haus. Mir ging durch den Kopf, wie oft wir hergekommen waren und ich mich unbekümmert entspannt hatte. Und während all der Zeit hatte Will das bereits geplant gehabt.

»Bist du sicher, dass dein Internet aus ist? Nicht, dass am Ende irgendwas automatisch in die Cloud hochgeladen wird«, sagte Eric. Er war nervös und irritierte mich damit.

Ich schloss den winzigen USB-Stick an. Auf dem Desktop erschien ein Ordner. JP.FILES. Er enthielt eine Liste von insgesamt 109 PDF- und Fotodateien.

Ich klickte auf das erste von fünf JPEGs. Angezeigt wurde

der nackte Leichnam eines dünnen Mannes auf einem Seziertisch aus Edelstahl. Er schien Mitte fünfzig zu sein, obwohl es sich schwer abschätzen ließ. Anhand seiner eingefallenen Gesichtszüge vermutete ich, dass er seit mehreren Tagen tot war. Er hatte dunkles, dünnes Haar. Beim nächsten Foto handelte es sich um eine Nahaufnahme seines Gesichts. Ein Auge war zugeschwollen. Ich sah Verletzungen über der Braue und auf der linken Wange. Die gebrochene Nase war platt gedrückt. Die anderen Fotos dokumentierten Blutergüsse und Wunden an Brust und Rumpf. Eine weitere Nahaufnahme zeigte, dass die rechte Hand zerquetscht worden war. Auf dem letzten Bild sah man ein Identifikationsschild mit dem Namen Jeffery Patrick neben dem Kopf des Toten.

»Das ist der Kerl mit den zwei Sterbeurkunden?«, fragte Eric. Seine Stimme klang immer noch zittrig.

»Ja«, bestätigte ich. Dabei bemühte ich mich, ruhig zu bleiben. Warum hatte Will mir diese Fotos hinterlassen? Ich klickte auf die erste PDF-Datei. Sie enthielt den Scan eines Obduktionsberichts für Jeffery Patrick.

»Ein Sanitäter hat ihn tot in der Badewanne aufgefunden«, sagte ich, während ich las. »Er hatte eine beträchtliche Menge Wasser in der Lunge, ein klarer Hinweis darauf, dass er ertrunken ist. Außerdem hatte er drei gebrochene Rippen und Blutergüsse im Gesicht, was auf einen möglichen Kampf hindeutet. Und er war unter Wasser. Das muss den Ausschlag dafür gegeben haben, den Todesfall als PM2 einzustufen.«

»Ist er jetzt an einem Herzinfarkt gestorben oder ertrunken?«, fragte Eric.

Ich wandte mich wieder den beiden Sterbeurkunden auf dem Tisch zu. »Das Dokument mit der Todesursache

›Herzinfarkt – Lungenembolie‹ ist eine Kopie. Das andere ist ein Original. Was bedeuten könnte, dass es sich bei der kopierten Version um das aktenkundige Original handelt.«

»Wie meinst du das, aktenkundig?«

»Ich meine damit, dass es der offizielle Totenschein in den offiziellen Aufzeichnungen sein könnte.«

»Wie konnte Will zwei Sterbeurkunden unterschreiben?«, bohrte Eric nach. »Ich dachte, Änderungen an einem Totenschein müssen auf demselben Dokument vorgenommen werden.«

»Ist auch so.«

»Wer war dieser Jeffery Patrick?«.

»Gute Frage«, gab ich zurück. Ich war vorerst so konzentriert auf die Todesumstände gewesen, dass mir der Gedanke noch gar nicht gekommen war. Jeffery Patricks Beruf wurde auf beiden Sterbeurkunden als »Journalist« angegeben. Als ich ihn googeln wollte, wurde ich daran erinnert, dass ich die Internetverbindung ausgeschaltet hatte.

Ich wandte mich wieder den Dateien im Ordner auf dem Desktop zu. Beim Durchklicken sah ich Seiten mit nummerierten Kontoauszügen von ausländischen Banken mit mir unbekannten Namen. Und sie dokumentierten Transaktionen über stattliche Summen. In einer der Dateien stieß ich auf einen Nachruf aus dem *Observer*.

Jeffery Patrick, 53, ist an einem Herzinfarkt gestorben. Als ehemaliger Reporter des Guardian *hat er an vielen der spektakulärsten Ermittlungen der Zeitung mitgewirkt.*

1989 kam er als einer der jungen Reporter zum Guardian,, *die sich Recherchen über Korruption, Amtsgeheimnisse, rassistischen*

Organisationen, Waffenhandel und Justizirrtümern gewidmet haben.

Während einer Berichterstattung aus Frankreich hat er seine Frau kennengelernt, die Rechtsanwältin Lily Antunes. Seine Kollegen beschreiben ihn als »akribischen Journalisten, der nie in irgendeiner Weise egoistisch war und immer nach höchsten Standards recherchiert hat«.

Er hinterlässt Lily und seine Schwester Rebecca.

Jeffery Patrick, Journalist, geboren am 15. März 1959, verstorben am 7. Juli 2012.

»Bei der ersten Sterbeurkunde vom 11. Juli wird sein Tod als verdächtig eingestuft, laut der zweiten vom 14. Juli ist er an einem Herzinfarkt gestorben«, fasste Eric zusammen. »Heißt das ... Will hat den Totenschein geändert?«

Ich spürte, wie sich mir der Magen umdrehte. Schnell rannte ich zum Spülbecken, in das ich mich übergab. Es kam nur Kaffee hoch, sonst hatte ich nichts im Magen. Eine Weile blieb ich dort, hustete und würgte, während meine Augen tränten. Ich empfand unaussprechliches Entsetzen. Dann spürte ich Erics warme Hand auf der Schulter und war dankbar für seine Gegenwart. Er reichte mir einige Papiertücher, und ich wischte mir den Mund ab.

Dabei ging mir durch den Kopf, was man uns beim Studium über die Verantwortung von Medizinern eingetrichtert hatte. Eine ärztliche Diagnose stand über der Autorität eines Präsidenten oder Premierministers, eines Richters oder eines Polizeibeamten.

»Es ... es sieht so aus, als hätte Will ... eine zweite Sterbeurkunde ausgestellt«, sagte ich schließlich. Die Auswirkungen sickerten mir tiefer ins Bewusstsein. Abscheu stieg in mir auf. Solche Aufzeichnungen zu fälschen, widersprach allem, wofür ich als Ärztin stand.

»Maggie, wir kennen nicht die ganze Geschichte«, gab Eric zu bedenken. »Will könnte von jemandem dazu gezwungen worden sein. Was, wenn er keine andere Wahl hatte?«

»Und was ist mit mir? Warum hat er mir das hinterlassen?«

»Beruhige dich erst mal und sieh dir alles noch mal genau an.«

Ich schüttelte seine Hand von der Schulter ab und kehrte zum Laptop zurück. Auf dem Bildschirm befand sich unverändert der Nachruf auf Jeffery Patrick. Ich minimierte ihn und scrollte weiter, um zu sehen, ob es noch irgendwelche Zeitungsausschnitte gab. Nein. Nur weitere Kontoauszüge und einige Geschäftsunterlagen auf Russisch.

»Russland? Was könnte Will mit irgendetwas Russischem zu tun gehabt haben?«, kam von Eric. Ich ignorierte ihn. Weit unten in der Liste entdeckte ich eine Datei mit einer mir unbekannten Erweiterung – eine .txt-Datei. Sie enthielt einen vierseitigen Polizeibericht vom September 2011.

Er drehte sich um eine Razzia an einer Adresse in Knightsbridge im Zentrum von London. Die Polizei war um zwei Uhr morgens eingetroffen und hatte einen Mann namens Alexander Krusowitsch sowie zwei weitere Männer wegen Drogenhandels festgenommen. Das Haus wurde durchsucht und von der Spurensicherung durchkämmt. Dabei wurden Fingerabdrücke sichergestellt ... Es folgte eine Liste von Namen. Die meisten sagten mir nichts, doch einer, den ich kannte, stach daraus hervor:

DAISY DE COSTA.

Darunter stand ein Text:

Alle vor Ort gefundenen Fingerabdrücke wurden mit britischen und internationalen Datenbanken überprüft. Nicht alle registrierten Fingerabdrücke sind mit einem Strafregister oder einer Verhaftung verknüpft.

IWAN MOLOW, KARL CARTER und DAISY DE COSTA schienen in der Datenbank der Zoll- und Einwanderungsbehörde der USA auf, die bei der Einreise die Abdrücke aller ausländischen Personen erfasst.

Im Fall der vor Ort sichergestellten Fingerabdrücke der Abgeordneten DAISY DE COSTA sind sensible Ermittlungen erforderlich.

»Was hat Daisy De Costa damit zu tun?«, fragte Eric. Ich scrollte zurück durch die Kontoauszüge und Geschäftsunterlagen. Meine Kehle fühlte sich so trocken an, dass ich kaum schlucken konnte.

»Die Polizei hat bei einer Razzia im Haus eines hochkarätigen Drogendealers ihre Fingerabdrücke gefunden ... Das war 2011.«

»Davon hab ich nie etwas gehört«, sagte Eric.

»Nie von Daisy selbst oder nie in der Presse?«, fragte ich spitz.

»Weder noch.«

Ich massierte mir die Schläfen. Mein Verstand überschlug

sich dabei, all die unter diese Informationen gemischten Variablen auszusortieren. Unter dem Strich blieb übrig, dass sich Daisy De Costa an einem Tatort mit reichlich Drogen und Geld aufgehalten hatte. Daneben hatte ich den Tod eines Enthüllungsjournalisten, spezialisiert darauf, korrupte Politiker aufzudecken. Und die Tatsache, dass Will eine Obduktion und eine Sterbeurkunde gefälscht hatte.

Das Bindeglied zwischen allem schien Daisy De Costa zu sein.

KAPITEL 30

Ich brauchte einen Drink. Also öffnete ich die Flasche Chivas und schenkte für uns beide großzügig ein. Ich stürzte mein Glas hinunter, füllte es sofort auf und trank es noch einmal halb aus. Der hochprozentige Alkohol lief mir brennend die Kehle hinab. Ich ließ mich auf dem Sofa nieder. Der Wind heulte durch die Durchgänge um das Haus, Donner grollte und Regen prasselte in der Dunkelheit gegen die Fenster. Es juckte mich danach, online zu gehen, um mehr über Jeffery Patrick zu erfahren und etwaige Artikel im Zusammenhang mit diesen Dokumenten zu finden. Allerdings spukte mir Wills Warnung im Kopf herum, offline zu bleiben.

»Warum hat Will mir das hinterlassen?«, fragte ich. Der Whisky wärmte mich zwar, aber ich fühlte mich immer noch wütend und verängstigt.

Eric erwiderte zunächst nichts und kam zum Sofa herüber. Er setzte sich ans andere Ende und nippte an seinem Drink. »Könnte es sein, dass er diese Informationen als Versicherungspolice betrachtet hat?«, sagte er schließlich.

»Für wen? Wer kompromittierendes Wissen über Leute mit genug Macht besitzt, endet ...«

»Mit dem Lauf einer Waffe im Mund?«, sprach Eric für mich zu Ende. Die Worte klangen leicht gelallt. Er trank nicht besonders oft.

»Ja. Wie lautet dieses Sprichwort noch mal? ›Drei Menschen können ein Geheimnis bewahren, wenn zwei von ihnen tot sind.‹«

»Ich will nicht der Dritte sein«, sagte Eric. »Und ich will nicht, dass du die Zweite bist«, fügte er rasch hinzu.

»Daisy De Costa ist zu Wills Beerdigung gekommen. Mit einer bewaffneten Polizistin als Begleitschutz.«

»Hast du mit ihr geredet?«

»Mit Daisy oder der Polizistin?«, gab ich zurück, bevor ich in Gelächter ausbrach.

Es hallte wie das einer Wahnsinnigen durch den Raum.

Eric starrte mich an. »Was ist so komisch?«, fragte er.

»Keine Ahnung ... Daisy. Ich habe mit Daisy geredet. Sie schien nett zu sein. Beiläufig hat sie erwähnt, dass sie mit Will zur Schule gegangen ist. Sie hat gesagt, damals war sie eines der wenigen Mädchen an deiner vormals reinen Jungenschule. Und Will hätte ihr das Leben erleichtert.« Eric schüttelte den Kopf. »Was ist?«

»Das stimmt nicht. Ich meine, mich zu erinnern, dass es andersrum war. Sie hat die Jungen manipuliert und gegeneinander ausgespielt. Seit der Schule bin ich ihr einmal ... nein, zweimal begegnet. Einmal bei deiner Hochzeit. Und ich bin ihr ein paar Monate, bevor sie zur Abgeordneten gewählt wurde, in einem Pub über den Weg gelaufen.«

»Da war ich auch – es war das letzte Mal, dass ich sie vor der Totenwache gesehen habe«, sagte ich. Eric nickte.

»Was ist mit Will? Glaubst du, er hat sich öfter mit Daisy

getroffen?« Eric verlagerte sichtlich unbehaglich das Gewicht und starrte in seinen Drink. Als ich den Ausdruck in seinem Gesicht bemerkte, zogen sich meine Eingeweide zusammen. »Was? Raus damit.«

Eric nahm einen kräftigen Schluck Whisky, schluckte ihn runter und unterdrückte ein Husten. »Eigentlich wollte ich dir das nie erzählen. Es hat ein weiteres Mal gegeben. Ich hatte es verdrängt.«

»Ein weiteres Mal was?«

»Eine weitere Begegnung vor ein paar Jahren. Damals waren Will und ich in einem Mitgliederclub in Soho. Da sind wir Daisy über den Weg gelaufen. Aber sie wollte gerade gehen, also haben wir uns nur kurz begrüßt, und das war's. Ein paar Stunden später sind Will und ich aufgebrochen. Wir wollten in unterschiedliche Richtungen. Ich hab mir ein Taxi gerufen, Will hat gesagt, er würde zu Fuß gehen. Mein Taxi ist losgefahren, musste aber wegen einem Unfall in der Nähe von Piccadilly umkehren. Da habe ich Will und Daisy zusammen gesehen.«

»Sie zusammen gesehen? Wo?« Ich spürte, wie mein Herz zu rasen begann.

»Sie haben auf der anderen Straßenseite gestanden, nicht weit von der Stelle vor dem Club, wo ich mich von Will verabschiedet hatte. Ein Taxi ist rangefahren, und ... und sie sind eingestiegen. Zusammen.«

»Haben sie dich bemerkt?«

»Nein.«

»Hast du zu Will etwas darüber gesagt?«

Eric seufzte. »Nein. Ich hab's mir so erklärt, dass Daisys Taxi vielleicht nicht aufgetaucht ist, er sie zufällig getroffen hat und die beiden vereinbart haben, sich ein Taxi zu teilen«, meinte er lahm.

»Hast du nicht gesagt, sie hat den Club verlassen, als ihr beide angekommen seid?«

»Ja.«

»Und ihr seid erst nach ein paar Stunden von dort weg?«

»Ja.«

»Wie war ihre Körpersprache, als du sie gesehen hast?«

Wieder seufzte Eric. »Das war vor langer Zeit. Und ich hab sie nur flüchtig im Vorbeifahren gesehen. Wie einen Schnappschuss.«

»Komm schon, Eric. Woran erinnerst du dich aus dem Schnappschuss? Hatte Will den Arm um Daisy? Hat er ihr beim Einsteigen geholfen? Haben Sie gelacht? Haben sie – oder er – schuldbewusst gewirkt?«

»Er hat Daisy zuerst einsteigen lassen. Eine Hand hatte er an ihrem Kreuz. Sie haben gelacht oder zumindest gelächelt.«

»Warst du überrascht, sie zusammen zu sehen?«

»Natürlich!«

Ich musterte seine gequälte Miene.

»Wann war das?«, fragte ich.

»Ein paar Wochen vor den Olympischen Spielen ... im Juni 2012 ...«

»Also vor etwas mehr als sechs Jahren«, steuerte ich bei.

Eric fuhr sich zerknirscht mit einer Hand durchs feuchte Haar. »Hätte ich es dir sagen sollen? Was hätte das gebracht? Es könnte völlig harmlos gewesen sein. Wie gesagt, ich hatte ja nur eine flüchtige Momentaufnahme.«

Ich dachte an die Thermosflasche und die Obduktionsfotos auf meinem Laptop. An den toten Jeffery Patrick mit dem misshandelten Gesicht. Und an die Totenwache. An Daisys freundliche Besorgnis. An ihre Komplimente. Daran, wie sie tröstend die Hände auf meine gelegt hatte. An ihre Einladung, das Parlament zu besuchen. Dann dachte ich an Diane, die in einem Krankenhausbett lag. Daran, wie ich beinah im Swimmingpool ertrunken wäre. An den Eindringling im Haus.

Wie passt das alles zusammen?

Ich leerte den Rest meines Whiskys und trat ans Fenster. Der Raum spiegelte sich darin. Sämtliche Lichter waren an. Von draußen mussten wir schillern wie ein Leuchtfeuer. Das Gefühl, beobachtet zu werden, verstärkte sich. Ich ging zur Haussteuerung und schaltete die Lichter aus, ließ nur eine kleine Lampe neben dem Fernseher an.

Danach schenkte ich mir einen weiteren Whisky ein und füllte Erics Glas auf.

»Was, wenn Will keine Wahl hatte?«, brach er schließlich das Schweigen.

Ich setzte mich neben ihn. »Man hat immer eine Wahl. Wer Mediziner wird, legt den Eid ab, niemandem zu schaden.«

»Ist ein Eid nicht ein etwas überholtes Konzept?«

»Nein! Ein Eid gehört zu jedem Gerichtsverfahren. Im Zeugenstand steht man unter Eid. Für einen Meineid kann man sogar im Knast landen.«

»Schon richtig, Mags. Aber das ist ein rechtlicher Aspekt. Ist ein Eid in der Medizin nicht eher ein Versprechen, so was wie eine moralische Verpflichtung? Es verstößt gegen kein Gesetz, ein Versprechen zu brechen.«

Seine Worte trafen mich heftig.

»Der Eid, den *ich* abgelegt habe, ist mehr als ein Versprechen. Für mich ist er der Gradmesser der Ausübung meines Berufs. Mein moralischer Kodex, der direkt mit meinen rechtlichen Verpflichtungen verknüpft ist.« Ich hörte selbst, wie verzweifelt rechtfertigend ich klang. »Auch Will ist nicht Mediziner geworden, um sich korrupt zu bereichern«, fügte ich hinzu.

»Natürlich nicht«, sagte Eric. Allerdings schien er nicht allzu überzeugt zu sein. »Irgendwas muss passiert sein, Mags. Etwas, von dem wir nichts wissen.« Ein Blitz erhellte den Raum, als er sich vorbeugte und sein leeres Glas abstellte. »Hat Will ungefähr zu dem Zeitpunkt entschieden, als Mediziner aufzuhören? Als dieser Journalist gestorben ist, Jeffery Patrick?«

»Ja.«

»Ist es über Nacht passiert? Wann hat er den Entschluss gefasst?«

Darüber musste ich kurz nachdenken. Der Alkohol vernebelte meine Gedanken.

»Das war Ende August ... 2012. Wir waren im Urlaub auf Santorin. Er hat es mir beim Essen an unserem letzten Abend im Hotel gesagt.«

»Hat er dir da mitgeteilt, dass er aus der Medizin aussteigen will? Oder hat er dir zum ersten Mal gestanden, dass er unglücklich ist und kündigen will?«

»Unglücklich war er davor schon länger. Hat er mit dir darüber gesprochen?«

»Ein wenig. Nur hätte ich nie gedacht, dass er deswegen endgültig aufhören würde. Vor allem, weil Medizin bei ihm ja eine Familienangelegenheit war.«

»Für ihn ist es nie dieselbe Leidenschaft wie für mich gewesen. Manchmal hat er scherzhaft gemeint, es wäre ein Familienleiden wie die Ruhr. Will ist seinem Beruf nachgegangen, hat ihn aber nie mit nach Hause genommen. Im Gegensatz zu mir. Ärztin zu sein, ist ein fester Bestandteil von mir. Ich könnte mir nichts anderes vorstellen.«

»Was würdest du tun, wenn dich jemand auffordert, eine Sterbeurkunde zu fälschen?«

»Ich würde mich weigern.«

»Und wenn du den Luxus nicht hättest? Was, wenn du nicht ablehnen könntest?«, stellte Eric zur Diskussion.

»Ich kann mir nicht vorstellen, wie ich in eine solche Lage geraten könnte.«

»Aber Will könnte es passiert sein. Willst du nicht an seine Unschuld glauben?«

Ich zögerte. Nein. Das konnte ich nicht. In meinen Augen war falsch, was er getan hatte. Unentschuldbar. Bösartig. Und mit seiner Hinterlassenschaft versuchte Will auch nicht, mich aus dem Grab heraus zu schützen. Er bürdete mir vielmehr seine dreckige Sünde auf.

Eine längere Stille trat ein. Ich erschlaffte und bettete den Kopf auf die Rückenlehne des Sofas. Eric stand auf und streckte sich. Er ging zur Lampe am Fernseher und schaltete sie aus. Dunkelheit hielt Einzug. Draußen tobte weiter der Sturm, und ich spürte, wie mein Herz heftig in der Brust pochte. In mir wuchs meine Wut auf Will. Als ein Blitz über den Himmel zuckte, setzte sich Eric wieder aufs Sofa. Das Licht erfasste ihn dabei wie beim Knipsen eines Fotos. Dann umhüllte uns wieder Dunkelheit. Ich spürte, wie er sich auf dem Sofa rührte und näher rückte. In seinem Atem roch ich den Whisky. Langsam bewegte ich ihm das Gesicht zu. Als es abermals blitzte, befanden wir uns nur noch Zentimeter voneinander entfernt. Seine strahlend blauen Augen blickten tief in meine.

Die Dunkelheit kehrte zurück, und plötzlich verstummte das Unwetter. Ich hörte unsere schnelle, flache Atmung. Ohne darüber nachzudenken, beugte ich mich vor und drückte den Mund auf seinen. Eric reagierte prompt, indem er mich an sich zog.

Jähes, unkontrollierbares Verlangen überkam mich. Ich schob die Hand unter sein – Wills – Oberteil und spürte die warme, straffe Haut seiner Bauchmuskeln. Er packte mein Oberteil am Saum, und ich streckte die Arme hoch, damit er es mir über den Kopf ziehen konnte. Ich trug keinen BH. Als er sich wieder zu mir beugte und mich küsste, legte er die Hände auf meine Brüste. Rasch zerrten wir uns die restliche Kleidung von den Körpern, bis wir splitternackt waren. Ich spreizte die Schenkel, und er senkte sich auf mich. Bevor ich darüber nachdenken konnte, was vor sich ging, spürte ich seine Erektion in mir, schlang die Beine um seinen Rücken, drückte ihn tiefer in mich und rieb mich an ihm, während er zunehmend schneller in mich stieß.

Ich verlor mich in Erregung und Lust, während draußen Donner und Blitze tobten. Die letzten Wochen hatte ich getrauert, ständig die Vergangenheit erneut durchlebt und mich vor der Zukunft gefürchtet. Völlig im Moment aufzugehen und pure Ekstase zu empfinden, war befreiend.

Schweißgebadet kamen wir zusammen. Danach klammerte ich mich weiter an Eric fest, während er auf mir lag. Ich wollte nicht, dass der Augenblick endete, wollte in den Gefühlen verharren, die mich durchströmten. Aber als sich unsere Atmung allmählich verlangsamte und wir wieder zur Vernunft kamen, lockerte ich den Griff um ihn. Ein Schauder durchlief mich, und wir lösten uns voneinander. Eric rückte zur anderen Seite des Sofas.

Dann saßen wir auf den gegenüberliegenden Enden da. Schweigend. Als es draußen neuerlich blitzte, sah ich, wie Eric nach seiner Trainingshose suchte. Er zog sie an. Als die Stille peinlich wurde, tastete ich am Boden nach meinen

Sachen, konnte sie jedoch nicht finden. Stattdessen spürte ich an der Schulter die große Strickdecke auf der Armlehne und schlang sie um mich.

»Bin gleich zurück«, murmelte ich, stand auf und eilte über den kalten Steinboden zur Gästetoilette. Ich verriegelte die Türen und schaltete das Licht ein.

Bin gleich zurück?, schien eine Stimme hinter mir zu sagen. Ich schaute in den Spiegel. Meine Mutter saß auf der Kante der Badewanne und rauchte eine Zigarette.

KAPITEL 31

Ich schloss fest die Augen. Seit Tagen hatte ich nicht vernünftig gegessen und richtig geschlafen ... Ich hatte intensive Emotionen erlebt ... Und ich hatte eine Menge Whisky intus. In beeinträchtigter mentaler Verfassung konnte man halluzinieren und sich alles Mögliche einbilden. Auch seine tote Mutter.

Ich drehte mich um und öffnete die Lider. Niemand da. Als ich wieder nach vorn in den Spiegel blickte, sah ich immer noch Ma darin.

»Geht's dir gut, Maggie-May?«, fragte sie.

Abermals schaute ich hinter mich, wo sich niemand befand, und zurück zum Spiegel. Darin saß sie mit der Zigarette unverändert auf der Kante der Badewanne. Sie trug das gleiche smaragdgrüne Kleid wie bei meiner Hochzeit. Um die Ärmel und am Saum wies es zarte Goldstickereien auf, die zu ihrem Goldschmuck passten und einen Kontrast mit ihrer sonnengebräunten Haut bildeten. Das dunkle Haar hing ihr offen über die Schultern. Sie nahm einen Zug von der Zigarette und blies Qualm in meine Richtung. Ich sah ihn im Spiegel, aber nicht vor mir. Wieder schloss ich die Augen. Ich durfte nicht überschnappen.

»Du bist nicht real«, sagte ich und ließ die Lider geschlossen. Ich konnte den Rauch ihrer Zigarette riechen. Marlboro 100's – die extra-langen. Auch ihr Parfüm nahm ich wahr, Ma Griffe. Die Erscheinung konnte nur eine Halluzination sein.

»Die ist nicht real«, wiederholte ich und umklammerte den Rand des Waschbeckens.

»He. Wen nennst du hier *die?* ›Die‹ ist ...«

»... mein Unterrock, und der hängt im Schrank«, beendete ich den Spruch zusammen mit ihr. Ich schlug die Augen wieder auf. Sie erhob sich, rückte ihr Kleid zurecht und kam zu mir herüber. Ihre Schuhe schrammten dabei über den Badezimmerboden. Als sie mir die Hand auf die Schulter legte, spürte ich sie. Eine echte, warme Hand.

»Ich dachte mir, du brauchst vielleicht ein bisschen Zuspruch, Mags«, sagte meine Mutter. Sie nahm einen weiteren Zug, spitzte die Lippen und pustete den Rauch nach oben aus.

»Ich habe eine visuelle, taktile und olfaktorische Halluzination.«

»Was zum Geier heißt ›olfaktorisch‹?«, fragte Ma.

»Den Geruchssinn betreffend. Ich kann den Qualm riechen.«

»Ich darf hier rauchen. Hier sind nirgends Verbotsschilder, und ich hab mich beim Concierge erkundigt.«

»Du bist nicht echt, also ist auch der Rauch nicht echt. Und wen meinst du mit dem Concierge?«

Ma lächelte und nahm einen weiteren Zug. Sie ging zurück zur Wanne, strich mit den Fingern über das Porzellan und betrachtete die Marmorwände. »Den netten jungen Burschen unten mit der engen Hose. Dieses Badezimmer hier ist genau wie das im Albany House.«

Ich folgte ihrem Blick. Tatsächlich hatte ich ein Badezimmer wie im Albany House in Chiswick im Westen Londons gewollt, wo Will und ich unseren Hochzeitsempfang hatten. Insgesamt gab es dort sechsunddreißig Zimmer, und die Flitterwochen-Suite besaß ein wunderschönes Bad, das genau wie dieses aussah.

»Ja. Will hat sich vom Albany House inspirieren lassen, als er das Haus hier gebaut hat«, sagte ich.

»*Inspirieren lassen?* Klingt nach 'ner hochgestochenen Umschreibung für *kopiert*.«

Ich betrachtete mich im Spiegel. Ließen mich die Informationen aus der Thermosflasche durchdrehen? War in meinem Hirn der Schalter zum Wahnsinn umgelegt worden?

»Keine Sorge, Maggie-May. Ich bin nur eine Projektion aus der Vergangenheit.«

»Natürlich bist du das.«

Ma blickte an sich hinab und justierte die goldene Stola, die ihr von der Schulter gerutscht war.

»Ich bin noch bei deiner Hochzeit«, sagte sie. Im Spiegel schnippte sie den Zigarettenstummel in Richtung der Toilette und traf ins Schwarze. Zischend landete sie in der Schüssel.

»Wie meinst du das?«

»Ich bin bei deiner Hochzeitsfeier. Als du den Kuchen angeschnitten hast, hatte ich so eine merkwürdige Vorahnung. Ich musste rauf zur Flitterwochen-Suite und auf die Toilette ... Der Concierge mit der knappen Hose hat mir den Weg gezeigt. Und hier bin ich.« Aus einer Schachtel in ihrer Tasche zündete sie sich eine weitere lange Zigarette an. Das klang eindeutig nach meiner Mutter. Sie hatte sich immer für Geister, Spukerscheinungen, Kornkreise und alles Übernatürliche interessiert. Und sie hatte auf Männer in knappen Hosen gestanden. »Ich hab hier drin jemanden gehört und dich angetroffen. Im Augenblick sind wir also am selben Ort.«

»Ein sanitäres Zeitportal?«, fragte ich.

Lächelnd verdrehte sie die Augen. »Hör auf, überall Logik reinbringen zu wollen. Du bist immer so vernunftgesteuert gewesen. Glaub mir einfach.«

»Du fehlst mir. So sehr.« Plötzlich hatte ich bei ihrem Anblick, der so echt wirkte, Tränen in den Augen.

»Ich bin immer an deiner Seite, Maggie-May. Bis jetzt hast du mich bloß nie gesehen.« Sie kam näher und legte mir die Hand an den Kopf. Sanft strich sie mir das Haar glatt und wischte mir mit dem Daumen eine Träne von der Wange. Ihre Berührung fühlte sich real an. Aus der Nähe schimmerten ihre sonnengebräunte Haut und ihr schwarzes Haar, als wäre sie leicht verschwommen. »Du siehst wie ausgekotzt aus«, teilte sie mir mit.

»Danke. Hab gerade meinen Ehemann verloren. Und etwas Schreckliches über ihn herausgefunden. Und ich trauere.«

Lächelnd zog sie eine Augenbraue hoch. »Und der Rest? War dieser Eric gut?«

»Ma!«

»Will ist tot. Wer will dir einen Vorwurf daraus machen, dass du dich nach ein bisschen Gesellschaft sehnst? Tote kann man nicht betrügen.«

»Er war Wills bester Freund.« Im Spiegel legte sie mir einen Finger auf die Lippen – oder doch nicht nur im

Spiegel? Mich faszinierte, wie echt sie sich für mich anfühlte. »Weißt du, was passiert ist?«

»Ja.«

»Will hat mich hintergangen. Er hat dabei geholfen, den Mord an einem Mann zu vertuschen. Und jetzt hat er alles mir hinterlassen. Keine Ahnung, was ich tun soll.«

Ma zuckte mit den Schultern. »Schatz, ich hab nicht alle Antworten. Ich bin kein Geist, sondern eine Projektion.«

»Was würdest du tun?«

Sie verzog das Gesicht. »Willst du das wirklich wissen? Ich würde sämtliche Beweise verbrennen. Dann würde ich in Kroatien alles verkaufen und mich mit dem Zaster irgendwohin absetzen, wo niemand an mich rankommt. In Marokko oder Indien, wo man günstig lebt und immer die Sonne scheint, könntest du ein ziemlich schönes Leben führen. Und falls ich in alle Ewigkeit an deiner Seite sein werde, würde ich mich auch über 'ne warme, exotische Umgebung freuen.«

Eine Träne kullerte mir über die Wange. Wieder hob sie die Hand und streichelte mir wie früher, als ich klein war, übers Haar. Könnte ich das? Alles verbrennen und mich absetzen? Nein. Immerhin war ein Mann gestorben. Zwei Männer, wenn man Will mitzählte. Hinzu kam Diane, die schwer verletzt im Krankenhaus lag.

»Das kann ich nicht, Ma. Es wäre falsch.«

Sie seufzte. »Ja. Und du wirst das Richtige tun, Maggie-May, nicht wahr? Du tust immer das Richtige.« Ich nickte und erkannte die Unvermeidlichkeit meiner Lage. Sie legte mir die Hände unters Kinn und hielt mein Gesicht fest. »Du hättest dir mehr Mühe dabei geben sollen, George zu finden.«

»Ich hab's ja versucht.«

»Nein, hast du nicht wirklich.«

»Als ich ihn zuletzt gesehen habe, hatten wir diesen heftigen Streit. Er hat gesagt, er wäre fertig mit mir. Ich hab danach seine Telefonnummer gelöscht.«

»Und du hast gesagt, du willst ihn nie wiedersehen.«

Ich nickte. »Er weiß, wo ich wohne – er hätte auch Verbindung mir aufnehmen können. Hat er aber nicht.«

Sie schüttelte den Kopf, »Finde ihn. Streng dich mehr an. Versprich mir, dass du ihn findest.«

»Alles, was mir eingefallen ist, habe ich schon versucht. Ich hab in den Pubs nachgefragt, und auf den zwei Campingplätzen, auf denen wir gewohnt haben. Niemand weiß, wo er steckt. Ich glaube auch nicht, dass er mich sehen will. Er hat mich nie angerufen.«

Vehement schüttelte sie den Kopf. »Versprich mir, intensiver zu suchen.«

»Na schön. Versprochen.« Während sie mein Gesicht in den Händen hielt, roch ich Alkohol in ihrem Atem. Ich sah die kleine Krümmung im Rücken ihrer Nase, die ihr einst ein Polizist in Greenham Common gebrochen hatte. Alles wirkte so real.

»Du schaffst das schon, Maggie-May, aber du musst kämpfen. Erst kämpfen, und dann so schnell wie möglich flüchten. Hörst du? Und du musst vor Eric auf der Hut sein. Er ist dein Weg von dieser Insel, trotzdem musst du vor ihm auf der Hut sein. Lass dich nicht noch einmal von deinen Emotionen blenden.«

»Kann ich Eric vertrauen?«, fragte ich. Ma löste die Hände von mir, und ich konnte beobachten, wie sie verblasste. Sie nahm ihren Bernsteinring ab, den sie mir nach ihrem Tod hinterlassen hatte, beugte sich vor und legte ihn neben das Waschbecken.

Ein plötzlicher Donnerschlag zerriss die Stille. Dann verschwand sie, und mit ihr der Geruch ihres Parfüms und der Zigarettenrauch.

Draußen hörte ich ein Krachen, gefolgt von einem Aufschrei, und unter der Badezimmertür fegte ein heftiger Windstoß herein.

KAPITEL 32

Als ich die Tür öffnete, wehte ein feiner Sprühregen in den Korridor. Ich eilte ins Wohnzimmer und sah, dass die Vordertür weit offen stand. Als ein Blitz über den Himmel zuckte, erkannte ich, dass Eric verschwunden war. Die Küche und das Wohnzimmer waren menschenleer.

Eisige Kälte ließ mich spüren, dass ich unter der Decke nackt war. Über dem Lärm des Winds und des Regens draußen hörte ich leise einen weiteren Schrei. Ich hastete in die Küche und griff mir ein Messer aus dem Holzblock.

Als das Donnergrollen endete, blieb nur das laute Prasseln der Tropfen auf den Beton vor der Tür. Ich erschrak, als Eric triefnass am Eingang erschien, in einer Hand eine Taschenlampe, in der anderen ein großes Fleischerbeil aus der Küchenschublade.

»Da draußen im Gang war jemand!«, rief er mit wirrem, verängstigtem Blick.

Die Vordertür schwang ein Stück zu, bevor der Wind sie wieder nach außen wehte und gegen die Steinwand im Durchgang krachen ließ.

»Mach die Tür zu«, sagte ich. Mit dem Fleischerbeil im Anschlag streckte Eric die Hand aus und schwang sie zu. »Zieh die Bücherregale davor.« Er kam der Aufforderung nach, und ich keilte erneut einige Bücher unter den Türgriff. Als der grelle Strahl der Taschenlampe meine Augen erfasste, zuckte ich zusammen. Er schaltete sie aus, und ich machte die Deckenbeleuchtung an. »Woher hast du bei geschlossener Tür gewusst, dass draußen jemand war?«

»Ich hab einen Schrei und Schritte gehört«, antwortete Eric. Er sah zutiefst erschüttert aus. »Ich habe mir das hier geschnappt ...« Als ihm bewusst wurde, dass er das Fleischerbeil immer noch umklammerte, legte er es auf das niedrige Bücherregal. »... und bin damit rausgegangen. Auf der Treppe war jemand.«

»Wie hat der Eindringling ausgesehen?«

»Keine Ahnung. Er war weit oben auf den Stufen. Konnte nur einen flüchtigen Eindruck erhaschen. Umrisse. Jedenfalls hatte er eine Schusswaffe.«

»Was für eine?«

»Weiß ich nicht. Ich verstehe nichts von Waffen, Maggie.«

»War es eine Pistole oder ein Gewehr?«

»Äh ... Das Ding war lang, und er hat es über der Schulter getragen. Also ein Gewehr.«

»Hat der Mann dich gesehen?«

»Keine Ahnung ... Ja. Doch. Hat er, weil er die Stufen raufgerannt ist, als ich die Tür aufgemacht habe.«

»Und du bist sicher, dass du sein Gesicht nicht gesehen hast?«

»Ja! Ich bin ihm nach oben gefolgt, aber er war ziemlich schnell. Als ich ihm hinterherrennen wollte, bin ich im Schlamm ausgerutscht. Und bis ich mich aufgerappelt hatte, war er unten am Tor verschwunden.« Mir fiel der Dreck seitlich an seiner Trainingshose und an der Schulter des Oberteils auf. Mit kalkweißem Gesicht sah er mich an. Seine Hände zitterten. »Ich hätte ihm weiter folgen sollen.«

»Nein. Dabei hättest du draufgehen können. Das ist der Unterschied zwischen Frauen und Männern. Frauen bleiben drinnen und verbarrikadieren die Türen, Männer versuchen, die Helden zu spielen.«

Ohne auf seinen Protest zu achten, ging ich zur Steuerung der Alarmanlage. Ich rief die sechs Bilder der Überwachungskameras auf.

»Was glaubst du, wer es war?«, fragte Eric.

»Ich hoffe, die Kameras haben ihn erwischt.« Als ich die Aufzeichnung vom Zufahrtstor gefunden hatte, spulte ich die letzten zehn Minuten im Schnellrücklauf zurück. Nichts – das Tor blieb unverändert geschlossen, auf dem Streifen der Straße, den man erkennen konnte, zeigte sich niemand.

»Hast du gesagt, er ist zum Tor gerannt, als du ausgerutscht bist?«

»Er ist den Hang hinunter in die Richtung geflüchtet.«

»Tja, es ist ihm gelungen, der Überwachungskamera auszuweichen.« Ich wechselte zur Aufzeichnung der Kamera im Durchgang draußen. Wieder spulte im schnell zurück. Zunächst war der Durchgang verwaist. Dann sah ich unten auf der Treppe ein Paar Füße auftauchen, bevor abrupt zwei Beine in den Gang ragten. Ich spielte die Aufzeichnung mit Normalgeschwindigkeit ab. Nur Sekunden nach dem Erscheinen der Beine öffnete sich die Eingangstür, und Eric stürmte mit dem Fleischerbeil nach draußen. Die Beine setzten sich in Bewegung. Ich erhaschte den flüchtigen Eindruck einer Gestalt von hinten, die sich aufrappelte und zurück die Treppe hinauf verschwand.

»Da ist er aufgestanden. Er muss die Stufen runtergefallen sein und dabei aufgeschrien haben«, kommentierte Eric.

»Die Überwachungskameras zeichnen keinen Ton auf«, merkte ich an und spulte frustriert zurück. Man konnte nur Beine sehen.

»Er hatte eine Schusswaffe, ein Gewehr. Was hat ein Mann vor, der mit einem Gewehr die Treppe herunterschleicht?«, fragte Eric.

»Was auch immer es gewesen sein mag, du hast ihn verscheucht.«

»Das ist beschissen, Maggie. *Beschissen.*«

Damit ging Eric in die Küche und sammelte seine Kleider ein. Er leerte seinen Rucksack.

»Was hast du vor?«

»Wonach sieht's denn aus? Ich verschwinde. Zurück nach London. Das ist mir zu beschissen.« .

»Ach, meinst du echt, Eric?«, gab ich mit anschwellender Stimme zurück. Er erwiderte nichts. Stattdessen wuchtete er seinen Rucksack auf die Arbeitsplatte und fing an, seine Kleidung zu falten. Ich sah mich im Haus um. Bis die Fähre vom Festland kommen würde, dauerte es noch vier Tage.

»Keine Ahnung, in was genau Will verstrickt war, aber ...« Er verstummte und begann, die saubere Unterwäsche zusammenzulegen, die er mitgebracht hatte. Irgendetwas daran war lächerlich – einerseits flüchtete er um sein Leben, andererseits nahm er sich die Zeit, ordentlich seine Shorts zu falten.

»Du weißt, was er getan hat. Du findest bloß, es ist nicht dein Problem.«

»Nein! Ich finde, es ist nicht mein Problem, und es muss auch nicht deines sein, Maggie.«

»Was soll ich denn tun? Weitermachen, als wäre nichts

gewesen?« Er erwiderte nichts. »Wie willst du zurück nach London?«

»Mit dem Boot natürlich. Aber wär's für dich nicht besser zu fliegen?«, fügte er schnell hinzu.

»Besser für dich oder mich?« Er schnallte seinen Rucksack zu. »Jemand hat Will wegen dieser Informationen umgebracht, Eric. Und wir haben sie beide gesehen.« Er griff sich sein Funkgerät und schaltete es ein. Nach einem Piepton leuchtete das kleine LED-Display auf. Er vergewisserte sich, dass es einwandfrei funktionierte, dann schaltete er es wieder aus. Seine Hände zitterten sichtlich.

»Ist für mich Platz auf dem Boot?« Er zögerte. »Eric? Herrgott noch mal.«

»Ja! Klar ist für dich Platz auf dem Boot.«

»Wolltest du mich hier zurücklassen?«

Er schloss die Augen und atmete tief durch. »Nein. Ich hab nur ... Panik gekriegt.«

Ich zog die Decke enger um mich. In meinem Kopf ertönten die Worte meiner Mutter. *Sei vor Eric auf der Hut.* Ich verdrängte die Erinnerung an die Halluzination. Und mehr war es nicht gewesen – nur eine Halluzination. Ich lief auf Reserve und musste mich zusammenreißen. Eric war ein erfahrener Segler. Er verkörperte meine sicherste Möglichkeit, die Insel zu verlassen.

»Wie lange dauert es, von hier wegzukommen? Weg aus dem Sturm und irgendwohin, wo es sicher ist?«

Er holte eine der eselsohrigen Karten aus seinem Rucksack, und ich räumte Platz auf der Kücheninsel frei.

»Je nach Windgeschwindigkeit schafft die *Dionysius* zwischen vierzig und sechzig Knoten.«

»Wie viel ist das in Stundenkilometern?«

»Siebzig bis hundertzehn. Im Schnitt ungefähr achtzig. Bei dem Wetter vielleicht auch mehr.«

»Wie lange würde die Fahrt zurück nach England dauern?«

»Mit wenig Schlaf zweieinhalb, drei Tage«, antwortete Eric. »Ich hatte den Kurs schon geplant, überprüfe ihn aber vor dem Aufbruch mit dem aktuellen Wetter immer noch mal und passe ihn an.«

»Musst du den Behörden mitteilen, wie viele Passagiere du an Bord hast?«

Er schaute von der Karte auf. »Bei dir klingt es, als würde ich dich auf mein Boot schmuggeln.«

»Nein. Ich will nur wissen, wie das funktioniert.«

»Ich muss nicht mitteilen, wen ich an Bord habe. Natürlich muss man immer den Reisepass bei der Einreise vorzeigen.«

»Und wo wäre das in England?«

»Southampton. Mags, was hast du vor?«

»Ich will nach Hause und das alles aufdecken«, erwiderte ich und deutete auf den Laptop mit dem USB-Stick und die Sterbeurkunden am Tisch.

»Und meinst du, das kannst du, bevor noch jemand versucht, dich zum Schweigen zu bringen?«, fragte Eric. Ich fand die Äußerung erschreckend pessimistisch. Rückgratlos und verschlagen.

»Du brauchst mich nur nach Hause zu schaffen. Sonst verlange ich nichts von dir.«

Ein schuldbewusster Ausdruck huschte über seine Züge. »Du solltest dein Handy hier lassen. Ich hab mein Satellitentelefon und das Funkgerät. Damit habe ich überall auf der Welt Empfang.«

Das Satellitentelefon bestand aus einem klobigen,

gummierten Handteil mit einer kleinen, dicken, schwenkbar gelagerten Antenne.

»Wann hast du das Gerät zuletzt benutzt?«, fragte ich.

»Als ich dich vor der Ankunft mit der *Dionysius* angerufen habe.«

»Hast du irgendjemandem erzählt, dass du herkommen würdest?«

»Bei der italienischen Küstenwache musste ich es melden. Dort habe ich aber nur den Namen der Insel angegeben.«

Eric ließ die Schultern hängen. Seine Unterlippe bebte. Seine Augen wurden feucht. Eine Träne löste sich und lief ihm über die Wange.

»Bitte, Eric. Du darfst mir jetzt nicht einknicken. Sei für mich stark.«

Eric holte tief Luft, wischte sich über die Augen, strich das lange Haar zurück und band es mit einem Gummi von seinem Handgelenk zusammen. Er schien sich zu fokussieren.

»Okay. Wenn wir verschwinden wollen, sollten wir uns beeilen. In der nächsten halben Stunde setzt der Gezeitenwechsel ein. Wir können die Ebbe nutzen, um uns weiter ins offene Meer tragen zu lassen.«

Ich warf einen Blick auf die Armbanduhr. Es ging auf Mitternacht zu. Wer auch immer der Unbekannte mit der Waffe war, er könnte zurückkommen.

»Was, wenn die See zu rau ist? Die Polizeiküstenwache konnte mit dem Boot nicht landen«, sagte ich.

»Wir haben den Vorteil, dass die *Dionysius* draußen in der Bucht ankert. Mit dem Schlauchboot können wir leichter manövrieren. Und ich bin ein verdammt guter Seemann.«

Er lächelte, und ich hatte das Gefühl, ihn wieder auf meiner Seite zu haben.

KAPITEL 33

Ich packte meinen Laptop, die Thermosflasche und das Seefunkgerät von der *Dionysius* in einen kleinen wasserdichten Rucksack. Außerdem nahm ich die getürkte Konservendose mit den elftausend Euro mit. Da die Dose wasserfest war, steckte ich in sie auch mein restliches Bargeld und den Reisepass. Unwillkürlich fragte ich mich, was aus uns werden würde.

Als Ärztin zielte ich stets auf ein positives Ergebnis ab, um das Leben eines Patienten zu retten. Was kompliziert wurde, wenn man es mit schweren Wunden und Traumata zu tun hatte. Was auch immer man als Arzt tat, jede einzelne Entscheidung, alles wirkte sich darauf aus, ob es gut oder schlecht enden würde. Schon oft waren Patienten mit so grauenhaften Verletzungen eingeliefert worden, dass ihnen ein Dasein voller Leid und Schmerzen blühte, sofern sie durchkämen. Manchmal empfand ich es als Erleichterung, wenn solche Fälle friedlich entglitten, statt mit dauerhaften Qualen dahinzuvegetieren.

Wie wäre es um meine Lebensqualität bestellt, wenn ich

die Sterbeurkunden und den USB-Stick einfach vernichtete? Ich würde mir ständig über die Schulter schauen müssen. Auch meine wenigen verbliebenen Freunde und Angehörigen wären gefährdet. Und Diane. Ich hatte keine Ahnung, ob sie noch lebte oder gestorben war. Ich selbst könnte umkommen, wenn ich diese Informationen der Presse und den Behörden übergäbe. Vielleicht würde mich ein Auto überfahren. Oder ich könnte in der Badewanne ertrinken. Es könnte aber auch gut ausgehen.

Wen würde ich eigentlich verpfeifen? Will? Daisy De Costa? Ihre Rolle bei all dem musste ich erst noch genauer unter die Lupe nehmen. Auf dem Stick befanden sich etliche Dateien, die ich mir bislang nicht angesehen hatte. Dateien, wegen denen Jeffery Patrick vermutlich gestorben war. Würde ich dabei auch mich selbst belasten? Die Ehefrauen korrupter Männer wurden so gut wie immer mit in den Sumpf gezogen.

Sie muss etwas gewusst haben, lautete der übliche Refrain.

Kurz vor unserem Aufbruch ging ich ins Badezimmer. Die Platzwunde an meinem Kopf sah alles andere als gut aus. Eine klare Flüssigkeit sickerte durch die Klebenaht hervor. Ich nahm einige Antibiotika ein.

Beim Schließen des Arzneischranks bemerkte ich den Bernsteinring am Rand des Waschbeckens. Ich starrte hin. Die Halluzination lief in meinem Kopf ab. Ma hatte den Ring abgenommen und neben das Waschbecken gelegt. Ich hob ihn auf und steckte ihn mir an einen leicht geschwollenen Finger. Hatte er davor schon an der Stelle gelegen? Nein. Ich hatte ihn abgestreift, bevor er mir in den Lüftungskanal gefallen war. Als ich ihn hatte herausholen wollen, hatten sich die Schiebetüren geschlossen ... Hatte ich den Ring geborgen, nachdem ich mich aus der misslichen Lage befreit hatte?

Nein.

Ich verließ das Badezimmer und durchquerte den Korridor. Als ich das Gästezimmer betrat, war die Abdeckung noch von dem Lüftungskanal abgenommen. Ich bückte mich und spähte hinein, suchte zwischen den angesammelten Staubflusen. Schließlich richtete ich mich wieder auf und kehrte zur Tür zurück. Eric stand in eine Karte vertieft an der Arbeitsplatte.

»Hast du den Bernsteinring aus dem Lüftungskanal im Gästezimmer geholt?«, fragte ich und hob den Finger mit dem Ring daran.

Er schaute auf. »Was? Nein. Da drin bin ich gar nicht gewesen. Können wir bald los?«

»Noch eine Minute.«

Ich ging zurück, setzte mich an ein Ende des Einzelbetts und dachte über die Ereignisse der vergangenen Tage nach. Es war mir nicht gelungen, den Ring aus dem Schacht zu holen – mein Arm war zu kurz gewesen. Trotzdem hatte er neben dem Waschbecken gelegen – wo meine Mutter ihn platziert hatte.

Ich hörte ein Klopfen an der Zimmertür.

»Hier, das solltest du anziehen. Ist meine Reserve.« Eric streckte mir eine kurze wasserdichte Jacke mit Taschen an der Vorderseite entgegen. Auch er trug wasserfeste Kleidung und schwere Stiefel. Ich dachte, er würde mir irgendwelche Ratschläge für die lange Reise erteilen, die vor uns lag.

»Wir sollten los«, verkündete er stattdessen nur.

Ich überprüfte ein letztes Mal die Überwachungskameras. Sie zeigten weit und breit niemanden. Es fühlte sich surreal an, als ich die Vordertür abschloss. Als würde ich mein Leben für immer hinter mir lassen. Wir hatten jeweils einen Rucksack. Ich hatte Kleidung, Geld, Bankkarten und die Thermosflasche sowie meinen Reisepass dabei. Außerdem hatte ich eine zweite Tasche mit Konserven gepackt, um Erics Vorräte an Bord der *Dionysius* aufzustocken.

»In zehn Minuten haben wir den Gezeitenwechsel«, kündigte Eric an. »Das reicht gerade, um es zum Schlauchboot zu schaffen und einzusteigen. Dann haben wir das Meer auf unserer Seite.«

Ich konnte mir nicht recht vorstellen, dass sich das Meer auf irgendjemandes Seite schlug. In vielen Sommern auf der Insel hatte ich es einfach als flaches blaues Stück vom Paradies erlebt. Wir folgten dem schmalen Durchgang von der Vordertür um das Haus herum zur Terrasse. Der Mond lugte durch eine Lücke in den Wolken. Der Anblick der aufgewühlten Wellen, die sein Schein erhellte, schüchterte mich ein, während wir die Stufen hinunterstiegen.

Ich roch die Gischt der Brecher vom Strand, und trotz der warmen Kleidung schien die Kälte in der Luft in meine Knochen zu sickern. Krampfhaft bemühte ich mich, nicht an die bevorstehenden Tage zu denken. Ich hatte Eric einmal erzählen gehört, wie er durch einen Schlag das Bewusstsein verloren hatte, als sein Boot gekentert war. Hoffentlich würden wir das Glück auf unserer Seite haben und es ohne lebensgefährliche Witterungsverhältnisse nach England schaffen.

Auf dem Weg die Stufen hinunter mussten wir uns gegen den Wind stemmen. Ich half Eric, das kleine Schlauchboot von der Plattform zu hieven, auf der wir es am Fischerboot festgemacht hatten. Als wir es umdrehten, erfasste es der Wind. Eric hielt das Seil fest, als wir das Schlauchboot zu Wasser ließen. Wir schalteten unsere Taschenlampen ein. Die an- und abschwellenden Wogen bedeckten die untersten drei Meter der Betonstufen, bevor sie sich zurückzogen. Jede neue Welle hob das Schlauchboot der Plattform entgegen. Wir beobachteten, wie es aufstieg und zurücksank. Der Höhenunterschied betrug zwischen drei und dreieinhalb Meter.

»Du musst dann springen, wenn das Boot am höchsten ist. Schau mir zu. Ich springe zuerst«, sagte Eric. Er ging die Stufen bis dorthin hinunter, wo die letzte Welle geendet hatte. Als die Nächste das Schlauchboot auf seine Höhe hob, sprang er im perfekten Moment, landete anmutig wie eine Katze darin und sank mit dem Boot zurück. Er schnappte sich ein Ruder und warf das nasse Seil zu mir herauf. Es traf mich ins Gesicht. Ich bekam es gerade noch zu fassen, als das Schlauchboot mit der nächsten Welle abfiel.

»Okay?«, rief Eric mir zu.

»Ja!«, log ich.

»Mach es mir nach und achte darauf, dem Seil genug Spiel zu lassen«, sagte er. Mit dem Ruder hielt er das Schlauchboot bestmöglich unter mir an Ort und Stelle. Einige kleinere heranbrandende Wellen hoben es ein Stück an, doch ich zögerte.

»Das ist zu tief!«, rief ich. Mir widerstrebte zutiefst, wie weinerlich sich meine Stimme dabei anhörte.

»Maggie, du musst springen. Besser wird es vielleicht nicht mehr!« Eric schaute zurück auf das stürmische Meer, während er mit dem Ruder versuchte, das Boot ruhig zu halten. Bei der nächsten anrollenden Welle ging ich in die Knie und holte tief Luft. Allerdings unterlief mir der Fehler, zu zögern. Als ich endlich sprang, sank das Wasser bereits zurück. Ich landete in dem Moment, als die folgende Welle das Boot wieder anhob. Durch die Gegenbewegung fühlte es sich an, als krachte ich auf Beton. Schmerzen schossen durch meine Fußgelenke, und ich kippte mit den Beinen in der Luft auf den Rücken.

»Hast du dir wehgetan?«, rief Eric, der in dem kleinen Boot schwankte.

Mit gequälter Miene nickte ich und rieb mir den Rücken. »Aber ich werd's überleben. Bei dir hat es so einfach ausgesehen«, gab ich zurück.

»Verschwinden wir«, schlug er vor und reichte mir eines der Ruder. Die Wolken, in denen weit entfernt Blitze zuckten, verhüllten den Mond fast vollständig. Es war anstrengend, zur *Dionysius* zu rudern. Der Gezeitenwechsel hatte noch nicht begonnen, doch letztlich überwanden wir die Strecke vom Ufer zum Katamaran. Der Doppelrumpf ragte groß vor uns auf, und ich empfand den Anblick der *Dionysius* als tröstlich. Kein Kreuzfahrtschiff zwar, aber ein robustes Boot mit funktionierender Kommunikation, einem Platz zum Schlafen und Kochen und sogar einer winzigen Toilette und Dusche. Ich verspürte die Hoffnung, dass es vielleicht eine unverhofft erfreuliche Erfahrung werden könnte, sobald wir an Bord wären.

Eric ruderte ein letztes Mal, dann ertönte das Quietschen von Gummi, als das Schlauchboot gegen den Katamaran pochte. Er hielt sich am Rumpf fest und zog sich daran hoch. Kurz verschwand er, bevor sein Kopf wieder auftauchte. Er stieß einen Pfiff aus und warf ein Seil zu mir herab.

»Mach das an der Dolle fest«, forderte er mich auf.

»Wo?«

»An einem der Ringe an der Seite des Schlauchboots«, rief er. »Bin sofort wieder da. Ich schalte nur die Funkanlage ein.«

»Und mach auch gleich den Wasserkocher an«, versuchte ich mich an einem Scherz, der jedoch in der Stille verpuffte. Ich machte mich ans Werk, fädelte das nasse Seil durch eine der Ösen aus Metall des Schlauchboots und verknotete es doppelt und dreifach. Das kleine Gefährt wogte in der Dünung. Als ich schließlich aufschaute, stellte ich überrascht fest, was für eine Lücke sich zur *Dionysius* aufgetan hatte. Ich trieb etwa zwanzig Meter entfernt.

Da das Schlauchboot im Gegensatz zum Katamaran nicht verankert war, trugen es die Wellen zurück in Richtung des Ufers. In der Kabine ging Licht an, und ich konnte sehen, wie Eric das Funkgerät einschaltete. Eine Reihe roter und grüner Lämpchen leuchtete auf. Dann ertönte ein leises Grollen, als die Motoren des Katamarans starteten. Eric kam zurück an Deck. Wieder pfiff er mir zu.

»Okay, wir können los«, rief er. Mittlerweile hatte sich das Seil zur *Dionysius* straff gespannt, und ich konnte fühlen, mit welcher Kraft das Meer am Schlauchboot zerrte. Damit ich beide Hände benutzen konnte, schaltete ich die Taschenlampe aus. Der von der *Dionysius* ausgestrahlte Lichtkegel genügte, um etwas zu erkennen. Eric kniete sich auf das Deck und ergriff das andere Ende des Seils. »Ich ziehe dich zu mir.«

Nachdem ich mir das Seil mehrfach ums Handgelenk gewickelt hatte, begann Eric, das Schlauchboot in Richtung des *Dionysius* einzuholen. Die Wellen wollten es beharrlich zurück an Land zerren. Panik überkam mich, als ich spürte, wie das Tau plötzlich nachgab und sich der Abstand wieder vergrößerte.

Eric lehnte sich zurück und zog mit beiden Händen. Dann

hörte ich von der Klippe hinter mir ein lautes, widerhallendes Krachen. Unwillkürlich wirbelte ich herum, wollte sehen, woher es stammte. Als ich zurück nach vorn schaute, stand Eric auf dem Deck und starrte auf ein Loch im Rumpf hinab. Als ein zweiter Knall ertönte, wurde mit aufspritzendem Blut ein Hautfetzen seitlich von seinem Hals gerissen. Mit einem Aufschrei riss er die Hand an die Wunde und fiel zurück gegen die Kabinentür. Ich kauerte mich auf den Boden des Schlauchboots, als ein dritter Schuss folgte. Lautes Gebrüll und intensive Hitze setzten ein. Alles schien sich auf Zeitlupe zu verlangsamen.

Um mich herum dehnte sich die Luft gefühlt aus. Ich beobachtete, wie die *Dionysius* ein Stück aus dem Wasser aufstieg, bevor sie in einem Feuerball explodierte. Die Schockwelle erfasste das Schlauchboot und kippte es. Ich spürte noch, wie mich die Gummikante hart an der Schläfe traf, dann wurde alles schwarz, als ich ins eisige Wasser stürzte.

KAPITEL 34

Ich spürte einen gewaltigen Ruck am Arm und wurde in eisige Schwärze hinabgerissen. Das Seil quetschte mein Handgelenk und zog sich zunehmend fester zusammen. Etwas Rotes und Weißes flammte auf. Stille presste gegen meine Ohren. Über mir bröckelten Teile von der *Dionysius* ab. Rot und gelb glimmend prasselten sie ins Wasser wie ein Feuerwerk. Schmerzen setzten ein. Es fühlte sich an, als würden mir lange, dünne Nadeln in die Trommelfelle getrieben, und ich hatte keine Luft in der Lunge.

Das an einem Teil des Rumpfs der *Dionysius* befestigte Seil zog mich unerbittlich weiter abwärts. Ich tastete umher, bis ich das andere, hinter mir flatternde Ende zu fassen bekam. Dann zog und zerrte und drehte ich es, bis es mir mit einem Anflug weiterer Schmerzen gelang, mich zu befreien. Mittlerweile wollte ich verzweifelt Luft holen. Mit hektischen Bewegungen versuchte ich, meinen Abstieg umzukehren, allerdings befand ich mit inzwischen so tief, dass sich der Druck schier unerträglich anfühlte. Einen panischen Moment lang glaubte ich, es nicht zurück an die Oberfläche zu schaffen. Ich strampelte aus Leibeskräften. An der Wasseroberfläche trieb ein Gewirr aus glimmenden Trümmern. Ich schloss die Augen, als ich zwischen ihnen hindurchbrach.

Als mein Kopf auftauchte, spürte ich die Hitze von der Explosion, vermischt mit der kalten Luft. Der Mond zeichnete sich lückenhaft hinter den Wolken ab. Auf dem Wasser bildeten die Trümmer einen Flammenkreis, und ich konnte nichts hören. Der Geruch von verbrennendem Diesel stieg mir in die Nase. Gierig schnappte ich nach Luft und hustete.

Meine nasse Kleidung zerrte an mir, außerdem hatte ich immer noch den Rucksack auf den Schultern. Obwohl ich strampelte und zappelte, kam ich nicht voran.

Hatte die Flut bereits eingesetzt? Würde sie mich zurück an Land tragen? Ich saß an derselben Stelle fest, und mir ging allmählich die Kraft aus. Eine Mischung aus Meerwasser und Diesel schwappte mir in den Mund. *Ich muss ruhig bleiben,* schoss es mir durch den Kopf. Es kostete mich alles, was noch in mir steckte, mich über Wasser zu halten und zu atmen. Schließlich holte ich tief Luft und drehte mich im Kreis. Die Flammen auf der Oberfläche schrumpften und erloschen letztlich. Ich wurde wieder in die Dunkelheit gestürzt. Überall um mich herum trieben Wrackteile.

Die Seite meines Gesichts, die der Explosion zugewandt war, fühlte sich versengt an. Ich vermochte nicht zu sagen, ob das Meerwasser die verbrannte Haut beruhigte oder zusätzlich reizte. Heiß und kalt fühlten sich für mich gleich an. Alles verursachte Schmerzen.

Es verlangte mir eine Menge ab, den Kopf über Wasser zu halten. Ich wollte mich vom Rucksack befreien, und als mich eine neue Panikattacke bestürmte, hätte ich es beinah getan.

In Gedanken malte ich mir aus, wie befreiend, wie erhebend es wäre, die schwere Last vom Rücken zu bekommen. Allerdings enthielt der Rucksack alles.

Dann bemerkte ich, dass ich mich näher am Ufer befand. Ich gab den Kampf gegen die Dünung auf. Stattdessen versuchte ich, Wasser zu treten. Als ich die Brandung erreichte, erfasste mich eine Welle und zog mich unter die Oberfläche. Taumelnd wurde ich herumgeschleudert. Mein Kopf traf auf den sandigen Boden, dann schrammten meine Oberschenkel darüber.

Schließlich trug mich die Woge auf einen der Felsbrocken am Fuß der Klippe. Als sich das Wasser zurückzog, wurde ich mitgeschleift, fand jedoch Halt an dem Stein und krallte mich daran fest. Ich zog mich höher und auf einen größeren Felsblock, dadurch zerrte die nächste Welle deutlich schwächer an mir. Mein linkes Bein brüllte vor Schmerzen, als ich erneut ein Stück über die raue Oberfläche gezogen wurde, aber ich kroch beharrlich weiter.

Als das Wasser neuerlich heranbrandete, streifte es mich nur noch, und als ich mich über eine kleine Lücke auf einen anderen Felsbrocken hievte, erreichte es mich gar nicht mehr. Schwer atmend rollte ich mich auf den Rücken und blieb liegen.

Als ich mich am Kopf berührte, spürte ich auf der linken Seite eine dornige Masse versengter Haare. Und als ich an mir hinabblickte, sah ich einen langen Riss im linken Hosenbein meiner Jeans. Die herauslugende Haut war wund und blutig. Behutsam tastete ich den Riss ab. Gebrochen schien zwar nichts zu sein, aber ich glaubte, dass ein Band in der Nähe des Knies etwas abgekommen hatte. Benommen lag ich da und beobachtete, wie sich Trümmer der *Dionysius* über das Wasser verteilten.

Wir waren so nah dran gewesen, die Insel zu verlassen. Um ein Haar hätten wir es geschafft. Und Eric ... Ich spürte, wie aus meiner Brust ein Schluchzen aufstieg wie ein Muskelkrampf. Kurz vor der Explosion des Boots hatte jemand auf Eric geschossen. Ich taumelte am Rand eines schwarzen Abgrunds. Mit ihm hatte ich einen Freund verloren, der ein Teil meines Lebens, ein Teil von mir gewesen war. Ich versuchte, mich aufzusetzen, doch jedes Mal, wenn ich den Kopf hob, sah ich Sternchen und verlor beinah das Bewusstsein. Ringsum gurgelten weiter die Wellen. Immer wieder redete ich mir zu, das alles könnte nicht wahr sein. Ich musste an Bord der *Dionysius* eingeschlafen sein. Es handelte sich um einen Albtraum. Eric würde mich jeden Moment schütteln, um mich mit einem Lächeln und einer frischen Tasse Tee zu wecken.

Eine größere Welle schwappte über mich und schleifte mich über den rauen Stein, aber der Rucksack verhinderte, dass ich zurück ins Meer gespült wurde. Schmerzen flammten in meinem Bein und meiner vom Seil malträtierten Hand auf. Es war real. Kein Traum.

Als ich den Kopf bewegte, konnte ich nur die überhängende Felswand sehen. Irgendjemand musste die Explosion gehört haben. Dragan oder Luka. Und was war mit der Küstenwache? Die Insel war winzig. Es würde bald Hilfe eintreffen.

Wer war der Schütze gewesen? Wo hielt er sich gerade auf? Wieder versuchte ich, den Kopf zu heben. Prompt erfasste mich schäumend eine größere Welle und schleifte mich über den rauen Felsblock. Ich streckte die Arme aus und suchte zu beiden Seiten Halt, während sich das Wasser zurückzog. Mittlerweile spürte ich durch die Schmerzen im linken Bein jedes Kratzen von Stein über meine wunde Haut.

Stöhnend benutzte ich den Rucksack, um mich höher zu hieven.

Wie lange ich dort benommen lag, vermochte ich nicht abzuschätzen. Mehrfach verlor ich zwischenzeitlich die Besinnung. Offensichtlich hatte ich einen schweren Schock erlitten, denn es vergingen mehrere Stunden. Irgendwann wurde mir bewusst, dass sich um mich herum keine Wellen mehr brachen. Der Himmel war waffengrau geworden. Unter der Reihe der Felsblöcke sah ich am Strand einige Meter freiliegenden Sand und Kies.

Weil es mittlerweile hell war, befand ich mich auf dem Präsentierteller. Ich musste in die Gänge kommen. Mühsam setzte ich mich auf und begann, mich zur Kante des Felsblocks zu kämpfen. Durch die Wunde am Bein kam ich langsam voran. Wenn ich zu schnell wurde, tanzten funkelnde Punkte vor meinen Augen. Als ich endlich den Rand erreichte, wollte ich die Füße darüber schieben, bevor ich mich hinunter zum Strand fallen ließ. Dabei überkamen mich so heftige Schmerzen, dass ich um ein Haar ohnmächtig geworden wäre. Sobald ich es nach unten geschafft hatte, saß ich eine Weile im Sand und atmete durch, während mein Bein pulsierte und sich zusätzlich rasende Kopfschmerzen an meiner Schädelbasis einstellten.

Ich bemerkte einen Spalt zwischen zwei der größten Felsbrocken, etwa einen halben Meter breit. Mühsam schleppte ich mich hinein. Der Bereich in den Schatten ähnelte einer kleinen Höhle mit einer Lache aus Meerwasser. Als ich den Kopf an den Stein hinter mir zurücklehnte, spürte ich an der verbrannten Seite des Gesichts kühlen Seetang, der die Schmerzen ein wenig linderte. Das kalte Wasser entschärfte jene an meinem Bein.

Eric war tot. Angeschossen und in Stücke gesprengt. Ich

hätte auch sterben sollen. Während ich mich darauf konzentrierte, langsam und gleichmäßig zu atmen, schloss ich die Augen.

Anscheinend döste ich dabei ein, denn irgendwann später weckten mich Geräusche von draußen. Die Wellen hatten sich deutlich beruhigt und rauschten leise an den Strand. Darüber nahm ich ein entferntes Leiern wahr. Ich schlug die Augen auf. Das Geräusch wurde lauter. Durch die Lücke zwischen den Felsbrocken sah ich ein Boot im Wasser der Bucht. Mein Herz pochte schneller. Die Polizei oder die Küstenwache. Sie mussten die Explosion bemerkt haben.

Es gelang mir, mich aufzusetzen und näher zur Öffnung zu kriechen. Das Meer war wesentlich ruhiger als zuvor. Das Schnellboot verlangsamte die Fahrt in der Nähe der orangefarbenen Markerboje. An Bord befand sich eine kleine, stämmige Gestalt mit kurzem Haar. Ein Mann in Schwarz. Er stand im Boot auf und packte die Boje. Das Boot hielt an, und eine Weile starrte der Unbekannte ins Wasser.

Dann befestigte er ein Seil an der Boje und ergriff aus dem Boot eine lange Stange mit einem Netz am Ende. Damit fuhr er durch die im Wasser treibenden Trümmer, fischte etwas heraus und leerte es ins Boot.

Als er sich drehte, sah ich das Gesicht des Mannes. Branko.

KAPITEL 35

Ich beobachtete, wie sich Branko in seinem Gefährt dem Ufer näherte. Was wollte er auf der Insel? Kam er, um zu helfen? Am Vortag hatte das Unwetter so schlimm gewütet, dass sogar die Küstenwache hatte umkehren müssen. Sein Boot war zu klein, um das offene Meer bei einem solchen Sturm zu überqueren.

Weshalb fischte er mit einem Netz in Wrackteilen? Als er die Brandung erreichte, verlangsamte er das Boot. Ich wollte gerade hinauskriechen und ihm zurufen, als ich bemerkte, dass er ein Gewehr in einem Holster über der Schulter trug.

Warum sollte er eine Waffe bei sich haben?

Sein Boot steuerte direkt auf die Lücke zwischen den Felsbrocken zu. In meinem Versteck bildete ein breiter, flacher Stein ein Dach. Als ich unter mir den Rucksack spürte, dachte ich an die Thermosflasche.

Mittlerweile trieb Brankos Boot am Strand geradewegs in meine Richtung.

Während ich den Rucksack von den Schultern löste, behielt ich Brankos grimmige Miene im Auge, als das Boot mit einem leichten Ruck auf den Sand auflief. Ich öffnete den Rucksack und kramte daraus die Thermosflasche und die unechte Konservendose heraus. Beides zwängte ich in Ritzen zwischen den Steinen über mir.

Branko sprang aus dem Boot auf den Sand. Was er trug, sah nach einem schwarzen Kampfanzug und einer alten Armeejacke mit Taschen aus. Er zog das Boot weiter den Strand hinauf. Dann holte er einen Rucksack heraus, schlang ihn sich über die linke Schulter und justierte den Trageriemen des Gewehrs auf seiner rechten Seite. Dabei fiel mir zum ersten Mal auf, wie massig und muskulös er war. Wie ein abgetakelter Boxer, der sich nicht davor fürchtete, einen Kampf zu verlieren. Etwas an seiner verkniffenen Miene und seiner Haltung verriet mir, dass er nicht zu einer Rettungsmission hergekommen war. Verschiedene Trümmerteile wurden ans Ufer gespült – ein Küchensieb, Plastikstücke ... und etwas Schwarzes, Glänzendes, das Branko innehalten ließ. Er bückte sich und hob es auf. Es handelte sich um ein kleines Kurzwellenfunkgerät von der *Dionysius*. Er fingerte an dem Schalter oben, und ich hörte ein statisches Knistern. Das Gerät funktionierte noch. Er wischte den Sand davon ab und schob es in eine der großen Seitentaschen seiner Militärhose.

Herr im Himmel, ging es mir durch den Kopf. *Hat er auf uns geschossen?* Nein, das war Branko – der etwas exzentrische Hauswart mit Augen wie Mr. Magoo.

Ich drehte den Rucksack um und hievte ihn mir auf den Rücken. Mittlerweile befand sich Branko nur noch wenige Meter von der Lücke entfernt. Er zündete sich eine Zigarette an, bevor er mit einem alten Nokia-Handy telefonierte. Ich kauerte mich in die Schatten, drückte den Rücken an den

Seetang. Er sprach Englisch. Und wesentlich fließender als mir gegenüber.

»Das Boot ist weg. Der Großteil ist gesunken. Von ihm hab ich ein paar Überreste gefunden ... Aber keine Spur von ihr«, sagte er ins Telefon.

Mit wem redete er? Während er lauschte, zog er an der Zigarette. Ich hob die Hand an den Mund, um ein Schluchzen zu ersticken, und zwang mich, nicht überzuschnappen.

»Ganz ruhig ... Das hier ist 'ne abgelegene Insel. Die Ebbe setzt gerade ein. Dadurch wird alles raus aufs Meer gezogen, bis nichts mehr übrig ist. Außerdem haben wir Winter. Bis die Touristen zurückkommen ... Ja ...«, sagte er und schaute die Felswand hinauf. »Ich gehe noch mal hoch und sehe im Haus nach. Die Schlampe könnte es zurück zum Ufer geschafft haben.«

Sein Englisch entpuppte sich als hervorragend. Warum hatte er mir gegenüber so getan, als beherrschte er es nur gebrochen?

Meine Schmerzen flammten auf. Ich verlagerte die Haltung. Dabei gab der Sand unter mir nach und rieselte in die seichte Lache. Ich streckte die Hand aus, um mich am Felsbrocken abzustützen, verlor jedoch das Gleichgewicht, kippte nach vorn und landete mit einem Platschen. Sofort schaute ich auf. Branko starrte auf die Lücke zwischen den Felsblöcken.

Er beendete den Anruf und steckte das Telefon in die Tasche. Ich robbte in den hintersten Winkel der kleinen Höhle zurück, doch er trat direkt vor den Eingang hin, zog eine kompakte Taschenlampe vom Gürtel und leuchtete herein. Das grelle Licht traf mich ins Gesicht und ließ mich zusammenzucken. Er wich einen Schritt zurück und stieß gedehnt den Atem aus. Dann richtete er den Strahl der Lampe wieder auf mich, beugte sich vor und streckte die freie Hand durch die Lücke. »Kommen Sie raus«, forderte er mich mit schiefgelegtem Kopf auf. Von der Beflissenheit, die er mir als unser treuer Hauswart vorgegaukelt hatte, war nichts übrig. Das Gewehr funkelte auf dem Tragegurt über seiner rechten Schulter.

»Haben Sie vor, mich zu erschießen?« Meine Stimme drang krächzend aus mir.

»Nein, aber Sie müssen rauskommen.« Er streckte sich weiter herein. »Ich will Ihnen nichts tun. Ich muss nur mit Ihnen reden.«

Warum glaubte ich ihm nicht? Trotz meiner Angst und Verwirrung ergriff ich seine Hand. Mühsam kämpfte ich mich durch die Lücke und in aufrechte Haltung. Es schmerzte, das linke Bein zu belasten. Branko beugte sich vor und stützte mich mit der anderen Hand am Ellbogen. Ich zuckte zusammen. Das Gewehr rutschte am Trageriemen von seiner Schulter und zu meinem Arm. Er schob es zurück und schlang es sich wieder über die Schulter. Im Nachhinein betrachtete ich das als verpasste Gelegenheit. Was, wenn ich schnell genug gewesen wäre, die Waffe zu packen und auf ihn zu richten?

Man musste mir meine üble Verfassung angesehen haben. Dennoch sprach aus seinem Gesicht herzlich wenig Mitgefühl.

»Ich habe Sie am Telefon gehört. Sie haben gesagt, Sie hätten Überreste gefunden.«

»Wenn Sie wollen, können Sie gern einen Blick in die Plastiktüte werfen«, erwiderte Branko. Er trat einen Schritt zurück und deutete lächelnd auf das Boot. Ich hinkte näher hin und erblickte unten darin einen schwarzen Müllsack. Als ich an Eric dachte, den wunderbaren, attraktiven Eric, flammte Wut in meiner Brust auf. Ich musste nicht sehen, was der Müllsack enthielt.

»Sie. Der Mann mit dem Rosenkranz im Auto«, spie ich hervor und heftete einen vernichtenden Blick auf ihn. Er trat einen Schritt auf mich zu und sah aus, als wollte er mich schlagen, doch er hielt sich zurück.

»Wo sind sie?«, fragte er. »Da drin?«, fügte er hinzu und deutete mit dem Kopf auf meinen Rucksack.

»Wo ist was?«

»Der USB-Stick und die beiden Sterbeurkunden.«

Woher wusste er davon? Wie war Branko in all das verstrickt? Ich achtete auf eine neutrale Miene.

»Die habe ich nicht.«

Grob packte er mich am Arm, drehte mich herum und zerrte mir den Rucksack von den Schultern. Er öffnete die Riemen und stellte ihn auf den Kopf. Das Seefunkgerät, die eingepackte Kleidung und mein Laptop in seiner Schutzhülle fielen in den Sand. Branko schüttelte den leeren Rucksack, öffnete die beiden Reißverschlusstaschen und spähte hinein.

»Wo sind sie? *Wo?*«

Meine Gedanken überschlugen sich. Mit wem hatte Branko am Telefon in fließendem Englisch gesprochen? Ich dachte an die in der Höhle versteckte Thermosflasche. Würde er daran denken, dort nachzusehen? Ich überlegte, ihm vorzulügen, der USB-Stick und die Sterbeurkunden wären auf dem Boot gewesen, als es explodiert war. Nur wäre ich dann für ihn nicht mehr nützlich. Ich *musste* zurück ins Haus. Dort könnte ich mich irgendwie von ihm absetzen, mich einsperren oder versuchen, irgendetwas als Waffe zu benutzen.

»Wo sind sie?«, wiederholte er.

»Oben im Haus!«, platzte es aus mir heraus.

»Schalten Sie den Computer ein«, brüllte er mich an, hob den Laptop auf und streckte ihn mir entgegen. Ich dankte Gott, dass ich den Inhalt des USB-Sticks nicht auf die Festplatte heruntergeladen hatte. Zudem war der Rechner passwortgeschützt. Branko beugte sich vor und packte mich an den Haaren. »Sofort!«

Ich schaltete den Laptop ein. Der Bildschirm leuchtete auf. Wie durch ein Wunder war er unversehrt geblieben. Ich gab mein Passwort ein und reichte ihm den Computer. Auf der Festplatte befanden sich nicht viele Dateien, überwiegend persönliche Fotos. Frustriert überflog er sie, bevor er den Blick auf mich heftete. Irgendwie musste ich ihn dazu überreden, mich zum Haus zu bringen. Ich musste mir Zeit verschaffen.

»Sie sind oben im Haus versteckt. Ich zeige Ihnen, wo. Sie kriegen die Totenscheine und den USB-Stick ... Nur bitte, Branko ... Darf ich meine Verletzungen verarzten?«

Er starrte mich an und schien meine Worte abzuwägen. Ich deutete auf den langen Riss in meiner Jeans. Die wunde rosa Haut um mein Knie sah wie durchwachsener Speck aus. In die tieferen Kratzer hatte sich Sand eingenistet. »Im Haus habe ich Schmerzmittel. Bitte, Branko. Ich gebe Ihnen alles. Aber ich habe schreckliche Schmerzen. So schlimm, dass ich nicht mal klar denken kann.«

So sehr ich mich fürchtete, allmählich kehrten meine Sinne in voller Bereitschaft zurück. Nur durfte ich es mir nicht anmerken lassen. Ich wischte mir über die Augen. Branko starrte mich immer noch an. Er wirkte hin- und hergerissen. Schließlich zog er das alte Nokia-Handy aus der Tasche und warf einen Blick darauf. Nach kurzem Zögern steckte er es zurück. *Gut so.*

»Ehrlich, Branko. Ich mache, was auch immer Sie verlangen, und gebe Ihnen alles aus der Thermosflasche. Nur bitte lassen Sie mich vorher was gegen die Schmerzen einnehmen.«

»Schon gut. Ich hab's verstanden. Halten Sie die Klappe. Halten Sie verdammt noch mal die Klappe!«, herrschte er mich an und holte mit dem Arm aus, als wollte er mich schlagen. Ich zuckte zusammen und schrak zurück. Meine Wut verflüchtigte sich, stattdessen kehrte nackte Angst wieder. Auch er war verängstigt und zornig.

»Packen Sie die Sachen in den Rucksack«, spie er mir entgegen und trat gegen den Sand. Ich kniete mich hin und stopfte alles zusammen mit dem Laptop wieder in den Rucksack. Als ich fertig war, griff er ihn sich und schloss ihn. Er nahm das Gewehr von der Schulter und richtete es auf mich. »In Ordnung, gehen wir. Sie voraus.«

Meine Gedanken überschlugen sich. Ich hatte das Haus mit Eric kurz nach Mitternacht und vor dem Gezeitenwechsel verlassen. Ungefähr alle vierundzwanzig Stunden traten zwei Fluten und zwei Ebben auf. Wenn das Hochwasser die Höhle erfasste, könnte die Thermosflasche ins Meer gespült werden.

»Wie spät ist es?«, fragte ich auf dem Weg über den Sand zu den Stufen.

»Warum?«

»Weil ich nicht weiß, wie lange ich im Wasser war. Ich habe den Überblick verloren.«

»Sieben Uhr«, antwortete er nach einer Pause. Er befand sich unmittelbar hinter mir. Ich spürte die Mündung des Gewehrs im Rücken, als wir die Treppe hinaufstiegen.

Wenn sich das Wasser innerhalb der letzten Stunde aus der Höhle zurückgezogen hatte, blieben mir drei bis vier

Stunden, bis die Flut zu hoch wäre, um aus ihr die Thermosflasche und die Konservendose mit dem Geld und meinem Reisepass zu holen. Durch den Weg hinauf zum Haus hatte ich mir ein wenig Zeit verschafft, allerdings brauchte ich Stunden, keine Minuten. Mir musste etwas einfallen, um Branko abzulenken.

KAPITEL 36

»Schneller kann ich nicht«, sagte ich mit dem Gefühl der Waffe im Rücken. Ich rutschte auf einer der glitschigen Stufen aus und landete auf dem verletzten Bein. Branko half mir nicht auf. Stattdessen drückte er mir den Lauf des Gewehrs fester ins Kreuz.

»Aufstehen.« Es kostete mich alle Willenskraft, mich nicht vor Schmerzen zu übergeben. Dafür musste ich mehrmals tief durchatmen.

»Haben Sie gehört? Bewegung.«

Während wir den Weg die Stufen hinauf fortsetzten, fiel mir ein, was Dragan mir über Branko erzählt hatte. Die beiden hatten zusammen im kroatischen Unabhängigkeitskrieg gedient. In einem gemeinsamen Gefecht war Dragan verletzt worden und hatte ein Auge verloren. Will hatte mir mal gesagt, dass Branko im Winter auch Sicherheitsleistungen anbot, um sein Einkommen aufzubessern. Was bedeutete *Sicherheitsleistungen?* Dass er sich als Mann fürs Grobe verdingte? Wer hatte ihn dafür engagiert? War jemand aus Großbritannien auf ihn aufmerksam geworden? Falls ja, wie?

Auf halber Strecke spielte mein verletztes linkes Bein nicht mehr mit. Es zitterte zu heftig.

»Geben Sie mir einen Moment«, bat ich und versuchte, zu Atem zu gelangen. Ich blieb stehen und musste mich an einem Felsbrocken abstützen. Branko trat vor mich hin und starrte mich an. Er gewährte mir weniger als eine Minute.

»Das reicht. Bewegung!«, befahl er, packte mich am Rucksack und zerrte mich vorwärts. Ich schleppte mich weiter die Stufen hoch, wieder mit der Waffe im Rücken.

Was ist mit Dragan?, schoss es mir durch den Kopf. War auch er involviert? Jedenfalls schien Branko von jemandem in Großbritannien beauftragt worden zu sein. Von denselben Leuten, die Will umgebracht und es bei Diane versucht hatten? Ich musste davon ausgehen, dass Brankos Anweisungen lauteten, Wills versteckte Dokumente zu finden, sie zu vernichten und auch mich loszuwerden. Wäre die Explosion des Katamarans erfolgreich gewesen, hätte das eine einfache, saubere Lösung dargestellt. Bisher hatte Branko bei allem eine direkte Konfrontation mit Eric oder mir vermieden – sowohl bei seinem Einbruch als auch bei den Schüssen auf das Boot. Allerdings hatte ich überlebt, und er musste sich mit mir auseinandersetzen.

Warum hatte er mich nicht sofort erschossen, als er mich in der Höhle kauernd entdeckt hatte? Wartete er auf einen ausdrücklichen Befehl dafür? Soweit ich es beurteilen konnte, hatte er der Person am Telefon nicht bestätigt, dass ich die Bootsexplosion überlebt hatte. Er hatte mich zwar in der Höhle gesehen, den Anruf aber beendet, ohne den Grund dafür zu nennen. Woher wusste Branko eigentlich von dem

USB-Stick und den Sterbeurkunden? Will hatte sich solche Anstrengungen dabei aufgehalst, sie zu verstecken. Wusste Branko auch von den Weinflaschen in der Unterwasserhöhle? Aber hätte er dann nicht vor mir dort nachgesehen? Als wir oben ankamen, hatte ich auf der Terrasse wesentlich weniger Mühe beim Gehen.

»Waren Sie das mit der Abdeckung?« Ich deutete mit dem Kopf auf den Swimmingpool.

Er nickte. »Es sollte wie ein Unfall aussehen.«

»Weiß Dragan davon?«

»Dragan? Der weiß gar nichts. Er hat damit nichts zu tun.«

Der Gang um das Haus herum war noch nass vom Regen und voller Laub. Als wir die Vordertür erreichten, schob sich Branko an mir vorbei und versperrte mir den Weg zu den Stufen hinauf zum Auto.

Er zog einen Schlüssel aus der Tasche und reichte ihn mir. »Aufmachen.«

»Sie haben eine Kopie meines Schlüssels.« Damit war geklärt, wie sich der Eindringling Zugang verschafft hatte.

»Natürlich. Immerhin bin ich Ihr Hauswart«, erwiderte er mit einem hämischen Lächeln.

»Wie sind Sie zurück auf die Insel gekommen? Seit Sie mit der Fähre weg sind, hat ein übler Sturm getobt.«

»Ich bin nicht mit der Fähre weg.«

»Aber ich habe mit Ihnen telefoniert.«

»Da habe ich nur behauptet, ich wäre auf der Fähre. Und Sie haben es mir abgekauft.«

»Sie sind auf der Insel geblieben?«

»Machen Sie die scheiß Tür auf! Wenn Sie weiterreden, setzt es Schläge«, drohte er. Wie er die Warnung aussprach, verfehlte bei mir nicht seine Wirkung.

Ich öffnete die Tür. Branko stieß mich ins Haus und verriegelte sie hinter uns. Er nahm das Gewehr von der Schulter, richtete es auf mich und legte einen Finger an die Lippen. Branko zeigte auf die Alarmanlage, die leise piepend ihren Countdown herunterzählte, und beobachtete, wie ich den Deaktivierungscode eingab.

Dann ging er zum Bücherregal hinter dem Sofa. Er behielt ein Auge und das Gewehr auf mich gerichtet, während er aus einem der Fächer eine Taschenbuchausgabe von Peter Benchleys *Der Weiße Hai* zog. Als er das Buch aufschlug, erblickte ich zwischen den Seiten etwas Quadratisches aus Kunststoff. Es sah aus wie ein Stück einer Leiterplatte. Daran klebte eine Metallscheibe, die an eine sehr dicke Münze erinnerte. Branko klemmte sich das Gewehr unter den Arm und zog ein Messer aus der Tasche. Er zwängte die Spitze unter das dicke runde Metallteil, bohrte herum und holte etwas heraus, das einer kompakten Hörgerätebatterie ähnelte.

»Ist das ein Abhörgerät?« Die Frage klang so dumm, wie ich mir vorkam.

»Ich habe alles belauscht«, bestätigte er lächelnd. Er ließ die Teile in der Tasche verschwinden.

Ich dachte daran zurück, wie ich in der Dunkelheit gelegen und ihn bei den Büchern hantieren gehört hatte. Warum bloß hatte ich sie nicht gründlicher überprüft? Ich überlegte, was ich an den vergangenen Tagen gesagt und worüber ich mit Eric geredet hatte. Wir hatten nur wenige Meter entfernt im Wohnzimmer unsere Pläne geschmiedet. Und Branko hatte alles mitgehört. Hatte ich laut ausgesprochen, dass ich die Thermosflasche in den Rucksack gepackt hatte? Ich konnte mich nicht erinnern.

»Wo ist Ihr Handy?«

»Im Schlafzimmer«, antwortete ich. Beim Gedanken, mit ihm dorthin zu müssen, durchzuckte mich jähe Angst. Er bedeutete mir mit der Waffe, vorauszugehen. Wir folgten dem Korridor und betraten das Gästezimmer. Ich hatte das Telefon eingeschaltet auf dem Nachttisch gelassen. Branko ergriff es. Wieder benutzte er das Messer, hebelte die hintere Abdeckung herunter und holte mit der Spitze den Akku heraus. Warum spielte es plötzlich eine Rolle, ob mein Telefon eingeschaltet war? Wer lauschte noch?

»Also. Der USB-Stick und die Sterbeurkunden?«, fragte er. Ich ließ den Blick auf das Gewehr gerichtet. Bis er die Sachen hätte, würde er mich nicht umbringen. Was würde er danach tun? Plante er gerade einen weiteren Unfall? Oder würde er mich ertränken und meine Leiche ins Wasser werfen?

Ich musste Zeit gewinnen.

»Bitte. Darf ich ins Badezimmer? Ich brauche Schmerztabletten und Wasser. Mein Erste-Hilfe-Koffer ist im großen Bad am Ende des Flurs.«

»Na schön. Aber machen Sie schnell.« Er trat zurück und ließ mich durch die Tür in den Gang. Dann folgte er mir und drückte mir wieder die Mündung des Gewehrs in den Rücken. Als ich das Badezimmer erreichte, blieb er am Eingang stehen.

»Darf ich die Tür schließen?«

Allmählich wirkte er nervös. Ein Schweißfilm hatte sich auf seiner Stirn gebildet.

»Oder wollen Sie mir beim Pinkeln zusehen?«, fragte ich provokant. Das schien ihn in Verlegenheit zu bringen. Er spähte in den Raum. Das Badezimmer besaß kein Fenster, nur eine winzige Lüftung, deutlich zu klein, um mich hindurchzuzwängen.

»Sie haben zwei Minuten. Und sperren Sie nicht ab«, sagte er.

Ich schloss die Tür.

KAPITEL 37

Wie gelähmt vor Angst betrachtete ich mich im Spiegel. Die Haut an meinem linken Ohr war verbrannt und hatte Blasen gebildet. An der Wunde klebte Sand. Auf derselben Seite war ein beträchtlicher Teil meines Haars bis auf die Kopfhaut versengt. Kratzer erstreckten sich kreuz und quer über mein Gesicht, und die Klebenaht über der rechten Augenbraue war aufgebrochen. Die offene Wunde hatte sich entzündet und eiterte.

Ich bückte mich zum Waschbecken und trank ausgiebig kaltes Wasser aus dem Hahn. Dann spritzte ich es mir ins Gesicht. Gleichzeitig versuchte ich krampfhaft, einen Plan zu schmieden. Ich beugte die zitternden Finger, öffnete leise die Schublade unter dem Waschbecken und holte den Erste-Hilfe-Kasten heraus. Behutsam stellte ich ihn neben das Becken und klappte den Deckel auf. Die drei Fächer fuhren aus. Ich hatte zwei sterile Einwegspritzen, zwei kleine Ampullen aus Borosilikatglas mit Morphin und ein Fläschchen Diazepam.

An der linken Hand trug ich immer noch den

Bernsteinring meiner Mutter. Der Anblick half mir, meine Kräfte zu bündeln. Mit den Zähnen riss ich die Plastikverpackung einer Spritze auf.

»Was machen Sie da drin?« Ich hörte, dass Branko direkt vor der Tür stand.

»Ich musste einen Tampon wechseln«, antwortete ich.

»Beeilung damit«, drängte er.

Ich bemühte mich, das Zittern meiner Hände zu kontrollieren. Langsam schraubte ich den Verschluss von dem Fläschchen Diazepam und füllte die Spritze daraus.

»Jetzt hatten Sie lang genug Zeit!«

»Nein! Nur noch eine Minute. Ich habe eine starke Periode.«

Hoffentlich würde ich ihn damit abschrecken. Sorgfältig verstaute ich den Erste-Hilfe-Kasten wieder im Schrank. Wie wollte ich es anstellen?

Branko hatte ein Gewehr.

Die Badezimmertür öffnete sich nach innen. Könnte ich die Nadel schnell genug in ihn rammen?

»Das reicht. Ich zähle jetzt bis fünf«, kündigte er an. »Eins.«

Gerade noch rechtzeitig kam mir eine gefährliche Verzweiflungsidee. Rasch schälte ich mich aus den Überresten meiner Jeans. Die Schmerzen ließen mich das Gesicht verziehen, als ich den Stoff zusammen mit der Unterwäsche über mein geschwollenes, aufgeschürftes linkes Knie zog.

»Zwei. Drei ... vier.«

Ich schnappte mir die Spritze und hechtete auf den Boden neben der Toilettenschüssel.

»Fünf.«

Stöhnend schlug ich in dem Moment auf, als sich die Tür

öffnete. Mein Rücken und mein nackter Hintern zeigten in die Richtung.

»Nein. Bitte kommen Sie nicht rein!«, brüllte ich. Was ich tat, fühlte sich so beängstigend an, dass ich nicht groß schauspielern musste. Ich lag mit dem Kopf so an der Toilette, dass sie meine rechte Hand mit der Spritze verdeckte. Mit dem Daumen löste ich die Plastikabdeckung von der Nadel.

»Stehen Sie auf«, befahl Branko. Seine Stimme kam näher.

Ich hielt die Spritze zu mir weisend in der rechten Hand, den Daumen auf dem Kolben. Die dünne Spitze lag an der Haut der Innenseite meines Handgelenks an. Als ich leicht den Kopf drehte, sah ich Branko über mir stehen. Die Waffe hielt er an der Seite, während er wie gebannt zwischen meine Beine starrte.

»Ich bin gestürzt«, log ich. Aus Brankos Gesicht sprach gieriges, animalisches Verlangen, als er näher trat und meinen entblößten Unterleib anglotzte. »Bitte breiten Sie ein Handtuch über mich aus«, sagte ich. Dabei musste ich meine Angst nicht vortäuschen.

Ohne den Blick von meinem nackten Unterkörper zu lösen, ging er um mich herum und löste unterwegs den Gürtel. Er öffnete den Reißverschluss der Hose, zog den Bund seiner speckigen Boxershorts runter und legte Penis samt Hoden frei. Branko wollte mich vergewaltigen.

Als er auf mich zukam, wurde ich von panischer Angst befeuert. Ich rollte mich nach links auf die Hüfte und den Ellbogen herum, stemmte mich leicht hoch, schwang den rechten Arm nach oben und rammte die Nadel in seinen entblößten rechten Oberschenkel. Mit einem Kreischen drückte ich den Kolben durch und jagte die massive Dosis Diazepam hoffentlich in ein dickes Blutgefäß.

Branko starrte auf die aus seinem Bein ragende Spritze und schien einen Moment lang nicht verarbeiten zu können, was er sah. Ich nutzte die Gelegenheit, stieß mich mit der Hüfte vom Boden ab und schlug ihm mit der Faust wuchtig in die nackten Hoden.

Er schrie gellend auf und krümmte sich vornüber. Dann kam es zu einem chaotischen Handgemenge, bei dem er einen Treffer auf der verbrannten Seite meines Gesichts landete. Er brüllte etwas in seiner Muttersprache, ich rollte mich unter ihm hervor und kroch weg. Halbherzig versuchte er, mich zu packen, doch er hielt sich nach wie vor die Weichteile. Ich schaffte es an ihm vorbei und aus dem Badezimmer. Schnell schlug ich die Tür zu, rappelte mich auf und zog die Jeans hoch.

Ein Scheppern ertönte, als der Spiegel zerbrach. Ich humpelte ins Gästebadezimmer und schloss mich darin ein.

»Na warte, du Miststück!«, tobte Branko. Ich hörte ein Klicken, als er den Hahn des Gewehrs spannte. Mit einem ohrenbetäubenden Knall feuerte er einen Schuss ab. Ich hastete zum kleinen Fenster. Es befand sich hoch oben an der Wand und wäre ohnehin zu schmal, um mich hindurchzuschlängeln.

Eine solche Dosis Diazepam könnte ihn für mehrere Stunden außer Gefecht setzen. Nur wie lange würde es dauern, bis sich die Wirkung entfaltete? Bei Rauchern schlug Diazepam zudem weniger stark an. Und falls er außerdem Drogen konsumierte, könnte seine Toleranz noch höher sein.

Ich hörte ein Schrammen von Füßen im Flur. Danach folgte Stille. Ich spähte durchs Schlüsselloch. Was ich vom Korridor sehen konnte, war leer. Ich zählte erst Sekunden, dann Minuten. Atemlos. Mehrere Minuten lang rührte sich nichts, was ich wahrnehmen konnte. Mein Schweiß benetzte das Holz der Tür. Ich hörte alle möglichen subtilen Geräusche, bald ein Knarren, bald ein Rascheln. Stammten sie von Branko, der sich bewegte? Inzwischen musste er bewusstlos sein. Ich hatte einen Volltreffer mitten in seine Oberschenkelmuskulatur erzielt. Die Wirkung sollte längst eingesetzt haben.

Schließlich richtete ich mich auf, drehte langsam den Schlüssel im Schloss, öffnete die Tür und trat hinaus in den Flur. Als ich mich umdrehte, fand ich das Wohnzimmer und die Küche verlassen vor. Ich schlich zurück zum Schlafzimmer. Dabei kam ich am offenen Abstellraum vorbei. Er war verwaist.

Im Schlafzimmer übersäten Holzsplitter den Teppich, da Branko das Schloss der Badezimmertür zerschossen hatte. Ich stellte mich in die Mitte des Zimmers ans Fußende des Betts. Niemand im Badezimmer. Versteckte er sich in der Sauna? Von dort könnte das Knarren gekommen sein, das ich gehört hatte. Als ich mich umdrehte, lief alles wie in Zeitlupe ab. Branko stand mit aus den Höhlen quellenden Augen am Eingang, das Gesicht aschfahl und schweißüberströmt. Mit zitternden Händen hielt er das Gewehr auf mich gerichtet. Er grinste. Die verzogenen Lippen entblößten seine überdimensionierten Zähne.

Das Herz schlug mir bis in den Hals, und ich dachte, es wäre vorbei. Branko würde den Abzug drücken. Der Augenblick zog sich hin. Dann wankte er mehrere Schritte vorwärts. Die Augen rollten nach oben, die Knie gaben unter ihm nach. Mit einem dumpfen Laut sackte er mit dem Gesicht voraus zu Boden und lag still.

Dann summte die Gegensprechanlage der Vordertür.

KAPITEL 38

Ich näherte mich Branko und stupste ihn mit dem Fuß. Er war völlig weggetreten. Die linke Wange lag auf dem Boden. Der Mund stand offen. Sabber sickerte heraus. Die Muskeln in meinem verletzten Bein brüllten, als ich mich hinkniete und ihn weiter ins Schlafzimmer schleifte. Ich packte ihn an der Schulter und drehte ihn um. Wieder summte die Gegensprechanlage. Ich verstärkte meine Bemühungen und zog. Brankos kompakter Körper erwies sich als ziemlich schwer. Da ich nur das rechte Bein belasten konnte, gestaltete es sich noch schwieriger, ihn über den Boden zu zerren. Endlich hatte ich ihn dort, wo ich ihn haben wollte, und ich rollte ihn auf den Rücken. Ich hob das Gewehr auf. Zwar hatte ich keine Ahnung, wie es funktionierte, aber da er gerade damit schießen wollte, musste es entsichert sein.

Brankos Kiefermuskeln erschlafften, und der Mund klappte auf. Wieder sah ich seine überdimensionierten Zähne. Der Anblick erinnerte mich an ein gefährliches, betäubtes Tier. Beharrlich summte die Gegensprechanlage weiter. Ich schloss die Schlafzimmertür, humpelte zurück durch den Flur und warf einen Blick auf die Überwachungskamera. Dragan stand mit Luka vor der Eingangstür.

Ich schloss sie auf und öffnete sie einen kleinen Spalt. Verblüffung trat in ihre Gesichter, als sie mich mit wirrem Haar und zerrissener Hosen erblickten, übersät von Kratzern und Verbrennungen.

»Ist alles in Ordnung?«, erkundigte sich Dragan. Er runzelte die Stirn. »Ist das ein geladenes Gewehr?« Er deutete auf die Waffe über meiner Schulter.

»Ja.« Meine Stimme ertönte matt und zittrig.

»Warte hier draußen«, wandte sich Dragan an Luka. Ich öffnete die Tür weiter. Er kam herein und schloss sie vor Lukas besorgtem Gesicht. »Bitte. Wir müssen die Munition rausnehmen«, sagte er und hob mir das Gewehr vorsichtig von der Schulter. Ohne darüber nachzudenken, ließ ich ihn einfach machen. Er öffnete das Magazin und holte die beiden restlichen Patronen heraus. »Das ist Brankos Gewehr. Was ist los?«

Ich verspürte überwältigende Erleichterung darüber, Dragan zu sehen. Dass er Luka mitgebracht hatte, ließ seine Besorgnis umso aufrichtiger erscheinen. Ich führte ihn zum Schlafzimmer und öffnete die Tür. Das Schloss der Badezimmertür lag neben dem Fenster unter einem Haufen Holzsplittern auf dem Teppich und der Tagesdecke. Daneben hatte ich Branko platziert.

Dragans Augen wurden groß. »Haben Sie ihn erschossen?«

»Nein. Er wollte mich umbringen. Ich habe ihn mit einem Beruhigungsmittel betäubt«, erwiderte ich. Dragans heiles Auge sah mich skeptisch an. Das andere blieb ausdruckslos.

»Ich habe ihm eine Spritze mit Diazepam ins Bein gestochen. Um es genauer auszudrücken.«

»Ich habe gestern Abend mit Branko telefoniert. Er hat gesagt, er wäre zu Hause bei seiner Frau in Dubrovnik.«

Dragan ging in die Hocke und löste den Gürtel von Brankos Hose. Es enthielt sechs weitere Gewehrpatronen, ein langes Jagdmesser, ein Bündel Kabelbinder, eine Taschenlampe und einen Schlüsselbund. Dragan kramte in Brankos Taschen und brachte zwei Mobiltelefone, eine Brieftasche, das Abhörgerät aus dem Bücherregal und einen gefalteten Zettel zum Vorschein. Er strich das Papier glatt und reichte es mir. Es handelte sich um einen Ausdruck von Erics Passfoto.

»Oh mein Gott. Woher kann er das haben?«

»Wer ist der Mann?«

In knappen Worten erzählte ich Dragan von Eric und davon, wie Branko auf die *Dionysius* geschossen hatte. Natürlich kamen dabei wieder Gedanken an Eric in mir hoch. Wie sollte ich es seiner Familie beibringen und die Überreste seines Körpers finden? Ich schloss die Augen und holte tief Luft. Als ich die Lider öffnete, beobachtete mich Dragan mit einer Mischung aus Mitgefühl und Entsetzen.

»Die *Dionysius* ist in der Bucht unten explodiert?«, fragte Dragan.

»Ja.«

Die Narbe über seinem Glasauge runzelte sich. Er kauerte sich hin, hob das kleine Abhörgerät auf und drehte es in den Händen. »Warum hat Branko das?«

»Haben Sie so was schon mal gesehen?«, fragte ich.

Dragan nickte. »Im Krieg haben wir bei der Spionageabwehr gearbeitet. Die Serben ausspioniert. Branko konnte solche Abhörgeräte aus Bauteilen gewöhnlicher Stereoanlagen bauen.«

»Vor ein paar Nächten ist er bei mir eingebrochen und hat es im Bücherregal im Wohnzimmer platziert«, sagte ich.

Dragans Züge blieben schwer zu deuten. Er bewegte sich um Branko herum. »Helfen Sie mir, ihn hochzuheben.«

Den Großteil der Arbeit übernahm Dragan, als wir ihn auf das Doppelbett hievten, dennoch pochte es danach heftig in meinem Knie. Ich beobachtete, wie Dragan ihn auf dem Bett auf die Seite drehte und den Kopf nach hinten neigte, bis er sich in stabiler Seitenlage befand. Anschließend zog er Branko die Schuhe aus und holte sich aus den Taschen am Gürtel vier Kabelbinder. Mit je zwei davon fesselte er zuerst Brankos Arme hinter dem Rücken, dann die Füße. Ich hob die beiden Handys vom Teppich auf. Eines sah ramponiert aus und hatte eine schmutzige weiße Hülle mit dem Logo der Fußballeuropameisterschaft 2016.

»Sie haben ihm also Diazepam verabreicht?«, fragte Dragan.

»Ja. Er könnte drei bis vier Stunden bewusstlos sein.«

Dragan nickte. Ich ging zu Brankos Kopf und vergewisserte mich, dass die Atemwege frei waren.

»Warum hat Branko ein Abhörgerät in Ihrem Haus installiert?«

Ich sah Dragan an. Alle, die Wills Geheimnis kannten, waren entweder tot oder hatten einen Mordanschlag hinter sich, darunter ich selbst. Für Dragan und Luka war die Insel ihr einziges Zuhause.

»Ich glaube, er hat im Auftrag von jemandem gehandelt, der sehr viel Macht besitzt. Mehr möchte ich darüber nicht sagen.«

»Und besitzen Sie auch viel Macht?«, fragte Dragan vorsichtig.

»Nein. Aber ich habe kompromittierende Informationen über so jemanden.«

»Ich weiß, dass Branko bei einer Agentur in Zagreb registriert ist, die Sicherheitsleistungen vermittelt«, sagte er.

»Was für Sicherheitsleistungen?«

»Zum Beispiel für das Landesmuseum, als man dort eine Wachmannschaft für den Transport wertvoller Kunstwerke engagiert hat. Oder als Personenschützer, wenn ein Politiker eine Kundgebung abhält oder ein Sänger ein Konzert gibt. Viele ehemalige Soldaten übernehmen solche Aufgaben.« Er betrachtete die Holzsplitter und folgte ihrem Verlauf zurück zum Schloss der Badezimmertür.

Dann verließ Dragan das Schlafzimmer. Ich ging hinter ihm her zur Vordertür. Er öffnete sie. Luka trat draußen nervös von einem Bein aufs andere.

»Ist alles in Ordnung?«, erkundigte er sich. Etwas an seinem Englisch mit starkem Akzent berührte mich. Trotz der alles andere als gewöhnlichen Situation wollte er, dass ich ihn verstand. Der Wind peitschte einige lange Strähnen seines dunklen Haars, die sich aus dem Pferdeschwanz gelöst hatten.

»Ja«, antwortete Dragan und klopfte seinem Sohn auf die Schulter. »Maggie. Zeigen Sie mir, wo das Boot geankert hat.« Die beiden folgten mir den Gang entlang zur Terrasse.

Über die aufgewühlten Wellen hatte sich ein Trümmerfeld ausgebreitet. Ich sah, dass Wrackteile des Katamarans an den Strand gespült worden waren. Luka sah uns erschrocken und besorgt an.

»Waren Sie auch auf dem Boot?«, fragte Dragan.

»Nein. Ich war noch in dem Schlauchboot, mit dem wir vom Ufer hingefahren sind.«

»Und was ist mit dem da unten?«, hakte er nach und zeigte auf Brankos Gefährt am Strand.

»Mit dem ist Branko gekommen. Was aus dem Schlauchboot geworden ist, weiß ich nicht.«

Dragan vergrub das Gesicht in den Händen und lehnte sich an die Wand. »Herrgott. Auf was hat sich der verdammte Idiot nur eingelassen?«

Idiot hielt ich für zu harmlos, doch ich verkniff mir einen Kommentar.

»Wir sind heute früh zum Fischen rausgefahren«, meldete sich Luka zu Wort. »Da haben wir Rauch gesehen und sind zurückgekommen. Wir dachten, dass vielleicht ihr Haus brennt. Deshalb wollten wir nachsehen. Was ist hier eigentlich los?«

Dragan wandte sich von Luka ab und senkte die Stimme. »Ich muss die Küstenwache anrufen. Und Ihr Freund ... Er muss geborgen werden.«

Der letzte Teil traf mich hart. *Eric.*

Ich atmete tief durch. »Was werden Sie der Küstenwache sagen?«

Dragan zögerte und sah mich an. Er bekam keine Gelegenheit, mir zu antworten. Das Nokia, das ich noch in der linken Hand hielt, begann zu klingeln. Auf dem Display wurde angezeigt, dass die anrufende Nummer unterdrückt wurde. Ich ging ran und hob mir das Gerät ans Ohr.

»Ich warte unverändert auf Neuigkeiten von Ihnen«, sagte eine Frauenstimme. Ich erstarrte. »Sie müssen mit mir in Verbindung bleiben, Branko.«

Ich erkannte die Stimme – eine Mischung aus kultiviert und unterschwellig leger.

»Hallo. Sind Sie noch dran?«, hakte sie nach. Ich legte hastig auf.

Die Stimme gehörte Daisy De Costa.

KAPITEL 39

Dragan beobachtete mich aufmerksam. »War das die mächtige Person, für die Branko arbeitet?«, fragte er.

»Ja.« Ich schaltete das Nokia aus und holte tief Luft. Ihre Stimme zu hören, jagte mir mehr Angst als alles andere ein. Ich musste flüchten. Sie wusste, wo ich mich befand. Ich musste irgendwohin, wo ich mich verstecken konnte. »Und Sie haben wirklich nicht gewusst, dass Branko auf der Insel geblieben ist?«

»Nein. Wie gesagt, ich habe gestern Abend mit ihm telefoniert. Da hat er gemeint, er wäre zu Hause bei Mila und würde mit ihr Netflix schauen.« Er schüttelte den Kopf. »Mich schockiert, wie leicht mich Branko täuschen konnte. Auf meine alten Tage verliere ich wohl den Schneid.«

»Was glauben Sie, wo er geblieben ist?«, fragte ich.

Kurz kniff Dragan nachdenklich die Augen zusammen. Dann schüttelte er abermals den Kopf. »Auf Tišina stehen derzeit praktisch alle Häuser leer.«

»Ich kenne das Boot, das Branko benutzt hat. Es gehört einem französischen Ehepaar mit einer Villa auf der

Nordseite der Insel«, steuerte Luka bei, der sich bisher überwiegend ruhig verhalten hatte.

Er ist die ganze Zeit auf der Insel gewesen, hat sich in einer Villa versteckt und mich beobachtet.

Erschrocken wurde mir bewusst, wie hoch die Sonne am Himmel stand, eine grellweiße Scheibe, die versuchte, mit ihren Strahlen die Wolken zu durchdringen. Der Ozean lag deutlich ruhiger da. In der Bucht trieben Wrackteile der *Dionysius*, einige waren auch an den Strand gespült worden. Den Rest musste die Ebbe hinaus ins Meer befördert haben.

Mir ging unablässig Daisy de Costas Stimme durch den Kopf. *Sie müssen mit mir in Verbindung bleiben, Branko.* Wie lange hatte sie schon mit ihm in Kontakt gestanden? Hatte sie Eric und mich abgehört? Wie hatte sie Will unter Druck gesetzt, damit er eine Obduktion an einem Enthüllungsjournalisten gefälscht hatte?

Mich ereilte eine Erinnerung an mich auf dem Schlauchboot, als es von der *Dionysius* weggetrieben war. Vor meinem geistigen Auge sah ich die Überraschung in Erics Zügen, dann das Abheben des Katamarans aus dem Wasser, bevor er in einem Flammenball aufgegangen war. Hätten wir das Haus nur ein wenig später verlassen und der Gezeitenwechsel bereits eingesetzt, wäre wahrscheinlich auch ich umgekommen. Ich starrte auf die Wasseroberfläche. Eric hatte immer gesagt, dass er auf See bestattet werden wollte.

Wenn Daisy De Costa herausfand, dass ich noch lebte, würde sie alle Hebel in Bewegung setzen, um mich aufzuspüren und es zu Ende zu bringen. Und sie war eine hochrangige Politikerin der britischen Regierung. Zweifellos hatte sie beängstigende Mittel zur Verfügung. Ich musste klug vorgehen. Vor allem musste ich klaren Kopf bewahren.

Ich betrachtete die harmlosen Wellen in der Bucht. Der Strand wirkte beinah wieder normal.

»Dragan. Was wäre, wenn sie der Küstenwache *nichts* von der Explosion sagen? Würde trotzdem jemand nachsehen kommen? Glauben Sie, dass jemand etwas bemerkt hat?«, fragte ich.

Dragan starrte zum Horizont. »Was schlagen Sie vor?«

»Ich will Sie und Luka aus der Sache raushalten.«

Luka hatte die Hände in die Hosentaschen gesteckt und blieb auf der Terrasse auf Abstand, ließ uns Freiraum.

»Und wie wollen Sie das anstellen?« Mit verkniffener Miene drehte sich Dragan zu mir. Ich konnte mir gar nicht vorstellen, wie schwer sein Leben auf dieser verdammten Insel sein musste.

»Die Beweise für die Explosion sind fast verschwunden«, sagte ich und senkte die Stimme. »Branko wird erst in Stunden aufwachen. Was, wenn wir ihn zurück in die Villa schaffen, in der er sich verkrochen hatte, und in meinem Haus aufräumen? Es wird früh dunkel. Sie könnten mich mit Ihrem Boot zum Festland bringen. Wenn Branko aufwacht, wird er nicht wissen, wie er zurück in die Villa gekommen ist. Und ich werde verschwunden sein.«

»Inwiefern hilft das Luka und mir?«, fragte Dragan aus dem Mundwinkel. Mir fiel auf, wie die Narbe an seinem Auge die umliegende Haut nach unten zog, wenn er die Stirn runzelte. Dadurch wirkte sein Gesicht wie eine traurige Maske.

»Die Person, die angerufen hat, weiß nicht, dass ich noch lebe. Bei Brankos letztem Telefonat mit ihr habe ich ihn zuletzt sagen gehört, dass er unsere Leichen sucht. Als Sie ins Haus gekommen sind, war er schon bewusstlos. Er hat Sie nicht gesehen. Sie und Luka können leugnen, irgendetwas zu wissen.«

»Und ich soll für Sie das Taxi von hier weg spielen?«

»Ich bezahle Sie dafür.«

Er zog die Braue über dem heilen Auge hoch. »Wie viel?«

»Ich kann Ihnen sofort zehntausend Euro in bar geben und noch mal so viel, wenn ich ... wenn ich in Sicherheit bin.«

»Sie haben so viel Geld?«, hakte er nach.

»Ja«, bestätigte ich. Dragan schaute zurück zum Haus und nickte, als überzeugte es ihn, dass ich die Summe haben würde. »Falls jemand fragt, können Sie sagen, Sie hätten mir zurück auf Festland geholfen, weil ich dringend zu einer Freundin musste, der es sehr schlecht geht.«

»Geht es ihrer Freundin denn schlecht?«

»Ja«, erwiderte ich und dachte an Diane. Ich wusste nach wie vor nicht, ob sie überhaupt noch unter den Lebenden weilte. »Ein Auto hat sie überfahren.« Als ich mir die Augen abwischte, traf ich den Bluterguss in meinem Gesicht und löste einen Anflug von Schmerzen aus. Wieder legte Dragan die Stirn in Falten. Das Geld konnte er sicherlich gut gebrauchen. Bevor er antworten konnte, fügte ich hinzu: »Auf dem Festland brauche ich Hilfe dabei, es über die slowenische Grenze in die Schengen-Zone zu schaffen. Ich kann das Risiko nicht eingehen, meinen Reisepass vorzeigen zu müssen.«

Darüber dachte Dragan kurz nach.

»Okay. Ein Freund von mir fährt in der Nähe einer Ortschaft namens Ogulin ein Taxi. Liegt direkt an der slowenischen Grenze. Er kann sie an einer abgelegenen Stelle ohne Zaun oder Grenzkontrollen in die Schengen-Zone bringen. Aber nach Ogulin müssen Sie sich allein durchschlagen.«

»Wie komme ich dorthin?«

»Ich bringe Sie übers Meer nach Split. Von dort können Sie einen Bus nach Ogulin nehmen.«

»Also haben wir eine Abmachung?«, fragte ich. Sein Glasauge sah mich ausdruckslos an, den Ausdruck im anderen vermochte ich nicht zu deuten. Konnte ich ihm vertrauen? Ich musste hoffen, dass niemand an ihn herangelangen und ihm mehr als ich bieten würde, bevor ich die Grenze überquerte. Er nickte, und wir schlugen ein.

»Wohin wollen Sie, sobald Sie in Slowenien sind?«

»Es ist sicherer für Sie und mich, wenn Sie das nicht erfahren«, gab ich zurück. In meinem Kopf kristallisierte sich ein Plan heraus. Ich würde versuchen, es nach Frankreich zu schaffen. Hugos Haus dort stand leer. Darin könnte ich untertauchen. Mir etwas Zeit verschaffen. Weiter reichte der Plan vorerst nicht.

Dragan drehte sich Luka zu. »Geh runter zum Strand und bring das Boot in die nächste Bucht zur Villa Auberge. Danach gehst du schnurstracks nach Hause und bleibst dort. Ruf mich an, sobald du daheim bist. Verstanden?«

Luka schaute zwischen seinem Vater und mir hin und her. Ich lächelte. Offenbar bot ich einen erschreckend verstörenden Anblick, denn er erwiderte die Geste nicht.

»Okay,«, sagte er nur.

Damit setzte sich Luka die Stufen hinunter in Bewegung. Dragan drehte sich dem Haus zu.

»Und wir kümmern uns um Branko.«

KAPITEL 40

Dragan massierte sich die Schläfen. Seine rauen Hände berührten die Narbe über dem Auge. Wir blickten auf Branko hinunter, der nach wie vor in meinem Bett lag.

»Im Krieg habe ich ihm mein Leben anvertraut«, sagte er.

»Vielleicht konnten Sie das damals, weil Sie und er auf derselben Seite gestanden haben.«

Kurz erweckte er den Eindruck, dagegen protestieren zu wollen. Stattdessen fragte er: »Wie lange wird dieses Beruhigungsmittel wirken?«

Ich warf einen Blick auf die Armbanduhr. Es war kurz vor neun Uhr. Branko war seit über einer Stunde bewusstlos. »Ich kann nicht genau sagen, wie lange noch. Das ist unterschiedlich. Trinkt er viel Alkohol? Nimmt er Drogen?«

»Nein. Sie sollten ihm sicherheitshalber eine weitere Dosis verpassen. Wir können nach drei Uhr zum Festland aufbrechen.«

»Bis dahin sind es noch sechs Stunden!«

»Die Überfahrt nach Split dauert zwei Stunden. Es wäre sicherer, nach Einbruch der Dunkelheit dort anzukommen.

Zwei Stunden brauche ich für den Weg zurück. Branko soll nicht mitbekommen, dass wir die Insel verlassen haben. Wenn er bei mir anklopft, will ich im Morgenmantel zu Hause sein und so tun, als wäre nichts gewesen.«

»Wie schaffen wir ihn in diese Villa, in der er Ihrer Meinung nach übernachtet hat?«

»Darum kümmere ich mich. Bringen Sie sich in der Zwischenzeit in Ordnung. Sonst erregen Sie unerwünschte Aufmerksamkeit.«

Mit meinem wunden Bein schien der Weg die Stufen hinunter zum Strand eine gefühlte Ewigkeit zu dauern. Das Wasser reichte mir über die Knie, als ich unten ankam. Ich watete zu der schmalen Lücke zwischen den Felsbrocken und holte die Thermosflasche sowie die Konservendose mit dem Geld. Bis ich wieder oben eintraf, war Branko von Dragan aus dem Haus geschafft worden.

Ich ging ins Gästebadezimmer. Mein Nest aus Überwürfen und Decken befand sich noch in der Wanne. Plötzlich verspürte ich den überwältigenden Drang, darunter zu kriechen und ewig zu schlafen. Stattdessen steuerte ich auf das Waschbecken zu, trank ausgiebig Wasser und mied dabei einen Blick auf mein Spiegelbild. Ich musste mir den Rest der Dokumente auf dem USB-Stick ansehen. Danach galt es zu überlegen, wie ich ohne Passkontrolle zurück nach Großbritannien könnte. Ich musste davon ausgehen, dass Daisy De Costa das System auf Anzeichen von mir suchen ließ. Schlimmer noch, sie könnte veranlasst haben, dass man nach mir fahndete.

Ein paar Jahre nach dem Tod meiner Mutter waren Wills Eltern im Urlaub in Griechenland gewesen, als auf Island der

Vulkan Eyjafjallajökull ausgebrochen war. Damals hatte man den Luftraum über Europa für zehn Tage geschlossen. Zu dem Zeitpunkt war Wills Vater bereits erkrankt und musste dringend zurück nach Großbritannien zu seiner Chemotherapie. Niemand hatte gewusst, wann wieder Flüge verfügbar sein würden. Trotzdem war dank George die Rückkehr nach Hause gelungen, indem er Gefallen bei allen möglichen schrägen und wunderbaren Menschen abgerufen hatte, die Boote besaßen.

Mein Plan bestand vorerst nur darin, mich in Hugos Haus in Frankreich zu verstecken, was ich erschreckend fand. Könnte George mir helfen? Viele Menschen hielten seinen Lebensstil unter dem Radar für suspekt. Als ich älter geworden war, hatte auch ich nicht mehr verstanden, warum er so lebte. Bei dem Streit mit ihm war es um etwas Triviales gegangen. Oder genauer gesagt, um etwas, das ich für trivial gehalten hatte. Einige Monate nach dem Tod meiner Mutter hatte er mich in London besucht, und ich hatte uns Tickets für das London Eye reserviert. Bei der Abholung wurde von uns ein Lichtbildausweis verlangt. George schaltete dabei auf stur und meinte, er würde keinen Lichtbildausweis dafür vorzeigen, in ein überteuertes Riesenrad zu steigen. Wir hatten damals eine hitzige Diskussion in aller Öffentlichkeit. Wills Schwester Felicity war auch bei uns. Ich war so wütend auf ihn gewesen, weil er mich in Verlegenheit gebracht hatte. Vermutlich lagen bei uns beiden noch die Nerven wegen Mamas Tod blank. Ich dachte an ihre Worte zurück. *Finde ihn. Streng dich mehr an.*

Ich schälte mich aus der nassen Kleidung und ließ mir ein Bad ein. Alles schmerzte, als ich mich ins heiße Wasser senkte. Behutsam wusch ich mir den Sand aus den Wunden und führte eine Bestandsaufnahme durch. An den Armen und am Bein hatte ich zahlreiche, allerdings nur oberflächliche Kratzer. Mehr Kopfzerbrechen bereitete mir das linke Knie. Es fühlte sich an, als könnte darin ein Band gerissen sein. Genesen könnte ich nur, indem ich mich schonte. Aber ich musste flüchten.

Nachdem ich mich gesäubert hatte, verarztete ich die gröberen Wunden an den Beinen mit Mull, bevor ich in einen warmen, weichen Trainingsanzug, dicke Socken und Turnschuhe schlüpfte. Ich warf weitere Antibiotika und Schmerztabletten ein. Dann rasierte ich mit Wills Haarschneider die versengten Haare ab. Zum Glück verdeckte der Rest meiner Mähne die Stelle. Da sich mein wasserdichter Rucksack als unbeschädigt erwies, trocknete ich ihn innen. Ich packte Kleidung zum Wechseln ein, eine Baseballmütze mit rotem Coca-Cola-Logo und eine schlichte schwarze. Auch die Rolex und die Manschettenknöpfe in ihrer Kassette wanderten in den Rucksack. Nur für den Fall, dass ich etwas zum Verpfänden brauchte. Ich warf ein Feuerzeug und etwas medizinisches Material dazu. Als Nächstes folgten die Konservendose mit dem Bargeld und die Thermosflasche.

Als ich gerade den Laptop verstauen wollte, stieg eine Erinnerung aus meinem Gedächtnis auf. Vor Jahren, damals noch mit einem meiner ersten Mobiltelefone, hatte ich Telefonnummern auf Zettel geschrieben und sie anschließend gescannt.

Ich schaltete den Computer ein und begann, die Dateien darauf zu durchforsten. Lange klickte ich mich durch Fotos und Dokumente in Unterordnern. In einem ohne Namen fand ich letztlich, wonach ich suchte. Einen gescannten Zettel mit einer Liste handgeschriebener Telefonnummern.

»Was zum ...«, murmelte ich. Nach Wills Tod hatte ich

meinen Computer durchsucht, dessen war ich mir sicher. Damals hatte ich nichts gefunden. Georges Nummer war die vierte auf der Liste. Ich lehnte mich auf dem Boden zurück und starrte auf den Bildschirm.

Schließlich notierte ich die Nummer auf einen Zettel und steckte ihn in die Thermosflasche.

KAPITEL 41

Die Sonne stand tief am Horizont, als ich das Haus verließ und die Vordertür zum letzten Mal verriegelte.

Als ich achtzehn Jahre alt war, hatten Ma und George den Van aufgegeben, da uns der Gemeinderat ein kleines Häuschen am Stadtrand von Slaithwaite in Yorkshire angeboten hatte. Es hatte mich begeistert, in einem richtigen Haus zu leben. Allerdings war ich bereits wenige Monate später ausgezogen, um Medizin zu studieren. Es war ein beängstigender Sprung ins kalte Wasser gewesen, sich allein in London durchzuschlagen. Das Gefühl, als ich hinunter zum Tor ging, wo Dragans Auto wartete, erinnerte mich ein wenig an damals.

Schweigend fuhren wir den Feldweg zur Kirche entlang. Überall sah man Sturmschäden. Umgestürzte Bäume lagen kreuz und quer auf den Feldern, Teile der Straße waren weggeschwemmt worden, im Schlamm klafften Löcher und tiefe Furchen. Der Klang der Reifen änderte sich, als sie das Steinpflaster hinauf zur Kirche erreichten, deren Turm erst auftauchte und dann hinter uns zurückblieb, als wir daran vorbeifuhren.

Ein leichter Nebel hing in der Luft. Der sich verdüsternde Himmel verstärkte mein Unbehagen. Die Villa lag in der Nähe des *Sun-Inn* Hotels – eigentlich handelte es sich um ein kleines Farmhaus auf der Klippe, an dem man bei der Fahrt vom Steg herauf vorbeikam. Kälte herrschte, und das Tageslicht schwand zunehmend, als wir die Villa erreichten, in der sich Branko versteckt hatte. In dem kühlen, düsteren Haus lag Branko nach wie vor bewusstlos im Wohnzimmer auf einem Sofa unter einer Decke. Die Vorhänge waren zugezogen. Eine kleine Lampe brannte.

Ich kniete mich neben das Sofa und zuckte vor Schmerzen im Knie zusammen. Dann übernahm meine Professionalität das Kommando. Dragan hatte ein elektronisches Thermometer dabei. Ich hob die Decke an. Branko lag auf der Seite, die Hände und Füße mit Kabelbindern gefesselt. Seine Körpertemperatur war mit 36,9 Grad in Ordnung.

»Ich kann es riskieren, ihm ein wenig mehr zu verabreichen, aber er hatte schon eine ziemlich heftige Dosis. Sie wollen sich bestimmt nicht mit einer Leiche herumschlagen«, sagte ich.

Dragans Telefon klingelte. Er zog es aus der Tasche.

»Das ist Brankos Frau Mila«, verkündete er nach einem Blick auf das Display. »Sie ruft seit Stunden an. Offensichtlich macht sie sich Sorgen um ihn.«

Ich verkniff mir einen Kommentar über die Ironie daran. »Gehen Sie nicht ran.«

Dragan ignorierte den Anruf und steckte das Telefon zurück in die Tasche.

Ich zog fünf Milligramm Diazepam auf, zögerte und fügte schließlich weitere zwei Milligramm hinzu. Als ich die

Spritze ins Licht hielt, sah ich darin eine winzige Luftblase. Mein Blick fiel auf Branko. Es wäre so einfach, das Bläschen in seinen Blutkreislauf zu injizieren. Doch trotz allem fühlte ich mich nach wie vor meinem Eid verpflichtet, niemandem zu schaden. Der Gedanke, dass ich die Macht besaß, sein Leben zu beenden, aber entschied, es nicht zu tun, erfüllte mich mit Befriedigung. Ich tippte gegen die Spritze und entfernte die Luftblase aus der Flüssigkeit. Dann stach ich die Nadel durch die Hose in seinen Beinmuskel und drückte den Kolben durch. Brankos Mund klappte auf. Er schluckte und schnarchte leicht. Ich zog die Nadel heraus und stand auf.

»Wir sollten ihm die Kabelbinder abnehmen«, schlug ich vor. »Dann ist er beim Aufwachen noch verwirrter und wird sich fragen, wie er hier gelandet ist.«

Dragan zögerte, bevor er nickte. Er zog das Bowie-Messer von seinem Gürtel, schnitt die Kabelbinder an Brankos Handgelenken und Beinen durch und steckte sie ein. Ich holte die Konservendose aus dem Rucksack. Dragan beobachtete, wie ich ihr zwanzig 500-Euro-Scheine entnahm. Ich streckte ihm das Geld hin.

»Hier. Wie vereinbart. Noch mal zehntausend überweise ich Ihnen, wenn ... wenn ich in Sicherheit bin.« Wann – und ob – das der Fall sein würde, wusste ich nicht. Ich verdrängte den Gedanken. Dragan steckte das Geld ein.

»Gehen wir«, sagte er.

Ich warf einen letzten Blick auf Branko. Er schlief tief und fest, während ich um mein Leben flüchtete.

Die Dämmerung brach herein, als wir durch eine hügelige Landschaft fuhren, in der Schafe weideten. Nach der Kuppe einer Anhöhe fiel das Gelände zu einem dicht bewaldeten Tal ab. Zwischen dem Gewirr der Äste konnte ich ansatzweise eine kleine Ansammlung von Gebäuden ausmachen. Wir gelangten in ein Durcheinander kurviger Straßen, an denen sich Häuser mit bröckelnden Fassaden drängten. Bäume wuchsen aus Dächern und Schornsteinen. Bei fünf Reihenhäusern fehlte das Dach vollständig. Dieselben Trockenmauern wie überall auf der Insel säumten kleine Gärten mit wild wachsenden Bäumen und wucherndem Farngestrüpp.

»Das war früher ein Bergbaudorf«, kommentierte Dragan und warf mir über den Innenspiegel einen Blick zu.

Die allgegenwärtigen Bäume mit skelettartigen Ästen entlang der Straße und in den verfallenen Häusern sorgten für eine bedrückende Atmosphäre. Als das Licht an jenem Novembernachmittag weiter schwand, musste Dragan die Scheinwerfer einschalten.

»Den Teil der Insel habe ich noch nie gesehen«, sagte ich.

»Wir bemühen uns, die Touristen von hier fernzuhalten. Trotzdem kommen immer wieder Kids aus dem Hotel her und schlagen Scheiben ein.«

Bei den Worten fiel mir auf, dass die meisten Fenster entweder gar kein Glas mehr aufwiesen oder Löcher darin hatten.

»Wir wohnen als Einzige hier«, fügte Dragan hinzu. »Gleich da vorn.« Er zeigte durch die Windschutzscheibe, als wir durch ein Dickicht einen Hang hinauffuhren. Mir geisterte durch den Kopf, wie unheimlich es sein musste, zwischen so vielen verlassenen Häusern zu leben.

An der Kuppe ließen wir die Bäume hinter uns. Danach ging es hinab in eine kleine Bucht. Ihr kleines Haus war das letzte auf der linken Seite am Rand der Siedlung und hob sich dadurch von den anderen ab, dass man am vorderen

Fenster ein schwaches Licht erkennen konnte. Das Gebäude selbst sah heruntergekommen und bröcklig aus, der Garten hingegen gepflegt, und die Fenster besaßen Scheiben.

»Das Boot ist da drüben vertäut«, sagte Dragan. Im Zwielicht konnte ich ruhiges Wasser in der Bucht erkennen, weiter draußen jedoch wies die kabbelige See weiße Schaumkronen auf. »Im Haus habe ich eine wasserdichte Hose für Sie. Die werden Sie brauchen.«

Drinnen entpuppte sich die Decke als niedrig. In der Diele aus Stein standen alte Schuhe und Stiefel herum. Dragan deutete auf die erste Tür. Wir betraten ein Wohnzimmer mit ausgebleichter Velourtapete, die Wasserflecken und ein Muster aus blauen Kornblumen zeigte. Es vermittelte einen flüchtigen Eindruck von ihrem Zusammenleben. Trostlos, zugleich jedoch tröstlich. Die beiden hatten einander.

Luka erwartete uns bereits. »Ich habe was zu essen für Sie eingepackt.« Er reichte mir eine Tragetasche.

»Danke«, sagte ich. Der Junge wirkte verängstigt, was spontan Schuldgefühle bei mir auslöste. Dragan reichte mir die dunkelgrüne wasserfeste Hose, die sich glatt wie Öl anfühlte. Während ich sie anzog, schlüpften Dragan und Luka in identische Hosen und Jacken.

Als wir das kleine Haus verließen, hatte die Dämmerung vollständig eingesetzt. Zum ersten Mal seit Tagen herrschte Windstille, und als wir zur Bucht hinuntergingen, lichteten sich die Wolken am Abendhimmel. Ein Meer funkelnder Sterne kam nach und nach zum Vorschein. Die Aussicht auf die unmittelbar bevorstehende Reise lastete wie ein erdrückendes Gewicht auf mir. Mein Ziel lag noch im Trüben, doch ich spürte, wie sich meine Entschlossenheit festigte, als ich an Daisy De Costa und die Informationen dachte, die ich hatte.

Ich habe es so weit geschafft, also werde ich jetzt nicht mehr einknicken. Will und Eric sind dafür gestorben, und Diane ... Auch sie könnte inzwischen tot sein. Das alles durfte nicht umsonst gewesen sein.

Als wir das Ende des Wegs erreichten, verging der Augenblick der Stille. Der Wind setzte wieder ein, Wolken schoben sich vor die Sterne.

Das Boot, mit dem wir segeln würden, war größer als jenes, das ich auf dem Anhänger ihres Autos gesehen hatte. Trotzdem kam es mir nicht robust genug vor, um das offene Meer damit zu überqueren. Es ruhte auf einem Startgerüst am Ende des Kiesstrands. Dragan half mir hinein. Das Deck bestand aus kahlem Holz. Vorn befand sich eine dreiseitige Kabine als Unterstand. Dragan und Luka versetzten dem Boot einen Stoß. Es holperte die steile, kieselige Neigung hinab und schlitterte wuchtig ins Wasser. Ich geriet dabei aus dem Gleichgewicht. Das Gefährt wogte und stampfte in den Wellen, als Dragan und Luka an Bord kletterten.

Der Gestank von Dieseldämpfen breitete sich in der kalten Luft aus, als Dragan den Motor startete. Schlingernd traten wir den Weg durch die Bucht an. Ich dachte, der Seegang wäre bereits rau – bis wir durch die felsige Öffnung der Bucht hinaus ins offene Meer gerieten. Dort erfasste uns der Wind schneidend wie eiskalte Messer und hätte mir beinah die Baseballmütze vom Kopf geweht. Dragan bedeutete mir, in den Schutz der Kabine zu gehen, und ich protestierte nicht dagegen. In meinem zerkratzten, verbrannten Gesicht verursachte der kalte Wind wahre Höllenqualen.

Eine Unterhaltung war durch den vereinten Lärm des

tuckernden Motors und der heulenden Böen schlichtweg unmöglich. Ich kauerte mit Luka in dem Unterstand auf dem Holzdeck. Als ich zurückschaute, um einen letzten Blick auf die Insel zu werfen, war es dafür zu spät. Die Dunkelheit hatte Tišina bereits verschluckt, und mittlerweile beherrschte eine so dichte Wolkendecke den Himmel, dass der Mond und die Sterne sie nicht zu durchdringen vermochten. Das einzige Licht stammte von einer schwachen gelblichen Glühbirne in der Kabine. Sie erhellte mit ihrem schmalen Kegel auch Dragans hageres Gesicht, während er das Boot steuerte.

Es fühlte sich beängstigend an, endlich unterwegs zu sein und in der Kälte und Gischt in Richtung Festland zu kreuzen. Eine Fahrt ins Ungewisse. Ich hatte kein Telefon. Niemand wusste, wohin ich wollte. Dragan und Luka hatte ich nur verraten, dass ich die Grenze überqueren würde.

Während des Großteils der Fahrt hielt Luka meine Hand. Dann veränderte sich der Klang des Motors. Dragan rief etwas und zeigte durch die Kabine. Ich mühte mich auf die Beine und erblickte durch die salzige Gischt auf der Scheibe am Horizont eine Reihe von Lichtern. Der Hafen von Split. Das Festland.

KAPITEL 42

Als wir die Kaimauern erreichten, erkannte ich, wie groß der Hafen war. Er besaß ein langes, gedrungenes, von Flutlichtern erhelltes Fährterminal, und zwischen drei Containerschiffen sah ich ein Kreuzfahrtschiff. Dragan steuerte das Boot vom Fährterminal weg in Richtung einer hell erleuchteten Promenade mit wunderschönen venezianischen Gebäuden und Palmen. An jenem ruhigen Novemberabend sah alles verwaist aus.

Auf dem Weg durch das großflächige Wasser innerhalb der Hafenmauern passierten wir ein Fischerboot. Schatten verhüllten die Männer an Bord. Nur die glimmenden Enden von Zigaretten schimmerten hervor. Im Vorbeifahren hörte ich leise murmelnde Stimmen, dann ließen wir sie hinter uns.

Dragan steuerte auf einen leeren, unbeleuchteten Teil des Kais zu. Unmittelbar vor uns tauchte das Hafenbüro auf, ein hohes Steingebäude. In einem der Fenster im Erdgeschoss brannte Licht.

Der Bootsmotor wurde abgeschaltet. Die plötzliche Stille fühlte sich eigenartig an, als wir auf den Kai zutrieben.

»Alles in Ordnung?«, erkundigte sich Luka, als er mir auf die Beine half.

»Ja«, log ich.

In Wirklichkeit pochte mein linkes Bein trotz der starken Schmerztabletten ziemlich heftig. Mein Gesicht war nass von der Gischt. Ich zog die wasserfeste Hose aus. Zum Glück erwies sich meine Kleidung darunter als trocken. Das Boot stieß sanft gegen die Ufermauer und Stufen aus Stein, die hinauf zum Kai führten.

»Die Bushaltestelle ist gegenüber dem Fährterminal. Folgen Sie dem Kai nach links. Wenn Sie die Hauptstraße erreichen, überqueren Sie die Kreuzung und biegen rechts ab. Zu Fuß sind es zehn Minuten«, erklärte Dragan und zeigte am Hafenbüro vorbei.

Ich nickte. Plötzlich hatte ich Angst davor, die Sicherheit des Boots zu verlassen und allein auszusteigen.

»Der nächste Bus nach Ogulin geht in dreißig Minuten. Mein Freund Andro erwartet Sie dort. Er bringt Sie über die Grenze nach Slowenien und setzt Sie am Busbahnhof in Ljubljana ab. Andro fährt einen gelben Honda. Hässliches modernes Auto.« Das Boot wogte am Kai auf und ab. Wasser schwappte gegen den Rumpf. Dragans und Lukas Gesichter konnte ich nicht sehen, nur ihre Umrisse. »Haben Sie noch Fragen?«

»Nein. Sobald ich in Sicherheit bin, überweise ich wie vereinbart das restliche Geld. Versprochen.« Schweigen. Dragan glaubte nicht, dass ich es in Sicherheit schaffen würde, das spürte ich.

»Gute Reise«, wünschte er mir schließlich. Luka nahm mich am Arm und führte mich zum Rand des Boots.

Er schaltete die Taschenlampenfunktion seines Handys

ein und erhellte damit eine kleine Betonplattform am Fuß der Stufen.

Unverhofft beugte sich Luka vor und umarmte mich. »Seien Sie vorsichtig. Und viel Glück«, sagte er.

Ich hielt mich an seinem Arm fest und wartete, bis uns die nächste Welle auf die Höhe der Betonplattform anhob, dann stieg ich aus dem Boot hinüber.

»Das werde ich euch nie vergessen. Danke«, sagte ich.

Damit eilte ich nach oben und betrat den Kai. Eine frostige Bö erfasste den Schirm meiner Kappe. Ich musste sie festhalten, damit sie mir nicht vom Kopf geweht wurde. In der kalten Luft trieben die Gerüche der Stadt – abgestandener Zigarettenrauch, verrottender Müll, Benzin. Es war so dunkel, dass ich das Boot kaum noch sehen konnte. Ich hörte, wie der Motor wieder ansprang. Dann beobachtete ich, wie sich ein Schemen in Bewegung setzte und rasch von den Schatten verschluckt wurde.

Beim nächsten heftigen Windstoß nahm ich die Baseballmütze ab und steckte sie in die Tasche.

Schließlich holte ich tief Luft, senkte den Kopf und trat den Weg zur Hauptstraße an. Meine dicke Jacke war so nass wie meine Turnschuhe, aber ich war froh über die sperrige Kleidung. Die Jacke besaß tiefe Taschen und verschleierte meine Statur, wodurch ich mich als allein durch die Dunkelheit marschierende Frau weniger ungeschützt fühlte. Mein Bein machte mir nach wie vor zu schaffen. Jeder Schritt kam einem Kampf gleich. Schließlich überquerte ich die Hauptstraße und steuerte auf den Busbahnhof zu. Es handelte sich um einen heruntergekommenen Bereich mit geschlossenen Souvenirläden und reihenweise Geldautomaten und Wechselstuben. Ein paar Leute trieben sich in der Umgebung herum. Fünfzig Meter vor mir ging ein älteres Paar mit Koffern vorbei, und ich passierte einer Gruppe von Männern, die vor einer Pizzeria mit Straßenverkauf rauchten. Sie hielten inne und starrten mich an. Ich eilte weiter. Im dunklen Schaufenster eines Autoverleihs erhaschte ich einen Blick auf mein Spiegelbild.

Ich erkannte mich kaum wieder. Mein Gesicht sah verquollen und totenblass aus.

Als ich mich einem Kiosk am Bordstein näherte, bemerkte ich einen großen, dünnen Mann mit ergrauendem Haar und Bürstenfrisur in einer engen Jeans und einer glänzenden blauen Bomberjacke. Er sah das Angebot auf einem Zeitschriftenständer durch. Als ich an ihm vorbeiging, sah er mich für meinen Geschmack zu lange an. Und als ich zurückschaute, starrte er mir immer noch hinterher. Seine Kleidung schien mir nicht zum kalten Wetter zu passen, und es war zu dunkel, um die Zeitschriften vernünftig zu erkennen.

Mist, dachte ich und bemühte mich, nicht in Panik zu geraten. *Er weiß, wer ich bin.* Abermals spähte ich zurück, und immer noch starrte er mir hinterher. Schließlich packte er die Zeitschrift in seiner Hand wieder auf den Ständer und setzte sich in meine Richtung in Bewegung. Als ich versuchte, die Schritte zu beschleunigen, verschlimmerten sich die Schmerzen in meinem Bein. Ich stellte fest, dass ich auf einen unbeleuchteten, schattigen Abschnitt der Straße zusteuerte, wo sämtliche Souvenirläden und Autovermietungen geschlossen waren.

Wieder spähte ich verstohlen zurück, doch ich hörte bereits an den Geräuschen seiner Schuhe, dass er zu mir aufschloss. Ich ging schneller, verfiel beinah in hinkenden Laufschritt.

»He!«, rief er. Als ich unverhohlen zurückschaute, sah ich,

dass er beschleunigte, um mich einzuholen. Weiter vorn sah ich Licht in einer Kneipe mit dem englischen Namen *One-Eyed Pig*. So schnell ich konnte, steuerte ich darauf zu. Außer Atem stieß ich die Tür auf. Das Lokal erwies sich als gut besucht. Etliche Gäste hatten Gepäck bei sich. Ich bahnte mir einen Weg zum Ende der Theke, wo eine Gruppe älterer Damen in Leggings und Thermowesten an Getränken nippte.

Als ich zurückschaute, erblickte ich meinen Verfolger am Eingang. Er kam herein. Mit großen, leicht verrückt wirkenden Augen sah er sich um. Als er auf mich zukam, stellte ich fest, dass ich in der Falle saß. Die Theke endete an der Rückwand des Gastraums. Er hielt direkt auf mich zu, und ich hörte mich schreien: »Nein! Nein, nein, nein!«

Die Frauen drehten die Köpfe und starrten mich an – genau wie alle anderen Gäste. Obwohl mir der Laden nach einer Kneipe aussah, in der es raubeinig zuging, erntete ich reichlich erschrockene Blicke.

»Sie haben Ihre Mütze verloren«, teilte mir der große Mann auf Englisch mit starkem Akzent mit, blieb stehen und atmete durch. Er streckte mir die Coca-Cola-Mütze entgegen. Aus der Nähe erkannte ich, wie ausgemergelt er aussah. Er wies alle typischen Anzeichen von Gelbsucht auf – gelbstichige Verfärbung der Haut und der Augen, spröde, rissige Lippen. Die dünne Haut am Handrücken wirkte beinah durchscheinend. Die älteren Damen schauten angewidert zwischen uns hin und her.

Ich nahm die Mütze von ihm entgegen. Der Barkeeper brüllte in harschem Ton etwas Kehliges und zeigte zur Tür. Offenbar hielt er uns beide für Obdachlose. Stille kehrte ein. Immer noch starrten mich alle Anwesenden an. Mit hängendem Kopf humpelte ich aus der Kneipe. Ich hatte mich mir selbst nie fremder als in dem Moment gefühlt, als ich zugleich zitternd und schwitzend auf die Straße trat. Mir kamen all die Obdachlosen in den Sinn, die ich im Krankenhaus schon gesehen hatte. Bis zu diesem Augenblick hatte ich nie wirklich eine Vorstellung von ihrem Los gehabt. Innerlich war ich immer noch dieselbe, Dr. Maggie Kendall, Ärztin aus Leidenschaft. Aber würde ich je in das Leben zurückkehren können, das ich liebte? Zu meinem Job, in mein warmes Haus? Zu meinen Freunden? Als ich mich umsah, bemerkte ich andere, die so verwahrlost wie ich aussahen. Vor dem Eingang zu einer öffentlichen Toilette kauerte ein Mann und bettelte mit einer Mütze neben sich auf dem Boden. Ich befand mich an einem beängstigenden Punkt und drohte, aus der Bahn geworfen zu werden. Dann schüttelte ich mich. Ich musste weiter.

Der Busbahnhof lag ein Stück weiter die Straße hinunter und entpuppte sich als lange Reihe von Unterständen aus Metall im Freien. Am Dritten entdeckte ich ein klapprig aussehendes, bereits halb volles Fahrzeug mit dem Schild OGULIN. Der Fahrer, ein mürrischer Mann mittleren Alters, würdigte mich kaum eines Blickes, als ich fünfzehn Euro für eine einfache Fahrkarte bezahlte.

Ich hatte befürchtet, ich würde in meiner Aufmachung auffallen, doch wohin ich auch schaute, sah ich Leute, die noch schlechter dran zu sein schienen als ich. Der Bus war halb voll mit Alleinreisenden und Bauarbeitern in verdreckten Overalls. Ich suchte mir weit hinten einen Sitz, ließ mich darauf nieder und war froh, mein pochendes Bein entlasten zu können. Mit dem Rucksack auf dem Schoß beugte ich mich vor.

Falls mich jemand verfolgte, fiel er nicht auf. Ich spähte in den Gang und konnte das Gesicht des Fahrers im vorn an der Decke montierten Spiegel sehen. Seine Züge glichen einer teilnahmslosen Maske. Als er meinen Blick bemerkte, zog ich mich zurück und lehnte den Kopf an die kalte Fensterscheibe. Ich hatte hohes Fieber.

Trotz meiner Angst entfalteten die Wärme im Bus, das leise Dröhnen des Motors und das sanfte Schaukeln des suboptimalen Fahrwerks eine einschläfernde Wirkung. Eigentlich wollte ich die restlichen Dateien des USB-Sticks auf dem Computer durchsuchen, aber über mich brach eine überwältigende Müdigkeit herein.

Als Nächstes bekam ich mit, dass ich völlig orientierungslos im Schein greller Deckenleuchten erwachte. Der Fahrer stand über mir und schüttelte mich an der Schulter. Der Bus war menschenleer. Als ich durchs Fenster schaute, sah ich eine Schar sich entfernender Leute und ein Schild mit der Aufschrift *Ogulin*.

Ich hatte fünf Stunden lang geschlafen.

KAPITEL 43

Ich stand auf und stieg mit meinem schweren Rucksack aus dem Bus. Es dauerte einen Moment, bis ich zurück in die Realität fand. Ich lehnte mich an den Bus und öffnete den Rucksack, um zu überprüfen, ob ich noch alles hatte. Da ich so lange tief und fest geschlafen hatte, hätte mich ohne Weiteres jemand bestehlen können. Erleichtert entdeckte ich den Laptop und die Thermosflasche zwischen meiner Kleidung. Die Dose enthielt nach wie vor das restliche Bargeld.

Der Busbahnhof bestand aus einem weitläufigen, betonierten Platz mit etlichen Rissen und Ritzen, aus denen hohes, welkes Unkraut ragte. Am Rand befand sich neben einem geschlossenen Fahrkartenschalter ein kleiner Taxistand. Dort parkte ein gelber Honda. Als ich mich in die Richtung in Bewegung setzte, bemerkte ich, wie kalt es war. Mein Atem bildete Wölkchen vor dem Mund. Ein großer, schlanker Mann lehnte an dem Honda und rauchte eine Zigarette. Er hatte schulterlanges, pechschwarzes Haar, ein längliches Gesicht und eine kantige, vorstehende

Kieferpartie. Auf der olivfarbenen Haut zeichnete sich ein deutlicher Bartschatten ab. Ich zog die Baseballmütze aus der Tasche und setzte sie auf.

»Hallo«, sagte ich und blieb ein paar Meter von ihm entfernt stehen.

»Maggie?«, fragte er.

»Andro?«

Er nickte und schnippte den Rest der Zigarette in ein dunkles Gebüsch. Dann bewegte er sich, und ich dachte, er wollte die Beifahrertür öffnen. Stattdessen stellte er sich zwischen mich und das Auto.

»Vierhundert Euro«, verkündete er und bedachte mich mit demselben angewiderten Blick wie die älteren Damen in der Kneipe.

»Ich dachte, es wären dreihundert.«

»Jetzt sind es vierhundert.«

Seine dunklen Augen funkelten, als er auf mich herabstarrte. Ich schaute zurück und stellte fest, dass der Bus gerade davonfuhr.

»Warum hat sich der Preis geändert?« Als ich das Zittern in meiner Stimme hörte, schluckte ich.

Meine Kehle fühlte sich trocken an.

»Das Risiko.«

»Ich habe einen gültigen britischen Reisepass. Falls wir aufgehalten werden, kriegen Sie keinen Ärger.«

»Anscheinend sind *Sie* das Risiko.«

Die kalte Luft brachte meine Augen zum Tränen. Wie viel hatte Dragan ihm erzählt? Warum hatte ich nicht daran gedacht, ihn danach zu fragen? Für den Weg nach Frankreich konnte ich nur das Bargeld benutzen, und ich hatte keine Ahnung, ob ich mich dort für Tage oder Wochen verstecken müsste. Wie weit würde ich mit dem kommen, was ich hatte?

Der Gedanke jagte mir eine Heidenangst ein. Lange Zeit hatten Geldsorgen keine Rolle in meinem Leben gespielt. Mit der aufkommenden Erinnerung daran ging ein Gefühl von Machtlosigkeit einher.

»Sie können auch einen Bus über die Grenze nehmen«, sagte Andro schließlich und zeigte auf den leeren Busbahnhof. Er öffnete die Fahrertür.

»Warten Sie. Ich kann Ihnen dreihundertfünfzig geben.«

Er grinste. »Der nächste Bus geht in einer Stunde.«

»Na schön. Vierhundert«, lenkte ich ein, weil ich fürchtete, er könnte den Preis sonst erneut erhöhen. Ich öffnete den Rucksack und holte das Geld heraus. Dabei entging mir nicht, wie ihn meine Nähe anwiderte. Als er mir die Scheine aus der Hand nahm, achtete er darauf, mich nicht zu berühren. Ich ging nach hinten, stellte jedoch fest, dass es sich um einen Zweitürer handelte.

»Kann ich hinten sitzen?«, fragte ich und spähte durch die Beifahrertür hinein.

»Sie müssen vorn neben mir sein. Das wirkt natürlicher.«

Ich stieg neben ihn ein. Innen erwies sich das Auto als makellos. Es roch angenehm nach einem frischen, holzigen Aftershave. Sein Smartphone war am Armaturenbrett befestigt. Mir wurde bewusst, dass ich einen unerfreulichen, feuchten Mief verströmte. Er hatte ein Strandtuch über meinen Sitz drapiert. Gern hätte ich ihm gesagt, dass ich Ärztin war und in einem schicken Haus direkt am Fluss in London wohnte. Allerdings fürchtete ich einerseits, er würde mir nicht glauben, und fragte mich andererseits, ob ich nach all den Ereignissen überhaupt je in mein Leben zurückkehren könnte.

Es wurde eine dröge Fahrt durch eine dunkle Landschaft. Andro ergänzte sie um einen Hauch Surrealität, indem er den Soundtrack von *Mamma Mia!* spielte. Ich war schweißgebadet. Meine Haut fühlte sich an, als stünde sie in Flammen. Als mir schwummrig wurde, musste ich das Fenster öffnen. Sofern Andro neugierig war, warum eine übel zugerichtete weiße Frau mittleren Alters über die Grenze geschmuggelt werden musste, ließ er es sich nicht anmerken.

Als ich ein Hinweisschild für Ljubljana sah, wurde mir mit Erleichterung klar, dass wir die Grenze nach Slowenien bereits passiert haben mussten. Wir bogen auf den Parkplatz eines hellen, modernen Busbahnhofs ein, wo reihenweise Busse unter einem hohen Schild mit den goldenen Bögen von McDonald's standen. Andro rollte in eine Parklücke. Und schaltete den Motor aus. Mittlerweile ging es mir entsetzlich schlecht. Ich zitterte heftig und litt unter Übelkeit.

»Danke«, sagte ich.

Er nickte. Ich löste den Sitzgurt und stieg aus. Als ich die Tür schließen wollte, kam von Andro: »Dragan lässt ausrichten, dass er wieder zu Hause ist. Alles ist ruhig. Er hat seinen Morgenmantel an, falls Ihnen das etwas sagt.«

»Danke.«

Dass Dragan und Luka zurück auf der Insel waren, erleichterte mich. Ich fragte mich, ob Branko inzwischen aufgewacht war. Und was danach passieren würde. Rasch verdrängte ich den Gedanken in den Hinterkopf.

Ohne ein weiteres Wort beugte sich Andro herüber und zog die Beifahrertür zu. Ich beobachtete, wie er davonfuhr.

Die Busstation lag im Stadtzentrum unmittelbar vor dem Bahnhof. Obwohl es auf Mitternacht zuging, trieben sich etliche Leute herum.

Ich musste in einen Bus, und zwar schnell. Was, wenn meine Verfolger an Dragan herangelangt waren und er ihnen verraten hatte, wohin ich wollte? Interpol könnte verständigt worden sein, dass ich vermisst oder für eine Befragung gesucht wurde. Überall waren Überwachungskameras, und sobald sie mich erfassten …

Ich wechselte die Coca-Cola-Kappe gegen die schwarze und zog mir den Schirm tief ins Gesicht. Dann eilte ich die Reihe der Busse entlang los, bemühte mich, den Kopf gesenkt zu halten, und achtete gleichzeitig darauf, ob mich Leute beobachteten.

Beim letzten Bus entdeckte ich hinter der Windschutzscheibe ein Schild mit der Aufschrift *Paris*. Es handelte sich um einen des bei Studenten so beliebten Anbieters FlixBus. Ich stieg ein. Der Bus sah ziemlich voll aus.

»Wie viel kostet eine einfache Fahrkarte nach Paris?«, erkundigte ich mich. Wieder hörte ich das Zittern in meiner Stimme.

»Neunundvierzig Euro«, antwortete der Fahrer und musterte mich. Ich holte einen Fünfziger heraus. Einen angespannten Moment lang rechnete ich damit, dass er einen Ausweis verlangen würde. Aber er gab mir nur einen Euro Wechselgeld und eine Fahrkarte. Dann bedeutete er mir mit dem Kopf, weiterzugehen.

Ich ergatterte den letzten freien Platz auf halbem Weg durch den Bus an einem Fenster und sank dankbar darauf. Ein paar Frauen musterten mich von oben bis unten, alle anderen Fahrgäste schienen in ihre Laptops und Smartphones vertieft zu sein oder schliefen bereits.

KAPITEL 44

Eine halbe Stunde später fuhr der Bus ab. Ich versuchte, gleichmäßig zu atmen und mich zu beruhigen. Mein Bein pochte heftig. Auf dem Weg durch die dunklen, größtenteils verwaisten Straßen rollte der Bus an einem Mann vorbei, der mit seinem Hund spazieren ging. Durch das Fenster eines menschenleeren Restaurants sah ich eine Putzfrau, die am Handy mit jemandem plauderte.

Ich selbst fühlte mich ohne mein Smartphone verloren. Damit die Behörden glauben würden, ich wäre noch auf der Insel, hatte ich es eingeschaltet in der Küche gelassen. Dabei wollte ich unbedingt die Nummer anrufen, die ich von George gefunden hatte. Ich würde irgendwo ein Münztelefon finden und mir Kleingeld beschaffen müssen. Nach einer Weile zog ich die Jacke aus und versuchte, es mir bequem zu machen. Die Busfahrt nach Frankreich verlief durch Österreich und Deutschland, bevor wir in achtzehn Stunden in Paris eintreffen würden. Ich nahm weitere Schmerztabletten und Antibiotika ein. Die Lichter wurden gedimmt, und alle richteten sich für die Nacht ein. Da ich mich hellwach fühlte, klappte ich den Laptop auf und begann, mir den Rest der Dateien vom USB-Stick anzusehen.

Ich fand eine PDF-Datei, die einen Scan eines handschriftlichen Tagebucheintrags von Jeffery Patrick enthielt. Interessiert fing ich zu lesen an.

4. OKTOBER 2011 – LONDON

Ein strahlender, sonniger Tag und strahlende, sonnige Neuigkeiten! Mein Redakteur hat mir die Reportage über Drucktechniken bei britischen Führerscheinen und Reisepässen genehmigt. Ich weiß, dass er ihn für Pillepalle hält. Und ich lasse ihn in dem Glauben. Den wahren Grund für den Artikel halte ich unter dem Radar. Es soll möglichst niemand mitbekommen, dass ich über Daisy De Costa recherchiere.

Heute bin ich auf ein interessantes Puzzleteil gestoßen. Ich habe mit einer jungen Frau namens Kellie gesprochen, die bei der Zulassungsstelle in Swansea arbeitet. Wir haben uns über die Technologie zum Druck britischer Führerscheinkarten unterhalten. Die haben dort automatisierte Druckanlagen höchster Sicherheitsstufe. Die Daten werden in einem Büro weiter oben aufbereitet und über eine verschlüsselte Verbindung übertragen. Das Personal wird überwacht und hat keinen Zugriff mehr für Änderungen an einem Führerschein, sobald er in der Druckwarteschlange ist.

Allerdings wird das Ausweisfoto interessanterweise erst beim Drucken manuell eingegeben.

Kellie hat mir eine unterhaltsame Anekdote über einen Kollegen erzählt, den man gefeuert hat, weil er beim Druck der Führerscheinverlängerung einer Frau ein Bild von Elmo aus der

Sesamstraße eingefügt hatte. Laut Kellie hätte die Polizei bei einer Kontrolle die Frau streng genommen fragen müssen, warum sie keine kleine rote Figur aus der Sesamstraße ist, wäre ihr der Führerschein in der Form zugeschickt worden. Natürlich würde es in der Praxis nie dazu kommen. Der springende Punkt ist, dass die Maschine, die den Führerschein druckt, gottgleich ist. Man muss dem Ausweisfoto darauf entsprechen, nicht umgekehrt.

19. OKTOBER 2011

Daisy De Costa lehnt Interviewanfragen weiterhin ab. Ihr Büro hat heute Morgen die vierte Absage geschickt. Ich vermute, sie ahnt, dass ich ihr auf der Spur bin. In meiner Verzweiflung ist mir der Geniestreich (ha!) eingefallen, (unter Lilys Namen) einen Termin bei ihrer monatlichen Sprechstunde zu buchen.

Was für ein Glück, dass De Costa Abgeordnete in unserem Wahlkreis ist und die demokratischen Abläufe in Großbritannien vorsehen, dass Wähler ihre politischen Vertreter einmal im Monat in deren Büro persönlich treffen können. Keine Ahnung, warum ich nicht schon früher darauf gekommen bin.

Ihr Sprechstundenbüro ist in einem unscheinbaren, billig umgebauten Reihenhaus an der Borough High Street. Unten im Erdgeschoss ist das Wartezimmer. An dem Tag war viel los, ein ständiges Kommen und Gehen von Leuten durch ein widerhallendes kahles Treppenhaus. Wir hatten den vorletzten Termin. Hineineskortiert hat uns ein Kerl vom Typ Rausschmeißer, der vor lauter Muskeln fast nicht in seinen Anzug gepasst hat. Kaum hatte ich mit Lily das Sprechstundenzimmer betreten, war die Hölle los. Und das, obwohl Ehepartner bei solchen Terminen offiziell mitkommen dürfen. (Lily war dort, um Probleme mit

Parkausweisen für Anwohner anzusprechen.) Noch bevor wir uns setzen konnten, hat Daisy den Bodyguard angewiesen, uns rauszubringen.

Ich wollte ihr erklären, dass ich nur als Lilys Begleitung mitgekommen war. Davon wollte sie nichts hören und hat mir vorgeworfen: »Sie sind unter Vorspiegelung falscher Tatsachen hier und somit ein Sicherheitsrisiko.« De Costa ist kleiner, als sie im Fernsehen wirkt, und sie hat sich die Zähne richten lassen. Sie sind viel zu weiß, aber nicht der Grund, warum ich sie für verdächtig halte. Die Frau hat sich von meiner Anwesenheit entschieden zu leicht erschüttern lassen. Immerhin ist sie Politikerin – und um es auf diese Ebene geschafft zu haben, müsste sie wissen, wie man sich in haarigen Situationen aus der Affäre zieht.

Klüger wäre gewesen, mich einfach an dem Termin teilnehmen zu lassen, bei dem Lily darüber klagen wollte, dass wir Geld für die Genehmigung ausgeben mussten, als Anwohner vor unserem eigenen Haus zu parken. Aber als paranoider Kontrollfreak hat mich De Costa stattdessen von einem muskelbepackten Bodyguard mit einer Miene wie einem Grabstein hinauskomplimentieren lassen. Nachdem er mich durch den Haupteingang gestoßen hatte, rief er mir nach, ich sollte mich »verpissen und bloß nicht noch mal aufkreuzen«. Was den derzeitigen Zustand der Demokratie in Großbritannien treffend zusammenfasst.

Daisy De Costa ist verängstigt, weil sie weiß, dass ich an ihr dran bin.

25. OKTOBER 2011

Bin im Zug Richtung Norden nach Gateshead – komischerweise mit einem Filmteam für die Kinderfernsehsendung Blue Peter.

Durch eine glückliche Fügung habe ich erfahren, dass mein Kollege und Freund Frank Osho aus der Unterhaltungsredaktion zu Dreharbeiten einer Folge über den Druck von Pässen und das neue Design für Großbritannien eingeladen wurde.

Er hat zugestimmt, mich mitkommen zu lassen. Ich habe mir sogar mein Blue Peter*-Abzeichen angesteckt, das ich 1970 für ein von mir gemaltes Bild meines Hunds am Brighton Pier gewonnen hatte. Allerdings hat niemand ein Wort darüber verloren. Vielleicht dachte man, ich wollte mich damit über die Sendung lustig machen.*

Die Druckanlage für Reisepässe in Gateshead ist mit mehreren flughafenartigen Kontrollen abgesichert wie Fort Knox. Wir mussten unsere Handys abgeben und alle möglichen Formulare unterschreiben. Es war interessant zu sehen, wie die Passseiten auf Polymerpapier gedruckt und wie aufwändig das Hologramm und das Wasserzeichen erstellt werden. Als ich fragte, ob es einfach sei, einen Reisepass zu fälschen, wurde mir ziemlich ernst mitgeteilt, es wäre durch das komplexe Design, die optimierten Sicherheitsvorkehrungen und die verschlüsselten Druckmaschinen nahezu unmöglich.

Hm, *dachte ich.* Sag das mal Daisy De Costa.

Dabei musste ich wieder an die Geschichte über den Führerschein mit dem Elmo-Foto denken. An einen »gefälschten« Reisepass kommt man, wenn man Zugriff auf hoher Ebene zur offiziellen Druckanlage hat. Wenn man die Daten rechtzeitig vor der Übertragung an die Maschinen abfängt und ändert, kommt ein echter und doch falscher Pass dabei heraus. Daisy De Costas Ehemann Mark ist hochrangiger Beamter beim Foreign, Commonwealth & Development Office (FCDO), was dafür ausgesprochen praktisch sein könnte.

Frage: Hat Mark De Costa mit seiner Sicherheitsstufe Zugang zum Druckverfahren für Reisepässe?

Kurz schaute ich vom Lesen auf. Im sehr dunklen Bus herrschte Stille. Ein paar Reihen weiter schimmerte der Bildschirm des Laptops eines anderen Fahrgasts. Ich hatte gewusst, dass Daisys Ehemann Beamter war, nicht jedoch, dass er eine so hohe Position in einem anderen Zweig der Regierung bekleidete. So unheimlich ich diese Tagebucheinträge fand, ich musste weiterlesen ...

KAPITEL 45

10. NOVEMBER 2011 – LONDON

Durchbruch – ich bin gerade auf etwas gestoßen, das Daisy De Costa mit der Beschaffung eines Passes und eines Visums für eine »sanktionierte Person« russischer Staatsangehörigkeit in Verbindung bringt.

Alice Frank, eine Kollegin, hat an einem Artikel über russische Oligarchen gearbeitet. Dabei ist ihr eine erschütternde Geschichte über eine junge Frau namens Galina untergekommen, die aus Russland nach London gebracht wurde, um als Hausangestellte für den Oligarchen Maxim Stepanow und seine Frau Julija Stepanowa zu arbeiten. Maxim Stepanow steht derzeit wegen Steuerkorruption und Beihilfe zum Steuerbetrug in Höhe von 180 Millionen Pfund auf der offiziellen britischen Sanktionsliste.

Nach einigen Monaten im Dienst des Paars ist Galina in Ungnade gefallen, wurde gefeuert, aus dem Haus geworfen und in London sich selbst überlassen. Im Augenblick ist sie obdachlos, in einer Herberge untergekommen und hat Asyl beantragt. Galina ist bereit, offiziell auszusagen, dass Daisy De Costa den Antrag und die Genehmigung für einen britischen Pass und ein Visum für Julija Stepanowas Schwester vermittelt hat. Dadurch konnte Maxim Stepanow für Geldwäschezwecke auf die britischen Bankkonten und finanziellen Mittel seiner Schwägerin zugreifen. Laut Galina haben dazu mehrere Treffen in Maxim Stepanows Haus in London stattgefunden. Bei einem davon hat sie Daisy De Costa gesehen.

Alice Frank übergibt die Story mir. Sie hat Lungenkrebs im vierten Stadium, empfindet die Recherchen als Gift und will sich auf den Versuch konzentrieren, gesund zu werden. Ich bin damit zu meinem Redakteur gegangen, habe darauf geachtet, Daisy De Costa nicht zu erwähnen, und bin auf eher lauwarme Begeisterung gestoßen. Storys über russische Oligarchen sind ein Minenfeld, vor allem mit einer gefeuerten, illegalen Hausangestellten als Hauptzeugin. Das Risiko einer Klage ist ein großes Problem. Ich fühlte mich ziemlich allein gelassen, trotzdem bin ich entschlossen, weiterzumachen.

28. NOVEMBER 2011 – LONDON

Heute habe ich mich mit einer anderen jungen Frau getroffen, die bereit ist, Informationen über die betrügerische Visum- und Passgenehmigung und Daisy De Costas Verstrickung darin zu Protokoll zu geben. Karine ist zweiundzwanzig Jahre alt. Die Begegnung hat in Neasden stattgefunden, nicht weit von dem Frauenhaus, in dem sie untergekommen ist. Karine hat ausgesagt, dass sie als Kindermädchen beim russischen Geschäftsmann Alexej Nikolajewitsch beschäftigt war. Er hat ein Visum und einen britischen Pass für seine betagte Mutter gekauft und dafür 500.000

Pfund in bar bezahlt. Wie Maxim Stepanow hat er seine Mutter benutzt, um in Großbritannien Bankkonten zu eröffnen und russisches Drogengeld zu waschen.

Karine wurde entlassen, weil sich Alexej Nikolajewitsch an sie rangemacht hatte und seine Frau es herausgefunden hat.

Bei unserem Treffen war Karine sehr verängstigt, und ihr Englisch ist nicht gut. (Zuerst war schwierig, festzustellen, ob sie 50.000 oder 500.000 Pfund gemeint hat. Erst, als ich den Betrag aufgeschrieben und ihr gezeigt habe, hat sich herausgestellt, dass es eine halbe Million war.)

Ich habe ihr Fotos von Daisy De Costa und zwei anderen weiblichen Abgeordneten vorgelegt und sie gefragt, ob sie die Frauen schon einmal gesehen hat. Karine hat zielsicher Daisy De Costa ausgewählt und behauptet, sie wäre bei Nikolajewitsch zu Hause gewesen und hätte die Summe von ihm in bar erhalten.

Ich weiß nicht, was ich schockierender finde – dass De Costa in diesen Mist verwickelt ist oder wie arrogant diese sanktionierten Russen ihre Hausangestellten, die alles mitbekommen, vor die Tür setzen. Wenn ich es mir recht überlege, dann wohl Ersteres. Und ich bin überzeugt davon, dass viele andere Abgeordnete käuflich sind. Der einzige Unterschied besteht darin, dass De Costa so anmaßend ist, trotz ihrer Korruptheit die höchsten Ämter im Staat anzustreben. Die meisten anderen versuchen, sich aus dem Rampenlicht herauszuhalten. Sie hingegen scheint darin zu schwelgen.

1. DEZEMBER 2011 – LONDON

Heute hätten mich Galina und Karine in einer Anwaltskanzlei treffen sollen, um offiziell zu Protokoll zu geben, was sie mir erzählt haben. Keine der beiden ist aufgetaucht.

Der nächste Tagebucheintrag folgte sieben Monate später. Beim Anblick des Datums musste ich tief durchatmen. Zu welchem Zeitpunkt war Will in die Sache hineingezogen worden?

30. JUNI 2012 – LONDON

Trotz intensiver Bemühungen ist es mir nicht gelungen, Galina oder Karine aufzuspüren. Beide Frauen scheinen wie vom Erdboden verschluckt zu sein.

Ohne meine Zeuginnen unterstützt die Zeitung die Story über Daisy De Costa nicht länger.

Ich hatte ein interessantes (inoffizielles) Treffen mit einem Forensiker der Polizei. Nennen wir ihn Mr. A. Er hatte gehört, dass ich mich nach Informationen über De Costa umhöre (was ich bemerkenswert und zugleich beunruhigend finde, weil ich mich an niemanden bei der Polizei gewandt habe).

Er hat mir erzählt, dass er letztes Jahr bei einer Drogenrazzia in einem Haus in Bloomsbury mitgearbeitet hat. Dabei wurde Heroin im Wert von hundert Riesen im Besitz von Maxim Stepanow sichergestellt – wieder dieser Name! Stepanow war zum Zeitpunkt der Razzia nicht zu Hause. Aufregend daran ist vor allem der Teil, dass die Spurensicherung das gesamte Gebäude durchkämmt und dreiundzwanzig verschiedene Fingerabdrücke gefunden hat. Unser Mitarbeiter war dafür zuständig, alle durch die zentrale Datenbank laufen zu lassen. Einer wurde eindeutig als der von Daisy De Costa identifiziert.

Er hat mir erklärt, dass er sich in einem solchen Fall an ein »Sonderverfahren« halten muss. Dementsprechend hat er es an seinen Vorgesetzten weitergeleitet, aber nie eine Rückmeldung bekommen. Ein paar Tage später hat er noch mal die Datenbank aufgerufen und festgestellt, dass De Costas Abdruck daraus entfernt war. Der Daumenabdruck vom Tatort war aus der ausgedruckten Fallakte verschwunden, und De Costas Abdrücke waren in KEINER Datenbank mehr zu finden.

Unser Forensiker Mr. A will darüber keine offizielle Aussage abgeben, also habe ich mir nicht ganz astrein beholfen. Ich habe unser Gespräch ohne seine Zustimmung aufgezeichnet. Jedenfalls verdichtet sich die Handlung. Mr. A hat außerdem eine persönliche Kopie von Daisy De Costas Fingerabdruck und dem Datenbankeintrag angefertigt, bevor beides gelöscht wurde. Er hat sie mir zum Ende unseres Treffens mit der eindringlichen Warnung übergeben, vorsichtig zu sein.

6. JULI 2012 – LONDON

Ein beunruhigender Tag. Die letzte Woche bin ich mein Quellmaterial durchgegangen und habe erneut versucht, Galina Makarowa und Karine Sokolowa aufzuspüren. Beide Frauen stammen aus Nowosibirsk in Südrussland. Ich konnte nicht feststellen, ob es eine Verbindung zwischen ihnen gibt, weil sie beide von dort sind. Jedenfalls ist beunruhigend, dass niemand etwas darüber zu wissen scheint, wo sie abgeblieben sind.

Ähnlich beunruhigend war mein Versuch, Mr. A zu erreichen, von dem ich die Fingerabdrücke habe. Seine Nummer ist nicht mehr in Betrieb. Keine Ahnung, ob er ein Wegwerfhandy benutzt hat – vermutlich schon. Weitere Informationen über ihn habe ich nicht.

Habe ich ohne meine Quellen genug beisammen, um die Geschichte selbst zusammenzusetzen?

Während der Bus durch die dunkle Nacht rumpelte, starrte ich hinaus. Der 6. Juli 2012 war Jefferys letzter Tagebucheintrag. Am 7. Juli war er gestorben.

Es fiel mir schwer, mir die Obduktionsfotos von Jeffery Patrick noch einmal anzusehen. Aus seinem Gesicht sprach im Tod solcher Schmerz. Schon beim ersten Mal hatten sie mich erschüttert, doch nach dem Lesen seiner Tagebucheinträge hatte ich das Gefühl, ihn besser zu kennen. Ich dachte daran zurück, was Eric mir über die Nacht im Juni 2012 erzählt hatte, in der Will nach dem Verlassen jenes Clubs mit Daisy in ein Taxi gestiegen war. Hatte sie sich da bereits an Will herangemacht? Wie? Hatte sie ihn erpresst? Ich sah die anderen Dateien auf dem USB-Stick durch. Darunter befanden sich Kontoauszüge mit Transaktionen über mehrere Millionen an eine Gesellschaft mit beschränkter Haftung.

Zuletzt stieß ich auf eine Audiodatei. Ich kramte die Kopfhörer meines Laptops heraus und schloss sie an.

Wills Stimme ertönte in meinen Ohren.

»Zusätzliche Anmerkungen zur Obduktion von Jeffery Patrick. Beim Entfernen der inneren Organe habe ich im Magen die Überreste einer letzten Mahlzeit aus Fleisch und Brot gefunden. Und etwas Kleines darin. Zuerst dachte ich, es wäre ein Legostein

oder ein Stück Plastik. Tatsächlich hat es sich als winziger, in Frischhaltefolie eingewickelter USB-Stick herausgestellt. Er muss ihn kurz vor dem Tod geschluckt haben, denn die Magensäure hat die Plastikschichten nicht durchdrungen. Der Name des Opfers war mir vage bekannt. Ich wusste, dass der Mann Enthüllungsjournalist war. Deshalb hat mich der USB-Stick in seinem Magen stutzig gemacht. Ich habe mir den Inhalt gerade angesehen ... Die Art der Verletzungen belegt, dass er angegriffen und ermordet worden ist. Anscheinend hat er den Stick kurz davor verschluckt. Er muss geahnt haben, was ihm blüht. Scheiße ...«

Er seufzte, und damit endete die Aufzeichnung.

Wills Stimme zu hören, wühlte mich auf. Ich fragte mich, ob ich es als gut empfand. Aber nein. Vielmehr fühlte ich mich hintergangen, weil die Aufnahme bereits im Juli 2012 entstanden war. Es tat weh, dass er offenbar nicht das Gefühl hatte, sich mir anvertrauen zu können. Andererseits hatte er vielleicht versucht, mich zu schützen ...

Allerdings stellte sich in dem Fall eine andere Frage. Warum hatte Will mir dieses Chaos dann hinterlassen?

Ich entfernte den winzigen USB-Stick aus dem Anschluss an der Seite meines Laptops. Die Abmessungen schätzte ich auf kaum mehr als einen Quadratzentimeter. Ich nahm ihn zwischen Daumen und Zeigefinger und hielt ihn mir an die Lippen. Dabei versuchte ich, mir vorzustellen, was Jeffery Patrick dazu gebracht hatte, ihn zu schlucken. Ein Drohanruf? Oder hatte er es unmittelbar vor dem Angriff auf ihn getan? Als es an der Tür gehämmert hatte? Nein, er war in der Badewanne gestorben. Oder hatte man Jeffery bewusstlos ins Badezimmer geschleift und dann in der Wanne platziert?

Als ich aufschaute, bemerkte ich, dass mich eine ältere Dame in der Sitzreihe gegenüber anstarrte, und mir wurde bewusst, dass ich mir den USB-Stick nach wie vor an den Mund hielt.

Ich schloss ihn wieder am Computer an. Im weiteren Verlauf der Nacht döste ich unruhig, erwachte mehrfach aus Albträumen davon, zu ertrinken und unter der Poolabdeckung mit den Leichen von Will, Jeffery Patrick und dem fast bis zur Unkenntlichkeit verbrannten Eric gefangen zu sein. Das Fieber ließ nicht nach, und mein Gesicht brannte trotz der eingenommenen Schmerztabletten von den Verletzungen und der Infektion der Platzwunde über dem Auge.

Knapp vor Österreich überkam mich schwere Panik, doch der Grenzübergang erwies sich als unbemannt. Der Bus verlangsamte lediglich kurz die Fahrt. Danach gelang es mir, ein wenig einzuschlafen. Zwei Stunden später weckten mich die pulsierenden Schmerzen im Bein. Der Bus steckte am Ende einer Kolonne fest, die sich in Richtung der deutschen Grenze wälzte. Als wir uns dem Übergang langsam näherten, erspähte ich draußen eine Gruppe deutscher Polizisten. Mit wild hämmerndem Herzen wandte ich das geschundene Gesicht vom Fenster ab. Als der Bus bremste, dachte ich, das Spiel wäre vorbei. Dann jedoch fuhr er wieder an, und wir rollten über die deutsche Grenze.

Der Morgen verging im Schneckentempo. Wir hielten am Busbahnhof in München, allerdings nur für eine fünfzehnminütige Pause, und ich sah weit und breit keine Münztelefone. Der Rest des Tags bestand aus einer Stunde nach der anderen auf deutschen Autobahnen. Im hellen Sonnenschein fühlte ich mich unsicher. In der Dunkelheit war es vergleichsweise einfach gewesen, mein Gesicht zu verbergen, nun jedoch musste ich umso vorsichtiger sein. Ich behielt die Mütze auf und den Kopf unten. Auf die Toilette wagte ich mich nur ein einziges Mal, und prompt zog ich dabei die Blicke der anderen Fahrgäste an.

Als wir gegen elf Uhr vormittags die Grenze nach Frankreich überquerten, ging es mir immer schlechter. Und als der Bus um 17 Uhr endlich den Stadtrand von Paris erreichte, befand ich mich wohl in einem leichten Delirium. Beim Gedanken an Essen wurde mir übel, und sogar Wasser brachte mich zum Würgen. Mein Gesundheitszustand verschlechterte sich zusehends. Ich wusste, dass ich in ernsten Schwierigkeiten steckte.

Die Weiterfahrt mit der Pariser Métro bekam ich nur verschwommen mit. Da ich zur abendlichen Stoßzeit einstieg, strotzte die U-Bahn vor Menschen in Winterjacken. Der Boden war nass und glitschig vor schmutzigem, schmelzendem Schnee von ihren Schuhen.

Keine Ahnung, ob ich falsch umstieg oder ob das Schicksal die Hand im Spiel hatte, jedenfalls fand ich mich irgendwann an der Station des Bahnhofs Paris Gare Montparnasse wieder. Als ich dort auf die nächstbeste Anzeigetafel der abfahrenden Züge schaute, erwies sich Montfort-l'Amaury, das Dorf mit Hugos Haus, als erstes Ziel auf der Liste. Es fühlte sich an, als lenkte etwas oder jemand meine Geschicke. Außergewöhnlich. Den weiteren Verlauf der Reise nahm ich schnappschussartig wahr. Ich saß in einem warmen, modernen Zug mit hellen gepolsterten Sitzen. Der Waggon war beinah menschenleer. Draußen rauschte das nächtliche Paris vorbei … Dann folgte Schwärze mit vereinzelten entfernten Lichtern.

Meine rasenden Kopfschmerzen fühlten sich mittlerweile an, als versuchte etwas, sich den Weg aus dem Schädel zu bohren. Ich schloss die Augen, legte die Stirn an die kalte Fensterscheibe und wollte nur noch sterben.

In Montfort-l'Amaury stieg ich als Einzige aus. Über dem Eingang des kleinen Bahnhofsgebäudes brannte eine einsame orangestichige Natriumleuchte und erhellte eine dünne Schneeschicht auf dem Bahnsteig. Die kalte Luft ließ mich ein wenig wacher werden. Die Waggons des weiterfahrenden Zugs rasten an mir vorbei und verschwanden in einen Tunnel. Der Bahnhof bestand aus einer winzigen Halle, in der sämtliche Schalter geschlossen und dunkel waren. An einer Wand sah ich ein paar Münztelefone, allerdings alle außer Betrieb. Daneben befand sich ein uraltes, schmuddeliges öffentliches Internetterminal.

Mich überkam der Drang, Verbindung mit der Außenwelt aufzunehmen. Zuerst dachte ich, es wäre kaputt – der Bildschirm war zerkratzt, die große Kugelmaus neben der Tastatur schwer zu bedienen. Dann jedoch leuchtete der Monitor auf und zeigte Symbole von Nachrichtenseiten – France 24, CNN und BBC. Ich klickte auf das für BBC News und wartete, während die Website aufgerufen wurde. Flackernd erschien die Startseite. Überrascht stellte ich fest, dass es Sonntag war – ich hatte den Überblick über die Zeit völlig verloren. Dann ereilte mich ein noch größerer Schock, als mein Blick auf eine Schlagzeile weiter unten fiel:

BRITISCHE ÄRZTIN IN KROATIEN VERSCHOLLEN

KAPITEL 46

Eine lange Weile starrte ich auf die Überschrift, bevor ich schließlich weiterlas ...

Die britischen Behörden sind besorgt über den Verbleib von Dr. Margaret Kendall (47), einer führenden Unfallchirurgin am Guy's Hospital in London. Dr. Kendall ist unlängst auf die abgeschiedene kroatische Insel Tišina gereist, Verwandte berichten allerdings, dass Ende letzter Woche der Kontakt zu ihr abgebrochen ist. Sie hätte vor zwei Tagen nach London zurückkehren sollen, war jedoch nicht an Bord ihres Flugs. Da Dr. Kendalls Ehemann kürzlich Selbstmord begangen hat, wird vermutet, dass sie sich in einem labilen Zustand befinden könnte. Die Polizei und örtliche Behörden sind in Alarmbereitschaft und behandeln den Fall mittlerweile als Vermisstensuche.

Das ergab keinen Sinn. Vor zwei Tagen? Mein geplanter Flug zurück nach London wäre nächsten Mittwoch gewesen. Alles

Lügen. Ich las die Worte erneut. *Da Dr. Kendalls Ehemann kürzlich Selbstmord begangen hat, wird vermutet, dass sie sich in einem labilen Zustand befinden könnte.*

Daisy De Costa suchte nach mir. Und sie manipulierte die Presse, damit sie mich als Verrückte darstellte. Wenn ich als vermisst galt, würde die Suchmeldung nach mir an sämtliche Grenzübergänge verteilt worden sein. An der Stelle übergab ich mich unverhofft. Meine Eingeweide schmerzten, während ich trocken weiterwürgte. Mein gesamter Körper glühte vor Fieber. Als ich den Bahnhof verließ, erblickte ich ein Stück vom Ausgang entfernt ein geparktes Taxi. Ich wischte mir den Mund ab und versuchte, mich zusammenzureißen. Hugos Haus hieß Montélimar. Das hatte ich mir aus einem albernen Grund gemerkt – vor Jahren hatte es von der Marke Quality Street in einer Dose Pralinen mit der Bezeichnung Montélimar-Nougat gegeben. Unglaublich, was für nutzlosen Mist man sich merkte – aber manchmal erwies er sich als nützlich.

Der Taxifahrer entpuppte sich als runzliger alter Mann mit wild wuchernden, buschigen Augenbrauen. Er musterte mich von oben bis unten. Ich brauchte nur zwei Anläufe, um meine Frage herauszubekommen. Allerdings sagte ich dabei *Château Montélimar*, woraufhin er eine Braue hochzog.

»Château *Montélimar? Vous voulez dire* la maison *Montélimar?*«

Ich hatte ihn gefragt, ob er mich zum *Schloss* Montélimar bringen könnte. Er kannte offenbar eine Villa mit dem Namen. Erleichtert stieg ich hinten ein, und wir fuhren los in die finstere Nacht. Zum Glück hatte er die Heizung eingeschaltet, obwohl es dadurch schnell stickig im Fahrzeug wurde. Wir kamen an einer Reihe geschlossener Geschäfte vorbei, erhellt von einer einzigen Straßenlaterne. Flüchtig sah ich dort ein Münztelefon, bevor wir wieder in Schwärze eintauchten. Ich starrte aus dem Fenster und auf mein Spiegelbild in der Scheibe. Da der Fahrer das Radio nicht eingeschaltet hatte, herrschten im Taxi nur das Surren der Heizung und unser drückendes Schweigen. Er fuhr weiter immer geradeaus, bis wir abrupt anhielten. Außer einem Baum vor dem Fenster konnte ich nichts sehen.

»Maison Montélimar?«, fragte ich.

»Oui. Vingt-deux«, sagte er und tippte mit einem langen Fingernagel auf den Taxameter. Leuchtend rot wurden zweiundzwanzig Euro angezeigt. Obwohl ich den Preis als überzogen empfand, fehlten mir die Energie und das Vokabular, um mit ihm zu diskutieren. Ich reichte ihm einen Fünfzig-Euro-Schein. Murrend gab er mir achtundzwanzig Euro in Münzen zurück. Klimperndes Kleingeld in der Tasche fühlte sich gut an. Etwas Normales inmitten all des Wahnsinns.

Als das Taxi davonfuhr, schien mich die Dunkelheit zu verschlingen. Weit und breit gab es keine Straßenlaternen, keinen Mond, keine Lichtverschmutzung. Als das Motorgeräusch verklungen war, hörte ich nur noch das leise Rauschen des Winds durch die Bäume. Ich versuchte, mich an die Fotos zu erinnern, die ich von Hugos Haus gesehen hatte. Es lag etwas abgeschieden von der Straße zurückversetzt. Dahinter erstreckte sich ein weitläufiger Garten zu einem Wald.

Viel Gegend, um sich in der Dunkelheit zu verirren.

Der Schrei einer Eule erschreckte mich. Dann setzte ich mich die Schotterzufahrt entlang in Bewegung. Ich hatte weder eine Taschenlampe noch ein Handy, um mir den Weg zu leuchten. Prompt stolperte ich in ein Gebüsch und zerkratzte mir das ohnehin bereits wunde Gesicht zusätzlich.

Wie ein Zombie mit ausgestreckten Armen tastete ich mich die Reihe der Büsche entlang durch die Zufahrt. Meine Schritte knirschten laut über den Kies. Die Eule stieß erneut einen Schrei aus. Endlich zeichnete sich vor mir eine große schwarze Form vor dem dunklen Himmel ab. Ich stolperte in einen Haufen Ziegelsteine und schrammte mir das Bein auf, bevor ich die Stufen hinauf zur Haustür fand. Es gab weder eine Fußmatte noch einen Blumentopf, wo ein Reserveschlüssel hätte versteckt sein können. Tatsächlich wies nichts, was ich sehen konnte, darauf hin, dass es sich überhaupt um Montélimar handelte. Was, wenn mich der Taxifahrer vor dem falschen Haus abgesetzt hatte und jemand drinnen schlief?

Aber nein. Alles war still und dunkel. Würde nicht zumindest irgendein Nachtlicht brennen, wenn jemand im Haus wäre? Ich tastete am Vordereingang herum, spürte tiefe Fensterbänke aus Stein und mit einer Frostschicht überzogene Scheiben. Nach hinten konnte ich nicht – eine Buschreihe versperrte mir den Weg.

Während ich eine Weile ratlos dastand, fing es zu schneien an. Die kalten Flocken brannten auf meiner heißen Haut. Ich war erschöpft und außerstande, klar zu denken. Der einzige Weg hinein schien durch ein Fenster zu sein. Ich tastete mich zurück zu dem Haufen Ziegelsteine, hob einen auf und ging zum ersten Fenster neben der Eingangstür. Zuerst tippte ich vorsichtig mit einer rauen Ecke des Steins gegen die Scheibe, dann legte ich mehr Kraft hinein. Das Glas zerbrach. Die Scherben fielen auf die kahlen Dielen und erzeugten einen lauten Widerhall.

Mit angehaltenem Atem wartete ich ab. Es gingen keine

Lichter an. Stille umhüllte mich wie schwarzer Samt. Als ich durch das Fenster fasste, riss ich mir prompt den Handrücken an scharfkantigem Glas auf, stellte aber erleichtert fest, dass es sich um ein Schiebefenster handelte. Es gelang mir, den Messingriegel zu finden, ihn zu drehen und den Rahmen hochzudrücken.

Auf die Fensterbank zu klettern, hätte mir beinah den Rest gegeben. Mein Bein war in übler Verfassung, und durch die Anstrengung drehte sich um mich herum alles. Auf der anderen Seite ging es zum Boden tiefer hinunter, als ich gedacht hatte. Ich geriet in der Dunkelheit ins Wanken und konnte nur mühsam verhindern, mit dem Gesicht voraus in den Scherben zu landen.

Mittlerweile konnte ich mich allein vor Erschöpfung kaum noch auf den Beinen halten. Dann fiel mir mein Computer ein. Der Bildschirm würde zumindest etwas Licht spenden. Ich stellte den Rucksack ab, holte den Laptop heraus und schaltete ihn ein – warum hatte ich nicht schon früher daran gedacht? Ein überraschend heller Schein breitete sich in einem großen Wohnzimmer aus. Es war völlig kahl, abgesehen von einer Werkbank aus Holz mit Bauarbeiterwerkzeug an der hinteren Wand.

Ich ging hinaus in den Flur. Die Treppe hatte man herausgerissen. Ihren Platz nahm eine schmale Leiter ein. Ich folgte dem Korridor und fand ein Stück weiter einen leeren Raum. Eisige Kälte herrschte darin. Eine große Plane flatterte raschelnd über einem Loch, das in der Rückwand klaffte.

In einer Ecke befand sich ein Spülbecken aus Stein. Demnach musste der Raum wohl die Küche gewesen sein.

Gegenüber entdeckte ich eine Waschküche mit zwei uralten Waschmaschinen.

Es roch nach Schimmel, aber die Wände waren solide.

Auf dem Boden lag ein Haufen Abdeckplanen. Auf den Dreck achtete ich nicht. Ich war so erschöpft, dass ich mich einfach hinlegte, mich in eine Plane wickelte und sofort einschlief.

KAPITEL 47

Ich hatte einen langen, lebhaften Traum, in dem ich Schritte in den oberen Räumen und George nach mir rufen hörte. In dem Traum wachte ich in blendendem Tageslicht auf. Ich kletterte die Leiter in den ersten Stock hinauf und fand George mit weit offenen Augen auf den nackten Dielen liegend vor ... Seine olivfarbene Haut wies eine gelbliche Blässe auf. Er war tot. Als ich abrupt wirklich erwachte, starrte ich in eisiger Kälte und hellem Licht an eine alte vergilbte Decke mit braunen Wasserflecken. Ich war schweißgebadet und zitterte. Der Traum ließ mich nicht los. Was, wenn George tot wäre? Was, wenn ich ihn nicht finden könnte? Wie standen die Chancen überhaupt, dass er immer noch die gleiche Telefonnummer hätte? Dann fiel mir die Schlagzeile ein, die ich am Bahnhof gelesen hatte. Panik breitete sich nagend in mir aus.

Wasser. Ich brauche Wasser.

Ich löste mich aus der dreckigen Folie und rappelte mich auf die Beine. Im Haus herrschten arktische Temperaturen. Sonnenlicht strömte durch das Buntglas in der Eingangstür und warf ein Mosaik melancholischer Farben an die weißen Wände. Bei Tageslicht wirkte die Öffnung in der Küchenwand größer. Darüber hatte man eine dünne transparente Kunststofffolie angebracht, die jedoch unten lose um Schutt und zerbrochene Ziegelsteine flatterte. Mir fiel der blutige Kratzer an meinem Handrücken auf. Ich hätte kein Fenster einschlagen müssen, sondern durch das Loch einsteigen können. An den himmelblauen Wänden zeichneten sich die Konturen herausgerissener Küchenschränke ab. Geblieben war nur das Spülbecken aus Stein unter einem Fenster. Der Wasserhahn funktionierte. Ich trank drei Handvoll eiskaltes, klares Wasser und fühlte mich danach für kurze Zeit besser. Bis ein grässliches, schwappendes Gefühl in meinem Magen einsetzte und ich alles wieder hochwürgte. Ich betrachtete die Brühe im Spülbecken. Wie oft hatte ich meine Patienten schon aufgefordert, beim Rehydrieren langsam zu trinken? Abermals legte ich die Hände aneinander und füllte sie mit Wasser, diesmal jedoch nippte ich nur daran.

Wie spät ist es? Welcher Tag *ist heute?*

Ich kehrte dorthin zurück, wo ich geschlafen hatte. Rost überzog die klobigen, antiquierten nebeneinanderstehenden Waschmaschinen. Ein Spinnennetz bedeckte ein kleines, verdrecktes Fenster hoch oben an der Wand. Ich ließ mich auf die Planen nieder und leerte meinen Rucksack. Die Thermosflasche fiel zusammen mit der unechten Konservendose und der Tüte mit Lebensmitteln heraus. Mein Laptop hatte kaum noch Akku. Es war 13.20 Uhr am Montag.

Ich wusste, dass es mit mir rapide bergab ging. Wie lange würde es dauern, mich in dem Haus aufzuspüren? Was würde man danach mit mir machen? Und wer eigentlich? Das Grundstück gehörte Hugo. Wann würde man die

Verbindung zu meinem Schwager herstellen? Oder wann würde ich verzweifelt genug sein, um meine Kreditkarte zu benutzen? Mir kam der Bericht aus den Nachrichten in den Sinn. *Britische Ärztin in Kroatien verschollen* – was würde darauf folgen? *Britische Ärztin tot in Nordfrankreich aufgefunden.* Darüber ließe sich viel schreiben und dermaßen verdrehen, dass es zur gewünschten Darstellung passte. Und wenn man mir nicht den Garaus machte, wäre es mit meiner Karriere vorbei. Wer würde mir noch Patienten anvertrauen?

Ich öffnete die Thermosflasche und holte den Zettel mit Georges Nummer heraus. Bei der Taxifahrt der vergangenen Nacht waren wir an Geschäften und einem Münztelefon vorbeigekommen. Ich schnappte mir den Rucksack und verließ das Haus durch das Loch in der Küchenwand. Den weitläufigen Garten hinten überzog eine an- und abschwellende Decke aus glitzerndem Weiß. Die Sonne hatte bereits den Großteil ihrer winterlich kurzen Reise über den Himmel hinter sich. Die hohen Bäume warfen lange, dünne Schatten über den unberührten Schnee.

Ich zog die dicke Jacke über die Fleeceschicht an. Beides würde mich zwar warm halten, doch meine Turnschuhe eigneten sich weniger gut für Schnee. Ich fand einen Weg durch die Büsche an der Seite des Gebäudes und stellte fest, dass die Kieszufahrt bei Tageslicht kürzer wirkte. Als ich auf die Straße gelangte, herrschte Stille. In der Umgebung konnte ich Einfahrten und Tore zu anderen zurückversetzten Häusern ausmachen. Ich musste überlegen. Aus welcher Richtung war das Taxi gekommen, als es mich hergebracht hatte?

Ich entschied mich für links und machte mich auf den Weg. Nach etwa zehn Minuten erreichte ich die kleine Ladenzeile. Mittlerweile schneite es, und ich sah nur eine

Handvoll Leute in der Nähe – ein Mann ging mit einem dünnen schwarzen Hund spazieren, den Kopf gegen den Schnee eingezogen, zwei ältere Damen tratschten drinnen an der Theke einer Metzgerei.

Das Münztelefon befand sich am Ende der kurzen Häuserreihe. Es handelte sich um einen blauen Apparat von France Télécom mit einer kleinen orangefarbenen Abdeckung darüber, übersät mit Graffiti und Aufklebern.

Meine Turnschuhe waren längst durchnässt, und ich zitterte heftig. Als sich ein Auto näherte, senkte ich den Kopf und schaute zu Boden. Die Scheinwerfer brachten den Schnee auf dem Bürgersteig zum Funkeln, als der Wagen vorbeifuhr. Dann verschwand er im schwindenden Licht des ausklingenden Nachmittags.

Ich hob mir den Hörer ans Ohr. Ein Freizeichen begrüßte mich. Ich kramte die Münzen heraus, konnte mich jedoch nicht erinnern, ob man zuerst wählte oder das Geld einwarf. Letztlich schob ich zwei Euro in den Schlitz und gab die Nummer ein. Nach einer längeren Pause hörte ich es klingeln ... und klingeln ... und klingeln. Mein Herz pochte wild, während ich mit angehaltenem Atem wartete. Nach einem letzten Klingeln war die Leitung plötzlich tot. Im Apparat klapperte und klimperte es, als er mein Geld verschlang. Angespannt stand ich da und bemühte mich, nicht in Panik zu geraten. Ich warf weitere zwei Euro ein und wählte noch einmal. Wieder klingelte und klingelte es, bevor die Verbindung abbrach.

Ich schaute auf, als die beiden Frauen mit Weidenkörben an den Seiten die Metzgerei verließen.

Kurz blieben sie stehen und starrten mich an, dann gingen sie davon.

Nachdem sich das Telefon erneut mein Geld einverleibt

hatte, blickte ich auf die verbleibenden Münzen hinab. Ich fühlte mich niedergeschlagen, fror, hatte Hunger und war krank. Die beiden Frauen entfernten sich mit eingezogenen Köpfen. Eine drehte sich um und schaute zu mir zurück.

Ich hätte eine der Baseballmützen aufsetzen sollen, schoss es mir durch den Kopf. *Gott allein weiß, wie übel ich inzwischen aussehen muss.* Ich überlegte gerade, wen um Hilfe anzurufen am wenigsten gefährlich wäre, als das Telefon sehr leise zu klingeln begann. Verwundert hob ich den Hörer ab. Stille.

»Hallo?«, sagte ich mit krächzender Stimme.

»Maggie, bist du das?«, fragte George. Er klang noch genau, wie ich ihn in Erinnerung hatte. Hart, zugleich jedoch herzlich und mit einem unterschwellig westlichen Akzent. Mein Herz legte einen kleinen Freudensprung hin.

»Ja«, gab ich zurück. »Ich bin's.«

»Wo bist du?« Er klang argwöhnisch.

»In einer Telefonzelle.«

Während der einsetzenden längeren Stille versuchte ich, mich zu beruhigen. Ein weiteres Auto fuhr vorbei. Im schwindenden Nachmittagslicht wirkten die Scheinwerfer diesmal greller.

»Du steckst in Schwierigkeiten, oder?«

»Ja. Woher weißt du das?«

»Du bist in den Nachrichten. Ich hatte so eine Ahnung, dass du anrufen könntest.«

»George, es tut mir leid wegen ... Das war falsch, ich hätte ...« Ein Schluchzen hinderte mich am Weitersprechen. Als seine Stimme wieder ertönte, überkam mich gewaltige Erleichterung.

»Schon gut«, sagte er. »Hör auf damit. Dafür ist keine Zeit. Wo ist diese Telefonzelle?«

»In Frankreich ... Ich bin in Frankreich. Weiß man das?

Hat man in den Nachrichten etwas davon gesagt? Weiß man, dass ich hier bin?«

»Man glaubt, du wärst in Kroatien ertrunken.«

»Was?«

»Aber du kennst mich ja – das Einzige, was ich in den Zeitungen glaube, ist das Datum. Und wie üblich klingt es so, als hätte ich damit recht. Wo genau bist du in Frankreich?«

Ich nannte ihm den Namen der Ortschaft und der Villa.

»Kannst du dort noch einen Tag gefahrlos bleiben?«

Ich dachte an das leere, eiskalte Haus.

»Denke schon. Warum?«

»Ich komme dich holen«, antwortete er. Damit war die Leitung tot. Mit dem Hörer in der Hand stand ich da.

Als mir meine Mutter erschienen war, hatte sie so echt gewirkt. Aber sie war tot. Ich erinnerte mich noch sehr deutlich an ihre Beerdigung. George hingegen ... War unser Gespräch eine weitere Halluzination gewesen? Er hatte nicht viel gefragt, wollte nicht wissen, was ich getan hatte, sondern einfach seine Hilfe angeboten. Konnte das real sein? Aber es sah George ähnlich. Er war so loyal.

Ich schaute zu der Ladenzeile. In der Metzgerei war das Licht erloschen, das Schaufenster der *Boulangerie* hatte man geleert. Der Lebensmittelladen hatte festliches Dekor in der Auslage, einen von Weidenkörben umgebenen Weihnachtsbaum. Mittlerweile war es fast dunkel. Die bunten Lichter des Baums schimmerten auf den Schnee heraus.

Völlig durchfroren dachte ich an das Haus und den offenen Kamin im kahlen Wohnzimmer. Ich musste unter ein Dach und mich aufwärmen. Und warten. Mehr konnte ich vorerst nicht tun. Der Weg zurück kam mir schneller vor, als hätte ich neue Energie. Am mittlerweile fast vollständig dunklen Himmel zeichnete sich gerade noch ein dunkelblauer Schimmer ab, aber das genügte, um zurück ins Haus zu finden. Draußen entdeckte ich einen Holzhaufen. Ich brachte einige kleinere Stöcke und gehackte Scheite hinein.

Mittlerweile verfluchte ich mich dafür, dass Fenster vorn eingeschlagen zu haben. Neben dem Bauwerkzeug hinten fand ich einen Besen und kehrte die Scherben in eine Ecke. Mit einer der Abdeckplanen aus der Waschküche gelang es mir, das Loch einigermaßen abzudichten.

Dann machte ich mich daran, ein Feuer zu entfachen, und war froh, dass ich ein Feuerzeug eingepackt hatte. Der gemauerte Kamin war angenehm groß. Unter den Sachen der Bauarbeiter befanden sich Papiertücher und Terpentin, die ich zum Anzünden benutzte.

Es fühlte sich gut an, etwas tun zu können, mochte es auch noch so schlicht sein. Sämtliche Papiertücher, Stöcke und das gesamte Terpentin gingen dafür drauf, ein anständiges Feuer hinzubekommen. Ich unternahm mehrere Ausflüge nach draußen und holte mehr Scheite herein. Die Temperatur war mittlerweile drastisch gefallen. Wo zuvor Schnee geschmolzen war, befand sich nun glitzerndes Eis.

Mit weiteren Abdeckplanen aus der Spülküche bastelte ich mir vor dem Feuer ein Bett. Ohne Spiegel konnte ich mich nicht sehen, was meiner Stimmung nur zuträglich sein konnte. Mit ein wenig Wasser nahm ich Schmerztabletten und Antibiotika ein. Sogar ein bisschen Schokolade brachte ich runter.

Und die ganze Zeit konnte ich nicht aufhören, an George zu denken. Ein Teil von mir hatte immer noch das Gefühl, ich hätte mir unser Gespräch eingebildet – wie das mit meiner Mutter.

Während ich vor dem Feuer lag, hob die angenehm intensive Hitze meine Stimmung. Entweder würde er auftauchen, oder ich würde mir eingestehen müssen, dass ich allmählich den Verstand verlor.

Irgendwann musste ich eingeschlafen sein. Als ich aufwachte, schien grelles Licht durch die Fenster des Wohnzimmers, und jemand klopfte an die Eingangstür.

KAPITEL 48

Einen Moment lang wusste ich nicht, wo ich mich befand. Meine Füße polterten über die kahlen Dielen, als ich in den Flur stolperte. Das Klopfen an der Tür wiederholte sich.

»Maggie. Ich bin's, George«, ertönte eine Stimme. Als ich den Türknauf drehte, tat sich nichts.

»Die Eingangstür ist verriegelt. Ich kann nicht aufmachen. Es gibt einen Weg durch die Büsche, der nach hinten führt. Dort ist ein Loch in der Mauer!«, rief ich.

»Oh. Verstehe, ich komme sofort«, kündigte er an. Das Auto stand im Leerlauf vor dem Haus, das Licht der Scheinwerfer warf ein Wellenmuster an die hintere Wand.

War das real? Oder schlief ich noch? Allmählich büßte ich das Vertrauen in meine geistige Gesundheit ein. Ich ging durch den Flur in die Küche. Nach wenigen Minuten schien ein Licht durch das Loch. George hob die flatternde Plastikfolie an und kam herein.

Er wirkte älter und kleiner, als ich ihn in Erinnerung hatte. Zu einer dicken roten Steppjacke trug er eine Jeans und hohe Stiefel. In seinen Bart hatte sich Grau eingeschlichen.

Eine schwarze Mütze bedeckte sein Haar. Er sah beneidenswert gesund aus.

Ich zuckte zusammen, als seine Taschenlampe mein Gesicht erfasste. Dann richtete er den Strahl an die Decke. Er konnte sein Entsetzen nicht verbergen, als er mich sah.

»Ich weiß. Ich sehe beängstigend aus«, sagte ich. Spontan beugte ich mich vor und umarmte ihn innig. Er war kleiner als ich und fühlte sich genauso stämmig und fest an wie früher. Und er benutzte nach wie vor dasselbe Aftershave. Old Spice. Noch nie hatte ich den Duft so sehr geliebt wie in jenem Augenblick.

»Bist du echt?«, fragte ich.

Er zog sich zurück und lächelte. Links hatte er einen Goldzahn, der im Schein seiner Taschenlampe funkelte. »Als ich zuletzt nachgesehen habe, schon noch. Nur die Hüfte ist nicht mehr echt. Hab letztes Jahr 'ne neue bekommen.«

Erst grinste ich, dann lachte ich vor Erleichterung.

»Was ist daran so komisch?«, fragte er grinsend.

»Nichts. Ich freu mich einfach so, dich zu sehen. Wie kannst du schon hier sein? Und wie spät ist es eigentlich?«

»Kurz nach drei Uhr morgens. Ich hab gleich im Anschluss an unser Telefonat einen Flug von Birmingham nach Paris bekommen. Dort habe ich mir ein Auto gemietet.« Er spähte an mir vorbei und betrachtete die Baustelle in dem Raum. »Wenn das die Küche ist, wie sieht's dann erst im restlichen Haus aus?«

»Fürchterlich.«

»Willst du dich im Auto aufwärmen? Hab Kaffee und Süßes dabei.«

Ich nickte. George half mir um das Haus herum zu einem kleinen Citroën, der vor der Haustür parkte. Er öffnete den

Kofferraum und holte eine dicke grüne Steppjacke heraus, von der er das Preisetikett abriss.

»Zieh das an, Mags«, sagte er und legte sie mir um die Schultern. Aus einer Einkaufstasche von Sports Direct holte er Handschuhe und eine Wollmütze. Ich zuckte zusammen, als er mir Letztere aufsetzte. »Entschuldige. Hab zu spät gesehen, was für eine üble Wunde du da hast.«

Ich nickte und kämpfte gegen Tränen an. Wir verfielen in die Rollen meiner Kindheit und Jugend zurück. George als der Vater, den ich nie hatte, und in vielerlei Hinsicht als der Vater, den ich immer hatte.

»Ich kann nicht fassen, dass du hier bist«, murmelte ich.

»Glaub's ruhig, Kleines. Jetzt steig in den Wagen.«

Wir setzten uns in das von ihm gemietete Auto, und er drehte die Heizung voll auf. George hatte eine Thermoskanne mit heißem Kaffee und eine große Tüte mit marmeladengefüllten Donuts dabei. Plötzlich verspürte ich Heißhunger und verschlang zwei davon, während ich dazwischen Kaffee nippte.

»Hast wohl schon länger nichts gegessen, was?«, kommentierte er lächelnd, während er mich beobachtete. »Wie bist du eigentlich hier gelandet?«

»Das Haus gehört Hugo.« Ich schluckte einen großen Bissen runter. »Wills Bruder.«

»Ah ja, ich erinnere mich. Weiß Hugo, dass du hier bist?«

»Nein. Glaube ich zumindest. Hast du von irgendjemandem etwas gehört?«

»Nein.«

Eine längere Stille trat ein.

»Es tut mir leid, George ... Alles, was ich damals in London zu dir gesagt habe.«

»Mir tut's auch leid. Ich hätte dich anrufen sollen.«

»Nein. Ich hätte *dich* anrufen sollen. Ich wollte dich zur Beerdigung einladen.«

»Für eine Einladung kann ich mir schönere Plätzchen vorstellen. Sogar 'ne schmierige McDonald's-Filiale wäre mir lieber als ein Begräbnis.«

»Es war das von Will.«

»Noch schlimmer!«

Lachend nahm ich einen Schluck Kaffee. Auch George lachte. Unverhofft genoss ich den Moment, diese seltsame Normalität inmitten all der verrückten, abscheulichen Ereignisse der letzten Tage und Wochen. Ich war am Leben und trank Kaffee mit George. Wir mochten uns mitten in der Nacht in einem Mietwagen vor einem Haus befinden, in dem ich mich versteckte, aber ich hatte George bei mir. Und George verurteilte nie jemanden.

Er wischte sich Tränen aus den Augen. »Entschuldige. Darüber sollte ich nicht lachen. Tut mir leid wegen Will. Ich hab aus den Nachrichten erfahren, dass er sich um die Ecke … dass er Selbstmord begangen hat, meine ich.«

»Die Polizei wollte mir einreden, er hätte sich eine Waffe in den Mund gesteckt und den Abzug gedrückt. Aber das hat er nicht.«

George zog eine Augenbraue hoch und trank einen weiteren Schluck Kaffee. Er legte die Hand auf meine. Da wurde mir bewusst, dass ich zwar stark gewesen war, jedoch zu lange alles in mir behalten und mich allein damit herumgeschlagen hatte. Und ich knickte ein. Ich streckte mich, packte ihn und schluchzte an seiner Schulter. »Schon gut, Maggie, lass alles raus«, sagte er. Und ließ mich weinen. Rieb mir dabei den Rücken. Und wiederholte unablässig, dass es völlig in Ordnung wäre. Als ich schließlich die Fassung zurückerlangte, reichte er mir ein Taschentuch.

»Bist du jetzt so weit, mir zu erzählen, was passiert ist?«, fragte er. Ich nickte. In der nächsten Stunde schilderte ich ihm alles, was sich seit Wills Tod zugetragen hatte. Der Kaffee aus der Thermosflasche schmeckte gut, aber noch besser mit dem kräftigen Schuss Whisky, um den George meinen zweiten Becher ergänzte.

Er hörte mir unvoreingenommen zu, wenngleich ich sehen konnte, wie er bei den unglaublicheren Teilen die Augenbrauen hochzog.

Nachdem ich fertig war, schwieg er eine ganze Weile.

»Was hast du jetzt vor?«, erkundigte er sich schließlich.

»Ich will zurück nach Hause und alles aufdecken, was Daisy De Costa getan hat.«

»Was ist mit Will? Er ist nicht mehr am Leben, um sich zu verteidigen. Und für dich könnte der Schuss auch nach hinten losgehen. Mit den Ehefrauen schlechter Menschen geht die Öffentlichkeit nie zimperlich um.«

»Ich überlege hin und her, warum Will mir die Sache überhaupt aufgebürdet hat.«

»Vielleicht hat er gedacht, er würde dich mit den Informationen schützen.«

»Oder er wollte, dass ich tue, was er sich nie getraut hat.«

George dachte kurz darüber nach.

»Meinst du, dass du gewinnen kannst, Maggie? Gegen Leute, die in der Regierung und bei der Polizei die Fäden in der Hand haben? Du würdest nicht glauben, zu was für Scheiße die fähig sind, um sich zu schützen.«

Nach kurzem Zögern fasste er zwischen die Sitze und holte eine alte Tragetasche mit einer transparenten Plastikmappe heraus. »Vielleicht änderst du deine Meinung, nachdem du das gesehen hast ...«

Er entnahm der Mappe eine Handvoll Ausdrucke. Artikel

aus Online-Ausgaben der *Daily Mail* und Ausschnitte der Boulevardzeitung *Sun*.

Die Storys erweiterten den sachlicheren Beitrag, den ich auf der Website von BBC News gesehen hatte – sie enthielten nach Skandalen Heischendes über die verschollene Ärztin, also mich.

Mit Entsetzen las ich die Behauptungen, Will und ich hätten Eheprobleme gehabt, und Will hätte seine Karriere als Mediziner aufgegeben, weil gegen ihn wegen Drogendiebstahls ermittelt wurde.

»Will hat nie Medikamente gestohlen. Die stellen es so dar, als hätte er gekündigt, bevor er gefeuert werden konnte.« George zeigte auf den Papierstapel. »Was als Nächstes kommt, wird dir nicht gefallen.«

Es handelte sich um einen Ausdruck eines Artikels der *Daily Mail*, im Wesentlichen ein Exposé über meinen unkonventionellen Hintergrund. Fotos von mir als Kind mit meiner Mutter und einigen anderen Frauen im Friedensprotestlager von Greenham Common. Ein Bild von Ma, wie sie von der Polizei abgeführt wurde, die Kleidung zerrissen, die gebrochene Nase blutig. Ein anderes Foto war in der maroden Küche eines Hauses entstanden, das wir eine Zeit lang gemietet hatten. Ma saß darauf am Tisch bei Len, dem Mann mit dem Lederknüppel. Ich stand mit zerzaustem Haar und einer Barbie-Puppe neben ihr. Ma und Len sahen beide ziemlich mitgenommen aus. Auf dem Tisch befanden sich eine Flasche Wodka und eine Pistole. Die Zeitung hatte die Wodkaflasche und die Waffe rot eingekreist. Darunter stand:

Ob Dr. Kendalls Kollegen und Patienten von ihrer Herkunft wissen, wenn sie ihren Kittel für eine Schicht im St. Thomas' Hospital anlegt – nur einen Steinwurf vom Parlament entfernt?

»Woher haben sie die Fotos?«, fragte ich.

»Nicht von mir.«

»Sind auch welche von dir dabei?«

»Nein.«

»Könnte einer der Journalisten in meinem Haus gewesen sein?«

»Keine Ahnung.«

Eine Weile schwiegen wir, während die Heizung vor sich hin summte.

»Du musst dir die Informationen ansehen, die Will mir hinterlassen hat.«

Ich holte den Computer und die Thermosflasche. Die nächsten Stunden ging ich mit George alles auf dem USB-Stick durch – Jefferys Tagebucheinträge, die Obduktionsberichte, die Finanzdaten, die Kontoauszüge.

»Was sollte ich deiner Meinung nach machen?«, fragte ich ihn schließlich. Mittlerweile zeichnete sich am Horizont ein blauer Schimmer ab, der die bevorstehende Morgendämmerung ankündigte.

»Willst du eine ehrliche Antwort?«, fragte er nach einer Pause. »An deiner Stelle würde ich flüchten.«

»Wohin denn?«

»Dabei könnte ich dir helfen. Ich hab Freunde in Marokko. Ich könnte dich nach Tanger bringen. Das ist nicht weit von Spanien. Du beschaffst dir eine neue Identität. Damit könntest du wieder als Medizinerin arbeiten.«

»Afrika! Du findest, ich sollte nach Afrika fliehen?«, fragte ich. Der Ernst in seiner Miene jagte mir Angst ein. »Ma hat mir dasselbe geraten.«

»Was?«

»Ich meine, Ma *hätte* mir dasselbe geraten.«

Er lächelte reumütig und entblößte dabei seinen

Goldzahn. »Sie wollte immer nach Spanien auswandern und die Wochenenden in Tanger verbringen. Dazu sind wir nie gekommen, weil der Krebs sie erwischt hat.«

»Ich muss zurück, George. Es wäre falsch, nicht zu versuchen, all das zu beenden.«

»Was gibt's da zu beenden? Es ist ja schon geschehen.«

»Wenn Daisy De Costa damit durchkommt, wer weiß, ob sie es nicht noch mal tut – oder Schlimmeres?«

Darüber grübelte George eine Weile. »Na schön. Du willst also heim nach Großbritannien, wo man überall nach dir sucht?«

»Wenn du mich ohne Ausweiskontrolle an der Grenze zurück ins Land schaffen kannst, gelingt es mir vielleicht, sie zu überrumpeln. Dieser Journalist, Jeffery Patrick. Seine Kollegen bei der Zeitung müssen gewusst haben, dass er an etwas dran war. Er war einer von den Guten. Ich kann ihnen die Story von seiner Ermordung geben.«

George wirkte skeptisch. Er beugte sich zu mir und füllte mir den Becher mit Whisky auf.

»Wenn ich es offiziell über die Grenze versuche, werden die einen Weg finden, mich zu schnappen. Entweder verhaften sie mich oder halten mich zumindest fest. Wenn ich es aber ohne Kontrolle nach Großbritannien schaffe, wird es für sie schwieriger, etwas gegen mich zu unternehmen, sobald ich auf britischem Boden bin. Immerhin habe ich keine Straftat begangen.«

George zog die linke Augenbraue hoch. Ich hatte vergessen, dass er das regelmäßig tat, wenn ihn etwas irritierte.

»Ich verstehe dein Vertrauen in Regierungen und Machthaber nicht. Und das nach allem, was dir widerfahren ist. Was glaubst du wohl, wer den Medien diese Geschichten zugespielt hat?« Er tippte auf das von ihm ausgedruckte Papier. »Wahrscheinlich ist jemand bei dir zu Hause gewesen und hat die Fotos von dort. Und das ist erst der Anfang. Siehst du denn nicht, wie sie es darauf anlegen, dich als mental instabil und von fragwürdiger Herkunft hinzustellen und Will als korrupt? Und wenn du wieder auf ihrem Radar auftauchst, können sie dich aus dem Verkehr ziehen. Die kontrollieren alles, Mags.«

Ich stützte den Kopf auf die Hände. *Die* benutzte George mit Vorliebe verallgemeinernd für die bösartigen Aspekte von Autorität, ob Regierung, Religion oder Adel. Ich erinnerte mich an einige Vorfälle aus meiner Kindheit. Einmal war er in die Schule gekommen und hatte sich darüber beschwert, dass man mir eine Bibel des Gideonbunds gegeben hatte. Er hatte dabei so viel Wirbel gemacht und mit dem Direktor diskutiert, bis er vom Schulgelände eskortiert worden war. Die zweite Begebenheit hatte bedeutendere Auswirkungen gehabt. Damals war ich das erste Mal wütend auf ihn gewesen. Als ich elf Jahre alt war, fuhren George und meine Mutter mit mir nach London, um an einem Greenpeace-Protestmarsch teilzunehmen, bei dem es hässlich wurde. Zum Glück wurden wir nicht in die Gewalt verwickelt, aber der Direktor, ein alter Konservativer, war der Meinung, ich hätte die Schule in Verruf gebracht. George hatte ihm vor einer Gruppe von Schülern mitgeteilt, er könnte ihn am Arsch lecken. Danach wurde ich aus jener Schule genommen und in die Einheitsschule auf der anderen Seite der Stadt geschickt. Damals war ich stinksauer auf ihn, denn ich hatte bereits beschlossen, dass ich Ärztin werden wollte, und die Aufnahmeprüfung dafür stand bevor. Obwohl ich sie trotzdem bestanden hatte, blieb ich wütend auf George, weil ich das Gefühl hatte, er hätte es gefährdet.

Nun war er zurück in meinem Leben, dieser loyale Unruhestifter mit seinen klaren Vorstellungen von Recht und Unrecht – der Einzige, der mir zu Hilfe gekommen war.

»Sagen wir es so: Wenn ich weglaufe, George, dann gewinnen *die*.«

Er runzelte die Stirn und wirkte verängstigt. Was ich bei ihm zum ersten Mal erlebte.

»Was, wenn du nicht gewinnen kannst?«, fragte er. Eine lange Weile schwiegen wir. Mittlerweile war es fast hell.

»Nein. George. Was, wenn *die* gewinnen? Als Ärztin habe ich geschworen, niemandem zu schaden. Findest du nicht, daran sollte ich festhalten?« Zur Betonung hob ich die Thermosflasche an. »Ich habe diese Informationen hier. Indem ich sie für mich behalte oder zerstöre, richte ich Schaden an.«

»Und was ist mit dem Schaden für dich selbst?«

»Sieh mich an. Was habe ich denn noch zu verlieren?«

»*Ich* will *dich* nicht wieder verlieren«, sagte George. Er legte die Hand auf meine.

»Wirst du nicht. Versprochen.« Ich schaute zum Haus, das im frühmorgendlichen Tageslicht vor uns aufragte. »Kannst du mich heimlich zurück nach Großbritannien bringen? Du sagst doch immer, dass du so viele Leute kennst, die solche Dinge einfädeln können.«

»Wenn du das wirklich willst ...«

»Ja.«

George überlegte kurz, bevor er nickte. »Na schön. Ich helfe dir, zurück ins Land zu kommen und dieses Pack fertigzumachen.«

KAPITEL 49

Von da an ging es schnell. Wir verließen das Haus am Vormittag und fuhren zu einem Containerhafen in Le Havre an der Nordküste Frankreichs, drei Stunden von Montfort-l'Amaury entfernt. George forderte einen geschuldeten Gefallen von einem Mann ein, der er mich auf ein Frachtschiff bringen konnte.

Unterwegs hielten wir an einem Supermarkt, wo wir Lebensmittel und Wasser kauften. Am frühen Nachmittag trafen wir durch ein kleines Tor in einem ruhigen Bereich des Hafens ein und konnten direkt zu einem riesigen Containerschiff fahren.

»Alles in Ordnung. Das Schiff bringt dich nach Southampton«, beruhigte mich George, als er meine besorgte Miene bemerkte. »Mein Kumpel Maurice kümmert sich um dich. Wir kennen uns schon ewig. Ihm kannst du vertrauen.«

»Okay. Wie lange wird es dauern?«

»Mindestens sechs Stunden.«

»*Sechs!*«

Als ich protestieren wollte, tauchte ein dunkelhäutiger Mann in einem blauen Overall auf und klopfte an die Autoscheibe. Kurz unterhielt er sich entspannt mit George, dann schien auf Schnellvorlauf geschaltet zu werden. Ich sah nicht, ob Geld die Hände wechselte. Jedenfalls wurde ich plötzlich aus dem Auto und über die Gangway gescheucht.

»Wenn du in Southampton ankommst, tust du, was sie dir sagen. Du verlässt den Hafen zu Fuß und musst dich ins Stadtzentrum durchschlagen.«

»Du kommst nicht mit?«

»Ich fahre durch den Eurotunnel zurück. Muss das Auto zurückbringen und mit dem Pass offiziell einreisen. Wenn du in Southampton ankommst, hältst du dich einfach an die Anweisungen der Leute, dann geht alles klar. In der Stadt ist ein Starbucks an der Hauptstraße. Dort treffen wir uns, okay?«, sagte George. Damit umarmte er mich, und ich verspürte Traurigkeit darüber, dass er mich verließ.

George sah, dass sich ein anderes Auto näherte. »Tu, was man dir sagt, dann geht alles glatt«, wiederholte er.

»Okay.«

George eilte zurück, um mit dem Wagen wegzufahren. Ich blieb allein auf der Gangway zurück. Über mir ragte das rostfleckige Containerschiff auf.

Der Innenraum erwies sich als gewaltig. Maurice führte mich durch ein Gewirr feuchter Korridore aus Metall, bevor wir ein kleines Büro mit Zugang zum Deck erreichten. Er zeigte mir, wo sich nebenan eine winzige, verdreckte Toilette befand. Dann forderte er mich auf, dortzubleiben und nicht herumzuwandern. Ich hatte die Thermosflasche mit dem USB-Stick und den Sterbeurkunden dabei, außerdem die im Supermarkt eingekauften Sachen.

Die Reise verlief geradezu merkwürdig ereignislos. Ich bekam niemanden zu Gesicht und verbrachte den Großteil der Zeit auf dem kleinen Fleckchen des Decks vor dem Büro.

Als der Hafen von Southampton am Horizont auftauchte, setzte ein leichter Nieselregen ein. Als die Gebäude immer größer wurden, beschlich mich nach und nach eine tiefe Angst. Maurice erschien, als wir andockten. Dass er gestresst wirkte, war wenig hilfreich.

»Ich begleite dich zur Gangway, die wir heraufgekommen sind. Von dort wirst du ein langes Gebäude vor dir sehen. Aus dem Hafen gehst du zu einer Gasse direkt vor dir. Verstanden? Direkt davor. Dann folgt ein kleines Lieferantentor. Es wird offen sein und führt dich zu einem öffentlichen Parkplatz. Von dort gehst du in Richtung Stadtzentrum. Ja? Und bleib nicht stehen.«

»In Ordnung.«

Er führte mich zurück durch die feuchten Korridore. Es herrschte eine Menge Lärm, und ein Horn dröhnte. Wir gelangten zu einer großen Tür, die er öffnete. Das Frachtschiff lag tief im Wasser, deshalb war die schmale Landungsbrücke hinunter zum Kai nicht lang.

Kaum war ich hinausgetreten, schloss sich die Tür hinter mir. Im Hafen herrschte Hochbetrieb, als ich das Schiff über die Gangway verließ. Unten angekommen, sah ich mich mit mehreren Wegen durch die lange Reihe gedrungener Gebäuden konfrontiert. Ich ging weiter und sah drei Möglichkeiten vor mir. *Scheiße, Scheiße, Scheiße,* schoss es mir durch den Kopf. Ich entschied mich für die Option, die nach einer langen betonierten Gasse aussah. Zu beiden Seiten ragten so hohe Mauern neben mir auf, dass sich die Ziegelsteine in den Himmel zu erstrecken schienen.

Ungefähr auf halbem Weg sah ich, dass ein Nebeneingang offen stand und der Weg vorwärts blockiert war. Also betrat ich das Gebäude. Zu meinem Entsetzen stellte ich fest, dass es einen kleinen Zollabfertigungsbereich beherbergte. Nur eine uniformierte Frau war anwesend.

Ich hatte den wasserdichten Rucksack mit meinem Pass, dem Laptop, der Thermosflasche mit dem USB-Stick und den Sterbeurkunden, das restliche Geld, die Rolex, die Manschettenknöpfe und etwas Kleidung bei mir.

»Personal?«, fragte die Frau und streckte die Hand aus.

»Äh, nein.«

»Nein?« Ich merkte, dass ich damit ihre Aufmerksamkeit erregt hatte. »Passagierin?«

»Ja.«

»Was machen Sie dann so weit von der Ankunftshalle weg?« Verstohlen spähte ich zur Tür und überlegte, ob es mir gelingen könnte, zu flüchten. »Sie sind wohl Britin, was?«, fragte die Frau. Mittlerweile musterte sie mich von oben bis unten, ließ meine Kleidung und Verletzungen auf sich wirken.

»Ja. Britin.«

»Dann müsste ich Ihren Reisepass sehen.« Sie streckte erneut die Hand aus.

Als ich ihren Schalter erreichte, zögerte ich. Was sollte ich tun? Könnte ich behaupten, ich hätte keinen Pass? In dem Fall würde sie trotzdem meinen Namen wissen wollen ... Könnte ich mir Zeit verschaffen, indem ich einen Falschen nannte? *Verdammt noch mal.* Wo war der Weg zu dem offenen Tor, von dem Maurice mir erzählt hatte?

»Ma'am. Worauf warten Sie? Ich muss Ihren Reisepass sehen.« Es ließ sich nicht übersehen, wie misstrauisch sie war.

Mit einsetzender Panik kramte ich im Rucksack und holte das Dokument heraus. Dadurch wirkte sie ein wenig beschwichtigt.

Sie nahm ihn entgegen, blätterte ihn durch und drückte die Fotoseite an einen Scanner. Nachdem sie den Pass von dem Gerät entfernt hatte, entstand eine ausgedehnte Pause. Einen Moment lang dachte ich schon, ich wäre aus dem Schneider. Vielleicht suchte man doch nicht auf offiziellen Wegen nach mir. Die Sekunden zogen sich hin. Dann runzelte die Beamtin die Stirn, als sie etwas auf ihrem Bildschirm las. Sie sah mich an.

»Woher kommen Sie?«, wollte sie von mir wissen.

»Ich bin ... in Le Havre an Bord gegangen.«

»Welches Schiff?«

»Den Namen habe ich vergessen.«

»Haben Sie unterwegs noch andere Länder besucht?«, hakte sie nach.

»Ich war auch in Kroatien, aber wegen Schengen ...«

Sie ergriff ihre Schlüssel auf, zog ihre Karte aus dem Computer, öffnete die Tür zu ihrer Kabine und kam um den Schalter herum zu mir heraus.

»Würden Sie mich bitte begleiten?«, forderte sie mich auf und deutete mit dem Arm zu einer Tür rechts. Hinter ihr sah ich den Ausgang aus diesem winzigen Raum, der vermutlich in die Freiheit führte.

»Gibt's ein Problem?«

»Wir müssen nur noch ein paar Dinge überprüfen.«

»Geht's darum, dass ich als vermisst gelte?«

»Wir müssen nur noch ein paar Dinge überprüfen«, wiederholte sie in unüberhörbar aggressivem Ton. Ich folgte ihr zu der Tür. Sie fuhr mit ihrer Karte über einen Sensor. Ein Summen ertönte, und die Tür öffnete sich. Wir betraten einen

Befragungsraum. Dort ersuchte sie mich, Platz zu nehmen, bevor sie ging.

Die Tür schloss sich mit einem Klicken. Und wurde verriegelt.

KAPITEL 50

Zehn Minuten verstrichen. Daraus wurden zwanzig. Der kahle Raum enthielt nur einen Tisch und zwei am Boden festgeschraubte Stühle. Ich stand auf und ging zur Tür. Dort zögerte ich, bevor ich sie zu öffnen versuchte. Verriegelt. Eine Stunde verging. Dann hörte ich, wie aufgeschlossen wurde. Eine andere uniformierte Frau der Zollbehörde erschien mit zwei jungen Polizeibeamten, einer Frau mittleren Alters in einem schlecht sitzenden Hosenanzug und einem großen, dunkelhaarigen Mann in einem wesentlich nobleren Nadelstreifenanzug. Die beiden Polizisten trugen neongelbe, regenfeuchte Jacken über den blauen Uniformen.

»Was ist los?«, fragte ich.

»Bitte setzen Sie sich«, forderte mich die Frau auf. »Darf ich Sie Margaret nennen?«

»Wer sind Sie? Wenn wir schon von Namen reden«, erwiderte ich. Sie hatte einen Ausweis aus Kunststoff an einem blauen Trageband um den Hals.

»Ich bin Terri Conway, leitende Sozialarbeiterin für die Region«, antwortete sie und zeigte mir den Ausweis. Ich sah den Mann im Nadelstreifenanzug an, der mit versteinerter Miene auf mich herabstarrte.

»Lassen Sie mich raten. Sie sind Arzt, richtig?«, fragte ich mit einem Blick auf seine altmodische Ledertasche.

»Dr. James Ridpath, Allgemeinmediziner bei Summer Hayes Surgery in Southampton.«

»Und zwei Polizisten«, merkte ich an. Ich schaute zwischen ihnen hin und her. »Mir ist schon klar, was hier vor sich geht.«

»Und was, Margaret?«, fragte Conway. Mit geheuchelter Besorgnis sah sie mich über ihre Brille hinweg an.

Zwei Polizeibeamte, eine Sozialarbeiterin und ein Arzt konnten nur die Zwangseinweisung einer Person nach dem Gesetz über geistige Gesundheit bedeuten, dem sogenannten Mental Health Act, das wusste sie so gut wie ich. Wieder schaute ich zwischen ihnen hin und her. Wenn ich es erwähnte, könnte man mir einen Strick daraus drehen.

»Vielleicht sagen Sie es lieber mir«, gab ich schließlich zurück. Ich setzte mich. Alle anderen blieben stehen. Ich faltete die Hände auf dem Schoß und bemühte mich, meine Angst und Wut im Griff zu behalten.

Conway holte einen Ordner aus einer großen Umhängetasche mit Chanel-Logo.

»Maggie, ist Ihnen bewusst, dass eine Menge Leute besorgt um Sie sind?« Sie schlug den Ordner auf. »Man hat sie als vermisst gemeldet.«

»Wer?«, fragte ich.

»Werden Sie vermisst?« Conway legte den Kopf schief.

»Das ist eine etwas dumme Frage.«

»Wieso das?«

»Nur andere können mich vermissen oder beurteilen, ob

ich vermisst werde. Wohl kaum ich selbst. Aber verschollen bin ich nicht. Ich habe lediglich mein Handy verloren.«

»Sie haben unlängst einen Verlust erlitten, richtig?«, fragte Conway. In ihrem Tonfall schwang Gleichgültigkeit mit. Der Arzt legt auf professionell mitfühlende Weise den Kopf schief. Die Polizisten bauten sich mit vor der Brust verschränkten Armen zu beiden Seiten der Tür auf. Solche Szenen hatte ich schon miterlebt, aber natürlich bisher immer in Ridpaths Position.

Wenn es so weit kam, spielte es eigentlich keine Rolle mehr, was der Patient sagte. Alle Beteiligten hatten sich versammelt. Es würde passieren. Man würde mich nach dem Mental Health Act von 1983 zwangseinweisen. Das hatte ich schon oft bezeugt. Meist setzten sich die Patienten wider Willen lauthals brüllend und mit fuchtelnden Armen zur Wehr. In manchen Fällen übergaben sie sich auch oder bissen.

»Ja, ich habe unlängst einen Verlust erlitten. Mein Ehemann ist gestorben«, sagte ich, fest entschlossen, geistig völlig gesund zu wirken. Ich würde nicht ausrasten. Vielmehr wollte ich sie zum Nachdenken bringen.

»Ihr Ehemann hat sich erschossen. Er hat Selbstmord begangen, richtig?«, fragte Conway.

In meinem Kopf fügte sich den bereits schrillenden Alarmglocken eine weitere hinzu. Zu sagen, jemand hätte »Selbstmord begangen«, galt in diesen politisch überkorrekten Zeiten als verpönt. Was sich mittlerweile unter allen Mitarbeiterinnen und Mitarbeitern des staatlichen Gesundheitswesens herumgesprochen haben sollte. *Und hat sie mich gerade Maggie genannt?* Ich warf einen genaueren Blick auf Conway, ihre feinen Schuhe, ihre Chanel-Tasche. Vielleicht war Letztere nicht echt, doch eine Sozialarbeiterin würde auch mit keinem sichtlich guten Imitat herumlaufen, denn selbst dafür blätterte man eine stattliche Summe hin.

»Kann ich bitte noch mal Ihren Ausweis sehen, Terri?«, fragte ich.

»Haben Sie bereits«, entgegnete sie. Die Frau war aalglatt. Mit Sicherheit keine echte Sozialarbeiterin. Ich durfte nichts über meinen Verdacht erwähnen. Damit würde ich das Narrativ über meine vermeintliche »Geistesstörung« nur unterstützen.

»Selbstmord begangen? Den Begriff sollte Personal im öffentlichen Gesundheitswesen eigentlich nicht benutzen.« Ich sah die Polizisten an. Beide richteten den Blick auf Conway.

Sie schenkte ihnen keine Beachtung und starrte mich bösartig an. »Sie sind in Kroatien gewesen. Ist das richtig, Margaret?«

»Das ist richtig.«

»Auf einer Insel«, fügte sie mit hochgezogener Augenbraue hinzu. Die Mimik überzeugte mich endgültig davon, dass sie für jemanden mit finsteren Absichten arbeitete. Sie köderte mich. Die hochgezogene Braue besagte: *Auf einer Insel, ja? Na, wenn man sich's leisten kann ...*

»Dort ist unser ... na ja, jetzt mein Ferienhaus. Ich bin hingereist, um die Sachen meines verstorbenen Ehemanns durchzusehen.«

Conway blätterte durch die Unterlagen in dem Ordner. Der Arzt hatte genug vom Stehen und setzte sich auf die Tischkante, verschränkte die Arme vor der Brust und beobachtete teilnahmslos, wie Conway mit mir spielte.

»Sie haben dort die Polizei und die Küstenwache angerufen und behauptet, jemand wäre bei Ihnen eingebrochen. Nur abgesehen vom Inselverwalter und dessen Sohn war sonst niemand auf der Insel.«

»Inwiefern ist das relevant? Wir sind hier in Großbritannien.«

»Ich versuche gerade, Ihre geistige Verfassung zu bestimmen und herauszufinden, warum Sie verschwunden sind. Mit anderen Worten, ich versuche, Ihnen zu helfen, Margaret«, behauptete sie und sah mich über den Rand der Brille an. Der frostige Ausdruck in ihren dunklen Augen bescherte mir einen Schauder. Doch ich ließ mir nichts anmerken. Sie fuhr fort. »Die Küstenwache hat auf Ihren Notruf reagiert, konnte aber mit dem Boot nicht landen. Als man wiederholt versucht hat, Sie zu erreichen, haben Sie nicht geantwortet. Und jetzt tauchen Sie als blinde Passagierin von einem Frachtschiff aus Le Havre auf.«

Ich drehte den Kopf weg, als ich spürte, wie mir Tränen in die Augen traten.

»Als die Küstenwache dann endlich auf Trishna anlegen konnte ...«

»Es heißt Tišina.«

Sie ignorierte mich. »Als die Küstenwache anlegen konnte, hat man nach Ihnen gesucht. Die Fährverbindung wurde ausgesetzt, und man hat beträchtliche Ressourcen für die Suche nach Ihnen aufgewendet.«

»Der Inselverwalter hat mich mit seinem Boot zum Festland zurückgebracht«, erklärte ich.

»Und wie heißt er?«

»Daran ... kann ich mich nicht erinnern.«

Conway gab einen missfälligen Laut von sich und schüttelte den Kopf.

»Der Inselverwalter heißt Branko Valdeece«, sagte sie und sprach seinen Nachnamen falsch aus.

Ich wollte etwas entgegnen, zögerte jedoch. Warum behauptete sie, Branko wäre der Inselverwalter?

»Branko hat bestätigt, Sie und Ihren verstorbenen Ehemann seit sechs Jahren zu kennen«, fuhr sie mit einem Blick in ihren Ordner fort. »Er hat mit der Polizei gesprochen und Besorgnis über Sie geäußert, weil Sie sich bei Ihrem Aufenthalt auf der Insel merkwürdig verhalten haben. Ihm zufolge haben Sie ihn beschuldigt, in Ihr Haus eingebrochen zu sein. Und dort Abhörgeräte platziert zu haben. Außerdem hat er ausgesagt, dass Sie bei der Kirche auf der Insel waren und darin ein wertvolles Gemälde verunstaltet haben.«

»Das ist nicht wahr!«, platzte es aus mir heraus. Der Arzt und die Polizisten an der Tür reagierten, indem sie eine wachsamere Haltung einnahmen.

Conway sprach weiter. »Branko Valdeece hat die örtliche Polizei und die Küstenwache dabei unterstützt, der Vermisstenmeldung nachzugehen. Ihre Familie in London hat sich an die Behörden gewandt, als Sie nicht mit Ihrem Flug am Wochenende in London eingetroffen sind.«

»Mein Rückflug wäre erst morgen gewesen, am Mittwoch«, erwiderte ich.

Conway sah mich an. »Es gibt keine Aufzeichnungen darüber, dass Sie das kroatische Festland erreicht haben. Keine Aufzeichnungen über Ihre Einreise in den Schengen-Raum. Oder darüber, wo Sie in der Zwischenzeit gewesen sind. Und jetzt tauchen Sie mit Kratzern und blauen Flecken im Gesicht und an den Armen in Southampton auf. Verstehen Sie nicht, warum das Anlass zur Besorgnis gibt?«

Hugos Haus in Frankreich hatte sie nicht erwähnt. Auch George nicht. Ich hatte keine Ahnung, wie spät es inzwischen war. Wie lange würde er im Starbucks an der Hauptstraße warten, bis er merkte, dass etwas nicht stimmte?

Conway setzte ein Lächeln auf, trat näher und senkte die Stimme. »Maggie. Sie haben Ihren Ehemann unter schrecklichen Umständen verloren. Und Sie haben als Unfallmedizinerin einen Job, bei dem Sie regelmäßig unter immensem Druck stehen. Uns ist bewusst, dass Sie vorläufig beurlaubt sind. Aber ich kann nicht riskieren, Sie zurück in eine Notaufnahme zu lassen, wo Ihre Handlungen über Leben oder Tod wehrloser Patienten entscheiden können.«

Ich schloss die Augen. Was auch immer ich sagen, wie auch immer ich protestieren würde, es würde mich verrückt wirken lassen.

»Ich soll mich nach meiner Rückkehr einer medizinischen Untersuchung unterziehen. Jetzt bin ich zurück und werde das. Geht es hier um ein Einwanderungsproblem? Ich habe nämlich einen gültigen Reisepass, den ich auf Verlangen auch vorgezeigt habe. Es ist also nicht nötig, dass Sie mich hier festhalten.«

»Wer sagt denn, dass Sie festgehalten werden?«, fragte Conway.

»Die Tür war verriegelt.«

»War sie nicht«, widersprach sie. Ihr Blick wanderte zum Arzt und den Polizisten. Sie nahm die Brille ab und verstaute sie in die Tasche mit dem Ordner. »Darf ich sehen, was sich in dem Rucksack befindet?«

»Warum?«

»Ich muss mich vergewissern, dass Sie nichts Scharfkantiges bei sich haben.«

»Ich habe nichts ...«

Plötzlich kam sie auf mich zu und wollte sich den Rucksack von mir greifen. Damit überraschte sie mich. Instinktiv zog ich ihn weg. Sie bückte sich, um ihn sich dennoch zu schnappen. Und als ich die Hand hob, um sie abzuwehren, brach die Hölle los. Die Polizisten stürmten herbei und packten mich an den Armen. Ich hatte schon etliche Male miterlebt, wie die Polizei ruhige Personen aufstachelte und ihre Reaktion als Begründung für den Einsatz von mehr Gewalt heranzog. Als ich die Arme zu befreien versuchte, zerrten sie mich vom Stuhl. Die Luft wurde mir aus der Lunge gepresst, als sie mich auf den Boden warfen und auf den Bauch drehten. Conway nahm sich meinen Rucksack und begann, ihn zu durchsuchen.

Brüllend forderte ich die Polizisten auf, mich loszulassen. Dann hatte ich das Gefühl, mich selbst von oben zu beobachten.

Hör auf, dich zu wehren, ertönte eine Stimme in meinem Kopf. *So machst du es nur noch schlimmer.* Aber sie verdrehten mir so grob die Arme, außerdem presste sich ein Knie brutal in mein Kreuz. Mein verletztes Knie brannte, als es zu Boden gedrückt wurde. Der spindeldürre Arzt in seinem Nadelstreifenanzug blieb als Einziger ruhig.

Ich hörte, wie er mir mitteilte, ich würde gemäß dem Mental Health Act von 1983 festgehalten. Dann spürte ich einen jähen Stich, als er mir eine Injektion verabreichte. Was auch immer er mir spritzte, die Wirkung setzte sofort ein.

Sie hatten mich.

KAPITEL 51

Es war beängstigend, wie mir mit wenigen Kugelschreiberstrichen von Fremden die Freiheit genommen wurde. Man nahm mir den Rucksack ab. Damit hatten sie sowohl die Thermosflasche mit dem USB-Stick und den Zertifikaten als auch meinen Laptop.

Unter dem Mental Health Act durfte jemand nur vierundzwanzig Stunden lang gegen seinen Willen festgehalten werden. Während dieser Zeit wurden über den Patienten zur Beurteilung höchste Sicherheitsvorkehrungen verhängt.

Ich erwachte in einer verdreckten, gepolsterten Zelle und trug einen Kittel mit offenem Rücken. Es war eiskalt, und ich wusste weder, wie spät es war, noch wie lange ich mich schon dort befand. Ich versuchte, ruhig zu bleiben. Immerhin kannte ich den Ablauf. Nach dem ersten Tag müsste ein Arzt nachweisen, dass ich für weitere achtundzwanzig Tage festgehalten werden sollte, wie es das Gesetz vorschrieb.

Nach einem gedämpften Klopfen an der Tür traten eine Pflegerin und ein Pfleger ein, die geradewegs vom Casting für einen Horrorfilm über ein Irrenhaus zu kommen schienen. Der eher kleine Mann hatte einen üblen Rasierausschlag und ein schielendes linkes Auge, die breite, muskelbepackte Frau einen Bürstenschnitt. Bei beiden strahlte das Auftreten aus: *Leg dich lieber nicht mit uns an.* Sie teilten mir mit, dass ich »dem Arzt« vorgeführt werden würde. Als ich mich erkundigte, wo ich mich aufhielt und wie spät es war, ignorierten sie die Fragen.

Wo auch immer ich sein mochte, draußen vor der Tür erwies sich das Umfeld als höllisch – es handelte sich um eine ältere Einrichtung mit kahlen Betonmauern, in der es nach Ausscheidungen und Erbrochenem stank. Durch den Korridor hallten Rufe, Schreie und das Krachen von Körpern, die sich gegen Metalltüren warfen. Als ich mit gefesselten Händen vor die Tür geführt wurde, eskortierten gerade zwei Aufseher eine andere Patientin durch den schmalen Gang. Die Frau war knochig, hatte einen rasierten Schädel und einen manischen Ausdruck in den Augen.

Ich wusste, wie falsch das war. So verlagerte man Patientinnen und Patienten auf einer Hochsicherheitsstation nicht. Man achtete darauf, dass sich immer nur eine oder einer gleichzeitig in einem Gang befand. Als sich uns die andere Gruppe näherte, drehte ich mich um und wollte etwas zu dem Pfleger hinter mir sagen, doch er stieß mich vorwärts gegen die andere Patientin. Prompt griff sie mich an, trat nach mir und bespuckte mich. Wir gingen beide zu Boden. Mir hatte man die Hände gefesselt, sie konnte die ihre bewegen. Der Angriff war kurz, aber brutal. Die Frau riss die Wunde über meinem Auge auf und verpasste mir eine blutige Nase.

Dann wurde die andere Patientin weggezerrt, und meine Eskorte scheuchte mich zu einer Tür am Ende des Korridors.

Vor lauter Wut begann ich, sie anzuschreien. An der Stelle stießen sie mich in ein helles, luftiges Untersuchungszimmer für die Beurteilung durch einen Arzt.

Eine Krankenpflegerin kam und versorgte meine Verletzungen. Der Arzt schien mir ein freundlicher älterer Mann zu sein. Ich beschwerte mich bei ihm darüber, dass man mich unter einem Vorwand hatte einliefern lassen und ich vorhin in gefesseltem Zustand vorsätzlich einer gefährlichen Patientin ausgesetzt worden war. Dann erkannte ich, dass ich mich damit direkt in eine Verlängerung meiner Zwangseinweisung hineinredete. Und so kam es auch. Er empfahl einen achtundzwanzigtägigen Beobachtungszeitraum.

Nachdem ich gesäubert worden war, verlegte man mich in eine andere Station in einem schöneren Teil der Einrichtung. Am Eingang empfing mich eine Pflegerin mit freundlichem Gesicht. Mütterlich streng klärte sie mich darüber auf, dass ich mich auf einer Station mittlerer Sicherheitsstufe befand, bevor sie mich zu einem kleinen Zimmer mit einem Bett führte.

Meine Welt geriet in Schieflage, als sie mir Handtücher, Bettwäsche, Kleidung und Medikamente aushändigte. Sie erklärte mir, wann es Essen gab und um welche Zeit ich morgens duschen sollte.

»Was ist das?«, fragte ich und betrachtete den mir gereichten kleinen Becher mit sechs Tabletten darin.

»Stimmungsstabilisatoren und etwas, das Ihnen beim Schlafen hilft«, antwortete sie.

»Ich bin nicht verrückt«, sagte ich.

»Dieses Wort benutzen wir hier nicht«, klärte sie mich auf.

»Ich bin Ärztin.«

»Dann wissen Sie ja, dass die meisten Patienten die Zeit hier nutzen, um herauszufinden, was mit ihnen nicht stimmt. Ihr Besuch hier entscheidet nicht über den Rest Ihres Lebens. Es geht nur darum, Ihnen wieder zu einem klaren Kopf zu verhelfen«, teilte sie mir mit und beobachtete mich dabei aufmerksam. Das traf nicht zu, wie ich sehr wohl wusste. Ich dachte an Wills Angehörige. Sie mussten mittlerweile erfahren haben, dass ich aufgetaucht war und man mich zwangseingewiesen hatte. Und wen hatte ich sonst noch übrig? Diane ... George. Was war aus George geworden? Befand er sich in Sicherheit?

»Und wenn ich die Tabletten nicht einnehme?«, fragte ich und beäugte den Becher.

»Dann müssen wir es mit anderen Methoden versuchen, Maggie.« Ihre Züge verhärteten sich.

Ich nahm die Pillen ein, obwohl ich wusste, dass sie mich beeinträchtigen würden und es der Beginn einer langen Reise in die Dunkelheit sein könnte.

Die Pflegerin entspannte sich und fragte, ob sie mir eine Blutprobe abnehmen dürfte. Als ich mich aufs Bett setzte, kämpfte ich mit Tränen.

Ich beobachtete, wie sich zwei Ampullen rot füllten. Geschickt entfernte die Pflegerin danach die Nadel.

»Ich habe eine Freundin«, sagte ich. »Sie ist auch Ärztin und ist unlängst in einen schrecklichen Verkehrsunfall verwickelt worden. Könnten Sie für mich herausfinden, wie es ihr geht?«

»Hier. Drücken Sie da drauf«, forderte sie mich auf und platzierte ein Stück Watte auf dem Einstich an meinem Arm. Ich tat es.

»Bitte. Würden Sie das für mich tun? Ich habe keine Wahnvorstellungen. Sie heißt Diane Kochanowski und arbeitet mit mir in der Notaufnahme im Guy's Hospital. Zuletzt habe ich gehört, dass sie auf der Intensivstation war.«

»Solange Sie hier sind, ist Ihnen keine Kontaktaufnahme mit Außenstehenden gestattet.«

»Das will ich ja gar nicht. Ich will nur wissen, wie es ihr geht. Sonst nichts. Bitte. Ich habe keine Angehörigen, zumindest keine, mit denen ich mich verstehe. Diane ist meine beste Freundin und Kollegin. *Bitte.*«

Sie schüttelte den Kopf, nahm die Blutproben mit hinaus und verriegelte die Tür.

Ich starrte an die Decke und fragte mich, wie das alles hatte passieren können. Mich zwangseinzuweisen, fühlte sich so plump und dramatisch an. Ich wusste, wer dahintersteckte. Daisy musste es veranlasst haben. Es war so einfach, jemandes Glaubwürdigkeit mit dem Stempel der Verrücktheit zu zerstören. Psychische Störungen wurden immer noch schwer stigmatisiert. Auf keinen Fall durfte ich irgendetwas davon erwähnen, was ich wusste. Ich hatte etliche Patienten gesehen, die bei klarem Verstand gewirkt und aufrichtig geglaubt hatten, die Regierung hätte es auf sie abgesehen. Den Namen Daisy De Costa fallen zu lassen, käme einer Garantie für einen noch längeren Aufenthalt gleich. Schließlich sank ich in einen unruhigen, von dem Medikament eingeleiteten Schlaf.

Am nächsten Tag weckte mich eine andere Pflegerin, eine sehr junge Frau. Sie teilte mir mit, dass ich vor dem Frühstück zum Arzt müsste. Es war derselbe wie am Tag zuvor. Diesmal wurde ich in sein Büro geführt.

»Bitte nehmen Sie Platz«, lud er mich ein. Die Pflegerin blieb stehen.

»Die Ergebnisse Ihrer Blutuntersuchung liegen vor«, verkündete er. Dann verstummte er.

»Und?«, bohrte ich nach. Seine Pause ließ mich befürchten, man könnte Krebs oder etwas Ähnliches festgestellt haben.

»Sie sind schwanger, Maggie.«

Erst starrte ich ihn verdattert an, dann bat ich ihn zu wiederholen, was er gesagt hatte.

»Es ist noch früh, wahrscheinlich ungefähr die achte Woche. Wir möchten Sie zu einem Scan schicken. Normalerweise würden wir damit bis zur zwölften Woche warten. Aber da Sie ... ziemlich lädiert und in deutlich vorgerücktem Alter sind, wollen wir sicherstellen, dass alles in Ordnung ist.«

»Herzlichen Glückwunsch«, kommentierte die Pflegerin und grinste dämlich.

Fassungslos legte ich die Hände auf den Bauch. Schwanger. Ich war siebenundvierzig. Und in der achten Woche. Mit Wills Baby.

KAPITEL 52

Ich wurde im Northgate Hospital festgehalten, fünfundzwanzig Kilometer von Southampton entfernt, einer Nervenheilanstalt mit angeschlossener humanmedizinischer Abteilung, daher konnte der Arzt eine Ultraschalluntersuchung durchführen, ohne dass ich die Einrichtung verlassen musste. Man brachte mich zwei Treppenfluchten nach unten in ein Untersuchungszimmer. Die Ultraschalldiagnostikerin war eine dünne Frau in einem weißen Kittel mit langem, grauem, zu einem Dutt hochgestecktem Haar.

»Wenn Sie sich bitte auf den Untersuchungstisch legen«, sagte sie und breitete Papier von einer Rolle darauf aus. Ich kam der Aufforderung nach und zog mein Oberteil hoch. Der Geruch von Desinfektionsmittel stieg mir in die Nase. Unter dem Rücken spürte ich raues Krepppapier. Die Ultraschalldiagnostikerin zog einen Wagen mit einem Monitor herüber, an den etliche Kabel angeschlossen waren. Ich fühlte mich noch unter Schock, als sie aus einer Tube etwas Gel auf meinen Bauch drückte.

»Das könnte jetzt ein bisschen kalt sein«, warnte sie mich. Ihre Stimme klang sanft und beruhigend.

Ich dachte an Will. Daran, wie sehr er sich ein Kind gewünscht hatte. Und dass er nun neben mir sitzen würde, wenn er noch am Leben wäre. Ich dachte an all die Menschen, die ich in dem Moment gern an meiner Seite gehabt hätte – meine Mutter, Diane, George. Sogar Marelle ... Für sie war ich immer so eine Enttäuschung gewesen. Ich hatte stets so getan, als wäre es mir egal. Aber dass ich ihr Enkelkind in mir trug, würde unsere Beziehung verändern. Die Ultraschalldiagnostikerin begann, das Gel mit dem Scanner langsam über meinen Bauch zu verteilen. Sie bemerkte die Tränen in meinen Augen.

»Ist ziemlich überwältigend, schwanger zu sein«, meinte sie leise. »Ich erlebe es täglich, und doch ist es jedes Mal aufs Neue wundervoll.«

Aus den Lautsprechern ertönte ein dumpfes, widerhallendes Pochen. Es hörte sich an, als hüpfte ein Ball durch einen Tunnel.

»Und das ist der Herzschlag.« Lächelnd fuhr sie mit dem Scanner weiter über meinen Bauch. Die Schläge klangen so schnell und stark und lebendig. Mir fehlten die Worte.

»Also, es ist noch sehr früh, aber ich vergewissere mich, dass alles in Ordnung ist.«

Stille trat ein, während sie aufmerksam den Monitor beobachtete. Mehrere Minuten verstrichen. Mir ging durch den Kopf, was ich durchgemacht hatte, als ich schon schwanger gewesen war. Der Stress, die Unfälle, die Explosion von Erics Boot.

»Sieht alles vollkommen normal aus«, verkündete sie und drehte mir den Monitor zu. Vom schwarzen Hintergrund hob sich ein helles Profil ab, das an eine winzige Kidneybohne erinnerte. Ich konnte darin die Kuppel des Kopfs erkennen, und während die Frau über meinen Bauch fuhr, kam mehr von der kleinen Gestalt zum Vorschein.

»Das ist hier drin?«, fragte ich dümmlich und deutete vom Bildschirm auf meinen Bauch.

Die Ultraschalldiagnostikerin lächelte und nickte. »Es lässt sich noch nicht erkennen, ob wir es mit einem Er oder einer Sie zu tun haben. Das zeigt sich in der Regel ungefähr ab der zwölften Woche. Wenn wir von diesem Scan ausgehen, scheinen sie in der achten Schwangerschaftswoche zu sein. Der errechnete Geburtstermin ist der 11. Juli.«

Mir liefen Tränen über die Wangen. Jahrelang hatte ich mit der Vorstellung gekämpft, ein Kind zu bekommen. Dann war ich erleichtert gewesen, als ich geglaubt hatte, ich könnte nicht mehr schwanger werden. Davor hatte mir allein vor dem Gedanken daran gegraut. Aber es erwies sich als völlig anders. Ich fühlte mich wie ein einsames, verloren auf dem Meer treibendes Schiff und empfand die Neuigkeit als kleinen Hoffnungsschimmer, an den ich mich klammern konnte. Für mich stand fest, dass ich dieses Baby bekommen wollte.

»Überwältigt?«, fragte die Ultraschalldiagnostikerin.

Ich nickte. »Hören Sie«, ergriff ich das Wort. »Man hat mich zwangseingewiesen, und ich bekomme fünfhundert Milligramm Clozapin, Risperidon und eine Schlaftablette, bei der ich mir nicht sicher bin. Ich glaube, es sind fünfhundert Milligramm Triazolam. Jedenfalls bin ich mir ziemlich sicher, dass es ein Benzodiazepin ist. Hat mich wie ein Güterzug erfasst. Aber wie auch immer, angesichts der Schwangerschaft bin ich besorgt über die Einnahme dieser Medikamente.«

Die Frau wischte mir mit Papiertüchern behutsam den

Bauch ab und musterte mich aufmerksam. Sah ich in ihren Augen ein Aufblitzen der Erkenntnis, dass ich vielleicht doch nicht verrückt war? Nur zu gern hätte ich mich ihr anvertraut, ihr erzählt, was in Wirklichkeit vorgefallen war, allerdings wusste ich, wie fatal das wäre. Ich starrte sie an und wünschte inständig, sie würde etwas sagen. Aber sie musterte mich nur unverändert. Ich bemühte mich, meiner Stimme einen ruhigen Klang zu verleihen. »Wissen Sie, ich finde nicht, dass ich hier sein sollte, schon gar nicht mit einem Baby in mir. Mein Mann ist gestorben, und es ist von ihm. Ich bin ziemlich alt dafür, Mutter zu werden, und man pumpt mich hier mit Medikamenten voll.«

Da schenkte sie mir ein trauriges Lächeln und öffnete den Mund, als wollte sie etwas sagen. Dann schloss sie ihn wieder, schien es sich anders zu überlegen und erkundigte sich stattdessen: »Ich kann dem Ihnen zugeteilten Arzt empfehlen, Ihre Medikation vor dem Hintergrund der Schwangerschaft noch einmal zu prüfen. Möchten Sie einen Ausdruck von Ihrem Scan?«

Ich stellte mir vor, wie ich den kleinen, aber schweren Monitor vom Wagen hob und auf ihren Schädel niedersausen ließ.

»Ja. Danke.«

Nach einem Klicken und einem Surren reichte sie mir den Ausdruck.

Die nächsten vierundzwanzig Stunden wurden eine Berg- und Talfahrt zwischen Hochgefühlen und tiefster Verzweiflung. Vor weniger als zwei Monaten zuvor war ich glücklich verheiratet gewesen und hatte einen Job, der mich erfüllt hatte. Wie war aus mir eine schwangere Witwe in einer psychiatrischen Abteilung geworden? Beim Termin mit dem Arzt am nächsten Tag verringerte er die Dosierung meiner Medikamente lediglich. Danach jedoch erwartete mich zur Abwechslung eine gute Neuigkeit. Die Pflegerin, von der ich in der Station aufgenommen worden war, hatte wieder Dienst. Als sie in mein Zimmer kam, um mir die neu dosierten Medikamente zu bringen, schloss sie die Tür.

»Ich habe herumtelefoniert. Sie hatten recht. Es gibt wirklich eine Dr. Diane Kochanowski am Guy's & St. Thomas' Hospital. Viel hat man mir nicht gesagt, aber ihr Zustand ist stabil, und man hofft, sie in den nächsten Tagen aus der Intensivstation verlegen zu können.«

Glücksgefühle und Erleichterung schwappten über mich hinweg. »Wird sie wieder gesund? Wie lautet ihre Prognose?«

»Mehr weiß ich nicht, und ich habe mit dem Anruf gegen die Regeln verstoßen, aber Sie sind doch Ärztin, nicht wahr?«

»Ja. Unfallchirurgin«, bestätigte ich.

»Sie sind eingewiesen worden, weil Sie Anzeichen von Paranoia und Halluzinationen gezeigt haben. Haben Sie immer noch Halluzinationen?«

»Nein.« Völlig ruhig sah ich sie an. Wie die Ultraschallbilddiagnostikerin schien sie etwas anderes als das sagen zu wollen, was letztlich über ihre Lippen drang.

»Sie sollten vor dem Mittagessen ein Nickerchen machen«, riet sie mir und ging. Ich lag wach da und starrte an die Wand. *Die halten mich nicht für verrückt,* schoss es mir durch den Kopf. *Ich muss die Sache nur durchstehen.* Als ich mich später beim Mittagessen im Speisesaal dafür anstellte, mein Tablett zurückzubringen, kam die Pflegerin auf mich zu.

»Der Arzt möchte Sie sehen«, teilte sie mir mit. Ich folgte

ihr den Flur hinunter und durch zwei verriegelte Türen, bis wir in einen Teil der Station gelangten, den ich nicht kannte. Dort wurde ich in ein Besprechungszimmer gesteckt und aufgefordert, zu warten. Als ich Platz nahm, empfand ich die Umgebung als eigenartig. Es handelte sich um einen umfassend ausgestatteten Konferenzraum mit einem Whiteboard samt Stiften, einem Laptop auf dem Tisch und einem Freisprechtelefon. Kabel. Bewegliche Teile. Sollte der Zugang zu solchen Dingen für Patienten nicht verboten sein? Und doch saß ich unbeaufsichtigt in dem Raum.

Schließlich öffnete sich die Tür, und es verschlug mir die Sprache, als Daisy De Costa in Begleitung dreier Männer in Anzügen eintrat.

»Hallo, Maggie. Bleiben Sie in Ihrem Zustand ruhig sitzen«, sagte sie.

KAPITEL 53

Die drei Männer in Anzügen wurden mir nicht vorgestellt. Zwei schienen gegen Ende vierzig zu sein. Der Dritte, dessen Schultern sein Jackett zu sprengen drohten, sah wie höchstens zwanzig aus. Nachdem er sich im Raum umgesehen hatte, kehrte er in den Flur zurück und schloss die Tür.

»Wie ich gehört habe, sind Glückwünsche angesagt.« Daisy ließ sich mir gegenüber nieder. Die beiden verbliebenen Anzugträger warteten, bis sie Platz genommen hatte, erst dann zogen sie Stühle für sich links und rechts neben sie.

Ich konnte mich vor lauter Schock weder rühren, noch brachte ich ein Wort hervor. Ein Teil von mir konnte nicht fassen, dass sie es war. Sie trug elegante Kleidung, ein marineblaues Jackett, dazu eine große Designerhalskette mit goldenen Scheiben. Einer der Männer hatte einen Aktenkoffer dabei. Er platzierte ihn auf dem Tisch, öffnete ihn, holte mehrere braune Mappen heraus und legte sie auf die polierte Oberfläche des Besprechungstischs.

Daisy musterte mich.

»Steht sie unter Medikamenteneinfluss?«, fragte sie leise die beiden Männer.

»Nein. Ich bin bei klarem Verstand und höre Sie«, warf ich ein.

Daisy schenkte mir ein entwaffnendes Lächeln, das in mir den heftigen Drang weckte, ihr mit voller Wucht ins Gesicht zu schlagen.

»Ich bin hier, um Ihnen ein Angebot zu unterbreiten«, ließ sie mich wissen.

»Und wer sind die da?« Ich deutete auf die Anzugträger.

»Das spielt keine Rolle.« Sie ergriff die erste Mappe und schlug sie auf. »Ist das Kind von Will oder Eric?«

Ich dachte daran zurück, wie ich mit Eric geschlafen hatte. Zu dem Zeitpunkt hatte sich das Abhörgerät im Bücherregal hinter uns befunden.

»Sie haben kein Recht, mich das zu fragen.«

»Und Sie haben nicht das Recht, das Kind zu behalten, solange Sie unter dem Mental Health Act festgehalten werden«, konterte sie.

Ich spürte, dass meine Hände zitterten, und legte sie außer Sichtweite auf den Schoß. »Es ist von Will.«

Daisy nickte und zog eine Augenbraue hoch. »Das verkompliziert die Sache einerseits, andererseits bietet es uns eine Gelegenheit ...« Sie beugte sich vor. »Haben Sie irgendetwas kopiert oder übertragen, bevor Ihr Laptop und der USB-Stick vom Zoll in Southampton beschlagnahmt worden sind?«

Ich antwortete nicht. Mir fiel auf, dass ich die zu ihrem Schutz abgestellte Polizistin nicht gesehen hatte.

Befand sie sich draußen? Oder waren diese Männer bewaffnet?

»Maggie, Sie sind in keiner Position, um Spielchen mit mir zu treiben. Die beiden Sterbeurkunden, die Obduktionsberichte, der USB-Stick«, sagte sie. »Wir haben sie zusammen mit dem Laptop in Ihrem Rucksack sichergestellt. Haben Sie irgendetwas davon kopiert oder übertragen?«

Ich widerstand dem Drang, aufzuspringen und ihr mit den Daumen die Augen in den Schädel zu pressen.

»Haben Sie Will umgebracht?«, fragte ich.

»Er hat sich selbst das Leben genommen – das wissen Sie, Maggie.«

»Hat er nicht, und das wissen *Sie*. Haben Sie seine Ermordung in Auftrag gegeben?« Die beiden Anzugträger zuckten mit keiner Wimper. Gehörten sie zur Polizei oder zum Geheimdienst?

»Nein, Maggie, habe ich nicht«, behauptete De Costa.

»Ich glaube Ihnen nicht.«

»Sie können glauben, was Sie wollen.«

»Was ist mit Eric und meiner Freundin Diane? Und natürlich mit Jeffery Patrick.« Daisy zögerte, bevor sie mich mit einem schmallippigen Lächeln bedachte. »Wir haben nicht viel Zeit, Maggie. Ich bin nicht hier, um mich einem Verhör zu stellen, sondern um Ihnen ein Angebot zu unterbreiten.«

»An dem Tag, an dem das Boot explodiert ist, bin ich an Brankos Telefon gegangen, als es geklingelt hat. Am anderen Ende der Leitung war Ihre Stimme.«

»Keine Ahnung, wovon Sie reden. Vielleicht musst man Ihre Dosis erhöhen. Das lässt sich einrichten.«

»Lecken Sie mich«, spie ich ihr entgegen. Es fühlte sich gut an, ihr in die Augen zu sehen und es auszusprechen. Sie reagierte nicht darauf.

»Maggie. Sie müssen begreifen, dass es sich hier

ausschließlich um Politik dreht. Sie haben keine Vorstellung davon, wie diese Welt funktioniert oder was für die Sicherheit unseres Landes getan werden muss. Bei Wills Beerdigung habe ich Ihnen aufrichtig mein Beileid ausgesprochen. Ich habe mit Ihnen um Will getrauert. Auch Erics Tod betrauere ich.« Ich beobachtete ihren Auftritt mit wachsender Beklommenheit. Aus ihren Augen sprach ein Hauch von religiösem Fanatismus. Sie hob die Hand an die Brust. »Erics sterbliche Überreste wurden gestern Abend seiner Familie übergeben. Ich dachte mir, das würden Sie vielleicht wissen wollen.«

»Branko hat auf Eric geschossen. Auf Ihren Befehl.«

Daisy schüttelte den Kopf und lächelte. »Das trifft nicht zu. Die polizeilichen Ermittlungen haben ergeben, dass Erics Boot einen defekten Benzintank hatte. Er wurde zusammen mit seinen Überresten vom Meeresgrund geborgen. Nächste Woche findet ein Gedenkgottesdienst für ihn statt. Wenn Sie Ihre Karten richtig ausspielen, Maggie, sind Sie bis dahin hier raus und können daran teilnehmen. Und Sie können das Kind behalten ...«

Bevor ich wusste, was ich tat, war ich vom Stuhl aufgesprungen und stürzte mich auf sie. Der Anzugträger rechts von ihr reagierte blitzschnell und packte mich am Arm.

»Aufhören«, sagte er, verdrehte mir die Hand und bremste mich nur wenige Zentimeter vor Daisys Gesicht.

»Ach, Maggie. Ich bewundere, wie draufgängerisch Sie sind«, behauptete sie. So ruhig ihre Stimme auch klang, ich merkte ihr an, dass sie aufgewühlt war. Eine Ader pulsierte an ihrer Stirn.

Der Anzugträger zog mich zurück auf den Stuhl, und ich

setzte mich. Er blieb neben mir stehen. Ich schüttelte seinen Griff ab, doch er verharrte an meiner Seite.

»Was bieten Sie mir an?«, fragte ich.

Daisy sah den Anzugträger neben ihr an. Er stand auf, ergriff eine der Akten und kam um den Tisch herum. Schwungvoll öffnete er die Mappe und legte ein offizielles Dokument vor mich hin. Oben auf der Seite erblickte ich das königliche Siegel.

»Wir haben Ihren Laptop. Wir konnten sehen, dass Sie die Dateien auf dem USB-Stick aufgerufen haben. Aber Sie haben nichts davon Ihren Computer heruntergeladen, richtig?«

»Richtig.«

»Wo waren Sie zwischen dem Aufbruch von Tišina und Ihrer Ankunft in Großbritannien?«, fragte Daisy. Ich musste schnell überlegen. Wenn ich Hugos Haus erwähnte, könnten sie vielleicht Aufzeichnungen irgendwelcher Überwachungskameras aufspüren, die George mit mir zeigten. Plötzlich überkam mich die Angst, dass sie ihn ins Visier nehmen könnten.

»Ich bin mit einem Bus über die Grenze von Kroatien nach Slowenien gefahren, danach mit einem Nachtbus weiter quer durch Europa nach Frankreich.«

»Wie sind Sie nach Southampton gekommen? Sie waren auf keinem kommerziellen Passagierschiff«, sagte der Anzugträger, der den Vertrag vor mich gelegt hatte.

»Wäre nett zu wissen, mit *wem* ich eigentlich rede«, merkte ich an und schaute zu ihm auf. Obwohl er attraktiv war, hatte er etwas Schmieriges an sich.

Er strich die Krawatte glatt und bedachte mich mit einem schiefen Grinsen.

»Nennen Sie mich Onkel Bob.« Dann verpuffte das Lächeln und ich erkannte ein beunruhigendes Funkeln in seinen Augen. »Also. Wie haben Sie den Ärmelkanal überquert?«

»Als blinde Passagierin.«

»Ich glaube Ihnen nicht«, teilte er mir unumwunden mit.

»Ich habe in einer Kneipe einen Matrosen von dem Schiff kennengelernt. Und mit ihm dafür geschlafen, dass er mich an Bord geschmuggelt hat«, log ich.

»Wie heißt dieser Matrose?«

Mich überraschte, dass er es für plausibel hielt.

»Keine Ahnung.«

Daisy stand auf, strich ihren Rock glatt und kam auf mich zu. Der Anzugträger schob sich zwischen uns.

»Maggie. Der Papierkram vor Ihnen besagt, dass Sie nie mit irgendjemandem darüber sprechen dürfen, was Sie auf dem USB-Stick und den Sterbeurkunden gesehen haben, die auf Ihrem Grundstück in Kroatien versteckt waren.«

»Also eine Vertuschung Ihrer schmutzigen Geheimnisse? Was ist mit Wills Tod?«

»Ein tragischer Selbstmord.«

»Und Eric?«

»Ein tragischer Unfall. Steht alles haarklein in der Vereinbarung.«

Ich starrte auf das Dokument vor mir und überflog den Text. Ganz oben stand *Official Secrets Act* – Staatsgeheimnisgesetz.

»Dafür also ist der Official Secrets Act gedacht? Für miese korrupte Schlampen wie Sie?«

Wieder fühlte es sich geradezu kindisch gut an, sie zu beschimpfen.

»Wenn Sie nach der Unterzeichnung gegen den Official Secrets Act verstoßen, wird der Staat das überaus ernst nehmen«, sagte der nach wie vor über mir stehende

Anzugträger. »Damit meine ich Zeit im Gefängnis. Eine *lange* Zeit.«

»Unterschreiben Sie, Maggie, und Sie bekommen Ihr Leben zurück. Sie werden als völlig gesund von hier entlassen. Sie behalten Ihren Job. Und Ihr Baby. Denn falls Sie es nicht gehört haben, der Staat kann mit Kindern in seiner Obhut bisweilen recht achtlos umgehen. Hinzu kommt, dass Sie durch die Straßen gehen können, ohne sich ständig über die Schulter blicken zu müssen«, redete De Costa auf mich ein.

»Hat Will das auch gedacht, bevor Sie ihn erwischt haben? Dass er sich nicht ständig über die Schulter blicken müsste?«

»So wäre es auch gewesen.«

»Warum haben Sie ihn sechs Jahre weiterleben lassen?«

»Er hat den Fehler begangen, zu glauben, ich würde Politik und Freundschaft vermischen, Maggie. Er wollte mehr Geld.«

»Mehr Geld?«

»Ja. Beim ersten Mal war er sehr leicht zu kaufen.«

Ich hatte schon oft gehört, dass Leute meinten: *Es hat mich wie ein Schlag in die Magengrube getroffen.* Bisher hatte ich das immer für überdramatisch gehalten. Allerdings verursachte mir diese Enthüllung tatsächlich körperliche Schmerzen. Ich bekam keine Luft.

»Tut mir leid. Ich dachte, inzwischen hätten Sie zwei und zwei zusammengezählt.«

»Nein«, gab ich zurück und versuchte, gleichmäßig zu atmen. »Sie haben ihn bestochen, damit er Jeffery Patricks Sterbeurkunde geändert hat?«

»Bestechung ist das falsche Wort. Es war eher eine Investition zum beiderseitigen Vorteil. Ich wurde das

Problem Jeffery Patrick los, und Will hatte genug Mittel zur Verfügung, um als Mediziner aufzuhören und seinen Traum zu verwirklichen. Damit wäre auch alles schön und gut gewesen. Nur ist Wills zweite Karriere nicht so lukrativ verlaufen, wie er es sich vorgestellt hatte. Er hatte Geldprobleme. Oder wurde gierig. Darüber bin ich mir immer noch nicht ganz sicher ...«

Will und ich hatten stets getrennte Bankkonten gehabt. Wie hatte ich davon nichts wissen können? Hatte ich schlichtweg zu wenig Interesse an seiner Arbeit gezeigt? De Costa legte den Kopf schief und beobachtete einige Herzschläge lang, wie ich still vor mich hin litt. Dann fuhr sie fort.

»Wie auch immer, jedenfalls dachte Will, unsere Vereinbarung könnte neu aufgerollt werden. Neu verhandelt. Als ich abgelehnt habe, ist er damit herausgerückt, dass er Beweise aufbewahrt hat. Jeffery Patricks ursprüngliche Todesurkunde. Zu dem Zeitpunkt wusste ich nicht, dass er außerdem einen USB-Stick in Jeffery Patricks Magen gefunden hatte. Die Erkenntnis verdanken wir Ihnen.«

»Wie viel hat Will verlangt?« Ich hatte das grauenhafte Gefühl, dass es nicht viel gewesen war und sich Will zu allem Überfluss billig hatte kaufen lassen.

De Costa sah sich die beiden Anzugträger an.

»Das kann ich Ihnen nicht sagen, aber wir wollten ihn ehrlich in Ruhe lassen. Er hat gewusst, dass er Stillschweigen bewahren musste. Will ist wirklich ein guter Freund für mich gewesen, Maggie. Nur indem er versucht hat, unsere Vereinbarung neu zu verhandeln, hat er nicht nur mich erpresst, sondern auch den Staat.«

»Was ist mit meiner Freundin Diane? Hatten Sie etwas mit ihrem Unfall zu tun?«

»Seit Wills Tod wurde Ihr Mobiltelefon überwacht. Sie haben den Fehler begangen, der Frau ein Foto von Wills Brief zu schicken. Und dann haben Sie Ihre Freundin durch den falsch gedeuteten Hinweis gebeten, zur Southwark Cathedral zu gehen.«

»Was wird jetzt aus Diane?«

»Das hängt ganz von Ihnen ab, Maggie.«

Ich schloss die Augen. Ich legte die Hand auf den Bauch und dachte an das winzige, in mir heranwachsende Leben. Kraftvolle Gefühle für mein ungeborenes Kind überkamen mich. Ein überwältigender Mutterinstinkt. Ich hatte so viel verloren. So viele Menschen waren verletzt worden oder tot – und nichts würde sie zurückbringen. Wenn ich nicht unterschriebe, würde man mir wohl mein Kind wegnehmen – noch mehr Verlust und Kummer. Ich schlug die Augen auf. Alle starrten mich an.

»Und wenn ich unterschreibe, ist es vorbei?«, fragte ich.

»Ja«, antwortete Daisy.

»Sie werden nicht irgendwann auf mich zukommen und von mir verlangen, einen Totenschein zu fälschen?«

»Das kann ich nicht versprechen, Maggie, aber ich werde mich bemühen, darauf zu verzichten«, erwiderte sie schmunzelnd.

»Was, wenn jemand anderes redet?«, hakte ich nach.

»Diane erholt sich allmählich.«

»Wir haben sämtliche Informationen auf dem USB-Stick und die Sterbeurkunden vernichtet. Wenn Diane vernünftig ist, vergisst sie den seltsamen Brief, den Will Ihnen geschickt hat.«

»Was, wenn Will Kopien angefertigt hat? Oder wenn jemand der Presse etwas zuspielt und mir die Schuld in die Schuhe schiebt?«

De Costa deutete auf die Mappe vor mir.

»Maggie, das fällt alles unter den Official Secrets Act. Falls ein Journalist versucht, darüber zu schreiben, wird es blockiert. Dafür haben wir ein Gesetz über Staatsgeheimnisse. Ihre Unterschrift hier und jetzt, und die Sache ist für immer unter Verschluss«, erklärte sie.

»Warum haben Sie Will keine Vereinbarung nach dem Official Secrets Act unterschreiben lassen?«

»Das hat er.«

Sie ließ die Äußerung kommentarlos auf mich wirken, und ich stellte mir vor, wie Will mit denselben Dokumenten wie ich konfrontiert worden war.

»Haben wir eine Abmachung?«, meldete sich einer der Anzugträger zu Wort, fasste in seine Jacke und holte eine Füllfeder hervor wie ein besonders schmieriger Verkäufer für Mobilfunkverträge.

Wieder schloss ich die Augen. Ich fühlte mich krank und erschöpft. Der Gedanke, dass Daisy De Costa ungestraft davonkommen würde, widerstrebte mir zutiefst. Aber ich wollte mein ungeborenes Kind schützen. Mein Kampf war zu Ende.

»Ja, haben wir«, sagte ich und nahm den Füller entgegen. Und bevor ich es mir anders überlegen konnte, unterschrieb ich.

KAPITEL 54

Nach der Unterzeichnung des Dokuments ging alles schnell. Daisy De Costa und ihre Anzugträger rückten ohne ein weiteres Wort ab. Ich wurde zurück in mein Zimmer gebracht, zum Packen aufgefordert – und entlassen. Von den diensthabenden Pflegerinnen kannte ich keine. Ich bat darum, duschen zu dürfen, bevor ich gehen würde, und ein Aufseher gab mir saubere Kleidung.

Als ich nass aus der Dusche stieg, betrachtete ich mich gründlich im Spiegel. Was hatte ich getan? Ich hatte verloren. Aber ich hatte mich dazu überwunden, um mein Baby zu beschützen. Wills Baby. Ich vermochte nicht zu sagen, ob mein Bauch auffälliger geworden war. Jedenfalls musste ich schon Schwangerschaftshormone im Kreislauf haben, denn die blauen Flecke heilten ungewöhnlich schnell. Aufmerksam begutachtete ich mein Gesicht. Es sah inzwischen beinah wieder normal aus. Als wäre nie etwas passiert. Als einzige Erinnerung würde mir die Narbe über dem Auge bleiben.

An jenem Nachmittag verließ ich das Krankenhaus, ohne

noch einmal einem Arzt vorgeführt zu werden. Man schickte mich kurzerhand mit einem Taxi zurück nach London. Die Fahrt dauerte etwas mehr als zwei Stunden. Während ich die vorbeiziehenden Häuser, Autos und ihrem Leben nachgehenden Menschen betrachtete, konnte ich kaum glauben, dass ich meine Freiheit zurückhatte. Allerdings hatte ich dafür dem Teufel meine Seele verkauft. Ich würde nie darüber reden dürfen. Über nichts. Nicht über den Tod von Jeffery Patrick. Nicht über Wills Tod. Nicht darüber, was sie über Daisy De Costa gewusst hatten.

Weihnachtsbäume und -lichter beherrschten die Schaufenster, und als der Wagen durch den Borough Market fuhr, präsentierten sich auch die Stände festlich und funkelnd geschmückt. Menschen standen in Gruppen mit Freunden beisammen, tranken Glühwein, aßen und lachten. Es war, als würde ich in eine Welt zurückkatapultiert, der ich mich zugehörig fühlen *sollte*. Aber mir erschien alles so unecht.

Als das Auto in meine Straße an der Themse abbog, holperten die Räder über das Kopfsteinpflaster. Vorn öffnete sich die Eingangstür zu meinem Haus, und Marelle erwartete mich.

Unsere Blicke begegneten sich durch die Windschutzscheibe. Der Wagen hielt am Fuß der Stufen, die hinauf zur Haustür führten. Als ich ausstieg, wehte eine frostige Brise von der Themse herüber. Marelle wirkte erschöpft.

»Hallo, Maggie. Willkommen zu Hause.« Sie kam mir geschrumpft vor, beinah verwelkt. Und sie trug nach wie vor Schwarz. Sie streckte die Hand aus und legte sie mir auf die Schulter. »Kann ich dir noch bei irgendetwas helfen?«, erkundigte sie sich und betrachtete den ramponierten Rucksack aus Tišina, den ich zurückbekommen hatte.

»Nein.«

»Ich bin nur hergekommen, um für Ordnung zu sorgen. Es ist eingebrochen worden ...« Nach einer Erklärung suchend, sah Marelle mir in die Augen.

»Lass mich raten – es sind einige Fotos verschwunden?«, sagte ich.

»Das weiß ich nicht. Es ist alles auf den Kopf gestellt worden.« Sie seufzte, und mir fiel auf, dass sie vom Weinen verquollene, gerötete Augen hatte. »Bitte, Maggie, komm rein. Es ist kalt.«

Nachdem ich eingetreten war, schloss sie die Tür. Ich sah mich in meinem Zuhause um. Der Duft meiner geliebten Vanillekerze stieg mir in die Nase, vermischt mit der Bienenwachspolitur, die ich für das das Treppengeländer aus Holz benutzte.

»Geht es dir gut?«, fragte sie. Dabei verschränkte sie die Arme vor der Brust, als wüsste sie nicht recht, wie sie sich verhalten sollte. Zum ersten Mal überhaupt erlebte ich sie verlegen.

»Bin mir nicht sicher. Wird es aber wieder. Was weißt du?«

Sie wich leicht zurück. »Ich weiß, dass ... Ich weiß, dass es dir nicht gut gegangen ist und du ein erschütterndes Erlebnis hinter dir hast. Du hast bezeugen müssen, wie Erics Boot explodiert ist, als du noch in so tiefer Trauer warst.«

»Hast du mit der Presse geredet?«

»Nein. Ich habe keine Ahnung, wie das passieren konnte. Vielleicht jemand von der Arbeit?«

»Dort war ich für mehrere Wochen freigestellt.«

»Ich weiß, dass du Leute in hohen Positionen kennst. Daisy De Costa hat angerufen und gesagt, sie hätte sich dafür eingesetzt, dass du nach Hause kommst«, teilte mir Marelle mit. »Und sie hat mir verraten, dass ich ein Enkelkind bekomme.« Sie streckte zögerlich die Hand aus, wollte meinen Bauch berühren. Trotz allem hätte es sich grausam angefühlt, ihr das zu verweigern. Ich ließ es zu.

»Also hat sie dir die Neuigkeit überbracht, dass ich schwanger bin?« *Wie konnte sie es wagen,* ging mir durch den Kopf.

Marelle bemerkte den Unterton in meiner Stimme. »Ja. Dadurch konnte sie dich herausholen. Weil du schwanger und deshalb in einer anfälligen Verfassung warst.«

Ich starrte sie an und war mir nicht sicher, ob sie wirklich glaubte, was man ihr aufgetischt hatte. Schließlich stellte ich den Rucksack ab.

»Willst du den Ultraschallausdruck sehen?« Ich holte ihn aus der Tasche und reichte ihn ihr.

»Oh.« Sie hob die Hand an den Mund. »Bei meinen Kindern habe ich nie so einen bekommen.«

Ich ging am Wohnzimmer vorbei und blieb am Eingang zu Wills Büro stehen. Es sah so aus, wie ich es verlassen hatte. Sauber. Ordentlich. Als wäre darin nie etwas geschehen. Ich dachte an die Tatortfotos zurück, die ich gesehen hatte. Er auf dem Stuhl, die Augen geschlossen. Blut an den Wänden.

»Oh, sieh sich das einer an«, murmelte Marelle, während sie das Schwarz-Weiß-Bild bewunderte. »Komm mit, Maggie ... Ich habe Tee gemacht.« Sie beugte sich herüber und schloss die Bürotür. Dann begleitete ich sie in die Küche und setzte mich.

Marelle zog sich einen Stuhl heraus. Auf dem Tisch standen zwei benutzte Teetassen. Eine wies am Rand die Rückstände von scharlachrotem Lippenstift auf. Sie folgte meinem Blick. Felicity würde nie eine so knallige Farbe auftragen. Ebenso wenig irgendeine von Marelles Freundinnen.

»Wer ist hier gewesen?«

»Daisy ... De Costa«, sagte sie.

»Was wollte sie?«

»Helfen.«

Ich beobachtete, wie sich Marelle an den Küchentisch setzte. Sie wirkte völlig niedergeschlagen, eine leere Hülle ihrer selbst.

»Glaubst du, dass De Costa geholfen hat?«

»Sie gehört der britischen Regierung an, Maggie. Wir können froh über einen solchen Kontakt sein. Wie viele Familien können schon eine hochrangige Ministerin zu ihren Freunden zählen?« Marelle ließ den Kopf hängen und schloss die Augen. Ich ging zu ihr und legte ihr den Arm um die Schultern. Zum ersten Mal gestattete sie es.

»Ist schon gut«, sagte ich. »Alles wird wieder gut.«

»Ja«, erwiderte sie. »Ja.« Dann straffte sie die Schultern und sammelte sich. Sie betrachtete erneut den Ultraschallausdruck.

»Ich werde Hilfe dabei brauchen, einen Namen auszuwählen, sobald feststeht, ob es ein Mädchen oder ein Junge wird«, sagte ich.

Sie schaute zu mir auf und wischte sich über die Augen. »Meinst du das ernst?«

»Ja.«

Ich ergriff die Tasse mit dem Lippenstift und ging zum Spülbecken. Dort beseitigte ich den Fleck mit einem Schwamm und beobachtete, wie die rosa Lauge im Abfluss verschwand. Ich schenkte für uns beide frischen Tee ein. Als ich zum Tisch zurückkehrte, lehnte an der Obstschale ein weißer marmorierter Umschlag.

»Das ist heute Morgen für dich gekommen«, sagte Marelle. Es handelte sich um eine Einladung zu einem Gedenkgottesdienst für Eric. Es sollte nächste Woche in der Southwark Cathedral stattfinden. »Ich habe auch eine Benachrichtigung über die Beerdigung bekommen. Der Sarg wird geschlossen bleiben. Er wird in der Familiengruft bestattet. Wie ist es ihm vor dem Unfall gegangen?«, fragte sie.

»Er war glücklich und ein guter Freund. Wir konnten noch ein wenig Zeit miteinander verbringen. Das war das Wichtigste.«

Das Wichtigste?, fragte eine Stimme in meinem Kopf. *Du wirst für den Rest deines Lebens darüber lügen müssen, nicht wahr?*

»Ich bin froh, dass du zurück bist, Maggie«, sagte Marelle. »Auch wenn ich nie erfahren werde, was du durchgemacht hast, ich bin für dich da.«

KAPITEL 55

Eine Woche verging. Obwohl ich versuchte, mich normal zu verhalten, scheiterte ich daran. Ich besuchte Diane, die sich langsam erholte. Leon war nicht da, und sie konnte nicht sprechen. Ich hielt einfach ihre Hand und sagte ihr, wie viel sie mir bedeutete. Wenngleich ich keine Ahnung hatte, was genau sie wusste, war ich unglaublich froh, dass meine Freundin überleben würde. Die diensthabende Pflegerin teilte mir mit, dass man den fahrerflüchtigen Unfallverursacher immer noch nicht ausfindig gemacht hatte. Ich erwiderte, dass die Polizei hoffentlich nicht aufgeben würde. Erleichtert stellte ich fest, wie überzeugend meine Stimme dabei klang.

Ein paar Tage danach folgte Erics Gedenkgottesdienst. Da mich schlimme Morgenübelkeit plagte, die sich den Großteil des Tags hinzog, hatte ich eine Ausrede dafür, nicht hinzugehen. Ich hätte keine Ahnung gehabt, was ich zu seiner Familie hätte sagen sollen.

Es war ein schöner, frischer, wenn auch kalter Tag. Als ich mich am späten Nachmittag etwas besser fühlte, unternahm ich deshalb einen Spaziergang am Fluss. Am Borough Market wimmelte es von Leuten. Bunte Lichter hingen zwischen den Ständen. Die Gerüche von gebratenem Fleisch und Glühwein trieben durch die Luft. Eigentlich sollte Weihnachten eine Zeit der Hoffnung sein, doch ich hatte nur das Gefühl, in eine ungewisse Leere zu starren.

Als sich auf der Themse ein feiner Nebel bildete, kehrte ich um und ging den Uferweg entlang zurück. Als ich zu Hause ankam, zitterte ich. Bevor ich den Schlüssel ins Schloss stecken konnte, öffnete sich die Tür nebenan, und meine Nachbarin Mrs. Rust steckte den Kopf heraus. Sie hatte damals den Schuss gehört und die Einsatzkräfte verständigt.

»Hallo, Maggie, Liebes. Bin froh, dass ich Sie erwische«, sagte sie. Die kleine, runzlige Frau hatte einen Damenbartflaum. »Der Postbote hat ein Paket für Sie bei mir abgegeben. Einen Moment.«

Kurz verschwand sie, bevor sie mit einem schuhkartongroßen Päckchen wieder auftauchte.

»Danke«, sagte ich.

»Wie kommen Sie zurecht?« Mit einer Mischung aus Neugier und Mitgefühl sah sie mich fragend an.

Sie musste wohl in den Nachrichten gehört haben, dass ich als verschollen gegolten hatte.

»Es wird ...« Ich verstummte.

»Arbeiten Sie schon wieder?«

»Noch nicht.«

»Es kommen wieder gute Tage. Im Moment fühlt es sich vielleicht nicht so an, trotzdem wird es so sein«, beteuerte sie mit einem freundlichen Lächeln. »Aber, *brrrr*, ist ganz schön kalt. Sie müssen bei Gelegenheit auf einen Sherry und Gebäck vorbeikommen.«

»Das wäre bezaubernd.«

Das Paket fühlte sich schwer an. Kaum befand ich mich im Haus, ging ich in die Küche und riss das braune Verpackungspapier davon ab. Darunter kam ein ziemlich zerfledderter Schuhkarton von Dr. Martens zum Vorschein. Auf dem Deckel stand eine handschriftliche Mitteilung von Erics Anwalt.

Eric hat das William hinterlassen. Als Erbin Ihres Ehemanns ergeht es somit an Sie.

Der Karton enthielt Fotopakete von Partys und Feiertagen aus Erics und Wills Zeit als Teenager. In einer Plastiktüte unter mehreren Mixtapes fand ich seine alte Schulkrawatte aus St. Dunstan. Am Rand eingekeilt entdeckte ich eine VHS-Kassette mit der Aufschrift ST. DUNSTAN ABSCHLUSSAUFFÜHRUNG 1989.

Ich wusste, dass damit die gemischte Vorstellung der Theatergruppe zum Ende des Schuljahrs gemeint war. 1989 waren Will und Eric achtzehn Jahre alt gewesen.

Ich nahm das Band heraus und ging ins Wohnzimmer, doch den Videorekorder von früher gab es nicht mehr. In Wills Büro suchte ich den alten tragbaren Fernseher mit eingebautem Videorekorder. Ich schloss ihn an und machte ich mir Tee, bevor ich das Video einlegte.

Es begann mit geschlossenen kastanienbraunen Vorhängen. Dann setzte Applaus ein, als ein junger, mir unbekannter Mann in Anzug und Fliege auftrat und die Vorstellung ankündigte. Im ersten Akt spielte eine junge Frau wunderschön Klavier – trotzdem spulte ich im Schnellvorlauf vor, bis Will und Eric nach einer Weile an die Reihe kamen. Sie traten als Pantomimen mit weiß geschminkten Gesichtern und Baskenmützen auf. Unwillkürlich lachte ich über ihre ziemlich alberne, aber unheimlich witzige Vorstellung. Schließlich mischten sich Tränen dazu, während ich den beiden Achtzehnjährigen zusah, die damals noch ihr ganzes Leben vor sich hatten. Am Ende wurde laut applaudiert, und sie verbeugten sich.

Ich spulte schnell durch die zwei verbleibenden Auftritte und wollte das Band schon herausnehmen, als nach einem Schnitt zur Abschlussfeier in einem Pub gewechselt wurde. Der Kameramann bewegte sich durch die Menge. Schließlich kamen Will und Eric ins Bild, die weiße Schminke mittlerweile etwas verschmiert. Sie saßen mit Drinks neben einem Klavier. Alle gebärdeten sich sehr laut und wirkten schon ein wenig mitgenommen.

»Hi, Jungs. Wie fühlt man sich als Gewinner des Theaterwettbewerbs 1989?«

»Ich möchte mich bei allen bedanken – bei meiner Familie, dem Kerl an der Tür und seinem Hund«, sagte Will und stemmte einen kleinen Silberpokal wie einen Oscar hoch.

Eric beugte sich näher und lächelte. »Und ich danke der ersten Frau, die mich geschlagen hat – meiner Hebamme Bessie.«

Alle lachten, wobei es mir beim Kameramann etwas übertrieben vorkam. Dann trat eine junge Frau mit langem schwarzem Haar und kräftigem Make-up um die Augen ins Bild, in den Händen drei Biergläser.

»Bitte sehr, Jungs – auf die Gewinner!«, rief sie. Daisy De Costa. Sie sah wunderschön aus, obwohl ich daran erinnert wurde, was für unregelmäßige Zähne sie gehabt hatte, bevor sie gerichtet worden waren.

»Wo ist mein Drink, Daisy?«, fragte der unbekannte Kameramann.

»Süßer, du bist der Helfer und im Dienst.« Sie sah in die Kamera, und er ließ sie auf sie gerichtet. Dabei vergrößerte er leicht auf einen weißen Rückstand am Rand ihres linken Nasenlochs.

»Also auch kein Coke für mich?«, fragte er.

»Die Bar ist da drüben, Süßer«, erwiderte Daisy und schien die Anspielung auf Kokain nicht zu verstehen.

Als sich der Kameramann von der Gruppe entfernte, kommentierte er murmelnd: »Auftritt Daisy De Costa, und schon ist sie auf dem weißen Zeug drauf.«

Dann drehte er eine Runde durch die belebte Kneipe, bevor er zu Will, Eric und Daisy am Klavier zurückkehrte. Die Kamera erfasste, wie Daisy mit ihnen schäkerte und sie mit Lob überhäufte. Die beiden jungen Männer reagierten mit aufrichtiger Herzlichkeit darauf. Sie schienen so eng verbunden zu sein, und irgendwie vermittelte das Video, dass sich der Kameramann einsam und ausgeschlossen fühlte.

Eine Frauenstimme drang in die Szene.

»He, Chris.« Die Kamera schwenkte zu einer großen, wunderschönen Schwarzen herum. Sie trug ein blaues Kleid und hielt eine lange Zigarette. Lächelnd stand sie am Ende der Bar. Jenes herzliche Lächeln verdrängte den ersten Eindruck von ihr, der sie ziemlich streng hatte wirken lassen. »Ich lade dich auf einen Drink ein.«

Kurz neigte sich die Kamera auf den Teppich, bevor Schüler ins Bild gerieten, deren Gesichter mir nichts sagten. Aber die Frau in dem blauen Kleid kam mir bekannt vor. Im Schnellvorlauf spulte ich weiter durch den Verlauf des

Abends. Unterschiedlich beschwipste Schüler sprachen in die Kamera.

»Asha«, sagte Chris, der Kameramann. Mittlerweile hatte er wieder die junge Frau im blauen Kleid erfasst. »Wieso trinkst du nicht?«

»Ich rauche. Zu viel«, erwiderte Asha, inhalierte und blies Rauchringe aus.

Das Video war ziemlich lang. Laut Anzeige des Rekorders hielten wir bei inzwischen zwei Stunden. Ich spulte vor, bis sich die Kneipe halb geleert hatte. Als ich zurück zur normalen Wiedergabe wechselte, unterhielten sich Will und Eric an der Bar mit Asha, der jungen Frau im blauen Kleid. Beide waren inzwischen betrunken und flirteten schamlos mit ihr. Sie wirkte noch ziemlich nüchtern, während sie mit ihnen lachte.

»Wieder am Spionieren, Chris?«, sagte eine Stimme in der Nähe der Kamera. Daisy De Costa. Das Bild wurde unscharf, als sich die Kamera für eine Nahaufnahme auf ihr Gesicht richtete.

»Asha ist wunderschön ... trotzdem könnte sie sich ruhig dorthin zurückverpissen, wo sie hergekommen ist«, meinte Daisy.

Der Kameramann wich ein wenig zurück, bis er sie in einer Nahaufnahme hatte, während sich Eric und Will im Hintergrund mit Asha unterhielten.

»Dort gibt's wahrscheinlich nur Lehmhütten und Plumpsklos ... Toiletten mit Spülung müssen eine echte Neuheit für sie sein.«

Kameramann Chris gab einen unverbindlichen Laut von sich.

»Nicht zu fassen, dass sie von Cambridge schon die Zusage für ein Jurastudium hat ... Und wir

Normalsterblichen müssen noch auf unsere Prüfungsergebnisse warten. Anscheinend kommen einem heutzutage ein schwarzes Gesicht und eine Herkunft aus ärmlichen Verhältnissen zugute. Und wer stattdessen nur hart arbeitet, kann sich hinten anstellen.«

Ich hielt das Video an. Eine geschlagene Minute lang saß ich schweigend da und lauschte dem Ticken der Uhr. Es war widerlich, De Costa solche Dinge sagen zu hören. Noch dazu mit dermaßen abscheulicher Überzeugung. Und das war bereits 1989! Aus was für einer Familie stammte sie, dass sie derart unverhohlen und abstoßend rassistisch daherredete?

Asha. Mir fiel der Name *Asha Abebe* ein. Ich griff nach meinem Computer und rief Google auf.

Dann spulte ich das Video zu der Nahaufnahme von Asha zurück, in der sie mit dem Kameramann sprach. Ja, tatsächlich. Asha Abebe, Parlamentsabgeordnete wie De Costa, zudem derzeit Generalstaatsanwältin von Großbritannien.

Ich spulte das Video noch einmal zu Daisys Tirade.

»Großer Gott«, murmelte ich.

KAPITEL 56

Am nächsten Tag sah ich George zum ersten Mal seit Frankreich. Wir hatten zwar telefoniert, doch er besuchte mich erstmals zu Hause und würde ein paar Tage bleiben.

Wie für ihn typisch, traf er nur mit einer Plastiktüte voller Kleidung ein. Im Flur umarmten wir uns lang und innig, danach legte er die Hand auf meinen Bauch.

»Ein Baby! Herzlichen Glückwunsch. Ich freue mich so.«

»Hoffentlich wirst du auch regelmäßig da sein. Mein Baby braucht einen Großvater wie dich.«

Damit verblüffte ich ihn ein wenig, und er wischte sich über die Augen. »Klar. Natürlich werd ich da sein«, versprach er.

Ich führte ihn durch das Haus. Nachdem ich ihm alles gezeigt hatte, brachte ich ihn ins Büro und spielte für ihn die Stelle des Videos ab, an der Daisy De Costa so rassistisch über Asha Abebe herzog.

»Tja, das überrascht mich nicht ... Menschen überraschen mich generell nicht mehr«, meinte George danach. »Nur verstehen kann ich es nicht. Auch wenn ich von Politikern nichts halte, habe ich den Eindruck, dass Asha Abebe eine der Guten in der Regierung ist.«

Einen Moment lang trat Schweigen ein.

»Was hast du jetzt vor?«, fragte George schließlich.

»Keine Ahnung.«

»Das kaufe ich dir nicht ab.« Er sah sich um. Wir saßen auf dem kleinen Sofa in der Ecke des Büros, dem Schreibtisch und dem Aktenschrank zugewandt. »Ist hier ...«

»Ja.«

»Und diese Daisy war dafür verantwortlich.«

»Ja.«

»Was hält dich dann davon ab, das Band der Presse zu schicken? Mags, du magst diese verdammte Vereinbarung unterzeichnet haben, unter dem Official Secrets Act über Wills Tod, den Tod dieses Journalisten, Erics Tod, die Sache mit deiner Freundin Diane und den Betrug mit den Russen zu schweigen. Aber du hast nichts unterschrieben, das besagt, du darfst der Presse nichts zuspielen, was sie als Rassistin outet.«

»Was, wenn sie es abfangen kann? Was, wenn sie Asha Abebe etwas antut? Und was ist mit dir, George? Du hast gar nichts unterschrieben.«

»Wissen die von Frankreich? Dass ich hingekommen bin, um dir zu helfen?«

»Nein.«

»Ich bin unter dem Radar. Und es ist edelmütig von dir, dass du dir Sorgen um mich machst, aber ich kann schon auf mich aufpassen. Kopfzerbrechen sollte dir eher Daisy De Costa bereiten. Die Frau steigt in der Politik höher und höher auf – und ist eine verdammte *Mörderin*. Willst du, dass dein Baby in einer Welt aufwächst, in der Menschen wie Daisy De Costa mit so etwas ungestraft davonkommen?«

»Natürlich nicht.«

»Weißt du, wie lange ich in dem Starbucks in Southampton gewartet habe? Und dann musste ich hören, dass man dich erwischt und zwangseingewiesen hatte. Du hättest im System verschwinden können – wie so viele. Und lass es dir gesagt sein, wenn das so weitergeht, ist die Frau mit dir noch nicht fertig.«

George stand auf und ging zum Videorekorder. Er warf das Band aus und kam zu mir zurück.

»Sieht so aus, als hätte dein Kumpel Eric das letzte Wort gehabt.«

Ich streckte die Hand aus und nahm die Videokassette von ihm entgegen.

»Okay. Wenn ich das mache ...«

»Bin ich da, um dir zu helfen. Wie auch immer ich kann«, sagte George.

Am nächsten Nachmittag kramte ich die Visitenkarte heraus, die De Costa mir bei Wills Beerdigung gegeben hatte, und wählte die Nummer. Ich landete bei ihrer Sekretärin, der ich meinen Namen nannte und mitteilte, dass ich persönlich mit ihrer Chefin über eine silberne Thermosflasche reden musste.

Zwanzig Minuten später rief Daisy mich an. Sie klang wütend.

»Maggie, ich hoffe, Ihnen ist der Ernst dessen bewusst, was wir besprochen und Sie unterschrieben haben«, begann sie.

»Ja. Ist er. Können Sie heute Abend zu mir nach Hause kommen?«

Sie zögerte. »Warum?«

»Es hat sich etwas über den Inhalt der Thermosflasche

ergeben. Etwas Dringendes, und am Telefon kann ich nicht darüber reden.«

Eine lange Pause entstand. Obwohl mir ein Schauder der Angst über den Rücken lief, blieb ich ruhig.

»Um Viertel vor sieben, Maggie. Ich kann Sie vor einem wichtigen Abendessen reinquetschen. Und Sie verschwenden lieber nicht meine Zeit, sonst ...« Ohne den Satz zu beenden, verstummte sie. Anscheinend wollte sie am Telefon nicht zu viel sagen. Nach einem Klicken war die Leitung tot.

Die nächsten Stunden arbeitete ich in verängstigtem Zustand mit George zusammen. Kurz vor 19 Uhr näherte sich draußen der Themse entlang ein Auto. Daisy De Costa stieg aus. Sie trug einen langen schwarzen Mantel, dicken Eyeliner und ihren charakteristischen roten Lippenstift. Allein ihr Anblick jagte mir eine Heidenangst ein.

»Alles in Ordnung. Du kriegst das hin«, beruhigte mich George. »Ich bin oben. Wenn du mich brauchst, rufst du einfach.«

Die zu ihrem Schutz abgestellte Polizistin, die ich damals bei der Totenwache vor den Toiletten gesehen hatte, stieg ebenfalls aus.

»Ihre Aufpasserin hat eine Schusswaffe«, sagte ich.

George erbleichte. »Dann frag, ob sie draußen warten kann.«

Die beiden Frauen kamen die Stufen herauf und läuteten an. George eilte die Treppe hinauf. Ich holte tief Luft und öffnete die Tür.

»Warten Sie hier. Dauert nicht lange«, wandte sich Daisy an ihre Personenschützerin. Die Frau nickte und musterte mich. Erkannte sie mich? Daisy trat in die Diele ein und schloss die Tür.

»Was ist? Sie wirken besorgt.« De Costa folgte meinem

Blick zur Tür. »Sie kommt nicht rein, solange Sie mich nicht angreifen. Haben Sie das vor?« Ich merkte ihr an, dass sie leicht betrunken war. Außerdem roch ihr Atem nach Zigaretten.

»Natürlich nicht. Kommen Sie mit in mein Büro«, gab ich zurück.

»Ihr Büro?« De Costa zog eine Augenbraue hoch. Ihre Absätze klackten über den Parkettboden, als sie mir folgte. Ich hatte den Fernseher mit Videorekorder auf Wills Schreibtisch aufgebaut.

De Costa ließ den Blick über die Bücherregale und sonstigen Möbel wandern.

»Ich habe gehört, dass Sie nicht bei Erics Gedenkgottesdienst waren«, sagte ich.

Daisy verdrehte die Augen. »Gott, geht es hier darum? Ich war beschäftigt. Der Gottesdienst war an einem Wochentag.«

»Eric hat mir etwas hinterlassen.« Ich ging zum Schreibtisch und ergriff die VHS-Kassette. Meine Hände zitterten. Daisy wirkte perplex, als ich das Band in den Rekorder einlegte. Sie verschränkte die Arme vor der Brust.

»Das ist die Abschlussfeier in St. Dunstan aus dem Jahr 1989«, kündigte ich an. In ihren Augen sah ich etwas aufflackern.

Ich drückte die Wiedergabetaste. Das Band begann von dort, wo ich hingespult hatte. Ich sah, wie alle Farbe aus De Costas Gesicht entwich, als ihre Tirade über Asha Abebe ablief. Dann drehte sie durch und stürmte durch das Zimmer.

Ich schob mich zwischen sie und den Fernseher. Und bevor ich wusste, was ich tat, überwältigte mich nackte Wut.

Ich packte sie an der Gurgel und drängte sie zurück, bis sie mit dem Rücken gegen die Wand prallte.

Daisys Augen wurden groß. »Sie sind tot, Maggie. Sie haben gerade ...«, begann sie.

»Nein, Daisy«, schnitt ich ihr das Wort ab, verstärkte den Griff um ihre Kehle und rammte sie erneut gegen die Wand. »*Darüber* steht nichts in dem Wisch, den ich unterschrieben habe. Was werden Ihre Parteifreunde wohl davon halten, wenn sie erfahren, dass Sie nicht nur Rassistin sind, sondern noch dazu über die Generalstaatsanwältin hergezogen sind, ein Mitglied Ihrer eigenen Partei?«

Mir wurde bewusst, wie fest ich ihre Kehle umklammerte. Es kostete mich Überwindung, doch ich ließ sie los und trat am ganzen Leib bebend einen Schritt von ihr zurück.

»Geben Sie mir das Band. *Sofort!*«, zischte De Costa mit gefährlich leiser Stimme. »Wir können neu verhandeln.«

»Sie können den Official Secrets Act neu verhandeln?«

Lächelnd näherte sie sich mir.

»Wenn ich laut schreie, dass ich in Gefahr bin, ist meine Beschützerin von der Polizei legal berechtigt, hereinzustürmen und von der Schusswaffe Gebrauch zu machen. Und das würde sie. Aus allen Rohren.«

Ich ging zum Rekorder und warf die Videokassette aus. Dann hielt ich sie ihr hin. »Nehmen Sie.«

De Costa riss mir die Kassette aus der Hand. »Was soll das? Sind Sie dumm?«

»Sagen Sie es mir. Die Szene ist längst digitalisiert und an sämtliche Nachrichtenagenturen und Websites verschickt, die mir eingefallen sind.«

Sie schluckte. »Wie bitte?«

Ich sah auf die Armbanduhr. »Channel 4 News sendet es.

Spielt für mich also keine Rolle, ob Sie das Original haben oder nicht.« Ich hielt das Handgelenk hoch. »Sehen Sie mal, wie spät es ist. Die Nachrichten fangen gleich an. Das bringt zwar weder meinen Mann noch Eric, Jeffery Patrick oder all die anderen Menschen zurück, die Sie ausgelöscht haben. Und natürlich darf ich nie darüber reden, was ihnen wirklich zugestoßen ist. Aber was Sie auf dem Band sagen – dabei geht es nur um Sie. Und für den Fall, dass Sie immer noch Ihre Aufpasserin hereinrufen wollen, habe ich aufgezeichnet, wie Sie mir gedroht haben.«

Aus dem Flur ertönte ein Knarren. Dann tauchte George auf, der alles gefilmt hatte. Er hielt mein iPhone hoch.

»Wer ist das?«

»Betrachten Sie mich einfach als besorgten Bürger«, sagte er.

De Costa blieb keine Gelegenheit zu reagieren, denn in dem Moment klingelte ihr Handy in der Handtasche. Mit entsetztem Blick holte sie es heraus.

»Die Parteizentrale«, entfuhr es ihr.

»Wahrscheinlich will man Ihre Seite der Geschichte hören. Obwohl es bei Rassismus eigentlich nur eine gibt. Und die wird in Druck gehen ...«

Allerdings hörte De Costa nicht zu. Sie hatte den Anruf angenommen und redete mit der Person am anderen Ende der Leitung. »Nein, das ist ... Ja, es ist ein Video. *Ja,* das bin ich. Aber das war eine alberne Dummheit. Aufgenommen bei einer Schulabschlussfeier. Ich war damals achtzehn ... Nein, natürlich *nicht* ...«

Wir folgten ihr zur Haustür und öffneten sie. De Costa bekam von der Welt um sie herum nichts mit, während sie eindringlich und flehentlich telefonierte.

Die Polizistin beobachtete, wie sie zum Auto eilte.

»Kommen Sie schon!«, herrschte De Costa sie schrill an.

»Ist alles in Ordnung?«, fragte die Polizistin.

»Sehen Sie sich die Nachrichten an«, erwiderte ich und knallte die Tür zu.

Drinnen erwartete mich George und reichte mir mein iPhone mit dem Video. Er hatte den Fernseher auf Channel 4 News eingeschaltet. Es liefen gerade die Schlagzeilen, und das Videomaterial von 1989 wurde eingeblendet. Man hatte ihre Worte untertitelt. Zusammen sahen wir uns an, wie Daisy De Costa öffentlich als Rassistin entlarvt wurde.

»Wie fühlst du dich?«, erkundigte sich George.

»Ich weiß nicht, was ich fühlen soll. Ehrlich nicht«, antwortete ich.

EPILOG

Neun Monate Später

Um zehn Uhr morgens zeichnete sich bereits ab, dass es ein heißer Tag werden würde. Ich war froh über die Brise und den Sprühnebel vom Meer. Mein Blick fiel auf meinen kleinen Jungen, der in dem Tragetuch um meine Taille schlief. Er sah so friedlich aus, die Augen fest geschlossen, das winzige Händchen zur Faust geballt.

»Wie geht's dem kleinen Will?«, fragte Diane. »Sein erstes Mal auf einem Boot und in einem Flugzeug an einem Tag.«

Sie lehnte sich neben mich an die Reling und streichelte sein Köpfchen mit dem weichen blonden Flaum.

»Weck ihn bloß nicht auf. Ich dachte schon, man würde uns aus dem Flugzeug verbannen, als er nicht zu schreien aufgehört hat.« Lächelnd stützte sich Diane auf ihren Stock und trat einen Schritt zurück. »Was ist?«

»Sieh dich einer an. Du bist Mutter. Hättest du mich vor einem Jahr gefragt, ich hätte gesagt, du würdest eher eine Zeugin Jehovas werden als Mutter.«

George kam die Stufen mit drei Dosen Cola herauf.

»Bitte sehr. Kaffee gab's keinen«, sagte er.

»Danke, mein Lieber«, erwiderte Diane. Sie versuchte, die Dose zu öffnen, was ihr mit dem Stock nicht gelang. George nahm sie ihr ab und übernahm es für sie. Ich merkte Diane ihre Frustration an, trotzdem lächelte sie und dankte ihm, als er ihr die Dose zurückgab.

»Schaut.« Ich deutete über seine Schulter. Sie drehten die Köpfe, und wir beobachteten zusammen, wie Tišina am Horizont auftauchte.

»Wie geht's dir damit, die Insel wiederzusehen?«, erkundigte sich Diane.

»Frag mich das noch mal, wenn wir an Land gegangen sind«, gab ich zurück.

»Willst du dich lieber setzen?«, wandte sich George an Diane.

»Nein, verdammt. Ich melde mich schon, wenn ich mich setzen muss. Mich braucht niemand zu bemuttern. Darauf haben wir uns doch geeinigt, oder?«

Lächelnd nickte ich. Das hörten wir bereits zum vierten Mal von ihr. George nickte ebenfalls. Es war Dianes erste Reise ins Ausland, seit sie sich von ihrem Unfall erholt hatte. Wahrscheinlich würde sie für den Rest ihres Lebens auf den Stock angewiesen sein, doch sie war fest entschlossen, sich davon nicht unterkriegen zu lassen und im nächsten Jahr zur Arbeit zurückzukehren.

Wir beobachteten, wie die Insel am Horizont größer wurde. Ich verspürte bei der Rückkehr eine Menge Beklommenheit, doch das gesamte Umfeld war völlig anders als beim letzten Mal. Die Fähre war vollgepackt mit plaudernden und lachenden Touristen. Die Sonne schien, wärmte mich, und hob meine Stimmung. Mein perfekter kleiner Junge schlief in dem Tragetuch, das Gesichtchen an meine Brust gedrückt.

»Können wir dein Haus von hier aus sehen? Ist es das?« Diane hob die Hand, um die Augen vor der grellen Reflexion der Sonne auf dem Wasser abzuschirmen.

»Nein, das ist das Hotel.«

»Du hast gesagt, es ist ein großes Haus.«

»Ja, aber das ist trotzdem das Hotel. Mein Bungalow liegt gleich auf der anderen Seite der Insel.«

»Ich hab meine Brille nicht zur Hand, und die Kontaktlinsen sind nur zum Lesen. Kannst du es sehen, George?«, fragte Diane.

»Natürlich«, antwortete er mit zusammengekniffenen Augen. Ich wusste, dass er log. Er sah entsetzlich schlecht, weigerte sich jedoch, einen Sehtest zu machen. Im Umgang mit dem Alter und dabei, Hilfe anzunehmen, war George genauso schwierig wie Diane. Er bestand darauf, dass Will Junior, sobald er sprechen könnte, ihn George nennen sollte, nicht Opa.

Schweigend beobachteten wir, wie wir uns Tišina näherten. Ich sah, dass sich am Swimmingpool des Hotels auf der Klippe etliche Menschen beim Sonnenbaden und Schwimmen tummelten. Rufe und Gelächter drangen zu uns, als die Fähre den Steg erreichte. Der Sommer neigte sich dem Ende zu. In wenigen Wochen, gegen Ende September, würde es auf der Insel wieder wie in einer Geisterstadt sein. Rasch verdrängte ich den unangenehmen Gedanken.

»Ist wunderschön hier. Tut's dir nicht leid, dass du das Haus verkauft hast?«, fragte Diane und drehte sich mir zu.

»Du solltest mal sehen, wie viel sie dafür bekommen hat«, warf George ein.

»Mir wird höchstens das Gefühl fehlen, das ich früher immer hatte, wenn ich in das Haus gekommen bin. Bevor das alles passiert ist«, erwiderte ich. So bezeichneten wir die Ereignisse der vergangenen Monate pauschal – »das alles«.

Die Auswirkungen des Videos waren, wie zu erwarten, katastrophal für Daisy De Costa gewesen. Die Geschichte hatte über Weihnachten hinweg wochenlang die Presse beherrscht. Zuerst wurde sie als Ministerin für Entwicklungszusammenarbeit abgesetzt, in weiterer Folge verlor sie ihren Sitz als Abgeordnete. Im Frühjahr hatte eine Nachwahl stattgefunden, um sie im Parlament zu ersetzen. In mir brodelten unterschwellige Ängste, was als Nächstes passieren würde. De Costa mochte keine Abgeordnete mehr sein, trotzdem lief sie nach wie vor frei herum. Der USB-Stick und dessen gesamter Inhalt waren wohl vernichtet worden. Ich befand mich in Therapie und hoffte, nach dem Mutterschaftsurlaub mit Diane zur Arbeit zurückkehren zu können. Dennoch fühlte sich die Lage heikel an.

Kurz nach Weihnachten hatte man Branko tot aufgefunden. Er hatte von einem Balken in der Garage seines Hauses auf dem Festland gebaumelt. Ein paar Wochen nach meiner Rückkehr nach London hatte Dragan mir den Nachruf aus der Zeitung mit einer angefügten Übersetzung geschickt. Darin wurde er als dekorierter Kriegsheld dargestellt, der seine am Boden zerstörte Ehefrau Mila hinterließ, die angab, er wäre auf keinen Fall selbstmordgefährdet gewesen. Ich hatte mit dem Gedanken gespielt, mich mit ihr in Verbindung zu setzen. Dragan hatte mich davon überzeugt, es nicht zu tun. Hatte sich Branko selbst das Leben genommen? Ich wollte die Antwort nicht wissen. Was würde es schon ändern?

Ein lautes, dumpfes Pochen und ein Ruck rissen mich aus meinen Gedanken, als die Fähre an den Steg stieß. Wir hielten uns zurück, während die Masse der Touristen die Stufen hinunter zum Autodeck drängte.

Als wir letztlich von der Fähre fuhren, empfand ich alles als anders. Das *Sun-Inn* Hotel sah makellos und neu aus, als wir es passierten. Sogar die Felder präsentierten sich in sattem Grün. Wir hatten die Fenster runtergelassen. In den Kneipen und Restaurants herrschte Hochbetrieb, die Tische draußen waren voll besetzt.

Als wir das Haus erreichten, erwartete uns vor dem Zufahrtstor eine junge Frau. Die neue Inselverwalterin hieß Dawn und war beim Hotel angestellt. Mir entging nicht, wie anerkennend sie George musterte und wie verwirrt sie von Diane und meinem Baby wirkte. Ich sah ihr an, dass sie sich zusammenzureimen versuchte, in welcher Beziehung zueinander wir standen. Dragan und Luka hatten die Insel vor Beginn der Saison verlassen und waren dauerhaft zurück nach Zagreb gezogen.

»Lange will ich nicht im Haus bleiben«, sagte ich von vornherein. »Ich möchte es nur euch beiden zeigen und selbst ein letztes Mal sehen. Danach fahren wir zum Hotel.« Wir hatten vor, ein paar Tage auf der Insel zu verbringen.

Man sah dem Haus nicht mehr an, was sich vor zehn Monaten darin zugetragen hatte. Die Poolabdeckung war ebenso ersetzt worden wie die Badezimmertür. Dennoch hing für mein Empfinden eine dunkle Wolke darüber. Wenn ich die Augen schloss, sah ich Branko über mir, während ich auf dem Boden lag.

Ich fing an, Baby Will zu wiegen, mir rhythmisch auf die Brust zu klopfen und langsam bis drei zu zählen. Eine

Bewältigungstechnik, die ich bei der Therapie gelernt hatte, um den Herzschlag zu verlangsamen und die Gedanken zu erden.

»Ist es dort passiert?«, fragte Diane leise, als wir auf der Terrasse standen und hinunter zum Strand schauten. Das klare blaue Wasser vermittelte einen idyllischen Eindruck. Ich schloss die Lider und dachte daran zurück, wie die *Dionysius* mit Eric an Bord explodiert war. Dann schlug ich die Augen auf. Die Sonnenstrahlen glitzerten auf ruhiger See.

»Ja. Da unten ist es passiert.« Ich wusste nicht, was ich sonst sagen sollte. Eric ruhte in Frieden. Ich tätschelte mir weiter die Brust. *Eins, zwei, drei, eins, zwei, drei.* Mein Herzschlag begann, sich zu verlangsamen.

Diane legte den Arm um mich. »Das Haus ist der Wahnsinn.« Kurz verstummte sie. »Entschuldige. Nach allem, was hier passiert ist, sollte ich nicht so davon schwärmen«, sagte sie. »War's eine gute Idee, noch mal herzukommen?«

Ich drehte mich um und schaute zurück hinein.

»Nur in der Hinsicht, dass ich es tun musste, um dem Haus zu zeigen, dass ich noch lebe und keine Angst mehr davor habe. Trotzdem kann ich es nicht behalten. Es sollte jemandem gehören, der sich daran erfreuen kann. Ich brauche einen Abschluss.«

»Ist ziemlich nett von dir, diesem Dragan etwas vom Erlös abzugeben«, meinte George. »Noch dazu gleich über zwanzig Riesen.«

»Ohne seine Hilfe dabei, die Insel zu verlassen, wäre ich jetzt nicht hier. Und ...« Wieder kehrten Gedanken an Branko zurück. Ich tätschelte mir die Brust. »Auf dem Festland werden es Dragan und Luka wesentlich besser haben. Er benutzt das Geld für eine Wohnung und als Startkapital für die Wiedereröffnung seiner Buchhandlung.«

»Du hast richtig entschieden. So hast du etwas Gutes daraus gemacht.«

Wir blieben noch eine Weile draußen stehen. Mein Herzschlag beruhigte sich, und ich hörte auf, mir auf die Brust zu klopfen.

»George, ich bin froh, dass ihr zwei wieder zueinandergefunden habt. Ist schön, dass du zurück in Maggies Leben bist«, merkte Diane schließlich an.

Er wischte sich über die Augen und wandte sich ab. »Haben die Damen vielleicht Lust auf einen Drink im Hotel, bevor wir einchecken? Ich finde, wir haben Grund zum Feiern. Immerhin bist du am Leben, Maggie. Und Diane ist praktisch von den Toten auferstanden.«

»Ja, ich würde nur zu gern ...«, begann ich, ehe ich verstummte. Was wollte ich sagen?

Feiern? Mich betrinken? Meinen Kummer ertränken?

»Ich könnte einen Drink vertragen«, wählte ich stattdessen.

Die Bar im Hotel war so gut wie verwaist. Die meisten Gäste befanden sich draußen auf der Terrasse am Swimmingpool, aber wir beschlossen, drinnen zu bleiben und uns von der Klimaanlage abkühlen zu lassen. Durch die vielen roten Möbel und die gedimmte Beleuchtung wirkte die Umgebung gemütlich. Wir suchten uns einen Platz in einer Ecke und setzten uns. Ein großer, makellos mit einem Smoking bekleideter Kellner brachte uns eine Speisekarte.

»Ich nehme einen doppelten Whisky mit Eis«, sagte Diane.

»Haben Sie Guinness vom Fass?«, erkundigte sich George, nachdem er unser Gepäck in der Ecke abgestellt hatte.

»Ja, haben wir.«

»Dann ein Großes für mich und ein Kleines für sie – sie stillt.«

»Gern«, antwortete der Kellner lächelnd. Mit einem Nicken wandte er sich ab und ging zur Theke davon.

»Ein bisschen Bier ist gut fürs Stillen«, merkte George an.

»Ja, das steht auch in allen medizinischen Fachzeitschriften«, bestätigte ich. Behutsam verlagerte ich den schlafenden kleinen Will von einem Knie aufs andere.

»Für den Heimflug könntest du ihm direkt ein Schlückchen einflößen«, schlug Diane lächelnd vor.

»Meine Mutter hat mir erzählt, dass sie mir früher das Zahnfleisch mit Gin eingerieben hat.«

»Hat meine auch, stimmt's?« George nickte. Lachend blickte ich auf Baby Will hinab. Zum wohl tausendsten Mal fragte ich mich, ob er mal wie sein Vater aussehen würde.

»Bist du mit Will Senior öfter hergekommen?«, erkundigte sich Diane.

»Manchmal.« Ich sah mich in der größtenteils leeren Bar um. »Aber am liebsten habe ich mich am Strand gesonnt.«

Beim Gedanken an den Strand schloss ich die Augen. Prompt sah ich vor mir die Mischung aus Angst und Verwirrung in Erics Gesicht, kurz bevor die *Dionysius* in einem Feuerball aufgegangen war. Ich wurde in die Gegenwart zurückgeholt, als der Kellner unsere Getränke brachte und schwungvoll auf dem Tisch abstellte.

»Prost«, sagte Diane. »Auf ...«

»Auf ein glückliches, friedliches Leben«, schlug ich vor.

Wir alle stießen miteinander an, bevor ich einen

ausgiebigen Schluck trank. Das kalte Guinness schmeckte köstlich.

Diane lächelte und rieb sich die Augen. »Wo ist denn hier die Toilette?«

»Nach hinten und dann links«, antwortete ich und zeigte in die Richtung.

»Ich gehe mir nur die Kontaktlinsen rausnehmen. Die bringen mich um. Meinst du, meine nerdige Brille und ein Stock sind in Ordnung? Ich will ja nicht wie eine alte Schachtel rüberkommen.«

»Wir sind im Urlaub. Interessiert niemanden. Und du siehst nicht mal annähernd wie 'ne alte Schachtel aus«, erwiderte ich. Als sie langsam davonging, sah ich ihr nach und war froh, dass sie sich zunehmend erholte. Und vor allem, dass sie überhaupt noch lebte. Der Kellner war von der Bar verschwunden. George hob sich Baby Will auf den Schoß. Ich lehnte mich zurück und genoss die kühle Luft.

Dann klingelte mein Handy. Ich zog es heraus.

»Das ist Hugo, Wills Bruder«, verkündete ich, als ich den Namen auf dem Display sah. Seit der Geburt des Babys standen Wills Familie und ich uns näher. Trotzdem empfand ich es als ungewöhnlich, dass er mich anrief.

»Mags. Hi. Du, hör mal, ich hab Neuigkeiten«, verkündete Hugo.

»Oh«, rutschte mir heraus. In meinem Kopf läuteten unwillkürlich Alarmglocken.

»Nein, gute Nachrichten«, fügte er schnell hinzu. »Mich hat gerade ein hochrangiger Beamter von der Polizei angerufen. Dieser Maxim Stepanow – du weißt schon, der Russe, der bei der Angelegenheit mit Daisy De Costa die Finger im Spiel hatte ...«

»Es war mehr als eine bloße ›Angelegenheit‹, Hugo.«

»Natürlich. Aber hör dir das an. Man hat Maxim Stepanow vor ein paar Tagen verhaftet. Die Polizei hat ihn wegen Drogenhandel in großem Stil einkassiert. Pikant daran ist, dass Maxim bereit ist, im Gegenzug für Immunität über Daisy De Costa auszupacken.«

»Worüber auszupacken?«, hakte ich nach. Ich war mir nicht sicher, wie viel Hugo wusste.

»Er liefert andere Drogendealer ans Messer und bestätigt, dass Daisy De Costa britische Visa und Pässe für Angehörige der Russen beschafft hat. Außerdem hat mir die Polizei mitgeteilt, dass neue Beweise aufgetaucht sind. Dateien, die Daisy De Costa mit dem Tod eines Journalisten in Verbindung bringen, der sie auffliegen lassen wollte. Im Zusammenhang damit werden auch die Umstände von Wills Tod neu untersucht.«

Eine lange Weile schwieg ich.

»Bist du noch dran, Mags?«

»Ja. Hat man dir gesagt, woher diese Informationen stammen?«

»Nein. Aber du weißt ja, wie das läuft. Die Strippenzieher im Hintergrund haben immer Dreck über Politiker in petto. So lassen sie sich leichter kontrollieren. Jedenfalls sieht es nicht gut aus für Daisy De Costa. Sie ist schon in Polizeigewahrsam. Und ich warte darauf, mehr über die Wiedereröffnung von Wills Fall zu erfahren. Hoffentlich wird das für dich und Ma nicht zu schmerzhaft.«

»Danke, Hugo.«

Ich wischte mir Tränen aus dem Gesicht, als Diane von den Toiletten zurückkam.

»Himmel, Mags, was ist denn passiert?«, fragte sie besorgt.

»Sie hat gute Neuigkeiten erfahren. Das sind

Freudentränen«, sagte George. »Dir ist schon klar, was das heißt, Mags, oder? Bald könnte alles vorbei sein. Dann kannst du aufhören, dir Sorgen zu machen.«

Ich blickte auf Baby Will hinab, küsste den Kleinen auf den Kopf und empfand überwältigende Liebe für meinen wie durch ein Wunder empfangenen Jungen.

ANMERKUNG VON ROBERT

Ein riesiges Dankeschön ergeht an die Wichtigsten überhaupt – an euch, meine Leser. Danke, dass ihr dieses Buch ausgewählt habt. Und danke an alle von euch, die ihren Freunden und Verwandten von meiner Arbeit erzählen. *Fürchte das Schweigen* ist mein erster Standalone-Thriller, und ich hoffe, er hat euch gefallen. Das Buch ist teilweise von in Kroatien verbrachten Zeiten inspiriert – glücklichen Zeiten, wie ich hinzufügen möchte!

Zum ersten Mal habe ich Kroatien 2012 besucht. Damals war ich zum Sommerurlaub in Baška auf der Insel Krk. Ich habe mich auf Anhieb in das fantastische Essen, die atemberaubende Landschaft und die Strände dort verliebt. Wir hatten ein wunderschönes Apartment direkt am Meer und haben uns mit der Besitzerin angefreundet, einer bezaubernden Dame namens Nada, die uns zum Kaffee zu sich nach Haus eingeladen und uns Rakia vorgestellt hat. Auch unsere Hunde Riky und Lola waren begeistert von ihr, denn sie hatte immer Lammeintopf auf dem Herd und kam in den Garten, um sie mit den Resten zu füttern. 2013 sind wir nach Baška zurückgekehrt und haben dort einen aufregenden, windgepeitschten Winter verbracht, in dem ich die romantische Komödie *Miss Wrong und Mr. Right* geschrieben habe.

In der Zeit wurde ich süchtig nach Kroatien. Seither bin ich in Zagreb, auf Krk, Rab und in Primošten gewesen. Ich habe so viele wunderschöne Inseln und Ortschaften besucht, so viele unglaubliche Menschen kennengelernt und den letzten Winter in Dubrovnik verbracht, was herrlich war. Ich würde mir nie anmaßen, für die Menschen Kroatiens zu sprechen, aber ich hoffe, man merkt, dass ich erst meine Hausaufgaben gemacht und dann über ihr Land geschrieben habe. Nur bevor jemand online oder auf Airbnb nach Maggies Bungalow sucht, die Insel Tišina habe ich mir ausgedacht. Maggies Haus in dem Buch ist von einem abgelegenen Haus inspiriert, das wir 2015 in der Nähe der Ortschaft Krk gemietet hatten. Der Feldweg dort hinauf war von Schafkadavern übersät, über denen riesige schwarze Raben gekreist haben, und die Aussicht aufs Meer war derart atemberaubend, dass ich wusste, ich muss darüber schreiben.

Danke an Henry Steadman für ein weiteres tolles Cover. Danke an Michael Krug, meinen hervorragenden Übersetzer dieser deutschen Ausgabe. Michael übersetzt auch meine Reihe mit Privatdetektivin Kate Marshall, und es war wunderbar, bei *Fürchte das Schweigen* mit ihm zusammenzuarbeiten. Danke auch an das ausgezeichnete Redaktionsteam, Ulrike Gerstner, André Danowsky, Alexander Dolezal and Natascha Hochsteiner. Danke an meinen Erstleser, Janeken-Skywalker und den Rest des Teams Bryndza/Raven Street Publishing – Maminko Vierka, Riky und Lola. Ich liebe euch alle so sehr und danke euch für eure anhaltende Liebe und Unterstützung!

Dieses Buch habe ich meiner Schauspiellehrerin Sally Humphreys gewidmet. Ich hatte das Glück, Sie als inspirierende Lehrerin zu haben, die ich in einer ziemlich schwierigen Zeit meines Lebens kennengelernt habe. Sie hat mich auf den kreativen Weg gebracht, den ich heute beschreite. Danke.

Falls dir *Fürchte das Schweigen* gefallen hat, dann erzähl bitte deinen Freunden und Verwandten davon. Mundpropaganda ist der beste Weg für neue Leser, auf meine Bücher aufmerksam zu werden. Und wie ich immer sage, es werden noch viele Weitere folgen!

Rob

E-MAIL-ANMELDUNG

Wenn du zu den Ersten gehören willst, die von einer Neuerscheinung eines Buchs von mir erfahren, dann melde dich unten für meine Verteilerliste an, indem du den QR-Code oder die Internetadresse benutzt. Deine E-Mail-Adresse wird unter keinen Umständen weitergegeben, und du kannst dich jederzeit wieder abmelden.

http://eepurl.com/duluLz

DER AUTOR

Am bekanntesten ist Robert Bryndza für seine spannenden Kriminalromane und Thriller, die sich bisher über fünf Millionen Mal verkauft haben. In seinem im Februar 2016 veröffentlichten Krimidebüt *Das Mädchen im Eis* wurde Detective Chief Inspector Erika Foster vorgestellt. Innerhalb von fünf Monaten wurden davon eine Million Exemplare verkauft, und das Buch erreichte Platz eins der Bestsellerlisten von Amazon UK, USA und Australien. Insgesamt wurden bisher von *Das Mädchen im Eis* über zwei Millionen Exemplare der englischsprachigen Ausgaben verkauft. Lizenzen wurden in 30 Ländern verkauft. Das Buch war für den *Goodreads Choice Award* im Bereich Krimi und Thriller (2016) sowie für den *Grand prix des lectrices de Elle* in Frankreich (2018) nominiert. Es wurde mit zwei Leserpreisen ausgezeichnet, dem *The Thrillzone Award* als bester Debütkrimi in den Niederlanden (2018) und dem *The Dead Good Papercut Award* für den besten Spannungsroman beim Harrogate Crime Festival (2016).

Robert hat weitere sechs Romane der *Erika Foster*-Reihe veröffentlicht – *Night Stalker*, *Nachtschwarz*, *Last Breath*, *Cold Blood* und *Deadly Secrets*. Alle wurden weltweite Bestseller. *Last Breath* wurde 2017 für den *Goodreads Choice Award* im Bereich Krimi und Thriller nominiert. *Fatal Witness* und *Lethal Vengeance* sind Band sieben und acht mit Erika Foster.

Zuletzt hat Robert eine neue Thriller-Reihe erschaffen. Im

Mittelpunkt steht dabei Kate Marshall, eine Polizistin, die Privatdetektivin wird. Das erste Buch, *So blutig die Nacht*, war Nummer eins bei Amazon USA und unter den fünf meisterverkauften Büchern bei Amazon UK. Die Übersetzungsrechte an der Reihe wurden in 18 Ländern verkauft. Das zweite Buch der Reihe ist der weltweite Bestseller *So eiskalt der Tod*, das dritte *Seelendunkel* und das vierte *Devil's Way*.

Robert wurde in Lowestoft an der Ostküste Englands geboren. Er hat an der Aberystwyth University und an der Guildford School of Acting studiert. Mehrere Jahre lang war er Schauspieler. Erfolg stellte sich jedoch erst mit der Aufführung eines von ihm geschriebenen Stücks beim Edinburgh Festival ein. Das hat zur Entscheidung eines Karrierewechsels hin zum Schriftsteller geführt. Als Selbstverleger hat er eine Bestseller-Reihe romantischer Unterhaltungsromane veröffentlicht, bevor er sich dem Schreiben von Krimis zugewandt hat. Robert lebt mit seinem Ehemann in der Slowakei und ist in der glücklichen Lage, hauptberuflich schreiben zu können. Mehr über den Autor findet sich auf www.robertbryndza.com.

WEITERE TITEL VON ROBERT BRYNDZA

IN DEUTSCHER SPRACHE

Detective Kate Marshall- serie

So blutig die Nacht

So eiskalt der Tod

Seelendunkel

Detective Erika Foster-serie

Das Mädchen im Eis

Night Stalker

Nachtschwarz

IN ENGLISCHER SPRACHE

Detective Erika Foster series

The Girl in the Ice

The Night Stalker

Dark Water

Last Breath

Cold Blood

Deadly Secrets

Fatal Witness

Lethal Vengeance

Kate Marshall Private Investigator series

Nine Elms

Shadow Sands

Darkness Falls

Devil's Way

The Lost Victim

Coco Pinchard romantic comedy series

The Not So Secret Emails Of Coco Pinchard

Coco Pinchard's Big Fat Tipsy Wedding

Coco Pinchard, The Consequences of Love and Sex

A Very Coco Christmas

Coco Pinchard's Must-Have Toy Story

Stand alone romantic comedy

Miss Wrong and Mr Right

Raven Street Publishing www.ravenstreetpublishing.com

Covergestaltung von Henry Steadman

ISBN eBook: 978-1-914547-30-0

ISBN Paperback: 978-1-914547-31-7

9 781914 547317